第二辑

中国出版纪录小康文库

中国农民城

朱晓军 著

中国出版集团
人民文学出版社
浙江人民出版社

图书在版编目(CIP)数据

中国农民城/朱晓军著. —北京:人民文学出版社;杭州:浙江人民出版社,2022.12
(中国出版纪录小康文库.第二辑)
ISBN 978－7－02－017641－0

Ⅰ.①中…　Ⅱ.①朱…　Ⅲ.①纪实文学—中国—当代
Ⅳ.①I25

中国版本图书馆 CIP 数据核字(2022)第 230129 号

中国出版纪录小康文库·第二辑
中国农民城
朱晓军　著

人 民 文 学 出 版 社 出 版
责任编辑　张梦瑶
北京市东城区朝阳门内大街 166 号(100705)
人 民 文 学 出 版 社 发 行
北京建宏印刷有限公司印刷
ISBN 978－7－02－017641－0

2022 年 12 月第 1 版　　开本 710×1000　1/16
2023 年 2 月第 1 次印刷　　印张 22
定价:89.00 元

"中国出版纪录小康文库"出版前言

　　党的十八大以来，以习近平同志为核心的党中央把脱贫攻坚摆在治国理政的突出位置，统筹推进经济、政治、文化、社会、生态文明建设，决胜全面建成小康社会取得决定性成就。在庆祝中国共产党成立100周年大会上，习近平总书记代表党和人民庄严宣告：经过全党全国各族人民持续奋斗，我们实现了第一个百年奋斗目标，在中华大地上全面建成了小康社会，历史性地解决了绝对贫困问题，正在意气风发向着全面建成社会主义现代化强国的第二个百年奋斗目标迈进。

　　在全面建成小康社会的奋斗历程中，涌现出丰富的实践和精神成果，具有非凡的纪录和出版价值。为全面展现和生动反映以习近平同志为核心的党中央团结带领全国各族人民顽强奋斗、如期全面建成小康社会的伟大历程和辉煌成就，落实中央领导同志在全国宣传部长会议上的重要讲话精神，中国出版集团勇于承担出版"国家队"的职责使命，决定紧紧扣住全面建成小康社会这一主题，遴选所属多家出版单位的优质图书品种，集萃推出"中国出版纪录小康文库"，以期用全方位、立体化丛书形式，展现新时代中国脱贫攻坚、全面小康的奋斗历程，彰显伟大时代的中国精神、中国价值和中国力量。

"中国出版纪录小康文库"所收书籍包括学术、文学、艺术等不同类别图书，既有学术探讨，又有文学表达，还有实践总结，并以传统出版兼融媒体的方式进行传播。

商务印书馆出版的《习近平扶贫故事》一书，真切地讲述了习近平同志始终把人民放在最高位置、关心困难群众生产生活、指引困难群众脱贫致富的感人故事，展现了习近平同志高度重视扶贫开发、锲而不舍推进脱贫攻坚的领袖风范，使人深切感受到他的思想力量、人格力量和语言力量。为此，特将《习近平扶贫故事》列入"中国出版纪录小康文库"，作为特别致敬图书单元，隆重推出。

"中国出版纪录小康文库"由中国出版集团策划并组织实施。遴选书目以集团所属的各出版单位已出版的书籍为主要基础。其中有一部分图书系经过作者修订增补的。所有书目由"中国出版纪录小康文库"编辑委员会审定，文库书籍装帧形态由文库编辑委员会确定，统一文库标识，统一开本与装帧风格，统一印制材料和标准，旨在确保这项重大出版工程能高质量圆满完成。

中国出版集团向来以出版代表中国出版业水平的精品图书为己任，我们希望这套文库能将反映我集团出版的全面建成小康社会伟大历程的精品图书尽收其中，展现中华大地实现全面小康的新面貌、新气象，以满足时代和社会的需求，不负广大读者的期待。

"中国出版纪录小康文库"编辑委员会

目　录

引　言

中国城建史上有两大奇迹。

一是广东深圳。1979 年,深圳设市前,广东省宝安县人口 30 万,工业产值增长速度远低于珠三角各县。四十年后,深圳成为常住人口 1768 余万的副省级城市、粤港澳大湾区四大中心城市之一、国际性综合交通枢纽、国际科技产业创新中心、三大全国性金融中心之一。2017 年以来,深圳的 GDP 连续四年超越省城广州,稳居全国第三。

二是浙江龙港。至今仍有权威媒体称深圳过去是小渔村。这种说法不准确,确切的说法是深圳在过去的过去是小渔村,真正由渔村发展起来的是龙港。二十世纪八十年代初,位于温州平阳县鳌江镇南岸的方岩下不过是几爿"灯不亮,水不清,地不平"的渔村,人口不足六千,没有电,没有自来水,连一寸公路都没有。民谣凄然唱道:"方岩下,方岩下,只见人走过,不见人留下。"

1981 年,平阳分成两个县,方岩下隶属苍南县。1983 年,龙港设镇,镇政府选择在方岩下。三年后,龙港镇初具规模,在国内引起巨大轰动,党和国家领导人多次前往视察,给予肯定。

2019 年 8 月,经国务院批准,撤销苍南县龙港镇,设立县级龙港市。龙港市由浙江省直辖,温州市代管。龙港成为新中国成立以后中国首个"镇改市"。

有人说,深圳是举国之力建成的。有人说,深圳在发展初期得到国家的支持,一是1.35亿的资金;二是特区优惠政策,从中央到广东省都给予深圳大力支持;三是人力支持,建设初期开进两千多人的工程兵先遣团。也有人说,深圳的发展得益于香港与澳门的投资和信息以及贸易等各方面的促进,可以说深圳的发展,香港和澳门功不可没……

新华社的《新华时评》说:"在基层首创和改革推动、市场先发与政策红利等混合动力驱动下的龙港,率先推出户籍制度、土地有偿使用、发展个体私营经济三大改革,在经济社会发展、行政体制改革、城市治理创新等方面取得重要成果,为中国小城镇综合改革提供了样板。"我认为龙港最了不起之处是在没列入国家基本建设计划的情况下,依靠改革开放政策和1984年"中央一号文件",独辟蹊径,创造了中国乃至世界城建史上的奇迹——农民集资建城。这座"城"也改变了几十万农民的命运,使他们在二十年前就实现了共同富裕。

龙港是个奇迹。如果创造奇迹的人可称为奇人,那么龙港的奇人不是一个、两个,而是一个奇人群体。让我疑惑的是,到底是奇人创造了奇迹,还是奇迹成就了奇人?

我带着疑惑走进了龙港。

第一章　苍凉方岩下

1　一位像农民工似的男人背着行李卷儿，拎着装有洗漱用品的网兜走进镇政府

1984年，深圳初具规模，邓小平题词："深圳的发展和经验证明，我们建立经济特区的政策是正确的。"三个月后，五十三层的"中华第一高楼"国贸大厦提前一个月封顶。三天一层楼的"深圳速度"传遍全国。

这时，距深圳千里之外的龙港还是一片滩涂，五爿渔村犹如散落在青龙江边的几枚卵石，水边的芦苇继续摇曳着几个世纪的荒凉。龙港是浙江省苍南县的一个镇，确切地说是一座要建还没建起来的镇，除两三条新建的走上去沙沙作响的砂石路，还有几处在建的码头，以及远远近近的几处建筑工地。作为一座城镇该有的学校、医院、商场、影院、住宅小区都还在图纸上，有的图纸上也没有。它的建设速度跟深圳相反，犹如从青龙江爬到岸上晒太阳的乌龟，爬爬停停，停停爬爬，说不上爬在哪儿就不动弹了，照这架势不知猴年马月才能建成。

6月15日早晨，端午节刚过的方岩下内河码头，船像从天边赶过来的一群群鸭子。不同的是鸭子可以落单，可以兀自把头钻进水里，撅

方岩老街旧貌

着像水漂似的屁股去捞鱼虾,这些船不行,它们被拴在一起,由前边的机动船牵着,三五条、七八条串在一起,浩浩荡荡,有点儿壮观。

船靠上码头就像列车进站,车厢打开,旅客下车。一位穿着像农民工似的瘦瘦小小的男人背起行李卷儿,拎着装有洗漱用具的网兜下了船。他穿过方岩下的那条条石铺的老街,蹚着江滨路砂石道上的尘埃,走进面江矗立的江滨饭店,熟门熟路地上了二楼。

江滨饭店距方岩下内河渡口不远,距新建码头亦不远。它是龙港的地标,也是唯一看上去像个城镇的建筑。在一片黑乎乎、矮趴趴、破烂烂的渔家农舍中,这幢四层建筑犹如长大成人的白雪公主站立在已年老体衰、弓腰驼背的小矮人中,不仅光彩照人,而且有鹤立鸡群之气势。

江滨饭店自有骄傲的资本,在青龙江对岸的古镇——鳌江也难以

江滨饭店远景

找到这种规格的饭店,何况饭店门外还挂着两块不同寻常的牌子,一块白底红字——"中共龙港镇委员会";一块白底黑字——"龙港镇人民政府"。

"你找谁?"镇政府的文书朱照喜问道。

朱照喜二十四岁,个头一米六,看上去像个半大孩子。镇政府牌子挂出去后,从来没进过乡镇政府的农民和渔民纷纷跑来看新奇,有的探头探脑,有的像赶集似的东看看、西看看,或像在牲口市场看牙口似的伸出手触摸一下。

朱照喜见来者不像当地农民,倒像投宿找错地方的打工者。

"我不找谁。"

"不找谁你来这儿干什么?"

"我想到这里工作。"来者环视后说。

哎呀,这人口气不小,想来这儿工作? 你知道这是什么地方吗?

朱照喜上下打量对方一下,他头发浓密,脸儿白净,眉目紧凑,单薄瘦弱,个头恐怕还没有自己高,身穿旧衬衫、草绿色军裤和一双落满灰尘的黄胶鞋,这身板就是在工地上打工也赚不了多少钱。

"这是镇政府,你想来这儿工作就能来这儿工作?"

"你都能来这儿工作,我为什么不能?"来者笑了。

朱照喜看了他一眼,也许心想你怎好跟我比? 我要不是高考没发挥好,差了三十八分,现在已大学毕业,没准进了县政府呢。

朱照喜赶上全省招考农村青年干部,省里给新分出来的苍南县三十三个名额。作为"大学漏"的朱照喜一举中第。在温州市培训一年多,两个多月前,他被分配到龙港镇政府。作为农家子弟,他深为自己能进镇政府工作而自豪。

朱照喜来龙港报到时,镇委、镇政府刚成立,仅有两个人,一个书记,一个镇长。俗话说,"铁打的衙门,流水的官",方岩下的水流也太急了,还不到三个月,书记和镇长就被"冲"跑了。

这个镇政府也远远称不上"铁打的",倒像个皮包公司,除两枚公章和饭店门口的牌子之外一无所有。书记、镇长走了,朱照喜成了"元老",那两枚公章是他去灵溪取回来的,牌子也是他找人制作的。

"你想找什么工作?"

"组织上让我做什么工作,我就做什么工作。"

"你是哪位?"

"陈定模。"

这几天县委县政府连续下发两次任命,先是县政府提名陈萃元为龙港镇代镇长,陈林光、林昌元代副镇长,接着县委下文任命陈定模为镇委书记,陈萃元等三人为副书记,还有三位镇委委员,朱照喜都没搞清谁是谁。

1984年6月龙港镇委、镇政府欢送上一任领导调任。陈定模(前排右三)、朱照喜(后排右二)

那个年代没人把领导当老板,也没有什么张局、李副、王助之类的称谓,误把新来的领导当成清洁工或修车师傅的绝不新奇。

朱照喜没有从陈定模那温和的目光里发现威严,也没感觉到他身上的不易察觉的书卷气,甚至没把他当成顶头上司,起码没表现出如今官场中部下对上司的谦卑与恭敬,连端茶倒水之类应有的礼节也没有。朱照喜也许觉得既然他也是来工作的,那就是自家人了。他是公仆,我也是公仆,公仆与公仆分工不同,没有高低。同志之间又何必客套呢,他该干啥就干啥好了。

镇政府租的是一层楼,十个标准间和一个中型会议室。一步之宽的走廊静悄悄的,一扇扇门紧闭,脚步声是陈定模自己的。新任命的干部有的还没报到,报到的也许下基层调研了。镇委书记的办公室位于最西边,窗对青龙江。陈定模走进去,把行李放下,擦一把汗,环视一下房间:有办公桌椅和床铺,还有卫生间。住宿办公一体化,吃喝拉撒睡和办公都可以在房间解决。

下午,陈定模与上一任书记办理了交接。其实也没什么好交接的,镇委、镇政府刚运转两个多月,也就热热身,办公室是江滨饭店的,两枚公章揣在朱照喜的口袋里,他视如生命,放办公桌里怕被偷去,放在宿舍怕丢了,只好随身携带,不时还用手摸摸。龙港镇 4.1 平方公里辖区,五个渔村,近六千人口,这是谁也偷不去抢不走的。

新老干部在龙江乡仅有的一家照相馆——望江楼留影,欢送上一任书记、镇长调任,没有提"欢迎陈定模、陈萃元履新"。照片上的十二个人,都穿着白衬衫,一派团结紧张的感觉,好像立刻要赴战场杀敌立功。

陈定模就这么走马上任了。他四十五岁,踌躇满志,意气风发,要在这片荒凉的土地上画出最新最美的图画了。

2　三天前的夜晚，他叩开县委书记的办公室。
灯光像河水泻出，冲在他的脸和身上，背后
是他浓重的身影

"定模啊。"苍南县县委书记胡万里微笑着说①。

苍南县机关的办公和住宿条件极差,县委书记和县长在二楼各有一间房,住宿办公一体化,前边办公,后边睡觉。副县级领导两人一间,委办科局领导四人一间,整幢楼仅在一层有个公共厕所。条件差,收入

---

① 胡万里回忆说:"陈定模去龙港首先找的是我,我第二天找了县长,并跟常委通了个气。陈定模没去我的宿舍,晚上打的电话。"陈定模回忆说,他是去胡万里宿舍谈的。考虑次日上午开会,各区、乡、镇干部晚上已赶到县城,陈定模与胡万里关系不错,去宿舍谈似乎更为合适。另外,当时通信落后,打电话不那么便利。

低,工作热情却高涨,早八晚九,加班加点也都稀松平常。

县机关灯火辉煌,胡万里也没休息。1983 年 2 月,苍南县第一任县委书记卢声亮擢升为温州市市长。温州市委考虑到苍南是一个新县,也是大县,人口众多,江南与南港积怨较深,错综复杂,得派一位强有力的县委书记,5 月份才决定派温州市副市长胡万里任第二届苍南县县委书记。

胡万里到任的第二天,县机关干部一上班就等待开会,按惯例新书记上任要亮相,可直至下午也没动静,有人一打听,新书记下基层调研了。胡万里最先去的是钱库区,在苍南县的中层干部中,他只认识钱库区区委书记兼区长陈定模。

"文革"结束时,时任温州地委常委、宣传部部长的胡万里率领全地区的卫生局局长和县医院院长到平阳县人民医院参观学习。陈定模当时任平阳县委派驻县人民医院工作组组长。在工作组进驻前,医院已瘫痪,书记、院长被判刑,百分之九十以上的医务人员不是在运动中站错了队,就是参与了武斗和"打砸抢",不是被隔离审查,就是被关进了学习班。医疗器械,专业图书,桌、椅、板凳和床,以及被褥、蚊帐在"文革"中都被职工搬回了家,医院唱起"空城计"。

陈定模到任后大刀阔斧地干了三件事:一是给所有医务人员恢复了工作;二是提高医疗服务质量,每周开一次座谈会,让病人给医务人员提意见;三是公物归公,凡是把公物送回的,给予通报表扬。

陈定模会上诚恳地说:"在动乱中,我们医务人员爱院如家,怕医院财产受到损失,拿回了家。现在粉碎了'四人帮',百业待兴,希望大家把保管的东西送回来,我代表工作组在此表示感谢。"

三个月后,医院面貌焕然一新,当年被评为温州地区卫生系统先进单位。胡万里对陈定模的评价是:此人爱读书,有理论水平,有工作方法、有思路、有点子,也有能力。

　　陈定模见胡万里赶来看自己,喜出望外。对胡万里当年的赏识,陈定模感激有加,把他视为贵人。陈定模是懂得知恩图报的,十几岁时就把对自己有恩之人记在心上,寻机报答。按他家乡陈家堡的风俗,上门即是客,哪怕是叫花子也要给碗饭吃。陈定模自然要请自己的贵人到家吃顿便饭,喝两杯水酒。

　　他们两人年纪相差六岁,际遇有相同,亦有不同。陈定模四十二岁才当上区委书记,胡万里二十二岁就当了区长,挎着匣子枪,带着警卫员到处奔波;陈定模出茅庐刚两年,胡万里已当了几十年县级和副厅级领导干部,做事严谨,考虑周密,很有分寸。

　　胡万里诚恳地对陈定模说:"我这次是下来调研的,到家吃饭不合适。"

　　陈定模不依,已到了中午,让胡万里空着肚子走哪里过意。他说:"我们相识多年了,到了家门口不进去吃顿饭就见外了。"

　　胡万里盛情难却,况且对陈定模印象不错,也就依了他。他们吃了一顿便饭,喝了两杯水酒,相聊甚欢。他们都出身贫苦,有"同等学历"——初中仅读一个学期。胡万里的父亲靠扛长工养活七个孩子,胡万里从小读书刻苦,经常借隔壁邻居家的油灯的光亮读书。初中第一学期的学费是地下党玉环县县委书记资助的,上第二学期时,那位县委书记进山打游击了,胡万里只好辍学回家,上山砍柴,下海捕鱼捞虾了。

　　他们都爱读书,善于思考,有扎实的理论基础。在陈定模小儿子的记忆里,老爸下班回家就读书看报。他研读过马克思、恩格斯、毛泽东的经典著作。胡万里也读过很多书。

　　胡万里到任的第八天,召开全县干部大会。胡万里讲了苍南的自然资源,兴起的家庭工业,"两户"①的现状和要求,发现的新生事物等。

----

① 即专业户与重点户。

他讲得在场干部目瞪口呆,这位新书记太厉害了,大家知道的他几乎全知道,大家不知道的他也知道。

"我们要大兴调查研究之风,在了解群众的实践中求得领导权。我们要冲破'左'的束缚,发展商品生产。苍南如果光抓粮食生产,农民是无论如何也富不起来的。"他掰着手指头跟大家算账,"苍南县有 97 万人口,人均土地仅有 4.7 分,即便亩产 2000 斤,人均也只有 940 斤,去掉饲料、种子和征购粮 400 斤,才剩 540 斤,最多能解决温饱。宜山区人口 18 万,人均土地 4.3 分,劳力严重过剩,他们利用本地优势发展再生纺织业,1982 年全区缴税 230 万元,秋后人均收入 350 元……"①

胡万里提出当前县委的主要工作是进一步发展商品生产,"我们在苍南工作,要以实事求是的精神写好自己的历史,要和群众一起写好苍南的历史。"他这番话说得全县干部心服口服,敬佩不已。

当时,苍南出现购销专业户——农民跑到全国各地搞购销,订合同,找厂家生产加工。有人发了财,成了"猴子"②。县委、县政府有领导说这是投机倒把泛滥,必须坚决刹住。胡万里没马上表态,而是下到区、乡、镇和农村调研。在金乡,发现有一位购销户把业务做到了西藏;在宜山发现一个能人,他的业务遍布全国所有省市;宜山区海头村有个购销专业户,从外地购入大批村里急缺的布角料,把村里农户卖不出去的再生布推销出去,使村里二十七户贫困户脱了贫,赚了钱,成了"猴子"。有钱后,他还出资帮助五保户。

胡万里抓住这一典型,在各种会上为购销专业户大声疾呼:"我苍南不仅不能给他们亮'红灯',而且要为他们大开'绿灯'!"

宜山区林氏三兄弟很有能力,想办个体企业。镇政府说,办企业可

---

① 当时城市普通工人年收入也就 400 元左右,家庭人均收入可能在 100 元左右。宜山区人均年收入 350 元是非常高的,已相当于城市人均收入的两三倍。

② 苍南人认为万元户的"万"字像一只蹲在树上的猴子,于是用"猴子"代称万元户。

以，个体就不要了，由镇里来办好了。胡万里听说后，亲自去了林氏三兄弟家。

"我支持你们办厂，愿做你们的政策顾问。你们资金有困难可向信用社申请贷款。"胡万里了解情况后说。

1983年，苍南发生深刻变化，60%的农民从土地经营中分离出来，全县农村家庭工副业的产值达三亿元左右，比上一年增长57.9%，约占全县工农业总产值的50%。

"胡万里当过宣传部部长，造舆论很内行。"时任县长刘晓骅说。宜山区农民以家庭经营为基础发展再生纺织业被媒体报道后，在全国引起广泛反响。1983年底，全国农村工作会议上，时任中央政治局委员、国务院副总理万里对宜山的做法给予了高度的评价。

1984年年初，中央下发一号文件，胡万里读罢兴奋不已。2月份，在杭州参加省委农村工作会议时，听说浙江《共产党员》编辑部在征订中央一号文件学习资料，他立即打电话订五千册，放下电话觉得不够，打电话追加两千册，觉得还不够，又追加三千册。一万份学习资料分发到基层，在全县引起很大反响。

1984年3月，苍南县制定了促进商品经济的"二十个鼓励和允许"，其中包括允许和鼓励农民个人办厂，允许专业户、重点户承包荒山荒地荒滩，承包期从三年、五年延长到三十年、五十年。

3　县委书记有意提拔他为副县长，常委会　　讨论结果却是县经委副主任

陈定模去宿舍见胡万里前三四个小时县常委会议刚结束，研究的是龙港撤区扩镇后干部的调整与安排。原有的行政体系是县下设正科级的区和县辖镇，区下设副科级或正股级的区辖乡镇。

苍南正值用人之秋,求贤若渴,如何安排陈定模的岗位成了胡万里再三思虑的问题。胡万里有意提拔陈定模为副县长。

胡万里到任不久发现钱库区计划生育工作落后,严重地拖了全县的后腿。

"定模啊,怎么搞的,钱库计划生育你怎么给我搞得那么差?你要好好抓一抓,把它抓上去。"胡万里打电话说。

有人将计划生育工作称为"天下第一难",在苍南则是难上加难,到钱库就比登天还难了。以前,钱库是平阳县外出讨饭最多的区之一。俗话说,穷山恶水出刁民。刁民是穷逼出来的,不刁没法生存。在钱库只有你想不到,没有他们做不到的。

钱库的封建意识、宗族思想犹如磐石难以撼动,再加上生产力低下,重男轻女超出想象。钱库人说有三个孩子,实际上他也许有八个,也许十个。他说的三个是指儿子,女孩是不算数的。在钱库,没有儿子就会老无所依,老无所养。不是钱库的女儿不孝,而是钱库人老了要吃儿子的饭,不吃女儿的饭。有的农民连生五六个女孩,穷得老婆穿不上裤子也要生个儿子。

陈定模不许计划生育干部扒房子,牵牛,赶猪,关超生户禁闭。他说,这样得罪老百姓会失民心。如此一来,钱库的计划生育工作也就落后得不能再落后。不论县里还是区里只要开计划生育工作会议,陈定模就检讨:"这不怨大家,是我陈定模执行政策不力,连累全区干部……"

接到胡万里电话,陈定模也许感觉到计划生育再抓不上去,不仅对不起县委、县政府,也对不起新任县委书记胡万里了。他立即召开全区计划生育工作会议。在会上,他又是一番检讨,然后说:"计划生育抓不上去,我可能要挨处分,也可能要被调走。这不怪大家,怪我陈定模无能,拖累了大家。不过,我调走了,县里会再派来一位区委书记,他也

陈定模在平阳宣传部的工作证

许会汲取我的教训,采取强硬措施,到时搞过了头,不仅违反法律,伤害了群众,也损害了党在百姓中的形象……"

"陈书记,对不起了,这不是你无能,是我们无能。你再检讨下去,我们受不了了。"计划生育干部和村干部都坐不住了。

"陈书记,今年再完不成任务,你给我们每人发一瓶'敌敌畏',让我们死掉算了。"

陈定模见自己的"苦肉计"获得成功,趁热打铁地说:"你们有这样的决心,我很高兴。回去好好干,出事我负责。"

钱库区计划生育工作打了一个翻身仗,被评为温州地区计划生育先进单位。

"定模,你们钱库没拆一间房,没牵一头牛,也没有抓一个人,是怎么把计生工作搞上去的?"胡万里感到纳闷。

"做好乡村干部的思想工作，调动他们的积极性。"

陈定模也许有几分得意，这事儿既展示了自己的能力，又报答了胡万里的赏识。他却不知道自己办过一件蠢事，让胡万里陷于窘迫与被动。上次喝酒的事被人反映给市委和省委了。

"小高啊，不吃酒就不吃酒吧。"胡万里对秘书高友平说。

胡万里在苍南工作二十个月，几乎再没饮酒。

对胡万里提拔陈定模为副县长的想法，有常委提出三点意见：第一，陈定模姓陈，陈姓是苍南的第一大姓，陈姓宗族观念很重，彪悍好斗，是苍南不安定因素；第二，陈定模自以为是，尤其是对没文化的工农干部不够尊重；第三，陈定模能干，又不很肯干，点子多，却不讲规矩，不适合任第一把手，可任第二把手，最好有人稍微牵制一下。

看来陈定模是一个有争议的干部，并且是非常有争议的干部，给某些领导的印象不大好。

这会不会跟陈定模主政钱库期间上告信不断有关？会不会跟江南与南港的矛盾冲突有关？胡万里到苍南后，多次在副县以上领导干部的会议上强调：领导干部要带头做同心同德的模范、团结一致的模范，绝对不允许在任何场合说不利于团结的话。不论江南的，还是南港的，都要服从我苍南的大局。可是，矛盾与分歧依然存在，据高友平回忆，当时灵溪、龙港矛盾很大。选举时往往这边拿掉几个，那边也拿掉几个。

胡万里没有坚持己见，尊重了其他常委的意见。最后决定任命陈定模为县经济委员会副主任。①

各区、乡、镇的干部已从四面八方赶到灵溪，第二天上午要在全县

---

① 此事有三种说法，胡万里说要调陈定模去县经济委员会任副主任；时任县长刘晓骅说，县里决定调陈定模到县建委当主任；陈定模说县里要调他到县城乡建设指挥部当主任。胡万里一再强调当时对陈定模任命的是副职，不是正职。

干部大会宣布县委、县政府的任免决定。陈定模这时找上门来可能跟任免有关。俗话说,没有不透风的墙,难道哪位常委透露了风声?

"胡书记,让我到龙港去怎么样?"

这出乎胡万里所料。开门见山,不遮不掩,这是陈定模的风格。

"你到龙港去?龙港的任务很重,责任重大,困难也很多。你自己想好,这个担子挑得起来挑不起来。建一个镇,一切都要从零开始,来不得半点马虎。"胡万里说。

胡万里认为在苍南建设这盘棋中,龙港是重中之重,尽管龙港镇镇委书记两个多月前刚上任,但有必要调整,要派一位强有力的、具有改革锐气的干部去。可是,他到苍南仅十三个月,对苍南县的中层干部了解还不够,没想出派谁去好。

"我不去不行啊。"也许陈定模从胡万里的目光看到了犹豫。

"说说看,怎么不行。"胡万里满脸疑惑地望着他。

"为什么,还不是被你害的?"

"被我害的?"胡万里蒙了。

"三个月前,你在龙港主持召开的现场办公会……"

胡万里对龙港建设极其重视,上任后五下龙港(港区)。三个月前,他在龙江乡调研时,听说蔬菜专业户种的菜卖不出去就想到矾山区蔬菜很紧张,许多家庭没菜吃,这都是交通不便、信息不畅造成的。回到县里,他对刘晓骅说,如不加快苍南物资集散中心——龙港的建设,全县经济就无法激活。

3月9日,县委、县政府在江滨饭店召开加快龙港建设现场办公会议,胡万里主持,参会的除县委副书记、正副县长、人大主任,还有港区建设领导小组组长陈君球,以及江南三区——金乡区、宜山区和钱库区的区委书记和区长。这时,龙港镇政府没成立,港区还没撤。

港区建设已成为苍南经济发展的瓶颈,直接关系到宜山、金乡、钱

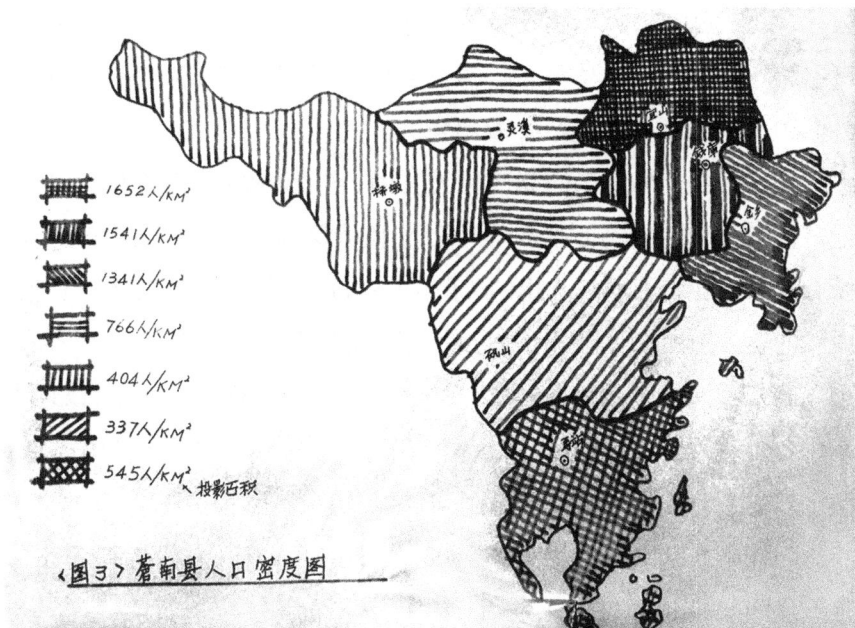

苍南县人口密度图

库三个区和南港区域的发展。苍南县是 1981 年从平阳分离出来的。当时温州流传："平阳讨饭，文成人贩，永嘉逃难，洞头靠贷款吃饭，温州资本主义泛滥。"平阳是有名的贫困县，也是中国三个特大县之一，面积相当于温州的泰顺、瑞安和文成三个县之和，人口一百六十万，"地大人多，行政领导力所不及，经济落后，地区之间很不平衡，经济结构复杂，山海之利不能得到发挥，民众语言结构不一，山区老区建设发展不快，群众生活仍很困难"。

"当时向省里报了两个方案，一个是把平阳分成三个县，一个是分为两个县。省里说，平阳本来就是个贫困县，把一个贫困县分成三个贫困县，温州地区一下子增加两个贫困县，这哪里受得了？"采访时，刘晓骅说。

最后，经国务院批准，"从平阳的江南、南港析出七个区、七十二个公社,设立苍南县,县治设灵溪镇。"即玉苍山以南的矾山镇和宜山、钱库、金乡、灵溪、桥墩、马站等归属苍南县,玉苍山以北留在平阳。苍南县面积1272平方公里,人口93.33万。

从贫困县分离出来的苍南更为贫困,它地处偏僻,交通落后,没有港口,没有仓储码头;工业总产值低下,除几家米厂和酒厂之外,几乎就没有什么工业。青龙江北岸的"千年古镇,百年商港"有"瓯闽小上海"之称的鳌江镇留在平阳,南岸一片滩涂、几爿渔村归属苍南。

在几爿渔村中就有方岩村,亦称方岩下,过去称之坊额下,以地处元代乡贤林约仲所立之石碑坊下获名。在当地,"方岩"与"坊额"音谐。方岩下有一内河渡口,原称"安澜渡",同治七年所建,已有一百多年。随北岸鳌江镇的繁荣,方岩下成为咽喉通道,有了一条高低不平的条石道和一条老街,街上有十几个店铺。

每天早晨,天还没亮,河内埠头就熙熙攘攘,拥挤不堪了。犹如"百万雄师过大江",千条小船从宜山、钱库、金乡等地过来,数以万计的苍南人肩上担着、手里提着各种各样的海鲜、山货、果蔬和手工业品,在方岩下转到青龙江边的摆渡码头,到鳌江镇去卖,再买回柴米面油盐酱醋茶、衣帽鞋袜和渔具农具。有时,这个苍南人挑去卖的被那个苍南人担了回来。

到了夜晚,北岸灯火辉煌,南岸漆黑一片。

苍南本来很穷,所有物资还要先进鳌江仓库,再出库运到渡口,船运至南岸,搬运到内河码头,运往江南三区——宜山、钱库和金乡。苍南的产品反其道而流出,有人估算,苍南每年在这上面要多花一百多万元。为此,苍南县委、县政府决心在鳌江镇对岸建设自己的物资集散中心和经济中心。

胡万里说:"深圳、上海、天津、青岛都是非常繁华的,因为有港口。把港区建好,依港立城,依港建城,这一点县委、县政府是坚定不移的。

方岩渡口小码头

当下港区建设缓慢，请大家来商讨一下，看看有什么办法。今天也请来钱库、宜山、金乡三区的书记和区长，希望大家共同为港区的建设献谋献策。"

刚才还像向日葵似的脑袋顷刻间就像沉甸甸的谷穗耷拉下来，有的装作记录，有的低头喝茶，有的摆弄着烟盒，一副若有所思的样子。龙港建设的瓶颈谁都清楚，"罗锅上山——前（钱）紧"，各区干部心知肚明，这哪里是什么献谋献策，是要割他们的韭菜。

"定模，你点子多，你说说看。"见有点儿冷场，胡万里只得点将。

"要建港区，按计划经济思维是不行的……"

陈定模一语中的，看来有所思考。港区建设不仅错综复杂，而且特别敏感，"会做官的"都拿捏得出利害，怕卷进漩涡，能绕则绕，绕不过去就装傻，绝不接招儿。

"只有'人民城市人民建',众人拾柴火焰高。现在钱库、金乡、宜山三个区都富裕起来了,'猴子'不少,占苍南县的百分之九十。可以动员'猴子'到龙港投资,每个区在龙港建一条街,钱库街、金乡街、宜山街……"

陈定模说前一句时,有人点头,有人晃脑;说到后一句,有的脑袋像被酒瓶击中,眼睛睁大,愣住不动了。

陈定模说:"农民有进城梦。过去的二元结构、剪刀差①扩大了工农差别。农民想进城只有通过两座独木桥,一是参军,二是考大学。近两年,钱库、宜山、金乡的市场红红火火,出了不少'猴子'。这些先富起来的农民需要扩大生产规模,需要交通便利、信息灵通、金融灵活、劳动力充足的市场环境。另外,他们有钱之后想过上好日子,可是在乡下买摩托车,没路;买彩电,许多农村没有电,有电的还总断电;望子成龙,农村教育落后。钱像河水总是要流动的,进不了正道就入邪道,'猴子'到处炫富比富,建庙宇,塑菩萨,立牌坊,甚至赌博,包养女人……"

让自己区的"猴子"投资龙港,这不等于割自己的肉?你钱库想建条街建就好了,干吗把别人也拉进群?县领导说情有可原,你陈定模有什么资格这样说?你怎么可以代表宜山区和金乡区?这时,不想"献策"的也不得不说两句了,会议室热闹起来。

"龙港的土地被征用后,农村剩余的劳动力怎么安置?"有人问。

陈定模说:"这个不愁,我们钱库在龙港投资建一个百货大楼,可以安置部分失地农民。另外,街道建起来后,临街商铺可以开店,办工厂,也可以解决农民就业的问题。"

"先富起来的农民都是当地的能人,他们懂技能,有头脑,是农村致富的带头人。这些人走了,农村靠什么发展?"

---

① 指工农业产品交换时,工业品价格高于价值,农产品价格低于价值所出现的差额。

"'猴子'走了,那'猴子'雇用的农民怎么办?"

……

"1984年1月港区根据中央〔1984〕一号文件精神,向县长办公会议提出'开放一点,欢迎专业户进城,欢迎两户一体①来投资建城镇'等六条建议。1984年2月10日,苍南县政府以苍政〔1984〕21号文件的形式向浙江省政府和温州市政府提交《关于要求将我县灵溪镇、龙港镇列为省集镇建设试点报告》。3月9日现场办公会要点:继续解决农民进城相关政策问题和落实港区的进港公路建设问题。"采访时,原港区负责人陈君球回忆说。

这说明陈定模的想法跟县委、县政府是一致的。

会议结束时,胡万里说:"中央的一号文件对'三农'问题,对农村改革问题都讲得很清楚。离开改革,龙港还有什么出路?政府拿不出钱来,只有依靠人民群众。各区动员农民到龙港投资建房。"

县长刘晓骅想,一个苍南县连条像样的街都没有。龙港要是快点建起来,把道两边的房子都建起来,怎么也得有条像样的街吧?

"老陈啊,你这个傻瓜!我们把'猴子'都送给了龙港,自己怎么办?"散会后,其他区的干部说。

这不是胳膊肘往外拐么?他们心里说不上来对陈定模有多么怨恨。

"这个你不用担心,这就像森林,把大树砍掉了,小树才会长起来。再说,这些'猴子'在龙港发展好了,也不会忘记家乡,这只有好处没坏处。"陈定模不以为然地说。

钱库区在1983年有五十多名干部退休,占干部总数的百分之四十。有的还没到年龄就要求退,按政策子女可以顶替。下边的乡委书

———————

① 即农村的专业户、重点户和新的经济联合体,简称"两户一体"。

记、乡长退掉一大批。有人说，不能让他们退，他们退了钱库就完蛋了。

陈定模却说："让他们退吧，九个乡镇的书记都是'土改干部'，没有文化，思想僵化，开会没有一个能记笔记的，怎么把上级精神原原本本地贯彻下去？"

老干部退休后，陈定模起用了一大批年轻干部，有些乡委书记、乡长才二十八九岁，钱库不仅没完蛋，反而越来越红火了。

4 "漂亮姑娘"遭到拒绝，他无颜回见江东父老

陈定模说干就干，他回到钱库就成立了一个临时办公室，由区委副书记牵头、区企业站负责，在他们的动员下，有六百多户"猴子"申请去龙港。每户五六口人，那就是三四千人，建一条钱库街已绰绰有余……

陈定模和区委副书记、企业站站长拿着档案袋，坐船来到龙港，档案袋里装着厚厚一沓申请表。

"胡镇长，我把钱库的'漂亮姑娘'送给你……"进了龙港镇政府，陈定模就把档案袋递了过去，满面笑容地开着玩笑。

不说不笑不热闹，陈定模跟胡镇长很熟。

胡镇长是不爱开玩笑的。他给县委书记当过秘书。那位书记爱开玩笑，"文革"他被揪斗时，别人揭发的都是他平时开的玩笑。胡镇长对给胡万里当秘书的女婿高友平说，小高啊，千万不能随便开玩笑，这都是教训啊。

"龙港镇政府没成立前，县委、县政府在这开过一次现场办公会，同意我们三个区各在龙港建一条街。"陈定模解释道。

"这怕不行啊。"胡镇长严肃认真地说。

陈定模蒙了。县里不是在为专业户进城简化手续，八个大印捆在一起盖吗？

胡万里重视调查研究，三天两头往下跑，出行只带一个秘书。他反对领导下去前呼后拥。他说，当年国务院副总理、国防部长彭德怀乘船到温州视察时下发通知：当地官员一律不准到码头迎接，否则就不上岸。这件事儿给当时在报社工作的胡万里留下了深刻印象。

一次调研时，专业户说："胡书记，我们想进城开店、办厂，可是怕进你们县机关，办件事要盖七八个大印，来来去去不知要跑多少趟。"

苍南交通落后，许多乡镇与县城不通公路，有的农民跑一趟县城要走五六个小时。

胡万里回去就在常委会上提出简化农民进城的审批手续。据《浙南日报》1984年4月15日报道，苍南县有二百多个专业户申请自带口粮到灵溪和龙港落户，县长组织相关的八个部门联合办公，八枚公章一起盖，以提高办事效率。新华社和《人民日报》也对此进行了报道。

五天后，在温州开会的胡万里读过《浙南日报》的评论《捆印虽好，不如减印》，打电话给刘晓骅："你看看今天报纸上的评论，我们要考虑减印。"

苍南县政府将八个大印减去七个，仅保留县计委一个。胡万里还在会上多次呼吁：对"人民城镇人民建"、边建设边受益、专业户进城等新经验要热情支持，开放绿灯。这怎么到胡镇长这儿不行了呢？

"你有红头文件吗？"胡镇长问。

这下把陈定模问住了，他摇了摇头。

"没有红头文件，你钱库建条街，金乡建条街，宜山再建一条街，土地怎么征用？有征地指标吗？进城的劳动力怎么安置？户口和粮食关系怎么办？"

胡镇长还真就问到点子上了。

"哎呀，我动员他们进城建房，我再跟他们说这事儿办不成，这不是说话不算数？"

胡镇长摇了摇头,爱莫能助。

胡镇长一贯谨小慎微,可是在宜山区委书记任上却栽了跟头。宜山区政府没有办公楼,县里又没钱拨款。胡镇长提出从化肥厂搞些出厂价的化肥,低于计划价卖给农民,赚得差价建幢办公楼。这一想法得到县主要领导的认可。办公楼建起来后,那位领导还表扬他不等不靠,没花国家一分钱就建起了办公楼。没想到有人举报后,上级纪委查下来,那位领导却说他不记得自己同意了。这下胡镇长倒了霉,不仅背了党内严重警告处分,还降了职。于是,他叮嘱女婿:"小高啊,你要注意,领导讲话没有文字,你不要都当真。"

陈定模铩羽而归。

"这家伙不好沟通,这事儿怎么办?"回去的船上,陈定模跟副书记说。

说话算数的陈定模这次却没算数,他感到很丢面子,于是去找县长刘晓骅。

"定模啊,你讲的钱库一条街,金乡一条街,宜山一条街,办法是不错。不过,你想没想过,江南垟宗族势力很强,弄不好会不会发生宗族械斗?"刘晓骅说。

"这个你不懂。宗族械斗都发生在农村,在城镇是打不起来的。镇上的一幢房子有十间或十二间,其中有姓陈,有姓杨,也有姓李,把他们分散开,这样就不会形成一股势力。"但最终,刘县长也没有明确表态支持他的想法。

陈定模把这三个月"撞墙"的经历都告诉胡万里后,对他说:"我都被钱库的老百姓骂死了。你说我还有什么脸见那些父老乡亲?为给老百姓一个交代,我只好去龙港了。苦果是我自己酿的,我要自己来吃。"

这是否意味着这苦果要与胡万里分享呢?

"你有信心？"

"有信心！我会努力工作，把龙港建起来。"

陈定模调查过，"猴子"第一想有城市户口，第二想在城里建间房子，他们的要求完全符合中央一号文件精神。他说过，现在满天都是鸟，闭眼睛打一枪都会打下鸟来。只要胆大，敢干就能成功。

"我会把你的要求带上常委会，不过你最好再跟刘县长打个招呼。"

"刘县长，我想去龙港。"次日，天刚蒙蒙亮，陈定模就敲开了县长的门。

"你去龙港干什么？那里要人没人，要钱没钱，只有五个渔村，还没有钱库下边一个乡大。"刘晓骅惊疑地问。

刘晓骅毕业于乐清师范学校，教过书，当过县委办公室主任，陈定模跟他很熟。

听罢陈定模的陈述，刘晓骅说："老陈啊，龙港是县里的老大难，你能为县里分忧是件好事，不过你不要冲动。我当县长是管钱的，我跟你讲句老实话，我没有钱。县财政一年才八百多万元，建县政府办公楼省里按一百二十元一平方米拨的款，大部分资金还要县里筹集。"

"我不要钱，让我大刀阔斧地干就行。三年后，我还你一个镇，"怕刘晓骅不相信，他拍拍胸脯说，"我可以立下军令状，三年建不成，撤我的职，开除我的党籍！县里放心，我不会乱来的，我如果以权谋私，依法严惩。"

"三年？"刘晓骅有点惊讶，"你这么有把握？我考虑考虑。"

"不过，我要是在工作上犯了错误，处理时还请你高抬贵手，为我说两句好话。"

"如果常委会复议，我表示支持。"

陈定模从刘晓骅的宿舍出来，又去找县委副书记和组织部部长。

原定上午 10 点钟开的会,改为下午。

"常委会讨论决定的事怎么能说改就改?"有常委有意见。胡万里在会前跟刘晓骅沟通过,还分别做了部分常委的工作①,最后讨论决定任命陈定模为龙港镇镇委书记,原书记调到宜山任书记,胡镇长调到马站任书记。

一天前,胡万里书记找金乡镇党委副书记、镇长陈萃元谈话,要调他去马站当书记。

"马站那路不好走,又那么远,去要走一天,回来又是一天,我什么时间工作?"陈萃元不大想去。

陈萃元听说让自己到龙港代镇长,感到很突然,睡一宿觉这任命怎么就变了? 真不知道该感激谁。

---

① 胡万里回忆说,他跟常委做了工作,这事总算是在常委会上通过了,但不是所有常委都同意。

第二章 江南垟的"猴子"

1 她哭着愤恨地对老妈说："你如果是后妈，我会记你一辈子！"

1984 年，对苍南的"猴子"来说是非同寻常的一年。可是，慧黠而机敏的"猴子"有多少能嗅到这一气息呢？

陈定模的远房侄女陈智慧就是"猴子"。她似乎是怀着对贫穷的不共戴天之仇降生的，赚钱勇猛、泼辣、玩命，也很智慧。上世纪七十年代初，陈家堡的"资本主义尾巴"像织布机吐出的土布——越割越长，整个村子一片"唧唧复唧唧"的织布声。

陈智慧却罢织了，跑到镇上摆个摊绣花，干起"高级"活儿了。那时织布的天还没亮就开织，织到满天星斗，手脚麻溜的能赚两块多钱，差点儿的也就赚一块多点儿。阿慧两脚一上一下悠然地踏着缝纫机，机头嗒嗒嗒万马奔腾一般疯狂一天，她赚了二十多块，相当于十几个"织女"。

陈智慧读初中一年级时，跟老爸说："我不想再读了。"

在陈家堡，像阿慧这样读到初中的女孩不算凤毛麟角，也是寥寥无几。陈家堡的女孩有的连学校大门朝哪开都不知道，有的读两三年、三四年就辍学了。她们的父母对老师要求不高，能让他们的女儿会写自己的名字,认识百八十常用字,能做加减乘除,老师也就及格了。孩子还没毕业,老师就先"毕业"了。

陈家堡重男轻女的思想非常严重,在父母眼里供女孩读书不划算。陈家堡的女孩七八岁就做家务,择菜洗菜,哄孩子,十来岁要纺纱,十一二岁差不多就能"顶起半边天"了。父母哪肯让这样的女孩在学校"虚度光阴"?

"阿慧,你还是读吧。"父亲说。

陈定运不像村里那些糙糙的庄稼汉,他读过几年书,不仅识文断字,算盘也拨拉得出神入化,是生产大队的会计。陈家堡不通公路,不通电,也没有电话。谁家有要紧事儿,要跟在外边做生意的家人联系,只有跑到镇上去拍电报。电报费昂贵,一个字要三分钱,陈定运拟的电文言简意赅,经济实惠。这让贫穷落后的陈家堡与文化勾连起来,让读书人有了用武之地,得到意想不到的尊重。

享受读书"红利"的人,自然就想让孩子多读书。可是,阿慧妈却不这样看,贫穷和苦难已压榨出她最后一滴泼辣与强干。家里七个孩子,十来口人,她是里里外外一把手。婚姻也是搭配,往往能干的要搭配个不能干的,或不能干的搭配一个能干的。夫妻都能干或都不能干的,不能说天下没有,但寥若晨星。像阿慧妈这么能干,阿慧爸无论怎么干都难以在这个山头打出一片天地,于是积极性大受挫伤,只好另辟蹊径,弘扬阿慧妈所不擅长的拨拉算盘、撰写电文,像那些担水、织布、种自留地之类的活儿都交给她去发扬光大了。

可发扬光大的活儿实在太多,阿慧妈干不过来,只好让大女儿阿慧也发扬发扬。阿慧十多岁时就纺纱、织布、担水、碾米、放鸭,无所不能。老妈也不是反对她读书,只是给她设了一道坎——活儿干不完,其他什么都别想。

有一年,家里养了一群鸭,让她和大弟弟去放。天下大雨,鸭子毛

年轻时的陈智慧

了,迈着八字脚到处乱跑,她在小船上往岸边赶,大弟弟在岸上往家里赶,历经千难万险,总算把那百八十只呱呱叫的鸭子一只不少地赶回了家。

晚上,鸭子不再呱呱叫了,青蛙的叫声却不绝于耳。她和弟弟拎着煤油灯去荒野捉蛙喂鸭子。弟弟提灯照亮,她趴地上捉。那是没有水土污染的年代,是青蛙最好的年代,也是它们最不幸的年代。青蛙实在是太多了,这个鼓着腮帮叫着,那个快活地蹦跶着,捉不过来。青蛙前边跳,他们追着捉,捉着捉着就进入了一片土丘。前边的青蛙蹦几下,她的小手伸出扣住,正要把它抓起,突然僵住了,灯下出现一块棺材板。她毛骨悚然,大叫一声,起身就跑……

阿慧每天要纺一篮梭子的纱。家里没有钟表,她一边纺纱,一边瞄着太阳还有多高,篮里还有多少梭子。一次,电影院演《三打白骨精》,

她用自己的零花钱买了张电影票。看电影那天,她猛劲儿纺纱,一刻不停,纺啊纺啊。纺到电影要开映时,篮子里还有好几个梭子。看电影的人一拨接一拨地走了,老妈却说什么也不放她走。

篮子终于空了,纱纺完了,她站起来拼命地往电影院跑,跑得上气不接下气。赶到电影院时,大门关上了,电影开映了,任她怎么也敲不开。她一边哭一边往家走,我怎么生在这么个家,摊上这么个老妈?她比周扒皮①还周扒皮。

"你如果是后妈,我会记你一辈子!"她愤恨地对老妈说。

"哎哟,这小孩子啊,你爸挣那点儿工分连口粮都领不回来。我们今天不拼命做,明天就没饭吃。你呀,你呀,你不知道,你妈有多不容易……"

老妈是不容易,凌晨三四点钟起床,天没亮就一个人去河边洗纱。对岸是一片坟茔地,望过去很瘆人,那流水声和洗纱声都让人惶惧。一次,老妈心一慌,脚一滑,掉进了河里,在水里扑腾好一阵子才抓到一块大石头爬上岸来。老妈像落汤鸡似的拎纱回家,换下衣服,转身就坐下织布。

别人家的女人一天能织一匹布,老妈要织两匹,白天织一匹,晚上点着油灯再织一匹。阿慧的纱纺不出来,老妈就织不成布,家里靠卖布买米下锅,老妈不逼她怎行?老妈见阿慧哭得伤心,心疼了,后悔了,跑去给她买了张电影票,让她看了那个电影。

家境不好,又赶上"文革",阿慧的书读得别提有多么"业余",时断时续,拖拖拉拉,十五岁才小学毕业。中学离家不远,可路不大好走,晴天步行半小时,雨天要多走十几分钟。阿慧不怕走路,怕的是活儿干不完老妈不让她上学。她每次上学都要连跑带颠,就这样还时常迟到。

①　作家高玉宝的小说《半夜鸡叫》中的恶霸地主,"周扒皮"为让长工多干些活,半夜三更起来学鸡叫,让长工早点儿上工。

初一还没读完,她就不念了。

"我读书,你要我干活儿、干活儿、干活儿!害得我书都没法读……"阿慧后悔了。

"陈家堡的女孩有几个读书?我给你读到中学已经很不错了。"老妈说起来理直气壮。

阿慧恨恨地想,我要做个城里人,不像老妈这样生那么多孩子;我要赚很多很多的钱,不干织布纺纱这样的粗活,我要赚上等钱,将来让孩子过上等生活。

老爸给了阿慧聪明的头脑,老妈教了她泼辣与搏命。她想像老爸那样赚钱,像老妈那么强干。老爸拨拉拨拉算盘,记记账,或来点儿"投机倒把"——在钱库低价收购布票、粮票,到温州、金华等地出手,钱就赚到了。他倒腾一次赚的远比老妈起早贪黑干几个月还多。

十八岁那年,阿慧跟老妈说要学绣花。镇上有家药店,外边摆个绣花摊,绣好的鞋垫、小孩枕头和围兜挂了一墙。阿慧一去镇上就跑去看,绣得太洋气了,远山如黛、溪水潺潺、金鱼摆尾、柳丝拂动、牡丹绽放、水鸟游弋……

阿慧想,我要会绣该有多好。学绣花要交学费,这难不住阿慧,在家纺纱织布七八年,攒下点儿私房钱。她要学的是机绣,要有台缝纫机。老妈就是老妈,尽管一百个不同意,最终还是借钱给她,让她买缝纫机。买缝纫机要凭缝纫机票,这难不住陈家堡人,村里有人在倒腾缝纫机,从福建福鼎给她搞了一台,花了一百二十元钱。

2　她睡着了,缝纫机还嗒嗒狂奔着,针突然穿透了她的手指……

不知有多少往事或被似水岁月冲去,不见踪影;或被洇湿,留下一片模糊记忆。对陈智慧来说，1975 年的那个凌晨却清晰如昨，钱库万籁俱寂，河畔的枝头挑起一弯残月，一盏油灯被浓浓的夜色裹紧，变得昏黄暗淡，生得小巧的阿慧上了那摇摇晃晃的小船。船上的人渐渐满了，船划动了，离开了码头。哗啦……哗啦……，断断续续的桨声像鱼似的从水里钻出，又钻回水里。

学绣花后，阿慧早出晚归，风雨不误，师傅教的努力学，师傅没教的偷着学，她不仅跟师傅学，还跟师傅的师傅学。师傅大她十来岁，师傅的师傅大师傅十来岁，年近不惑，是镇上的老师，有文化，有品位，很受尊重。俗话说，看花容易绣花难，阿慧却没被难住，鞋垫、围兜、蚊帐经她的手会游出一尾雍容富态的金鱼，绽放两朵梅花，飞入一两只水鸟儿……

阿慧对色彩、线条、图案敏感，手又很巧，加之勤学苦练，绣花学了半年就出道了。她像师傅那样摆个绣花摊。摊位是跟店家租的，租金不多，每月才几块钱。她的摊一开张生意就好过了师傅。

这活儿远没想象的高雅和"上等"，跟织布一样辛苦。盛夏，钱库像被塞进了烤箱，她嗒嗒嗒狂踏缝纫机，汗珠顺脸滚下，淹住眼睛，一滴滴落在缝纫机和绣布上；雨天，雨滴噼里啪啦打在遮雨布上，雨被风扫落在缝纫机和绣布上……

阿慧渐渐由鞋垫、围兜转向了窗帘门帘、枕套被罩。她发现绣品市场有两大潜在需求，一是结婚用品，二是礼品，这两种活儿不仅要绣得好，还要绣得吉祥喜庆。阿慧在这件绣上龙凤呈祥，在那件绣上鸳鸯比翼，或绣松鹤延年，再绣上"天作之合"，或"金玉良缘""白头偕老"和"寿比南山不老松"几个文字……绣品就像长出了腿，满街跑了。有的还没绣好就有人订下了。

河风趁夜色撩着阿慧的刘海。对陈家堡和钱库的人来说，温州像天上的月亮遥不可及。有许多人守一村终老，不要说温州，连平阳县城,甚至鳌江镇都没去过。若不是在平阳县买不到的确良绣布,要不是姨妈嫁到了那边,阿慧也不会去温州。

划水声像妈妈唱的催眠曲,单调乏味,催人入睡。早晨5点多钟,船到方岩下,像从梦中惊醒似的停在码头。这时,天已有点儿放亮,一船人顺着条石小道赶到去鳌江的码头。阿慧花一毛五分钱买支竹签,那是摆渡船票。渡过鳌江,太阳已从江面钻出来。她赶到客运站,坐上开往温州的客车。

客车驶进温州已是掌灯时分。姨夫骑自行车赶到码头来接,把她驮到仓桥街的家。这就是乡下人向往的城市?这就是高不可攀的温州?破破烂烂的街道,破破烂烂的楼房,一家一户挤在像抽屉似的房间,里边横的是床,竖的也是床。厨房、厕所几家公用,该"方便"的地方一点儿也不方便。似乎城市的特点就是公用,什么都是。

"你是平阳的?平阳还有像你这么漂亮的女孩?"

城里人真会说话,姨妈家邻居的这句话说得阿慧心里甜甜的,美美的。

良言一句三冬暖,也许那句话让阿慧发现了城市的好。城市有电灯,夜晚万家灯火,一片辉煌,这是陈家堡没有的。不要说陈家堡,连钱库的夜晚都是漆黑的、死寂的。温州有柏油马路,钱库没有,马路上跑的汽车、摩托车、三轮车和自行车,马路两边的商店、饭店、学校、影剧院,钱库也没有。温州人穿得很洋气,哪怕劳动布工作服装,哪怕带补丁衣服也有形有样,哪像乡下人穿着粗粗拉拉的土布衣服,土里土气,窝里窝囊,像棉花包似的。

姨妈领阿慧下一次馆子,给她点了一碗两毛五分钱的猪脏粉。阿慧吃一口,哇,没想到世上还有这么好吃的东西,酥烂软糯的猪大肠,滑嫩可口的猪血,还有细细的米粉,配上鲜美的高汤和几段大蒜叶,太完美了,奢侈无比。

在温州的小南门，阿慧把带去的粮票布票卖掉了，赚得百八十块。当时城里工人的月薪为三十元左右，百八十元相当于他们三个月的收入。粮票、布票是她挨家挨户收购来的，钱库有很多人家连饭都吃不饱，哪有钱去买布？乡下人穿的都是自家织的土布，发的布票有人给点钱也就卖掉了。这是阿慧第一次倒卖票证，却有种轻车熟路之感。

"交通不便，人家没跑过，我们才有生意做。"采访时提起这事儿，阿慧说。

赚这么多钱，阿慧到食品店买块蛋糕，先犒劳一下自己。三毛钱一块，半两粮票，蛋糕入口即化，好吃得没边没沿儿。还得说是城市，陈家堡和钱库哪里能享受到这种美味？

听说有一位理发师在家里偷偷烫发。烫发是资产阶级的，无产阶级是不允许的。可是，无产阶级的阿慧太爱美了，爱得忘掉了阶级。晚上，她摸到理发师的家，两条大辫子咔嚓、咔嚓就剪掉了。等她出来时已是满脑袋翻腾的海浪。

"好马配好鞍，好船配好帆。"烫过头的阿慧得有一件好衣服。她在街上扯了一块粉红色布料，在裁缝铺做了一件像旗袍似的带大襟的、琵琶式盘扣的蚕丝棉袄。穿上棉袄，抄起镜子照一下，里边冒出一个女孩儿，小圆脸儿，笑吟吟的，既新潮时尚又有古典美。这要是走在钱库的街上，准会有女孩说："阿慧，你跟别人就是不一样。"

她要给她们的就是这个感觉。

该买的都买了，钱花差不多了，她没急着回去。绣花生意除绣功精湛，还要讲究新潮时尚。时尚是液态的，流淌的，它像山涧的瀑布，自上而下，由大都市流到中小城市，再从中小城市流到县城和乡镇，末端就是陈家堡那样的村子。

时尚犹如市场的菜蔬，早晨刚从地里摘下的黄瓜顶花带刺，挂着露珠；傍晚还没卖掉的就蔫头耷脑，无精打采，难以见人了。村里的时尚就像摘下好几天的黄瓜,顶花早已枯萎。阿慧想把刚流进温州的时尚直接引进钱库。她逛了仓桥街、广场路的绣花市场,又去了五马街,听说那儿有一家闻名遐迩的绣花店。

开店的是一对夫妻,他们的绣品让人惊艳、震撼,爱不释手。没想到绣品还可以绣到这等境界!原以为钱库的绣品就像栖落枝头的孔雀,扇动一下翅膀就飞上云天,没想到它却是麻雀,变不成鹦鹉。人家那是白天鹅,哪怕浮在水面也那么雍容华贵。

余下的日子,阿慧天天去五马街,去那家绣花店,去琢磨那对夫妻的绣花。

"我要学刺绣。"回到陈家堡,阿慧对老妈说。

那对夫妇绣的就是刺绣。

"你不是绣得很好吗?"

老妈疑惑地看着她,阿慧的绣花在钱库是数一数二的,怎么跑一趟温州就要重新开始了呢?

"我不能挣眼前那点儿钱,只有绣得更好才有挣不完的钱。"

阿慧学会刺绣后,她的绣品更走俏了。她带了一批又一批徒弟,最多时有十一个。她赚起钱来像老妈似的拼命,别人两天半绣一对枕套,她一天绣十对枕套;别人一天赚一块钱,她一天赚二十多块。最多的一天赚四十来块,比普通工人的月薪还多。

赚得多,付出也多,她要起五更爬半夜。在昏暗的油灯下,她绣着绣着眼睛就睁不开了,脚还机械地一上一下踏着,缝纫机嗒嗒嗒地转着,手还在机台上忙活着,人却睡着了。蓦然一阵钻心之痛袭来,她睁开眼睛,见缝纫机针穿透手指,断在里边。她用牙把断针拔出米,这下好了,头脑清醒了,可以干下去了。

哪个"猴子"没有一把辛酸泪?哪个出身底层的"人上人"不是靠

"苦中苦"那碗酒垫底过来的?

陈瑞星比阿慧小一岁,也是陈家堡人。读小学时,他跟阿慧一个学校。他的中学是在钱库读的。还差半年就初中毕业时,他却退学了,那年他刚十三岁。他有个小伙伴很早就学了手艺,他俩总在一起玩。三玩两玩,陈瑞星就把读书的心玩丢了,不想上学了。

他父亲在福建做生意,回家的次数远比寄的钱少,一年只有三两次。父亲把家和儿子都扔给了母亲。陈瑞星兄弟姐妹六个,有两个姐姐,男孩中他是老大。母亲对孩子采取散养,谁想干什么就干什么,给他们充分自由。

陈瑞星退学后在家待了两年,觉得有点儿无聊。十五岁去了福建,想跟父亲学做生意。到福建才知道父亲是个货郎,挑着货担在深山老林里的村庄转悠,卖点儿针头线脑什么的。当时,举国上下都在"割资本主义尾巴""打击投机倒把",一旦被抓住,轻则罚款、进学习班,重则判刑坐牢。做生意的人比做贼还狼狈,像老鼠过街,东躲西藏,哪怕做"鸡毛换糖"①小生意的进村连拨浪鼓都不敢摇。进到城市就更难了,没有介绍信,住不了店,除了蹲票房子,就是蹲桥洞子。全国最宽松的就是福建,那里是前线,解放台湾比"割资本主义尾巴"更为重要。在福建山村,你就是挑着货郎担横着膀子晃荡都没人管。

福建是钱库农民外出做生意的首选之地。那个年代,交通落后,钱库人步行几天就可以走到福建。龙港市陈家堡同乡会会长陈开平的父亲,就在那边做过"鸡毛换糖"生意。他挑着麦芽糖担子走乡串村,乡下孩子想吃糖,就把家里的鸭毛、鹅毛、鸡毛拿来换。陈开平的父亲把换来的鸡毛、鸭毛、鹅毛再倒卖出去,即便赚得很少,也比在家种地强许多。在陈家堡,"留守"男人会被人小觑,被认为不男人,没担当,比当

---

① 鸡毛换糖是指在物资匮缺的年代,小商小贩走街串巷,以红糖、草纸等低廉物品,换取居民的鸡毛等废品,从中获得微利。

下"吃软饭"的男人还让人瞧不起。

父亲领着陈瑞星到福州进了一担货,坐车到德化的一个小镇下来,挑担上山,一个村子一个村子地卖。村与村之间近的要走一两个小时,远的两三个小时。越走海拔越高,越高村子就越稀少,还越来越小,有的七八户人家,有的两三户人家。父亲领他转一圈儿下来,正好是一周。

下了山,父亲就把那副货郎担子交到陈瑞星的手上。从那以后,他就一个人单练了。山上只有羊肠小道,有的要在树丛穿行,担子得顺着。晴天还好,偶尔会遇到一两个上山的或下山的,可以聊聊天。遇到阴天下雨,连个人影都没有,孤寂得让人抓狂。一次,树丛中一阵让人恐慌的响动之后,钻出一头不知是什么的野兽,他被吓得号啕大哭,哭得伤心、可怜。他身高一米六七,看上去像成年人,可是才十五岁。他边哭边往前挑着走。在深山老林,哭是没用的,哭死也没人听见。那树,那草,那山涧,那石头听见了,既不会同情,也不会安慰。这时,他才知道父亲那钱赚得不易,知道家里有多么温馨,老妈的饭菜多么可口,待在家里多么享福。

村庄终于从森林中冒出来,他像遇到救星,见到久别的亲人,那种喜悦没法形容。山里人古道热肠,像接待亲人似的请他吃饭,拿出平日舍不得吃的好东西与他分享,跟他打听山外的事情。如果天黑,他们会留他过夜。山里人家住得宽敞,几乎每家都有空闲的房间。

陈瑞星很感激,送他们一枚顶针、几根针或一匹线。他不是小气,山里人很穷,买的是几枚针、一匹线、几粒纽扣、一把梳子……他赚得很少,在山里转一圈才赚几块钱。

陈瑞星干两年货郎就跑回家种地了。十九岁那年,他跟着同乡跑到江西上饶刮松脂精。松树夏天会溢出松脂精,松脂精经蒸馏可提取松节油和松香。他们那伙人把一个县的山都包了下来,每人分一片山林。陈瑞星分到的那片很大,跑一圈儿要一整天。山林大树本来就多,出松脂精也多,赚钱就多,他很开心。

这活儿比货郎还苦,还孤寂,还难熬。天亮他就拎着砍刀钻进山林,一通狂砍,在每株松树上留下两道刀痕。不过,可以狂砍却不能随意,砍得好松脂精才会流出来,砍不好就等于白砍。砍好后,他还要在刀痕下边挂上一个竹筒,让松脂精流进筒里。好的两天能流一筒,差的要七八天。

陈瑞星把一筒筒乳白色的松脂精收集起来,挑到十多公里外的收购点卖掉。森林里连条羊肠小道都没有,他要挑松脂精油行走于八十多公里的蒿草丛中。上午,他卖掉松脂精;下午赶回来,或砍树挂筒,或继续收集松脂精。

他们5月份进山,8月回家,每人能赚千八百块钱。在当时,这已经很多了,城里的工人差不多要两年才能赚那么多钱。这差事他干两年就放弃了,实在太辛苦了。

1981年,苍南出现"百万大军"揽业务,他们跑遍全国各地,陈瑞星去了湖南长沙。除了原子弹,他什么订单都接,接下后回苍南找厂子加工。陈瑞星主要承揽的是印刷业务,什么饭票、洗澡票、理发票什么的。他什么地方都跑过,连湖南省委大楼、省公安厅都进去过。

离乡,便成了陈家堡"猴子"们的选择。陈智慧有了钱,在镇旁边的村子租了一间小屋,这样晚上就不回家了,可以多赚一个小时的钱。在镇上读中学的弟弟中午过来,她招待他一碗炒年糕,或几个菜包。他吃得香极了,对乡下孩子来说,哪里吃得上这种美味。平时,老妈给他带午饭,再给五分钱,让他中午买碟青菜。五分钱一碟的青菜哪有炒年糕和菜包好吃?

"帮姐一个忙……"弟弟吃完了,阿慧拿出一块白布。

布上描着老虎、斑马、小兔子、长颈鹿,她让弟弟放学回家把图剪下来。

阿慧去温州见城里小孩的衣襟、衣兜、膝盖处都贴布后绣上各种小动物，既时尚又有童趣。她去书店买回一本绣花图案，用复写纸把图案复印描到布上，剪下贴到小孩衣服上，再绣上眼睛、鼻子、嘴和毛，大受欢迎。

弟弟把布上的动物剪了下来，夹在书本里，板板正正地送过来。她给弟弟五毛钱，弟弟很开心，到姐姐这儿不仅有好吃的，还有钱赚。

"你等一下放学回家时，到姐这儿来一下，把纱帮姐挑回去。"

阿慧让弟弟把纱担回去，分给那些没钱买纱的农户，让他们织成格的或条纹的土布，她每匹布给他们一元五角加工费。布织好后，弟弟担回来，她销往河南等地，做成被子或衣服。后来，土布衣服和被子被淘汰了，她又把土布卖到佛山等地，做沙发的衬布。

二十三岁那年，阿慧嫁到了钱库区芦浦镇。芦浦位于鳌江入海口，是座古镇。溯历史渊源可至唐五代，吴越王在那屯过兵。阿慧的丈夫是芦浦乡下人，不过他当兵转业后分到了信用社，成了"公家人"，拥有了城镇户口。

阿慧如愿以偿地嫁到了镇上。她进了芦浦鞭炮厂，那是全县效益最好的鞭炮厂，她在厂里做出纳员。芦浦靠海，海鲜充足。丈夫在信用社，在社会上有地位；她每月收入一百多块，很让人羡慕。

幸福犹如西湖龙井，耐不住岁月的冲泡，渐渐变得寡淡乏味。不如意犹如海里的礁石，潮水一退就裸露出来。他家在乡下，镇上没有房子，他们暂住在信用社楼上的一间八平方米小屋。两夫妻住着还凑合，女儿一个接一个出生后，那房间就显得拥挤不堪，让人感到缺氧。

看到前后左右的房子一幢幢拔地而起，盛夏二楼对面的一户人家坐在阳台纳凉，手摇蒲扇，好不惬意。阿慧睡不着觉了，她想在芦浦建一间楼下有店铺、楼上能住人的房子。于是，她又捡起了绣花。

午休时,同事或休息一会儿,或打打扑克,她却头也不抬地忙着绣花。

"阿慧啊,你这是赚几辈子钱哪?"同事开玩笑说。

阿慧要在芦浦镇上建一幢自己的房子,急着赚钱。

1982 年,阿慧真就在芦浦的街上戳起一间楼房。她在一楼开家绣花店,让在老家的妹妹来看店,除卖绣品之外,还卖衣服和他们鞭炮厂生产的鞭炮。

3　他穿上灰色两面服①和皮鞋,扛着 几匹土布去福州"淘金"了

苍南与台湾隔海相望,距台湾基隆港仅一百二十海里。上世纪七十年代末八十年代初,苍南是中国海上走私最严重的地方,没有之一。农民跑到全国各地收购银圆,然后用银圆到海上跟台湾人易货。据陈开平说,他父亲在云南大理走私过银圆,父亲把银圆绑在两条腿上,在夜幕下翻山越岭,冒着跌下深渊的危险把银圆带回来。有一次,他们被执法人员发现,父亲丢下银圆就跑,那一刻才发现命比银圆值钱。可是,执法人员穷追不舍,最后父亲还是被抓住了。

苍南走私最猖狂时,从台湾走私过来的东西摆在田间地头,有录音机、收音机、电子手表、服装、布匹,应有尽有,犹如广交会似的吸引全国各地的生意人过来选购……

在陈家堡,陈长许是一个敢于冒险的人,一个很有故事的人。他生于读书人家,父亲读过国高,母亲读过两年中学。父母在平阳教书时,教过陈定模的哥哥陈定汉。不幸的是父亲英年早逝,扔下五个孩子,那

---

①　"文革"时流行的一种服装款式,正反面都能穿。

年陈长许才六岁。

陈长许是学完《鲁班学艺》那篇课文离开学校的,那是小学四年级。在兄弟姐妹中,他年纪最小,却胆子最大。在 1958 年到 1960 年那段饥饿年代,他居然敢把生产队的地瓜种子拿出来,给奶奶、叔叔、老师和同学吃。

1966 年,"文革"爆发了,有文化的或被革了命,或成了"臭老九",被搞得灰溜溜的,陈长许这个在家里最没文化的发迹了,成为红卫兵头头,不仅每月可以领几十块津贴,还有衣服和各种各样的票证。这真是太癫狂了,那时陈家堡农民割一天稻谷才有三四毛钱好赚。

但陈长许的好景不长,仅享受两年造反派头头的特权就出局了,回生产队去挣那汗珠掉地上摔八瓣才能拿到的三四毛钱。陈长许哪里受得了这个?他穿上灰色两面服和皮鞋,扛着几匹土布就去了福州。他这套行头还有旅行包里的中山装是"造反"的胜利果实,没想到在"投机倒把"时派上了用场。

在福州,陈长许花四毛钱购了一张火车票,登上了有生以来第一次坐的火车。他面朝窗外,见远处的树、村庄、耕牛和农民都围着自己转动着,感到新奇而舒适。他就这么一路看到永安。下车后,这位十八岁的"淘金者"径直去了东方红中路 109 号,那是堂姐的家。

陈长许在永安做了几单土布生意,赚了点儿小钱就毅然决然地转了行。他在永安发现一个重大商机——那里黑市上的布票比平阳高出一倍还不止。怎么样将浙江布票倒卖到福建?原则上这是不可能的,布票是地方性票证,各省市之间不通用。福建人买浙江布票等于买张一指多宽的,连上厕所都用不上的废纸条。

陈长许却偏要把浙江的布票倒卖到福建!把浙江布票倒卖到福建的先决条件是把浙江布票兑换成福建布票,浙江布票是兑换不了福建布票的,不仅他不能,平阳县革委会主任也不能,除非省革委会主任,要是能当上省革委会主任,谁还倒卖布票?

他发现在福建有许多上海人,他们的父母或家人还在上海,他们每年都会回去探亲。上海人要回上海去买衣服,"乡下"①的衣服他们看不上。他们要回上海买衣服就要用上海的布票,福建的布票指定是不好用的。真是"曲径通幽处",浙江布票在上海可用,这就意味浙江布票可兑换上海布票。

陈长许跑回平阳,以每尺两三毛钱的价格收购了一大批浙江布票,去上海把它兑换成上海布票,然后再去到福建上海人比较集中的大型企业,跟那些上海人兑换成福建布票,最后以六毛多钱一尺卖给福建人。陈长许狠狠地赚了一笔。

很快倒卖布票就让陈长许兴奋不起来了,这生意琐碎麻烦,布票要几尺几尺地收购,兑换也不那么容易,最后还要几尺几尺地卖掉。他转行倒卖缝纫机了,这生意暴利,足以让人发狂,一百一十八块进货,两百多块出手。那是物资匮乏的时代,几乎除了水之外什么都凭票供应,买缝纫机要缝纫机票,买自行车要自行车票,缝纫机票可不像粮票布票,人人有份儿,没门子的人只能当分母,那些票让谁拿去了都不知道。福建人似乎特别钟爱缝纫机,尤其是在福鼎等地特别抢手。陈智慧学绣花用的缝纫机都是托村里人从福鼎买回来的。不过,帮忙的人很仁义,只收个本钱。

倒卖缝纫机的风险可比布票大多了,陈长许要在大禹码头把一批缝纫机装上二十马力的木船,海运到福州,再从福州运到永安等地。他要挤在三五十人的船舱,在海上漂泊六七十个小时。一次他们"团伙作案",四人倒卖一百台缝纫机。也许越干胆子越大,也许群体会让人的胆子变大、智商降低,就像木桶效应那样——短板决定一切,最愚蠢

①　有人说,在上海人眼里,上海之外都是乡下。

的人决定群体的效益。他们放弃了海运,改为陆运,货在浙江畅通无阻,在终点福建的福鼎被查获,这下可赔惨了,每人赔掉两三千块。上世纪七八十年代,那是天文数字,农民辛辛苦苦地干一年也就挣两三百块。损失的那笔钱若靠陈长许种地,需要十年还得不吃不喝才能还上。何况陈长许做那笔生意的本金是挨家挨户借来的,要十分利,一百块每月要付十块利息,两三千块就要付两三百块利息,这陈长许哪里负担得起?

陈长许没了退路,回陈家堡又借下一大笔高利贷,继续干。在福建三明市,他的缝纫机又被查扣了,说凭平阳县革命委员会的证明才能领回来。对农民来说,别说县革委会的证明,就是县革委会的大门朝哪边开都不知道。杨恩柱想自费跑业务,为一张介绍信大队开了三天会,要不是队长开会恼了,还拿不到啊。

不过,这次却没难住陈长许,他学会了刻公章。每次外出他随身携带盖有各级行政机构公章的通知和公告,急需时将半透明的薄纸覆在上面,把公章临摹下来,翻过来贴在木板上就可以刻出一枚足以以假乱真的公章。有一年,公社想组织一批社员到郑州出民工,那边答应每人每天给一元五角五分,不过要跟县里签合同。县里偏偏不同意,这下公社坐蜡了,人都组织好了,社员们摩拳擦掌要去赚那一元五角五分钱。最后,公社干部没招了,只好去求陈长许。他给公社刻了一枚县革委会公章,公社革委会"代表"县革委会签下了合同。

陈长许伪造了一份证明,盖上自己私刻的公章,把缝纫机取回卖掉。接着,他又去倒卖粮票。那年代粮食定量供应,男孩多的家庭都要到黑市买粮或买粮票。作为"讨饭县"①的陈家堡人最知道吃不上饭的滋味,他们纷纷跑到宁波等地收购粮票,倒卖到其他地方。

---

① 上世纪七八十年代,温州有民谣:"平阳讨饭,文成人贩,永嘉逃难,洞头靠贷款吃饭。"

粮食属国家统购统销物资,粮票是严禁倒卖的。倒卖成千上万斤粮票如被抓是要坐牢的,甚至有可能丢掉性命。陈长许怕路上被稽查抓住,便买了许多螃蟹,把盖揭开掏空,把成卷的粮票塞进去,将盖扣好。他每次去福建都要带几篓"螃蟹"。

他做梦也没想到会在三明翻车。那里有支筑路队,按国家规定的粮食定量工人吃不饱,吃不饱饭就会影响施工质量和进度。于是,筑路队每月要从黑市买入大量粮票。陈长许跟他们谈好,三角八分一斤,四万斤粮票一万五千二百元,他能赚三千六百元。陈长许偏偏被抓住了,而且是在交易时。他被关押半年之久,如不是趁人不备逃掉,说不定被关到长绿毛。

那几年,陈长许连栽几次。在大女儿一周岁时,他在永安卖掉一批粮票,以超低价钱买回一批铜。

"我有八百多斤铜,你收不收?"他对一位收废品的瑞安人说。

"六块一,你卖不卖?"

"胡说,昨天还卖六块四呢!"

"我看看可以吗?"

"可以。"

陈长许把瑞安人领回了家里。

"八百斤太多了,我没那么多钱,收二三百斤行不行?"

"不行,要收全收,不收拉倒。"

"我一人吃不下,我问问其他人吧。"

晚上,瑞安人回话,可以全部吃下,不过陈长许要送过去。

次日一早,瑞安人就把钱送了过来。陈长许把铜装上了船,按照瑞安人说的地点划了过去。船靠岸时,突然窜出两条船,把陈长许夹住。原来瑞安人找人合伙买铜,却被对方报告给了县公安局。八百斤铜,价值五千一百二十元,这是大案,县公安局副局长亲自出马。

陈长许又被戴上手铐,押到钱库派出所,关进一个房间。

房间外边传来广播报时的声音:"嘀,刚才最后一响是北京时间十点整。"

"嘀,刚才最后一响是北京时间十一点整。"

每播报一次,陈长许的心都像手铐紧了一扣,汗流下来。那八百斤铜是赃货,他花两三元钱一斤从窃贼手里买下的,自己不过投机倒把而已,现在卷入了盗窃案,掉进河里也说不清了,弄不好要被重判。这还不是他最牵挂的,最牵挂的是那笔钱,瑞安人付的五千一百二十元还在柜子里,下午警察肯定会去家里搜查。

在北京时间十二点整时,陈长许从扫帚上撅下一根竹枝,打开了手铐。爬到窗户,用脚把铁筋踹弯,钻出去。他跑回家把钱塞进皮包,搭船逃到金乡,辗转逃到福建,在外躲了半年多。警察追捕的情景不时出现在他的梦中,五十年后还梦到过一两次。后来,陈长许还倒卖过走私布匹,结果在江苏邳县被查扣。那次介绍信也不好使了,私刻公章也用不上了。

改革开放后,到处都是阳光大道,陈长许成为苍南"十万购销大军"的一员,在全国各地跑印刷、徽章等业务。他去学校承揽校徽,两毛钱一个,在金乡找家作坊两分五制作出来;少先队的一道杠、两道杠、三道杠标志,几分钱买来,五毛钱卖出去。

侄儿从青海一家大企业承揽下四千多元钱的饭票业务。陈长许说,像他们那样的万人大厂起码要做一万元。陈长许又跑了过去,找到司务长:"你听我说,我们国家的人民币才十八块八毛八分[①],而你要订制的饭票多是十斤的、五斤的、三斤的、二斤的、一斤的、半斤的,二两、一两、半两的太少了,还需要定做一批。你想他要是拿一斤的饭票去食

[①] 当时人民币面额为十元、五元、二元、一元,五角、二角、一角,还有五分、二分和一分,加起来是十八元八角八分。

堂买一两油条,你要找他一张半斤的,还有两张二两,或四张一两的饭票。你们这么大的厂,每天有多少饭票丢失,有多少损坏,你都要算进去。"

陈长许又从那家企业揽了七千多元业务。1980年时,他已积攒三万多元。

4　"他主动要跑业务,跑不来不要一分钱,你还不给他做?"

阿慧学绣花那年,杨恩柱对大队书记说:"你给我一张介绍信,让我去订业务吧,订不着业务,路费我自己花;订到了,给我报销路费就行。"

宜山区织再生布比最热的三伏天还热,不过这需要门路,一是能搞到原料——废布,二是能把织出来的再生布销出去。别的大队的销售员有本事,让农户赚到了钱,杨家宅生产大队的销售员不行,既搞不到原料,也卖不出布,搞得社员怨声载道。

书记却没答应杨恩柱,说要开会商量商量再说。不是这事不行,是杨恩柱这人不行,他是"非产户"。

"非产户"是温州"特产",当地把家在农村的非农业生产人员的家庭称为"非产户"。"非产户"在生产劳动上受到极大的限制,一是农业户壮劳力上一天工能挣十个工分,"非产户"顶多挣六个工分;二是农业户劳力一年能挣一千六百到一千八百个工分,"非产户"挣三百六十个工分就封顶了;农业户的口粮是生产队分的,"非产户"的口粮是按收购价买的。

杨恩柱的父亲在中学当老师,杨恩柱和两个弟弟、一个妹妹就成了"非产户"。他们兄妹小时候家境还好,父亲那三十多块钱工资可以养

1968 年,杨恩柱在部队当兵留影

活一家人。后来,母亲得了肺结核,开销越来越大,他们连饭都吃不饱了,时常靠地瓜丝和藕充饥。杨恩柱初一都没读下来,就回村去挣那三百六十个工分了。

老妈有病,家里需要个媳妇,杨恩柱又是老大,他就匆匆忙忙成了家。有了老婆,杨恩柱还挣那三百六十个工分。不要说养孩子,连老婆都养不了。蜜月还没度完,他便参军去寻找出路了。

三年后,杨恩柱转业回村,出路没找到,孩子出生了。这时,桥墩水库工地需要大量民工。队长说,去水库工地干一天活儿,可挣十个工分,额外再给半斤粮票和两毛钱的补贴。可是,报名的仍然寥寥无几儿。谁都知道桥墩水库是 1958 年开建的,1960 年发生坍坝事件,导致大量人员伤亡。修水库那活儿不仅很苦很累,还有危险,谁都不愿意去。

队长没辙了,看了一眼杨恩柱说,"非产户"去的话也可享受农业户的这种待遇。

"我去!"杨恩柱当场举手报名。

杨恩柱年轻力壮,浑身有着使不完的劲儿,别人在工地干一天活累得像摊泥,他一边修水库,一边挑柴到山外去卖。在桥墩山里花一块钱能买一百斤柴,挑到几公里的山外能卖两块。

1973年底,水库竣工,杨恩柱回村了,平等待遇取消了。听说小学缺老师,作为教师的后代,还读过一年初中的杨恩柱申请去教书。大队书记说:"你去可以,不过工资待遇只能跟女老师一样。"

男民办教师月薪二十四块,女民办教师二十一块。这不是三块钱的问题,是歧视。

"我去。二十一块就二十一块。"

杨恩柱为了老婆孩子也得忍辱负重。那点工资自然难以养活老婆孩子,杨恩柱肯付辛苦,他家从不买柴,他从山上割的草、下湖捞的荷花藤就够烧了;他家还不买菜,实在没菜了,他就去湖边捞田螺。

杨恩柱不甘心就这样过一辈子,他一边教书,一边寻找机会。1975年暑假,他听说农户生产的再生布推销不出去,想到了江苏洪泽县。当年,他入伍三个月就当上了班副,半年扶正。"文革"初期,他被派往洪泽县"支农""支左",一个人负责四个生产大队。盘算一下,那边还有几个熟人,学校还有半个月才开学,为何不过去试试运气?他跟老婆说,这些年来被"非产户"搞得灰头土脸,抬不起头来,要是能帮生产大队跑到业务,也就赚回了面子。要是跑不到业务,那就当回部队看看战友,托他们帮忙买几条红金或飞马香烟,回来倒卖一下,路费也就出来了。

大队为杨恩柱这件事儿连续开了三天会。第三天晚上,一位队长火了:"别的队织的再生布卖掉了,我们的卖不掉,社员意见越来越大。杨恩柱主动要求跑业务,跑不来业务不要队里出一分钱,你还不给他做？"

另一个队长也支持让杨恩柱试试。书记只好同意给杨恩柱开介绍信了。

临走前，杨恩柱把家里养的猪卖了。那头猪还不够一百二十斤，属于未成年，屠宰场拒收。他只好低价卖给了邻居。俗话说，一分钱憋倒英雄汉。老婆怕他在外受憋，又跑娘家借了五块钱，塞到他的手里。

杨恩柱到了洪泽县，四年过去了，那里变化却不大。他先跑到县土特产公司碰碰运气，管事儿的听说这小伙子在洪泽支过左，再看看他带去的样品还可以，问他："你们能生产多少？我们要一批。"

"文革"中物资匮乏，城里人布票不够用，一个个穿得补丁摞补丁，很是寒酸。再生布质量差，可是一不要布票，二价钱便宜。

"我是农村生产大队的，没有产品的经营权，只能做来料加工。"杨恩柱喜出望外，实话实说。

"你们的布我们可以要，原料我们没有。"对方为难地说。

看来高兴得早了点儿，这生意谈不下去了。杨恩柱想了想，既然来了，那就在附近试试。他花九毛钱买张汽车票，坐车去了淮阴。淮阴地区土特产公司的答复跟洪泽差不多，让杨恩柱感到失望。

"要不你到淮阴县土特产公司试试，他们也许有办法。"

淮阴县土特产公司的负责人是位老革命，上山打过游击，脚负过伤，走路有点儿跛。

听说杨恩柱当过兵，对他油然多了几分信任和亲热。杨恩柱把生产大队没经销权的事又讲了一遍，"老革命"听后二话没说就把会计叫了过来。

"这个事情是这样的，""老革命"跟会计说明了情况，然后问道："你看看，能不能在账面上把它做成来料加工？"

"做是能做，不过有点儿麻烦。"会计说。

"能做就好,活人不能让尿憋死。"接着,"老革命"转过头对杨恩柱说:"我们订三万米!"

杨恩柱有点像做梦似的不敢相信。合同签下后,杨恩柱一阵狂喜,三万米那就是一千五百匹布!他直奔邮局,给书记拍电报,让他们赶紧组织生产。

杨恩柱又花九毛买张车票去了泗阳,这回车票钱是大队出的,站在售票处也就不用纠结了。在泗阳,杨恩柱又签下三万米。他们也没有废布、碎布,不过当地盛产棉花,可以给杨恩柱棉花。

杨恩柱首战告捷,订出三千匹布!这在宜山区引起轰动,社员欢呼雀跃,织布机放声歌唱。

杨恩柱一回来,乡亲们像迎接凯旋的英雄,大队给他报销了差旅费,还发了出差补贴。

"订出了三千匹布?真的假的?"宜山区供销社主任听说后死活不敢信,跑过来确认。

"真假你看看这合同,看看这上边的公章……"杨恩柱拿出合同给主任看。

主任半信半疑地看看合同上写的阿拉伯数字,再看看鲜红的大印,摇了摇头,感到不可思议,太不可思议了。

学校开学了,杨恩柱夹着书本去上课,发现书记已派人顶替了他的"教职"。他成了大队的销售员,在矮檐下站了二十多年的杨恩柱终于抬起了头,可以享受农业户待遇了。不,他享受的是大队书记的待遇,一天十个工分,一年三千六百分,这正好是"非产户"的十倍!销售员奔波在外,每天还有一块五毛钱的出差补贴,这是书记所没有的。

杨家宅的再生布几乎都销往了江苏,淮阴还把一部分销往山东和安徽。于是,有人顺藤摸瓜,找到杨恩柱,从他这直接订货。他的销售网越铺越大,辐射几个省,销售量不断攀升,每年销出数百万米。杨家宅的生产能力有限,供不应求时,他们就从邻村低价收购布,转手卖出,赚个差价。

一次,船在江苏清江市卸下布,装上原材料要返航时,突然好几位警察和工商局执法人员赶到码头,把杨恩柱和船老大扣下了,押到公安局。

"你老实交代!"公安局的一位副局长大喝一声。

船老大立马就尿了,站那儿一个劲儿发抖。杨恩柱为人老实,从不惹事,想这出门在外,人生地不熟的,被抓起来连个探监的人都没有。

"同志啊,这不是投机倒把,我们是生产队的。"杨恩柱从兜里掏出大队的介绍信。

接着,他又把跟清江市土特产公司签合同的过程、合同内容说了一遍。

"再不老实交代就把你抓起来!"也许杨恩柱说的跟举报的出入很大,惹火了副局长,他把手枪掏出来,啪的一声拍在桌子上。

一见到枪,杨恩柱头脑一下就清醒了,不管怎么说他也当过三年兵,还被枪吓住? 再说,自己没干违法的事儿,谁敢朝自己开枪?

"我讲的都是实话,你不信可以给我们大队打电话,也可以跟你们土特产公司核实。我们是来料加工,双方有合同的。"他理直气壮地说。

原来清江市土特产公司土布销量很大,成为杨恩柱的主顾之一。来往频繁,货船经常停泊在清江码头,一来二去,杨恩柱他们就跟码头上的人混熟了,有人托他们带点儿木头。杨家宅不产木头,不过宜山的木头便宜,杨恩柱买一些扛上船,捎过来送给了他们。大凡好事都不会人人有份,没得到好处的就有点儿眼红,到公安局和工商局举报杨恩柱投机倒把,而且数额巨大。

事情本来不复杂,很快就调查清楚了,后来杨恩柱还跟那位副局长成了朋友。

再生布的命运犹如它的使用寿命，没几年就被淘汰出局了，杨家宅转产了，生产编织袋。织再生布那阵是集体生产，社员挣的是工分，到了织编织袋就变成各家各户自产自销，自负盈亏了。没有销售渠道的农户成了加工户，杨恩柱给他们提供原材料，让他们编织，付他们加工费。编织袋收上来后，他统一印制、打包，批发往江苏。

一次，载着编织袋的卡车行驶在盘山道上，坐在司机和杨恩柱旁边的小女孩满眼惊奇地看着车窗外的山山水水、树木和村庄。女儿出生后，他一直奔波在外，没陪伴女儿成长。转眼她就要读小学了，他想领她出去玩玩，聊补多年亏欠。

他上次是带老婆出来的。这些年来，老婆很辛苦，天没亮就起床，不论刮风下雨，都要赶到市场买线买纱。冬天下雪，去市场得经过几座桥，有的桥窄窄的，连护栏也没有，搞得她战战兢兢，甚至两腿发抖，生怕脚下一滑，掉到冰冷的河水里。有时，赶上手里没钱时，她还要找队长支付一点儿。她去得早，人家两口子还没起床。她只好站在外边等待，那个滋味儿不好受。老婆生了四个孩子，两儿两女。那些年，她怀孕也没耽误干活，赶上交活儿时，黑天白天地织布。孩子哭了，只好让他哭，尿了屙了，她也没空给他换尿布。孩子大点了，饿了，她就给炒碗米线，没时间去买菜，她就炒鸡蛋当菜。杨恩柱是一个心里有数、懂得心疼老婆的男人，找机会就带老婆出来走走。

这次卡车跑了三天到了连云港，把货交付了，杨恩柱就可以领女儿去游玩了。没想到对方却说编织袋质量不合格，拒绝接收。

"爸爸，这个他们不要了，是吧?"七八岁的女儿问。

"别着急，爸爸想法解决。"杨恩柱安慰女儿。

他知道自己的编织袋的质量参差不齐，有的村民织得精心，有的毛糙。编织袋关键的是封线，有的封得马马虎虎，七扭八歪;有人还捣乱，故意不把封线封好。老婆很辛苦,每次她都要验收,尽管查出来也不能怎么样,乡里乡亲的,关系都不错,哪能为这点儿事翻脸? 差个一星半点也就那样了,实在说不过去的就扣点儿加工费,让弟弟重新封一下。做生意么,总得讲点儿良心,不能把不合格的东西卖给人家。

新疆有民歌唱道:"你要是嫁人,不要嫁给别人,一定要嫁给我,带着百万钱财,领着你的妹妹,赶着那马车来。"杨恩柱的老婆没赶马车来,也没领着妹妹来,她带来的是弟弟。那年弟弟九岁。弟弟是孤儿,岳父母去世时,他才四岁。

弟弟长大后,就跟杨恩柱老婆一起办厂,他们招集一群五六十岁的妇女,每人每月给五六十块工资。他家自产的编织袋是弟弟封的线,包也是他打的,他们的编织袋是不会不合格的。

人老实不等于悟性差,杨恩柱感到这里有点事儿。这批货是上次带老婆来连云港时订的。在云台的一家化肥厂,他遇到一位当地人,也在那儿推销编织袋。

"你是哪的? 你的生产能力有多大?"

杨恩柱出来时发现那人在厂门外等他。

杨恩柱如实地介绍了自己那边的情况。

"你能不能帮我加工一批?"

这人到底是推销员还是采购员? 杨恩柱被他搞得一头雾水。

原来此人姓徐,是当地塑料厂的销售员,他们厂也生产编织袋,不过成本较高。他想从杨恩柱这订一批,再卖出去,赚点儿差价。

杨恩柱想,有钱赚,卖谁还不是卖呢? 也就答应了。

杨恩柱做了几年销售,经历多了,也就见怪不怪了。他这些年本着一是诚实,不论跟谁做生意都要实话实说,不忽悠别人;二是老实本分,不干违法的事,不偷税漏税,这样也就没有大麻烦。现在看来因给老徐加工了这车编织袋,卷入了他们内部的矛盾。

一天过去了,第二天上午那车编织袋还没卸下来。杨恩柱火了,去找了厂长。最后,他们不仅收了那车货,还给了司机误工赔偿。

1980年,杨恩柱纳税七万元,这在苍南引起了轰动,还上了《浙江日报》。

5 老爸和哥哥是"猴子",年仅十九岁的她 也成了"猴子"

陈定模到龙港时,杨小霞已经成了"猴子",那年她才十九岁。按年龄说,她还是个小"猴子",但按钱来说,她已相当于两个"猴子"——有两万元。

杨小霞生在金乡,那是一座古镇,古称瀛洲,濒临东海,三面环山,山外环海,山海回环。传说三国时周瑜在那训练过水军。明洪武二十年置卫筑城,称金乡卫。初中毕业时,杨小霞鬼使神差的差两分没考上高中,梦想像流星从天空滑落。她最大的梦想就是风风光光地离开这片土地,这下没戏了。成绩不如她的同学选择了复读,她也动心了,毕竟考上高中就等于朝大学的门槛迈近了一步。

妈妈这次却没惯着她:"唉,算了,女孩子读到这份上就可以了。"

妈妈出生于大户人家,娘家也是大地主。妈妈上过学,识文断字。

杨小霞从小就是乖乖女,听妈妈那么一说,也就放弃了复读,进了印刷厂,那年她只有十五岁。

与其说那是印刷厂,还不如说是小作坊,没有厂房,在一户人家的外边搭个棚子,安装几台印刷机。厂里满打满算也就七八个人。厂子是哥哥跟朋友合股办的,员工都是朋友的老婆或亲戚。

哥哥年长杨小霞十几岁,从小就不甘于贫穷,不甘于作为"地主家狗崽子"被人打倒在地,再踏上一只脚地卑微活着。哥哥不断地折腾,

神采飞扬的杨小霞

做过糕点,卖过炒米。村里一遍又一遍地割他的"资本主义尾巴",把面粉、白糖和食油没收,把他抓起来。他却像吴琼花[1]似的不屈不挠,只要放出来就继续干,最终挖到了属于自己的那桶金。

哥哥说服合伙人,让杨小霞当了出纳。厂子虽小,她的工资却不低,上一天班挣两块钱,晚上加个班挣一块钱,一个月下来也有五六十块钱。当时城里的徒工每月只有十八块,二级工才三十块左右。

杨小霞的出纳纯属闲职,多数时间既无出也无纳。她跟哥哥说,我要学门手艺。于是,她下到车间跟师傅学了丝网印刷。也许是心灵手巧,也许是用心,也许有天赋,杨小霞很快就掌握了套色技术。

当时最难套色的是一种纸牌,上边的人头要套七种颜色,难度超

—————————————

[1] 电影《红色娘子军》中的女主人公,她是恶霸地主南霸天的丫头,不堪忍受压迫与欺凌,一次次地反抗逃跑,一次次地被抓回遭到毒打。

高。金乡就数杨小霞套得好,套得精准。北门有条印刷街,金乡的印刷厂大都在那儿开店,或摆摊,接收业务。杨小霞在那儿小有名气,那些厂家遇到高难度套色就去请她。

"妈妈,我如果不在厂里做的话,一天能挣三块,晚上加班到十点还有两块好赚。"

"你还是在你哥哥厂里做吧,下班后到外边做。"

第一个月,杨小霞赚了九十元的外快,第二个月和第三个月的是一起拿到的,有一百多块。她高兴得跟妈妈上街买了两个金戒指,母女一人一个。

厂家发现请杨小霞支付的报酬高点儿却很划算,她做事认真,提前十五分钟上班,年轻手脚麻利,动作快,四小时别人印三千五百张,她印四千八百多张,而且她干的都是技术难度高的活儿。老板脑袋都很灵光,都会算这笔账,抢着请她的厂家越来越多,有的跑到她家门口来接,有的跑到厂门口去等。她也不挑,谁先请就跟谁走。

厂家有时能请到,有时请不到,于是有的厂就想高薪聘她,有的想给她提成,有的要给她干股。杨小霞没抵挡住这一诱惑,离开了哥哥那个厂。

杨小霞成了"猴子",父亲也成了"猴子"。父亲"文革"时被划成地主,进过牛棚,挨过批斗,他的一个朋友也是"地主"。"文革"后的一天,两个"地主"在没有监督,不搞鬼鬼祟祟的情况下就接上了头。一个年轻时做过食糖和棉纱生意,另一个也很有经商头脑,俩人三句话不到就聊起了生意。

朋友说,最近在回收PPT废料,能不能一起干?

父亲一听就兴奋了,儿女都是搞印刷的,儿女的朋友以及朋友的朋友也是搞印刷的,他们印的棋牌、菜票用的都是PPT材料,切下来的边角废料都扔了。另外,他家有个大院,可以存放收上来的废料。

两个"地主"终于有了比当年淘厕所更有用武之地的活儿。她的母亲也加入进去,父母起早贪黑地干起来,先是去厂家收,后是厂家送过来卖给父母,再后来金乡出现走街串巷收废品的,他们也将收上来的PPT废料卖给父母,他们家成了收购站。

也许父亲有经商的天赋,也许他抓住了机遇,也许这是他的生命之树盛开的时机,被他使出浑身解数给抓住了。他的生意越做越大,PPT废料两吨三吨地往外运。钞票像秋天的树叶纷纷扬扬地飘落进他的腰包,当杨小霞成为"猴子"时,他已拥有十几万元了。

6 给别人撒了许多"网"后,他想自己也来一"网",结果网到一条来自远方的"鱼"

1984 年,均瑶三兄弟或在通往财富的蜿蜒崎岖的小道疾行,或站在起点上眺望。

跟那些"猴子"相比他们还太年轻,甚至说太小了。老大王均瑶刚十八岁,到金乡打拼刚三四年;王均金十五岁,刚沿着大哥的脚步到了金乡,王均豪才十二岁,还在读书。

谁也没想到若干年后他们会成为浙江首富,成为最大的"猴子",包括他们自己。

他们生长在金乡区大渔镇渔岙村,那里三面环山,南面临海。村里有五百多户人家,两千多口人,靠打鱼为生。父亲为养活一家七口疲于奔命地劳作着,打鱼回来,连伸一下腰的时间都不给自己,转过身就上山打猪草。尽管如此,他们还时常饥寒交迫。

在王均豪的记忆里,小时候一见白米饭两眼就会冒绿光。平时他们吃的是有霉的、腐烂的、被虫子盗空的红薯丝。每次煮前,妈妈都要用簸箕簸簸,把里边的泥土、虫子和虫卵簸出去。红薯羹煮好后有点儿像土豆泥,味儿却极其难闻,猪都不吃。没有下饭的菜,妈妈给他们哥仨每人一块糖。他们把糖放在嘴里嘬一下就拿出来,吃几口红薯羹,吃不下去时再把糖放嘴里嘬一下。一顿饭吃完了,那颗糖还剩半块,收起来留下顿饭嘬。

父亲打来的海鲜只要能卖的都卖了,实在卖不掉的才自己吃。他们能吃的大多是钓螃蟹用的带鱼肉。那肉在海水中浸泡了十几个小时,味儿寡淡,有的被螃蟹吃掉了一半,但却是他们能吃到的最好的海鲜。除此之外,还有卖不掉的红壳蟹。

他们三兄弟都是孩子王,分属不同年龄段。他们的爷爷是说书的,也许有这遗传基因,他们哥仨都很会讲故事,讲起薛仁贵征西什么的眉飞色舞,小伙伴都特爱听。有时,他们给小伙伴讲故事,小伙伴帮他们拔猪草。他们有一个姨妈在金乡,姨妈家的表哥是放电影的。王均瑶跟表哥去放过一次电影,回来就在孩子中卖电影票,一分钱一张。他在几块玻璃片上画了一些小人儿或动物,用手电筒投到墙上,边讲边换片。

有一天,他们哥仨发现渔船回港后,饭锅上留有锅巴。打鱼是个力气活儿,不能吃红薯丝,要吃米饭。渔民在船上煮饭火候掌握不好,锅底留有厚厚的锅巴,也许没空刮,随着饭锅便留在了船上。对吃红薯丝的孩子来说,这是非常了不起的发现,他们谁也没告诉。每当有渔船回港,他们哥仨就会溜上船,一艘接一艘地搜锅巴。锅巴不仅远比红薯丝好吃,还扛饿。不像红薯丝吃了不大一会儿,肚子又咕咕叫了。

一天,他们在船上找到一瓶白糖,这犹如在沙漠发现一块金子,他们用闪着绿光的眼睛相互对视一下,这东西怎么处理?要不要拿回去?父亲告诫过他们:"做人要用巴掌摸摸胸口,要对得住良心。"这要是拿了,算不算对不住良心?这算捡还是算偷?

"糖瓶子要是锁在柜里,把柜撬开拿走那算是偷,放在外边拿了,这不能算偷,算捡。"

"糖瓶子在地上算捡,它在人家的船上,那还是算偷。"

"糖瓶子在他的船上拿了算偷,那我们刮人家的锅巴不也算偷了? 这不算偷,算捡!"

最后,三兄弟达成了共识,这算捡不算偷。算捡那就可以分享,于是每人一口地吃了些。

剩下的怎么办? 这糖瓶子怎么拿回去? 就算是捡的,要是给人看见也会被误认为是偷的。哥仨又讨论一番,最后决定找个桶,把糖瓶子放在桶底下,上面用沙子埋上抬回去。碰到人就说家里要炒蚕豆。村里人炒蚕豆都用沙子炒,先把沙子放进锅里炒热,再把蚕豆放进去,用沙子的热把蚕豆炒熟。

糖瓶子拿回家怎么办? 父母知道了会以为是偷的。把它藏起来,不让父母看见。夏天,一家人睡在地板上,在父母的眼皮底下这白糖怎么吃? 他们找来两个凳子,在上边搭两根竹竿,把床单搭上去,他们钻进去,把糖瓶子拿出来,你一口,我一口,他一口地吃。忽然一阵海风把床单和竹竿刮到了地上,父母发现他们兄弟仨捧着个糖瓶子。

"这是怎么回事?"父母把糖瓶子夺了过去。

"在船上捡的。"

"哪艘船?"

"那么多船停在那儿,谁搞得清。"

白糖被没收了,还好没惩罚他们。

王均瑶小学没毕业就离开了村子,去金乡打工了。金乡的家庭作坊多如麻,有搞印刷的,还有制作标牌和徽章的。他们早期的推销模式是寄信,搞一本各地机关企事业单位的名录,按照上面地址撒网似的寄信和样品。

王均瑶最初是帮人家写信封和寄信,他想自己为何不撒它一

"网"，八分钱一张邮票，一分钱一个信封，撒一网要投百八十封信，要十块八块的。对王均瑶来说，这不是小钱，他知道不论做什么都要有成本。他撒了一网，竟收到一封回函，约他去重庆面谈。他既欢喜又纠结，重庆那么遥远，谈不成还要白搭几十块的路费，可要是谈成了呢，不就赚一把了？最后，他决定冒一次险，谈不成也没什么，他还没坐过汽车和火车，没去过城市，就当去玩一趟。

王均瑶在重庆第一次揽回一笔生意，尝到做生意的甜头。

第三章　九人班底

1　丰满的想象退潮后，现实的礁石露出来。
　　他睡不着觉了

上任后，陈定模下到五个村调研一番，不禁倒吸一口冷气，龙港的建设远比想象艰难。来前的想法犹如隐没在荒草与丛林的羊肠小道，没走多远却发现那是一条死路。

陈定模当初设想建一条钱库街，一条宜山街，一条金乡街，到了龙港才发现那是朵谎花，看着漂亮却难以结果。让农民进城没问题，中央一号文件已经允许了，建房用地怎么批？收不收钱，收多少，怎么收？这违不违法，合不合规？就算全县六千五百个"猴子"都进了龙港，龙港就能变成镇？那不过是小渔村变成大渔村而已，城镇怎么可以没有道路，没有上下水工程，没有绿化，没有学校，没有医院，没有商店、图书馆、影剧院、公园？要有，钱谁出？

"不要县里一分钱。"拍着胸脯说得豪迈、痛快，却自断了后路，现在只有背水一战。

俗话说，一分钱憋倒英雄汉。这是多少好汉的惨痛教训。没钱就等于没有粮草，谁会心甘情愿把自己绑在这么一辆战车上？老婆不赞同他来龙港。别看他在外风风火火,叱咤风云,却有点儿惧内。胡顺民在家很强势,说一不二。他跟她说想去龙港,她说:"你在钱库顺风顺水,去那边人生地不熟,连语言都不通①,习俗也不同。你都四十五周岁了,已抱上了孙子,何必冒那个风险?想住到龙港没问题啊,粮食局已批给我一间龙港的地基,房子建好就可以把家搬去啊。"

陈定模本来睡眠就不好,这下就更睡不着了。

他到任后,四梁八柱也就齐全了。镇委、镇政府班子的九条好汉,七人来自港区,都是江南垟的。副书记、代镇长陈萃元是金乡人,年纪与陈定模相仿,毕业于普师,当过老师。

副镇长陈林光是金乡区肥艚乡人,他的办公室在走廊的中间。陈定模的房间把西头,每次进出必经他的门口。陈定模上任的第二天就撞见了这位穿着军装,"雄赳赳,气昂昂"的副镇长。陈林光在部队当过作战股长,转业时是正营职,担任过金乡区副区长。前两天,陈林光听人说镇里新来了位书记,文化不高,过去是卖书的。陈定模给陈林光留下的第一印象是个子不高,说话干脆,看样子比较精干,穿着不讲究,像个农民。

在镇机关干部中,陈林光来龙港最早,两年前还是港区时就过来了。他负责修路,还担任第一码头建设指挥部副指挥,兼办公室主任。虽然被任命为副镇长,但他负责的第一码头还没竣工,工作重心还在那边。

镇委、镇政府的第一次会议,有的人被搞得一头雾水,陈定模和陈林光是说蛮话的,陈萃元是讲金乡话的,朱照喜是说闽南话的,还有几位副镇长讲宜山话,也就是宜山版温州话。会议开始时,大家都挺自觉

---

① 蛮话,系温州市苍南县原住民语言,通行于苍南县内江南垟片区,与其他任何方言不能互通。蛮话的特点是语速快,词汇古老,句式带有古越语特点。苍南县内各镇蛮话略有差异,以钱库镇和炎亭镇的蛮话为代表。

陈林光转业前与家人合影

和收敛,各自讲着自己版本的普通话,尽管南腔北调,语感好的能听个八九不离十,语感差的也有百分之七八十好听。可是,讲着讲着,或稍一激动就"越轨"了,说起自己的方言。陈定模还好,几十年来调换好几个地方,加上妻子是说闽南话的,所以闽南话、金乡话、温州话都能听得懂。陈林光的家乡肥艚属于金乡区,金乡话也能讲一点儿,宜山版温州话也会说一点儿,又在福建服过役,闽南话也讲得马马虎虎,不过灵溪的闽南话是听不大懂的。镇长陈萃元听其他方言问题也不大。不过,有人两眼直愣愣地盯着别人的嘴巴,不知其所云。

陈定模鼓劲地说,来了我们就要大干一场,把龙港建起来。大家要解放思想,放开手脚去干。有成绩归功于你们,出问题我担着。

最初几周,陈定模白天组织镇机关干部到方岩下、河底高、金钗河等村调研,晚上带领大家讨论"龙港建设靠什么?怎么建?"

有人也许会感到莫名其妙,龙港建设靠县里、市里、省里,靠资金,靠拨款。资金到位,龙港就建得起来,没钱的话,滩涂还是滩涂,渔村还是渔村,龙港镇还在纸上。

"有国家投资,还要我们这班人干什么? 县财政全年收入只有八百多万元,还要建县城,哪有钱给龙港? 我们要开动脑筋想办法。"陈定模说。

"建龙港省里不拨款,市里不拨款,县里也不拨款,那是搞不来的。"有人说。

陈定模为自己跟县领导拍胸脯"不要县里一分钱"而暗暗叫苦。不过一想,自己不那么说,县里就会给龙港拨款了吗? 绝对不会的。灵溪是县城,列入了建设计划,省里有拨款;龙港是经济中心,没列入计划,没有拨款。这就像陈家堡农民的孩子,男孩算数,女孩是不算数的。龙港只有自力更生,自谋发展。

从某种意义上说,这同分县有关。1981 年 6 月 18 日,平阳县被一分为二,原来的县城昆阳镇和经济中心鳌江镇留给平阳县,分出来的苍南县没有经济中心,没有一座中心城镇,三十六个乡镇,有二十五个是"欠发达乡镇";中小学、医院和大的国营企业几乎都留在了平阳。有人说,"苍南苍南,泪下怆然。"

"谁愿意到苍南来? 分过来的四百七十名机关干部大多数是没有背景的,在平阳留不下的……"采访时,苍南县人大原副主任高友平说。

"分到苍南的全家哭啊,真的全家哭,想不通啊,苍南什么都没有。"担任过龙港镇镇长、苍南县副县长的章圣望说。

1981 年 10 月 10 日,苍南县政府还没成立时,陈君球接受了一个秘密使命——港口城镇选址。平阳县委副书记特意交代此事敏感,需要严加保密。陈君球是宜山镇八岱村人,担任过平阳县城关镇委书记。

陈君球像做地下工作似的联系了两位可靠干部,一位山东人,一位平阳人。三人靠着两条腿外加自行车轮子,对萧江、凤江、湖前、宜山和沿江等乡镇进行考察后,拟定港口城镇选在沿江、龙江之间的滩涂上。

沿江方案得到温州市副市长胡显钦的支持和专家的认可。专家认为,沿江是一块未开发的黄金宝地,一是具有良好的建港条件,距东海仅五公里,距温州港和沙埕港各五十公里,距台湾台北基隆港一百八十海里;二是位于鳌江港的南岸,沿江的方岩下是苍南人流与物流的咽喉要塞,内河有八条航线,近千条客货船只直通江南三区和灵溪、藻溪、萧江等地;三是拥有广阔经济腹地,辐射面广,包括江南片、江西片和瓯南闽北地区,尤其是江南三区有六十万人口,占全县总人口的百分之五十四,经济总量占全县四分之三强,经济吸引能力强。

苍南县政府成立后,"沿江方案"得以公开,金乡、钱库、宜山三区无不拍手称快,在南港——灵溪、藻溪、桥墩等地赢得骂声一片,有人认为这个阴谋,是改变"县治设在灵溪"的前奏。

有人提出,沿江无旧城可依托,不适合建城镇。

有人反驳,从长远考虑,县治就该设在沿江。平阳县城关镇有一千七百多年历史,不靠江河,至今人口仅 1.1 万人;鳌江镇历史不足百年,因靠近港口,经济发展快,人口已超十万。县城选址首要考虑对全县经济发展能起带头作用,经济发展了,各项事业都会跟着发展。

双方争持不下,县委书记卢声亮提出"两个中心",政治中心设在灵溪,经济中心设在沿江。有人赞同,依据是中国的政治中心在北京,经济中心在上海,美国的政治中心在华盛顿,经济中心在纽约,平阳也有城关镇①与鳌江镇两个中心。也有人反对,认为从贫困县平阳分出来的苍南本来就很贫困,哪有实力在建县城的同时,再建一个经济

---

① 1982 年城关镇更名为昆阳镇。

中心？

县委将县城的建设规划与沿江方案同时报到省里。县城的建设规划获得批准。省里对沿江进行实地考察后表示认同，没列入计划。

2 "县治"引发轩然大波，惊动中南海

1982 年 1 月 23 日，全国著名市政专家殷体扬教授回金乡省亲。殷体扬是国家城建总局特约顾问，担任过中国市政学会会长。他看过沿江方案后拍案叫好，苍南县代县长金国仙请殷体扬考察灵溪和沿江①等乡镇，让陈君球全程陪同。

1 月 30 日，殷体扬考察过后，应邀在温州市政府礼堂做了一场报告，他对苍南县城选址，从整体结构、经济效益、安全水资源供给、节约良田、环境保护、水陆交通等十个方面进行了论证，结论是苍南县治应选在沿江，以港立城，城港共兴。

殷体扬说，新县城的选址要符合全县广大人民的最高利益。县治如设在灵溪，只作为行政中心，势必要在沿江一带另建经济中心。这样头脑在灵溪，身躯在沿江，政治与经济分离两地，政治管理的功能遭到削弱，是严重违反城市结构规划的紧凑布局、合理分区原则。沿江与北岸鳌江镇相对，是苍南县江西片和江南片的经济中心，很容易形成全县政治、经济、文教事业的综合性中心。另外，沿江建城，可以充分发挥沿海和沿江的优势，从全局和发展的观点看，可以引进技术和来料加工，弥补本地资源不足。鳌江和沿江分处两岸，依靠鳌江流域航运之利，必能长足发展。在不久的将来，必将浑然一体，成为一个宏伟的完整的现代化城市。

---

① 沿江即宜山区沿江公社，现龙港镇以沿江公社方岩村为中心。

龙江选址合影。第一排左起陈君球、胡显钦、殷体扬、于瑞祥，
第二排为温州市有关专家

2月3日，《浙南日报》以"上海社科院特约研究员殷体扬教授在我市作城建学术报告"为题给予了报道，掀起了轩然大波。

据《温州晚报》2014年刊发的署名文章回忆①：

（1982年）2月6日在一些人的煽动下，部分群众非法夺取了镇广播站，实行罢工罢课罢市，并封锁了途经灵溪镇的福州至温州的104公路。

中央得知这个情况后，作出关于把制造这次事件的幕前幕后者都要抓出来、不能不了了之的批示。

温州市委立即组织力量进驻苍南帮助解决。当时确定的市委

---

①　韩文德：《"灵溪事件"惊动中南海》，《温州晚报》，2014年7月18日。

市府领导有郑嘉顺、张维森、王权等同志,我作为市委组织部的领导人也应召参加工作,于 2 月 8 日带领公安政法系统人员以及有关部门干部几百号人先到了平阳,经过几天的了解情况和准备工作,于 2 月 12 日下午大部队浩浩荡荡地进驻灵溪镇。

当我们派去的工作队人员尚未安顿好,不少人就向我们发起围攻,有的将我们从平阳带去的盘碗全部打翻在地,把我们乘坐的汽车推倒,把公安车上装置的天线折断。尽管我们苦口婆心地做了思想政治工作,但他们还是听不进。我们的同志也因此被困在驻地办公室过了一夜。第二天上午,灵溪镇的一些群众组织游行,在一名老人的带领下,游行队伍前面抬着两具棺材,棺材周围写着标语,意思说国务院定下的县治是圣旨,血可以流,人可以牺牲,已经到手的县治决不能变。

我们再三向群众说明县治是不会变的,但带头闹事者必须绳之以法。经过几天大张旗鼓的宣传教育,群众情绪稳定下来,那些违规的做法也很快得到制止,大部分群众也开始认识到自己做错了。但万万想不到在 3 月 3 日这一天,当我们准备将一名抓捕到的肇事者押送温州时,一些人却打着犯罪分子是为大众谋利益的旗号,利用宗族宗派关系,煽动了一些群众,借救人为名,于当日傍晚冲上我们居住在山坡上的县水利局排涝站,见人就打,见物就砸,对我们的办公用具和寝室床铺、日常用品进行了毁灭性的破坏。留在山上的市公安局一名同志当即脑部被打成重伤,造成终身残疾。另外一名同志也被打伤。

到了夜晚 12 时左右,闹事者得知温州方面已组织大批警力进驻灵溪的消息后,逃离了现场。

最后在市、县公安民警的艰苦努力下,终于将该捕的不法分子都捕到了,让他们分别受到了法律的制裁。一些严重违法乱纪的党员干部也受到了应有的处理……

由于"灵溪事件",原计划在灵溪召开的苍南县三级干部会议改在矾山镇。会开完了,麻烦来了,江南垟各区、乡、镇干部怎么回去? 通常是从矾山乘车到鳌江,乘渡轮过江到方岩下,再坐船回钱库或宜山、金乡。这时,104国道已中断,矾山到鳌江要在中途下车,步行两公里穿过灵溪镇,再乘车到鳌江。在这一敏感时期,四五百名江南干部步行穿灵溪会不会引发冲突?

江南与南港两地本来就有积怨,"灵溪事件"导致了矛盾加剧。江南以平原为主,经济相对发达,南港多为山区,发展相对滞后;江南人说瓯语、蛮话、金乡话,南港讲闽南话,言语不通,却不耽误相互的攻讦与讥诮。县委书记和县长要求江南干部在矾山乘车到马站,绕道回去,这一路线中途要步行十来公里。

"我不同意。这是不是中华人民共和国国土? 灵溪是不是苍南县的县城? 我们为什么不可以经过灵溪?"钱库区区委书记陈定模提出异议,他说,"我们钱库区干部从灵溪走,出事我负责!"

最后,钱库的干部走灵溪,四五个小时就回到了钱库;金乡、宜山两区的走马站,绕道走了一天才到家。

县委、县政府为安抚灵溪群众,于1982年3月13日在办公楼还没竣工的情况下,就将县机关迁到灵溪。由于家属宿舍没盖好,机关干部或住办公室,或住单身宿舍,周末回平阳与家人团聚。

3　副县长批复:"无底洞,财政负担不了。"
看来港区要下马了

"灵溪事件"虽然平息了,可是反对建经济中心的呼声不断,甚至蛮横强悍,县委机关的厕所出现"打倒黑干将"的文字,而且没过几天就写满了墙壁。一天,突然在一片"打倒"中出现:"揪出黑后台,扫除马前卒!"

机关干部都清楚"马前卒"是谁,似乎一夜之间陈君球就变成了土地雷,谁见到都绕着走,过去明确表态支持"沿江方案"的领导都不敢跟他接触,平日关系相当不错的同事碰面招呼都不打了。

有人说,"灵溪事件"与陈君球的调查选址有关,必须追究他的责任。县领导多次找他谈话,让他写出书面检讨。他拒绝了,"我是根据县委领导交代去调查的。"

县领导苦口婆心地劝他:"你不写呢也是有理由的,不过你作为一名老党员、老干部要顾全大局,要考虑县委所面临的压力和处境,最好还是个人受点儿委屈写一份。实在不想写,找别人代写也行。"

陈君球只好违心答应了。

1982 年 4 月 9 日,县委顶着压力成立沿江港区建设领导小组,成员八人,陈君球任组长。

"苍南需要物资集散中心。"县委和县政府提法变了,不再提港口城镇建设,也不再提经济中心,改称"物资集散中心"或"沿江港区"了。

"苍南的县城刚开始建,再开发滩涂建港区,钱从哪里来?"

"在滩涂上建港区纯属劳民伤财,把平阳划分给苍南的企业赶快迁到灵溪来!"

港区建设领导小组是什么? 既不是行政机构,也不像企事业单位,县委下文仅八十八个字,既没说港区的任务是什么,又没提经费从哪里来,有人不肯来,拒绝报到。

陈君球拿着文件去找县长,建议开个办公会议。

"老陈啊,你的意见是对的,但是在非常时期,这文件能发下来已经不错了。"

县委任命的港区领导小组为八人,到位仅三人,陈君球之外,还有办公室主任和副主任。港区缺人,严重缺人,陈君球向组织部副部长求助,他们是多年好友,没想到对方却惧于压力不敢帮忙。

有人对陈君球说,"县委那份文件不过是发给你们这些江南人看看,他们根本就没想开发沿江港区。老陈,你这人太老实了,信以为真了。"

好在"信以为真"的江南干部不少,对港区建设抱有热情,主动要求到港区工作,于是陈君球把他们借了过来。

1982 年 9 月 23 日,温州市政府对港区建设领导小组请专家制定的《关于龙江港区总体规划的报告》给予了批复:

一、性质:定为苍南县港区,全县物资流通集散中心;

二、规模:人口规模近期(1985 年)拟为 1.2 万人,远期(2000年)为 1.9 万人,必须严格控制人口的自然增长率,用地规模近期控制在 35 公顷以内,建设用地要尽量不占或少占良田,拟远期为126 公顷;

三、基本同意规划对港区的岸线、码头、工业、仓库以及生活居住区的布局意见……

港区以方岩下、河底高、金钗河、江口、下埠五个渔村为基础。这五个村有三个隶属于龙江公社,两个隶属于沿江公社,陈君球考虑到鳌江亦称青龙江,将"沿江港区"改为"龙江港区"。

港区总体规划获得市政府的批准,县有关部门却不买账,不许港区设立财务账号,不拨经费。港区最早借用鳌江镇第四码头临时小公,一个多月后搬到南岸,没钱租房,只好跟沿江渔业队借了三间破房子。那是三间空房,连桌椅板凳都没有。

港区要对外联系得坐轮渡过江去打电话。没有电,晚上开会要点

原江口村旧貌

蜡烛。窗户没玻璃,又靠近江边,江风不时刮来,动不动就把蜡烛吹灭。把蜡烛点上,不一会儿又吹灭了,他们索性摸着黑开下去。一位村干部发现了,开玩笑说,"你们是天天晚上开'黑会'啊。"

港区一片滩涂,芦苇蒿草丛生,连一条能拉板车的路都没有,最怕的是下雨,雨过三五天后走路还得穿雨靴。没有食堂,他们就吃饭摊儿。没有补贴,连差旅费都要原单位报销。工作忙,任务重,他们要起早贪黑,节假日经常不休息,还没加班费。港区没钱租宿舍,他们就投亲靠友,多数借住在鳌江,早晨坐船过来,晚上坐船过去。一位干部没找到地方住,只好每天往返于十来公里外的宜山。

一天,"黑会"开到深夜十点多钟,狂风呼啸着从没玻璃的窗户灌入,外边雷雨交加。赶紧散会,再不走就过不了江了。陈君球他们顶风冒雨赶到码头,风雨过大,轮渡停运了。等到半夜十二点多,还没开轮渡的迹象,着急过江的八个人包了一条两人划的小木船。风高浪急,他们坐的船上下颠簸着被冲到江口,有人吓得哭出声来。好在船老大有经验,凌晨两点半时船终于平安靠上对岸。陈君球他们赶到住所时天快要亮了,倒在床上睡一会儿又要坐船过江了。

最难的还不是这些,港区申请建七条路,县财政仅拨了五万元;建水厂,预算三十八万元,仅给拨八万,再申请五万元,县政府办公室转来"抄告单":"副县长批复:'无底洞,财政负担不了。'"

"这样卡脖子,港区还怎么建?趁早散了算了,不受这窝囊气了。"有人泄气了。

"这是县政府的下马令!"有人拿着"抄告单"愤愤地说。

1983年春,支持港区建设的县委书记和县长相继调离,县政府不再给港区拨款了,设计好的进港公路也搁浅,本来就不愿意迁往港区的百货、五金、医药、盐业、烟草、糖业、物资等十家公司说:"没有进港公路,港区就是个死港,我们搬过去就是等死。"

陈君球找不到县领导,下边委局办相互推诿,港区工地陷入停工与半停工状态,看来港区真要下马了。

1983年8月10日,县委在刚落成的县水产局召开港区建设现场办公会。会议由苍南第二任县委书记胡万里主持,县委副书记,正副县长,部、委、办、科局负责人,以及钱库、宜山、金乡三区区委书记出席会议。

陈君球汇报了港区的工作,"自1982年冬至1983年6月底,已经批准在龙江港区建设的有三十七个单位的五十九个项目,投资金额五百七十七万元。"但是,"截至1983年6月底,已竣工的只有四个单位的七个项目。只完成投资总额的百分之十三。至今尚有二十四个单位三十八个项目尚没启动,只有九个单位在建设,进度显然是慢了些。其慢的原因虽然很多,但主要原因还是领导不重视,资金没到位。在'下马风'的影响下,领导思想犹豫不决,等待观望。"

胡万里说:"港区建设进度慢从领导方面讲,主要是重视不够,抓得不紧,措施不力。我在省里开会遇到了省委书记王芳同志,他说:'要把港区建设好,苍南县的经济中心就在那里。这不是以人们的意志为转移的,港区建起来,苍南经济发展了,好处无穷。'"

他还说:"特别值得注意的是一些霸头哄抬物价,欺行霸市,敲诈勒索,行凶殴打,扰乱和破坏社会治安和港区建设。对那些横行不法的霸头要从严惩处,该抓的抓,该判的判,决不手软。"

胡万里指示秘书高友平说:"小高,你马上给县公安局局长打电话,让他派人过来。"

港区领导怕激化矛盾,说情况已发生,通过调解已解决。

胡万里坚定地说:"今天调解好了,明天还会发生,一定要彻底解决。"

县公安局长亲自带干警赶过来,抓了五六个地霸。

地霸抓了,羁押在哪?港区不要说看守所,连派出所都没有。县公安局也没有看守所,只得把他们送到平阳县看守所羁押。

"小高,你跑一趟。"胡万里说。

县里仅有两辆吉普车,全都调给了高友平。高友平是河底高村人。他过去一看,跟那几个地霸都认识,其中有一个还是他本家叔叔。那也没办法,谁让他们敲竹杠呢。高友平和警察把他们押送到了平阳看守所。

听说从平阳划分过来的十大公司还在鳌江,胡万里说:"公司在鳌江,干部职工也都住在鳌江,港区怎么发展?要尽快搬过来,国企要带头,大家一起来建设港区。"

在鳌江镇的十大公司的职工和家属有七千五百七十九人,可是他们多数认为江南是乡下,鳌江是城里,不愿意放弃城里搬到乡下。胡万

一九八四年九月，港区撤销，港区部分同志合影留念。前排左二起陈承中（港区办公室主任）、左三陈君球（港区领导组组长）、左四陈林光（后任龙港镇副镇长）、左五金茂标（副组长、进港公路总指挥）、左六魏启番（后任龙港镇副镇长），第二排左三徐存豪（后任龙港镇委副书记）

里不仅找十大公司经理开会，还多次分别谈话，让他们做好职工和家属的工作搬过来，同时要求他们分别跟省公司申请拨款，在港区建房，解决干部职工住宿的问题。

　　港区建设领导小组不是一级政府，只有协调、服务功能，不具政府的权力与职能，只能按计划经济思维，靠政府拨款搞建设。县委、县政府决定申请建镇。陈君球说，有人提出叫龙江镇，他觉得这名不错，不过跟龙江乡重名；还有人提出叫方岩镇，他说方岩镇容易让人误以为是山区城镇。最后，他取了龙江的"龙"，又取了港区的"港"，组合成"龙港"，这意味着是沿海城镇。

1983 年 10 月,浙江省人民政府批准苍南县建立龙港镇,沿江公社的方岩村、河底高村和龙江公社的金钗河村、江口村、下埠村五个村划归龙港镇。

4 "土地是财富之母。"怎么才能让土地生出财富?

陈定模到任不久,县政府决定将宜山区的沿江、龙江、湖前、白沙四个乡划归龙港镇。一个月后,又将海城乡划归龙港。龙港镇下有五个乡,辖区大了,人口多了,经费却没有。陈定模来之前,县里拨的六千元开办费犹如三伏天杯子里的水,没喝几口就没了。

有人要打报告跟县里要,陈定模却派人到河底高村借来三千元,以解燃眉之急。借钱毕竟是权宜之计,哪能"刘备借荆州——有借无还"?镇政府又不是企业,没有产值,没有利润,拿什么还?这三千元用完后怎么办?继续借?谁来还?要是借不到呢?难道镇政府就停摆了吗?

"灵溪事件"犹如不散的幽灵,在苍南徘徊着,萦绕着。这股势力不可小觑,他们生怕灵溪被僭越,怕失去县治地位。龙港建设成为敏感问题,谁也不想刺激那股势力。

"龙港建设靠什么?"陈定模寄希望群策群力,能找到更好的点子。

镇干部都恨不得一天就建成罗马,讨论起来有热情,有激情,甚至有豪情,有时通宵达旦。不过,他们书读得不多,有的小学毕业,有的读过初中但没读到毕业,学历最高的就是镇长陈萃元。

"我们这些小不拉叽的镇委书记、镇长没有什么本事。我们是'挑鲜'干部。'挑鲜'就是把海鲜挑到菜市场去卖。县里怎么说,我们回来怎么卖。县里传达的也是中央的东西。中央一号文件讲得很清楚,农民可以到城镇去务工经商。"在采访时,陈萃元略有几分激动地说。

镇机关讨论了几天,大家还是难以绕过"拨款"这个坎儿。

"当下龙港什么都缺,没人,没钱,也没物。我认为在人、财、物这三要素中,人是最重要的。没有人就形不成城镇,有人就有办法,没有企业也可以有企业,没有钱也可以有钱。龙港首先要解决的是人的问题。"陈定模说。

"在那个会议上,我说龙港镇第一要人,第二要人,第三要人。"陈萃元回忆说。

看来在这点上他们的认识是一致的。

"陈定模和陈萃元两个脾气都比较硬,陈萃元也是很有主见的。"在采访时,刘晓骅说。

书记与镇长犹如夫妻,往往要一刚一柔,一强一弱,两个都很强势很容易产生矛盾和冲突。

"至少是陈定模说了算。"刘晓骅补充说。

陈定模说:"按中央一号文件'允许务工、经商、办服务业的农民自理口粮到集镇落户',我们要动员农民进城集资建设龙港,走出'人民城镇人民建''谁出钱,谁受益'的新路子。过去,资本主义国家通过圈地运动,把失地农民赶到城市,成为廉价劳动力。城市人口密集,推进了繁荣。我们不能走资本主义道路,我们动员农民进城,不仅有利于龙港建设,也有利于缩小城乡差别,促进商品生产和专业分工。"

有人若有所思,有人觉得不可思议,也许有人想,陈定模不愧为"陈铁嘴"。

陈定模又提起《资本论》,马克思在《资本论》中引用了古典政治经济学创始人威廉·配第的一句话:"劳动是财富之父,土地是财富之母。"接着,陈定模讲了一个故事。上海南京东路板块还很萧条时,犹太人欧斯·爱·哈同吃进了大批土地,接着投入六十万两银子,用名贵的铁藜木铺设路面,导致南京东路两边房价暴涨十倍多,那里成为上海滩最繁华的黄金地段。然后,哈同以年租金五万两银子把一块地皮租给了永安公司建百货大楼。合同租期为三十年,哈同可获一百五十万两银子,合同期满还可坐拥那幢大楼。

陈定模想把龙港的那些渔村、滩涂和荒地变成像南京东路那样的黄金地段?这怎么可能?哈同如果没有那六十万两银子,不可能把南京东路铺成铁藜木路,那里的房价会上涨吗?绝对不会的。我们龙港当下缺的不就是这"六十万两银子"吗?没这笔钱那就没有马路,没有桥梁,没有上下水,没有商场,没有学校、医院、影剧院,也没有公园和绿地,只是一个拥有九个小渔村的大村子而已,谁会来呢?

这就像乡村的手压井,你得有一瓢水,把它灌到压井里,才能把井里的水压出来,压多少都没问题。你要没有那一瓢水呢?别说一担,连一瓢也别想压出来。龙港上哪儿去找那"一瓢水"?

"土地可不可以作为商品,让它生出钱来?"陈定模说。

"宪法规定,城市的土地属于国家所有。那是高压线,谁敢去碰?"有人说。

"不行,不行,不行,我在港区修了五条路,为道路用土地,1983年11月份我到省农业厅批了五亩地,那是最高限。"陈林光说。

江滨路、龙翔路、龙跃路、镇前路和海港路都是陈林光修的。确切地说那不是五条路,而是五段路,有的因拆迁问题没解决还没修通。陈林光嘴上说"不行",心里却对这位文化不高、个子不高的书记有了几分敬佩,他善于学习和琢磨,思路比较清晰,有点子,胆子大,说干就干,毫不拖泥带水。

拥有"财富之母",财富会像韭菜似的不顾一切地从泥土钻出来吗?不会的,还要有阳光雨露和适宜温度,东北气温零下三四十度肯定是不行的。

陈定模想,土地不能买卖,能不能租赁?土地是国家的,单位和个人也不能无偿使用啊。他要为"财富之母"寻找催产素。讨论后,陈定模又寻找理论依据,这是他在县委宣传部任理论科科长时养成的习惯。

《政治经济学辞典》对"地租"一词的解释是"土地所有者凭土地所有权而获得的收入"。土地归国家所有,镇政府属于基层国家行政机关,是否有权代表国家收取地租?

马克思说过,地租是土地所有权的实现形式,一切形式的地租都是土地所有权在经济上实现自己、增值自己的形式。马克思认为,根据地租产生的原因和条件的不同,可分为三类:级差地租、绝对地租和垄断地租。

级差地租!陈定模太喜欢这个词了。《政治经济学辞典》解释说:"级差地租是根据土地的优劣等级相应地收取地租,建立的基础是对土地的私营垄断。"作为县经济中心,可不可以根据地段不同收取不同的地租?马克思认为级差地租是资本主义地租的普遍形式,没讲过是否适合社会主义。

用资本主义地租的普遍形式,套用到社会主义是否合适,这不仅是个学术问题,也是个政治问题。不要说龙港镇,哪怕苍南县,甚至温州市也不见得有人说得清楚。市、县机关干部会有多少研读过《资本论》?估计是寥寥无几,不妨冒一下险。

陈定模又查宪法,读到:"任何组织或者个人不得侵占、买卖、出租或者以其他形式非法转让土地。"他当即感到沮丧,好不容易找到一条路又给堵住了。

县长刘晓骅说过:"碰到红灯绕道走,变通、变通就是把本来不通的变成通的。"苍南县有家生产泥巴棋子的校办工厂,后来转产油田用的气压表,因"出身低微"产品难以打开销路。刘晓骅知道后,让县里投入二十万元,并把这家校办工厂更名为"地方国营苍南仪表厂",产品销路一下就打开了,没过多久一个厂变成两个厂,年产值高达十来亿元,成为苍南的纳税大户。

变通是有风险的,搞得好是变通;搞不好,搞不对就是违法乱纪,就是玩火自焚。可是,要想解决这一问题,除了变通,还有办法吗? 没有啊。变通不仅需要智慧,需要知识,需要吃透国家的法律法规和相关政策,还需要有对党和人民高度负责、勇于担当和锲而不舍的精神。刘晓骅完全可以不去变通,作为县长,那家企业的产品能否打开销路,能否成为纳税大户跟他有关系,不过没到为之冒险,为之顶雷的地步。陈定模也是如此。

陈定模绕了一圈儿又撞上了红灯,还得再绕。土地买卖不行,出租不行,有偿使用呢? 土地是国家的,国家的就是大家的,长期以来,只要是大家的,那就"不占白不占,占了也白占,白占谁不占",很多"白占"的土地被撂荒,浪费十分严重。

土地使用需要改革,应该有偿使用。土地有偿使用与土地出租和"以其他形式非法转让土地"有什么区别? 能不能理解为土地买卖和出租的另一种形式? 看来红灯还没绕过去。不准买卖,不准出租,不许以其他形式非法转让,有关土地收费的道全部堵死了。

难道在社会主义制度下,土地——"财富之母"就孕育不出财富? 土地不能生钱,国家不拨款,这个龙港还怎么建? 基础设施决定了一座城市的品质。龙港迫在眉睫的是要建两条大街、十条小街,铺设水泥路面就要 289.2 万元;铺设 11200 米的排污管道和排水管道要 157.84 万元;建十三座桥,需要 78 万元;为三座 7200 立方米的污水储积池购置抽水机、建泵房需要 15 万元,总共要 540.04 万元。这相当于哈同在南京东路的投资。

计划经济下,市政配套设施由国家包揽,龙港走的是"人民城市人民建"的新路,既然市政配套设施国家不能包揽,就得"谁受益,谁出钱",如此看来收取市政设施配套费是合情合理的。

陈定模到龙港前,县政府转发过《苍南县"二户一体"到两镇落户工作会议纪要》,上边提到"二户一体"到灵溪、龙港两镇落户的用房"采取集资联建、购买商品房、租赁房和借地等形式解决。临街营业用房每间应交公共设施费1200元"。

不是不可以收费,关键的是以什么名目收费,看来这下绕过了红灯。

级差地租,真是个讨人喜欢的专业术语,要把它发挥得淋漓尽致。可以根据土地的优劣等级相应地收取地租,可不可以按此来收取市政设施配套费?

有什么不可以呢? 地段不同,市政设施配套也可以不同。

5 那是激情燃烧的年代,会开到凌晨四五点钟,楼下传来梆梆梆的敲打声,下去来一碗馄饨,吃完上班

夕阳西下,满江通红。戴着宽边眼镜的谢方明跟着龙港镇文书朱照喜上了渡轮。

突突突一阵马达声,渡轮离开鳌江码头,到了江中。谢方明回望一眼古镇鳌江,再回过头来望向龙港,鳌江犹如一道天界,一边是城镇,一边是乡下。虽然龙港已经设镇,可是无论在鳌江人还是外来人眼里,它不过是一片黑乎乎的渔村建了几幢楼房,修了几条简易砂石路,它仍然是土里土气的乡下。他遥望着那幢鹤立鸡群的江滨饭店,知道自己将在那里迈上工作岗位。

1984年,浙江省委组织部决定选派一批优秀的应届毕业大学生下基层挂职锻炼,浙江工业大学的谢方明入选。也许省委组织部考虑到他是乐清县人,对温州地区相对比较了解,于是把他派了回来。

8月,二十一岁的谢方明怀着八十年代年轻人的理想和憧憬,告别留在杭州任教的女友。他在给女友的留言中充满激情地写道:"我希望生活是甜的,也可以是苦的,但不能是没味儿的。"他们十位来自不同高校的应届毕业生在温州市市委组织部报了到,革命烈士、中共浙江省委原书记刘英的儿子,时任温州市市委副书记的刘锡荣亲自给他们开了一个会,向他们介绍了改革开放中的温州。

"我苍南刚从平阳分出来,比较薄弱,最需要这股有生力量。"听说,温州分来十位下基层挂职锻炼的大学生,求贤若渴的苍南县委书记胡万里跟市委组织部打招呼要人。组织部对苍南很支持,把谢方明他们全部派到了苍南。

胡万里让县委组织部找辆面包车,拉着这十个"宝贝"到苍南各乡镇考察。这些血气方刚的大学毕业生一路高歌,畅谈着理想抱负。这一圈儿走下来,他们大体了解了苍南的情况。

数天后,谢方明他们都被分配到各乡镇或国有企业任副职。考虑谢方明学的是工业与民用建筑专业,龙港正需要这样的专业人才,县政府任命他为龙港镇副镇长。于是,县委组织部派车把他送到鳌江码头,镇里派朱照喜赶过江来接他。

十来分钟后渡轮抵达方岩下,谢方明背着行李,拎着蚊帐,怀里揣着户口迁移证,跟着朱照喜下船走出码头。几天前,谢方明到龙港考察过,知道路怎么走。他们到了江滨饭店,爬上二楼,镇政府已下班,楼道空荡而冷清,一个人影也没见到。朱照喜把谢方明安排下来就下班了。

谢方明想,该吃晚饭了。服务员说江滨饭店没开晚餐,吃饭的话出门拐弯不远有饭摊,可以买到吃的。

出了饭店,谢方明见夕阳已坠入江下,外边已不像火炉似的烘烤,不过仍然溽热。他回首望一眼陷于黑乎乎、破破烂烂的老房子重重包围的江滨饭店,再看看脚下七八米宽、走起来沙沙作响、连路灯都没有的砂石道,一股莫名的凄凉涌上心头,不知道要在这个鬼地方挂职锻炼多久,往后的日子如何打发。

谢方明按服务员说的,没走多远就到了方岩下的内河码头,找到那条"不见人留下"的老街,见有卖馒头的,有卖稀饭的,有卖包子的,还有卖炒粉干的。下午从灵溪到鳌江,又从鳌江到龙港,这么一番折腾他有点饿了,想买两个馒头或包子抚慰一下饥肠。当见到卖饭的穿着油渍麻花的衣服,脏兮兮的手在馒头和包子间来回抓着,他顿时没了饥饿感。在几家饭摊转悠几圈儿,他不知如何是好,不吃,就得饿着,明天早晨恐怕还得来这儿找饭吃;吃,馒头和包子让那手抓过,还有那高声大嗓吵架似的说话,唾沫四溅,怎么吃得下去?最后,他买了两个咸鸭蛋。

回到饭店,他把咸鸭蛋剥开,就着开水吃下去。这是谢方明到龙港吃的第一顿饭。孤苦与落寞像青龙江的水漫上心头,这距他的家乡直线距离并不远,由于交通落后,却要走六七个小时。

谢方明第一次参加办公会就被搞得一头雾水。会没开多大一会儿他们就讲起了方言,各说各的话,这个用蛮话讲,那个用宜山温州话,或金乡话接,那种无缝对接,那种默契自如,可能在联合国会议上也不一定见得到。谢方明既听不懂蛮话,也听不懂金乡话,既不好打断,又不好问,只得看看这人的表情,再看看那人的表情,都不得要领。别说乐清距龙港一百多公里,就是距乐清仅四五十公里的温州,说的瓯语都不同。传说"文革"时,一位温州人到乐清寻访一人,在街头跟一位老伯打听:"个阿伯,你啦象阳公社晚斜阳大队,一个叫管前的书记住在哪里?"老伯一听这人打听肠炎公社盲肠炎大队肝炎书记,脸色一沉:"屁哨①屁哨。"拂袖而去。

---

① 温州方言中有一句神奇的咒语,发音如"屁哨"或"劈脚哨"或"皮脚声消",老人说听见倒霉话或者看见倒霉事念此咒语可以消灾辟邪。也有人说,"屁哨"是"百劫尽消"演化而来的。

不过，谢方明年轻、聪明、好学，又很有语言天赋，加上有乐清方言的基础，没过多久就学会了蛮话、金乡话、平阳话、宜山温州话。

"你怎么学得这么快？我一辈子待下来，那些话都不会。"许多人觉得有点儿不可思议。

听懂了当地方言，谢方明也就弄清他们讨论、研究的是什么。对于一个新建镇来说，他们要讨论和研究的事情真是太多了，道路怎么修、公共设施费怎么收、农民申请的地基怎么分配……

有些事儿他不了解，插不上话，失去了兴致。讨论到深夜，那些人一个个精神抖擞，他却撑不住了，上眼皮、下眼皮打起架来，接着很快就拥抱在一起。

"小谢，小谢，你也来一间吧。""胖子"踢了踢他。

"我不要。"

"将来会很值钱的！"

"我要离开这个地方，我不要。"

"胖子"是人民武装部部长，叫方建胜，工作日住龙港，周末回宜山的家。

谢方明和"胖子"还是"同居"关系，两人在距江滨饭店三四十米的地方合租了一间农民屋。那是一幢二层楼的老房子，他们租的是楼上，上楼时楼梯会发出像呻吟似的吱嘎吱嘎的响声，房间矮矮的，给人一种压抑感，地板是有缝的，楼下的光挣扎着从缝隙钻出，扑向棚顶。窗户才有意思呢，每次开关它都会叽的一声，好像把谁掩着似的。

1984年的龙港还是经济与文化的荒漠，谢方明每月领到工资后没处消费，有时兜里揣了几毛钱，一个星期也花不掉。他一日三餐吃食堂，给他们烧饭的师傅是一个六十来岁的老头儿，脸上的皱纹比核桃还深，有人说他看上去像九十岁似的。

生活单调乏味，他们工作干得却很有激情，虽然有分工，可是分外事却很多,比如敲锣打鼓、张灯结彩、红旗飘飘之类的事情,他们都主动参加。有时候陈定模或陈萃元在走廊吆喊一声:"上街发广告宣传单去!"他们就倾巢冲上街头。

有一次,他们开会开到凌晨四五点钟,天放亮了,窗外传来梆梆梆的挑担卖馄饨的声音,饥饿感一下子被唤醒了,他们倾巢而下,每人要一碗馄饨,坐在路边呼吸着清晨的新鲜空气,听着鸟儿一声接一声地叫。馄饨吃完了,卖馄饨的一弯腰挑起担子,梆梆梆敲着竹筒走了。他们抹一下嘴巴,转身上楼,又上班了。

"那是一个激情高昂的年代,大家都热火朝天、没日没夜地工作,晚上开会到凌晨一两点钟都很正常。大家都在努力付出,在付出中得到快乐和成就感。"采访时,谢方明说。

他的话让我想起那首歌——《年轻的朋友来相会》,"亲爱的朋友们,美妙的春光属于谁? 属于我,属于你,属于我们八十年代的新一辈。再过二十年我们重相会,伟大的祖国该有多么美,天也新,地也新,春光更明媚,城市乡村处处增光辉。啊,亲爱的朋友们,生活的奇迹要靠谁? 要靠你,要靠我,要靠我们八十年代的新一辈。但愿到那时我们再相会,举杯赞英雄,光荣属于谁? 为祖国,为四化流过多少汗? 回首往事可有愧? 啊,亲爱的朋友们,愿我们自豪地举起杯,挺胸膛笑扬眉,光荣属于八十年代的新一辈。"

对"40后""50后""60后"来说,八十年代也许是最好的年代,是激情燃烧的年代、值得眷恋的年代、难以忘怀的年代,是属于他们自己的年代。他们每一个人都是可燃的,或是燃油,或是酒精,或是干柴,或是煤炭。他们充满激情和自信地追赶着时间和岁月,想找回在"十年动乱"中失去的时光、机遇和成长。

谢方明是镇机关唯一的大学生,镇政府拿他像宝贝一样。在龙港系统学过建筑施工的仅有两人,另一个是徐安达,钱库人,毕业于浙江省交通学校,学的是道路桥梁工程技术专业。他比谢方明年长六岁,原来在县计划经济委员会,港区建设办公室一成立他就过来了,负责建设规划。

谢方明和徐安达每天都要回答数不清的问题。

"农民房子怎么建?"

"路怎么修?桥设计怎么做?施工怎么做?"

"港口怎么规划?内河运输怎么解决?"

"老百姓集中起来以后,我们的用水怎么办?"

"老百姓喝完以后,要拉出来,水怎么排?"

他们都要一一解答。

"小谢,规划图怎么画?"

"规划图是不能自己画的,要请专业人员来画。"

陈定模说:"小谢啊,规划这个东西你懂,你跑一跑。"

谢方明就跑规划设计院,在学校学的专业知识有限,他就虚心跟规划专业人员请教、沟通,委托他们来设计,把龙港城市管网和交通网建立起来,把城市功能片区划定。

"国运上升的时候,我们只是其中的一个分子。跟我的同学比,我是幸运的。虽然都经历了那个时代,我刚好在浪尖上,像滑水板似的一路漂下去。如果没有改革精神,龙港是不会有的,全国有两千多个县,有上万个镇,为什么唯独龙港能成为县级市?如果说中央政策,那都是一样的。另外,南方地区可能人多地少,吃不饱穿不暖,是改革的动力。"在采访时,谢方明说。

那时,他们意气风发,忧国忧民,探讨着国家大事。

夜已深,陈定模和谢方明两人还在灯下兴致勃勃地讨论商议着农民进城的问题。

"中国有十亿人口,八亿农民。如此庞大的农业人口长期被固定

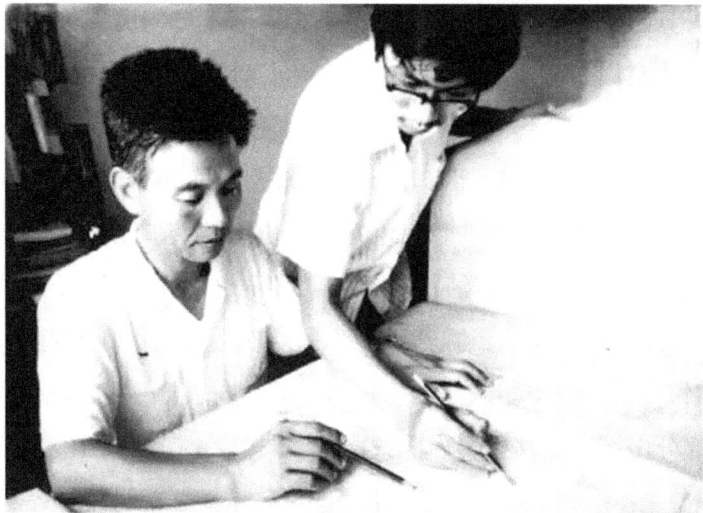

陈定模和同事一起绘制龙港第一张规划图

在耕地上,这是导致农村贫困的根本原因。由生产责任制引起的农村第一次改革,解决了生产积极性的问题,温饱脱贫成为可能。农村要进一步走向富裕就要第二次改革,推动商品生产,使一部分从事传统农业的农民从土地里分离出来。农民离土离乡后去哪里? 上海、杭州、宁波? 不可能。唯一可以去的就是像龙港这样的城镇。我断言中国农村城市化的道路必然从农村城镇化开始。这是中国式社会主义现代化的一部分。龙港已经把城乡差别大幅度缩小了……"

"美国总统罗斯福说过,偌大一个美国,为何不能有几种格局呢? 那么,中国不应该有多种尝试吗?"谢方明说。

"说下去!"陈定模睁大了眼睛看着他。

"我看依靠城镇建设还可以解决山区贫困问题。像泰顺、文成这些边远贫穷的山区,几乎与外界隔绝,山路也只爬得上手扶拖拉机,解放三十多年了,老乡们还是生活困难。甚至有些农村大姑娘出门走亲戚时还得跟别人借条像样的裤子。我们笼而统之讲开发贫困山区,或者扶贫捐点衣物之类,只是治标不治本。可否考虑向山下移民,让山民变市民,让农民变产业工人,变成个体户,让他们的生活,通过自己的努力,有奔头。"

"我想过,也调查过,如有几万户农民进了城,他们倒出来的住房、耕地,可以安置贫困地区的移民。减少了山区的人口压力,以前十个人种的田、吃的粮、烧的柴,给三五个人用,日子也就好过了。"

陈定模说:"对!农民在需求的不同层次上各自得到了满足。"

"对,城镇周边富裕起来的农民进了城,部分半山区农民移至城镇周围,部分山区农民移到半山区或山脚,留极少部分人在山区搞种植和开发。这是一个农民向富裕地区层层转移、步步靠近的大趋势。"

"陈书记啊,把这个农民转移的路线图画下来,写出来,给中央领导寄过去,或许有用。"谢方明兴奋不已地说。

国家兴亡,匹夫有责。"匹夫"都在为国家着想,为国家发展出谋划策,这个国家怎么能不兴旺?

不过,龙港的交通不便,确实让谢方明烦恼。

女朋友过来看他,从杭州坐火车到金华,转长途汽车,走的都是弯弯曲曲的山道,忽而爬上,忽而滑下,东绕一下,西绕一下。车经丽水时,天上飘下雪花,远山近岭,树上树下,农舍梯田渐渐被雪覆盖,白茫茫一片,现出浙南难得一见的美景。雪花飘落在车窗上,瞬间化了,再落再化,不知什么时候雪花不再化去,车厢变冷了。司机麻烦了,分不清哪儿是道,哪儿是沟,越开越慢,走走停停。天幕陡然降临了,车像驶入墨海,窗外一片漆黑,只有车灯下是白雪。车像找不到家的小羊,乖乖趴在路边不动了……

那次,女朋友从杭州到龙港行程二十四个小时。

提起温州到金华那段路,在八十年代经常来往于龙港和长沙的王均豪说:"温州到金华那条路,我走过几天几夜。它只有双向两车道,有时候一个石头掉下来,就把整个路都堵死了。有一次,车堵了快一夜也没动。到凌晨三四点钟,我坐在那里实在难受,跟司机说,'我下去走走,你路边看一下,别把我丢下。'然后,我就往前面走,走着走着,发现前面没堵车,那位卡车司机睡着了。我把他拍醒,他急忙启动,挂挡,拼命开走了。他堵在那里也许十来个小时,也许七八个小时。他睡着了,前车走了也不知道。有时路被冲掉了,怎么弄呢?小船把那边的人弄过来,再把这边的人弄过去,这下好了,两边的车都可以往回开。这是经常有的,因为那条路当时流量也大,只有两车道,所以有辆车坏了,那就堵了;一块石头下来,那就坏了。所以,那时候温州到金华顺利也要十几个小时,不顺利一两天,有时候几天几夜。我们都学会了跟当地人买鸭蛋,因为坐在车上没东西吃,那时候方便面还没出来,只好吃饼干和鸭蛋。"

第四章　天堂在对岸

1　我们这里一片烂滩涂；他们那里应有尽有，
　　像天堂一样

1984 年 7 月 14 日，也就是陈定模到龙港的第二个月，《浙南日报》的头版刊发了《龙港镇也来个"对外开放"》一文。报道说："苍南县龙港镇最近采取一系列优惠措施，对乡（镇）、外县、外省开放，吸引四方能人进镇开业。龙港是个新建置的镇，交通地理位置重要，将成为苍南县的经济中心。"出发地不分南北、人不分东西，欢迎农民进城开店办厂的邀请，"给予提供场地、业务、能源、住房等方便，经济上给予优惠照顾"。

这一报道犹如巨轮在青龙江驶过，掀起一拨拨的浪花。农民可以进城了！尽管能开店办厂的"猴子"凤毛麟角，百分之九十五以上的农民是没有这个实力的，不过他们在远处看到"护城河"上放下吊桥，前景呈现一片曙光。

二十世纪下半叶，每个乡下人都有一个进城梦。

陈定模的进城梦是从十四岁开始的。那年，陈定模去平阳县城考中学，夜半在钱库上船，凌晨在方岩下码头下船，到青龙江边坐摆渡过江,靠近鳌江码头时天刚好蒙蒙亮。陈定模突然瞪大了眼睛,刚路过方岩下时,那边还在沉睡中,黑乎乎一片,到了鳌江这边却是另一番景象:码头上灯火通明,路边摆着许多饭摊,有卖糯米饭的,有卖油条豆浆的,还有卖稀饭的。哎呀,稀饭怎么这么白呀,雪白雪白的,他从来没见过这样的稀饭,真想来一碗尝尝。他家吃的都是红米,熬出的稀饭是红红的。

房子怎么这么高,这么整洁,这么体面?还有三层的。相比之下,钱库的房子又矮又矬,高的只有两层,大多是黑黢黢的茅草屋。鳌江的街道上有商店、饭店、邮局、医院和戏院,马路宽阔而平坦,有汽车、三轮车、自行车,这都是他从来没见过的。

钱库不通公路,出行仅有两种选择,或者坐船,或者步行。步行要走河道两边的羊肠小道。晴天还好,雨天不仅泥泞,还一跳一滑,稍不小心不是跌进河里就是栽到田里。钱库的孩子不要说汽车,连自行车也没见过。有一天,老师想让学生开一下眼界,决定带他们去看汽车。他们早早就坐船出发了,下船走了两三个钟头才来到一条砂石路旁。他们在路边等了很久也没见到汽车的影子。学生们烦了,饿了,把带的米糕掏出来啃。突然,老师叫道:"汽车来了!"一个像小房子似的东西从远处疾速而来,孩子们欢呼起来,张开双臂迎上去。老师吓坏了……嘀嘀汽车叫了起来,尖厉而急促。孩子们吓一跳,落荒而逃,有的跳进路边水田。

"鳌江是镇啊,那里应有尽有,像天堂一样。有马路,可以骑自行车,可以穿皮鞋。我们这里没有路,只有一片烂滩涂,自行车在哪里骑,穿皮鞋走路还不烦死了?我们在滩涂上抓小螃蟹,搞点儿小虾什么的,有的地瓜搞(种)一点啊,他们觉得我们很脏,见到远远就躲开了。我们只是隔一条江,他们那边那么幸福,我们这边这么苦,要种地,要摘棉花,太阳晒死了。"几十年后,回忆起当年的鳌江,高玉芬还满眼的

八十年代初,龙港百姓进出,都要从方岩村摆渡

羡慕。

"那时候渔民还好一点。农民更苦,种的粮食征购完就剩下一点点了,吃一两个月就没有了。只好吃地瓜,吃米糠,连地瓜藤都吃。最困难的时候,把树皮剥下来吃,野草都挖没了。我小时候吃过的,现在记忆很深,有的吃吃腿就大起来,什么水肿病啊,要到政府打一张证明,那个米糠给你两斤。"高玉芬家在河底高村,那个村百分之四十是渔民,百分之六十是农民。她父母是农民。

她是共和国同龄人,也是他们村里读书最多的女人——初中毕业。她当过老师,像陈定模那样在供销社干过,二十世纪八九十年代担任过龙港镇镇委副书记。她做梦也没想到父亲和兄弟姐妹会有机会搭龙港这艘轮船漂进城里。

"一江之隔,我们这边是农民、渔民,他们那边是城里人。我们这边最好的鱼啊,虾啊,要挑过去卖给他们吃。我们吃不饱,到那边去买地瓜丝;柴不够烧,也要到那边去买。"李其豹说。

李其豹人很聪明,书读得好,小学跳过级。考中学时,他以总分第一名的成绩考取了宜山中学。家里拿不出两块八毛钱的学费,他只好回家放牛。"我有三个弟弟、两个姐妹,那时候爷爷还在,一家九口人,我是大儿子,我不帮爸爸妈妈干活怎么行?"

毛主席说,医疗要面向农村。李其豹有了进半医半农班学习的机会,那年他十六岁。对这一学习机会,他很珍惜。可是,没读多久,上边传下最高指令:"你们要关心国家大事,要把无产阶级文化大革命进行到底!"半医半农班停了,大家都"关心国家大事"去了。

李其豹的父亲被"关心"出来,被游行、批斗,关进了牛棚。父亲是生产队会计,也是赤脚医生。上世纪六十年代,粮食不够吃,村里许多人家都去逃荒讨饭。父亲读过三年书,识文断字,很要脸面,没让家人去讨饭。他做了点儿小买卖,制作钓鱼竿,搞点鱼虫卖卖。有人到金钗河村买木头,他帮忙牵一下线,赚点儿回扣。

父亲被抓,家里日子过不下去了。李其豹只好领着弟弟下海捕鱼。一天风疾浪高,他们兄弟俩划的船翻在海里。幸亏是近海,水也不很深,附近渔船较多,把他们救起,捡了两条命。

听说公社要招考民办教师,李其豹报了名。考试那天,他一路跑到宜山,气喘吁吁地进了考场。数学试卷发下来,他一看就傻了,像过江到了鳌江镇,满眼都是陌生的。初中的课程他没学过,自然就做不上来。语文考的是作文,题目是"知识青年到农村去,接受贫下中农再教育"。李其豹挥笔疾书,写得洋洋洒洒。成绩单发下来,他的语文得九十多分,数学得五分,不过总分过了录取分数线,却没被录取,只得继续打鱼。

"我把鱼打上来,拎着鱼篓去鳌江卖。冬天穿着厚厚的破棉衣,戴

旧时方岩老街渡口

着破帽子,鳌江人对我说:'阿公阿公,你这个东西怎么卖?'那时我才二十来岁。夏天,我戴着斗笠,光着脚踩在鳌江的路上,那路被晒得滚烫滚烫的,脚下像起泡似的痛。我们这边点着煤油灯,热得受不了就拿把扇子扇一扇。鳌江人可真会享福啊,穿拖鞋,吹着电风扇。我就想,我们什么时候能够成为城里人就好了。"采访时,李其豹说。

龙港镇政府成立时,金钗河村从江口村分了出来,将近三百户,八百多口人,三百来亩耕地,人均还不到四分地。这点地哪里养活得了这么多人?

村里有一个书记,一个村委会主任,一个会计,还缺个治保组长,他们想起了李其豹。这时的李其豹已三十四岁,村里唯一的一幢三层楼房就是他的。

2 我这个"傻瓜农民"要翻身，要证明我不是傻瓜

穷就让人歧视，落后就得仰视人家。生在江南岸的人不知受过多少窝囊气，鳌江人骂他们是"傻瓜农民"。李其铁说，"我这个'傻瓜农民'要翻身，要证明我不是傻瓜。"

李其铁是李家垟村的，那村原来隶属宜山区湖前乡。李其铁怎么证明，拿什么证明？他小学毕业赶上"文革"，"停课闹革命"了。他父亲曾是国民党员，家庭成分也不算好，不允许他们造反。十二三岁的他没事儿就拎着抄网到方岩村、河底高村、金钗河村那边的河里捞小鱼小虾。汛期过后，父亲要到方岩下修船，他也要跟过来帮忙。一来二往，他不仅对那一带了如指掌，还结交了很多朋友。

"你就不要读书了，跟我种地吧。"父亲对李其铁说。

李其铁很听话，于是放弃读初中。那书不读也罢，学校不是搞大批判就是学农劳动，还不如在家读读书。李其铁最喜欢读的是历史小说。

"你这不行，你点灯熬油看这个不行。煤油点没了，灯还怎么用？"当过生产队长的父亲说。

煤油不是有钱就能买的，要凭票供应，当然他们家也没有钱。父亲靠打鱼养活一家七口，日子过得捉襟见肘。李其铁读兴正浓，父亲不让看，这怎么办？

"读书是好事儿。"母亲发话了。

言外之意为好事付出点儿代价是值得的，也是应该的。母亲这么一说，父亲也就不反对了。李其铁就这样读完《水浒传》《三国演义》《红楼梦》。那些书都像从耗子洞掏出来似的，破破烂烂，没头没尾。

对十几岁的孩子来说，梦想有时就像满天五彩斑斓的气球，破碎三个五个，十个八个都没有问题；有时气球无数，飘上天空的却只有那么一个，破灭了就没指望了。李其铁的"气球"就是参军，当海军。他喜

欢海,见到海就亢奋。十来岁时,父亲捕黄鱼时,他坐在小船上敲鼓和木板,帮着赶黄鱼。由于父亲的历史问题海军当不上了,他只有一种选择——当鳌江人眼里的"傻瓜农民"。

"你找个师傅,学学木雕吧。"父亲说。

木雕也算是工艺美术,可以摆脱当"傻瓜农民"。十五岁的李其铁跟一位师傅学木雕,掌握了刀、锯基本功。

"你学学武术吧。你脾气很温和,出去不会跟别人打架,惹是生非。你身体比较弱,练练拳,可以强身健体嘛。学武术还可以防身,万一人家打你,你也有点儿功夫。"父亲说。

父亲会五鸡拳,那是南拳的一种。李其铁在家排行老三,上有一姐一哥,下有一弟一妹。在三兄弟中,李其铁的个子最小,不过在苍南绝对不算矮,身高一米七三。武术高强也会得到尊重,李其铁除跟父亲学五鸡拳之外,还拜了三个师父。

木雕和武术都难以改变"傻瓜农民"的命运。李家垟小学需要老师时,李其铁比本家兄弟李其豹幸运得多,当了民办教师。

"我要给学生一杯水,自己必须有一桶水。"李其铁边学边教,边教边学,教得认真,学得刻苦。

鳌江姑娘陈迎春高中毕业,到李家垟小学当代课老师时,李其铁已是教导主任了。陈迎春的到来,犹如"天上掉下来个林妹妹",她不仅长得漂亮,举止言谈、穿衣打扮都跟乡下人不同。她的妈妈是乡村教师,她的姐姐也是李家垟小学的民办教师。也许对鳌江的向往让李其铁喜欢上这位比自己小五岁的城里女孩儿,也许对这个女孩的喜欢让他更迫不及待地想证明自己不是"傻瓜农民"。

李其铁第一次去鳌江才五六岁,跟着父亲从对岸的码头出来,见到了马路、马路上跑的汽车和自行车,见到街道两边的商店、进进出出的城里人。哇,世上还有这么好的地方?他瞪大了眼睛,左看看,右看看,怎么也看不够。父亲给他买了一根油条。这是什么？又脆又酥，太好吃了，从来没吃过这么好吃的东西。生活在这里该有多好，可以天天看汽车，还有油条吃。

李其铁尽量把课给陈迎春排得好些。她对他也很有好感，觉得他这个男人实在，乐于助人，不像有些男人那么虚伪。他还爱读书，字写得也好，结构牢固，让她喜欢。他还很有正事儿，不喝酒，不打牌，不乱来。

他们都清楚彼此的好感犹如灿烂的谎花儿，是结不出果实的。鳌江姑娘怎么会嫁给乡下人？乡下人穿的是破烂粗糙的土布衣服，说着很土、很难听的乡下话。①

"我们农民档次低啊，跟鳌江不可比，差别太大了。我们这边家里条件好、长得很漂亮的女孩子也许能嫁到那边去。嫁也只能嫁到条件很差的家庭，嫁过去也是要受气的。"说起两岸通婚，高玉芬说。

高玉芬想起一桩往事。有位江南女人嫁给对岸的男人。有一次，她带着一两岁的儿子过江去看望丈夫。船行到江心，儿子要撒尿。她就在船边给孩子把尿。那时的渡船还是木头的，要人来划的，船不大。突然，有浪过来，船一晃动，孩子紧张得一蹬腿，从她的手上滑进了江里，不见了。那女人哭得死去活来。

传统婚姻讲究的是男大女小，男高女低，男强女弱。李其铁跟陈迎春除了年纪相当，再也找不到般配之处。他小学毕业，她高中毕业；他父亲是渔民，还有政治历史问题，她的父亲当过志愿军的排长，参加过抗美援朝，是国家干部，她的母亲毕业于师范学校；他家很穷，连点灯看书都心疼煤油，她家殷实，吃穿不愁。

"你不要去考，你考走了教导主任谁当？"1977 年，李其铁跟校领导

---

① 过去鳌江人看不起江南垟人，认为他们说的是土话、乡下话。

说要参加高考时,领导瞪着大眼睛问。

"这个关系到我的命运,你不给我考,那我以后怎么办?"

他考不上大学,跟陈迎春也许就没有"以后"了,恐怕没有机会证明自己不是"傻瓜农民"了。

这时,她已离开李家垟小学,去公社中心校教中学英语。他时常去乡里看她。他们的话儿像一条小溪潺潺流淌,忘却了时间。下班的钟敲响了,天暗下来,他送她过江回家……他的足迹一遍遍印在她家的路上。他融入她的朋友圈,还成为她朋友的朋友,"统战"了她的亲朋好友。

李其铁要参加高考,也许除了担心"教导主任谁当"的校领导之外,没人相信他能考上。他只有小学毕业,且不说高中课程,连初中的数学、语文、物理、化学、历史、地理都没系统学过。他想报考文科,一边教学,一边恶补初中、高中的语文,还有数学、政治、历史和地理。高考时,试卷发下来,他感觉是走在方岩下、河底高、金钗河的路上,遇到的人似乎都见过面,就是叫不上来他们的名字。

李其铁高考失利,却没气馁,继续复习。第二年,他考取温州师范专科学校中文专业。他终于证明了自己不是"傻瓜农民"!当背着行李,拎着洗漱用品,要去温州师范专科报到时,他思绪复杂,他和她相距远了,想见面不容易了。到温州后,他给她写了封信,谈学习、理想、未来,就是不谈感受和感情,这是上世纪八十年代彼此爱慕的男女通信的特点。

她很快就回信了,谈工作,谈学习,谈鳌江……

书信就这么一来一往,越来越频繁。她清楚即便他考上大学,距父母的择婿标准还相差甚远。她的两个姐夫都是部队转业的,一个在县农资公司当经理,另一个在广州远洋公司。

"男大当婚,女大当嫁。"她的相貌、气质、学历、职业和家境都好,自然会引起异性和他们父母的关注,不时有人登门说媒,且大都符合她父母的标准——门当户对,最起码也要像她的闺蜜和同学找的那样——城里人,有份不错的工作,有地位不错的父母,还有不错的婚房。她却想也没想就婉拒了。这时,爱情的种子已悄悄发芽,虽然书信中没谈到爱,却已心有灵犀。

李其铁大学毕业被分到家乡湖前中学任教,那也是她教过书的学校。这时,她顶替父亲,入职在鳌江的平阳县物资公司。半年后,苍南县司法局成立了,他调了进去,先当秘书,没过多久就当上宣教科长。

“我比较喜欢你。”他觉得时机成熟了,可以说出憋在心里六年的话了。

“我也比较欣赏你,但是你家里太穷了,连房子都没有,我们结婚住哪里?”她直言不讳。

她说,她要结婚的话,还是要住在鳌江的,不会住在李家垟,也不会去灵溪。她不喜欢听灵溪人说的闽南话,像吵架似的,听不懂。她即使答应去灵溪,他也没有房子。他住在单位的单身宿舍里。

“房子以后会有的。造一间房子是很容易的,钱不够可以先借一些,我们是有能力偿还的。我们要自己努力,不能依赖父母。”他说。

不依赖父母,这也是她欣赏他的地方。他什么也不靠,靠勤奋、刻苦和努力。

“我妈他们不会同意的,再等等吧。”她一点儿把握也没有。

不能再等了,他已二十八岁,她也二十三岁了。他去找她的姨妈,说他和迎春相爱了,请她帮忙说服迎春的父母。他找对了人,她的姨妈对他很认可。

不出所料,她的父母不同意这门亲事。她的父母出生于江南的乡下,父亲从这边参军,母亲在这边考取的师范学校。作为乡下人,他们向往城市,没想到母亲毕业又被分回江南的乡下。父亲转业调换了几个地方,最后才进了鳌江。陈迎春姐弟六人也都生在乡下。陈迎春九岁那年,母亲说鳌江那边的学校比乡下好,让她跟着父亲去了鳌江。母亲和奶奶、姐姐都留在了乡下,她的两个姐姐、一个哥哥都是农村户口。她当民办教师的姐姐就嫁到李其铁那个村,父母都清楚那里有多么贫穷,女人有多么艰辛。父母说什么也不想把这个城里长大的女儿嫁回乡下。

姨妈劝她的父母说,那个男孩不错啊,很有教养,工作单位也不错,还是个大学生,唯一不足的地方就是他是乡下人。在姨妈的斡旋下,她的父母勉强同意了这门亲事。

"你前边那两人嫁得都很好,你嫁的这个条件太差了,以后会吃苦的。"母亲遗憾地说,想了想又说,"你的工作蛮好的,可以嫁个条件好点的,鳌江这样的年轻人很多啊。"

"没关系,我们两人都有工作,只要努力点儿,日子会好过的……"接着,她看着母亲,充满希望地问道:"妈妈,我出嫁时,你给我什么?"

"什么都没有。"

"什么都没有就什么都没有,我自己会努力的。"

她也许有点失望,想想也就释然了。姐弟六个,仅有三个是城镇户口,父亲退休那个顶替名额也给了她,她已得到很多了。

1983年,他们结婚了。这个不喜欢乡下人的言谈举止和穿着打扮的城里姑娘,却跟李其铁举办了一场很"乡下"的婚礼。媒人就是她的姨妈,婚宴隆重,摆有好多桌酒席,请来很多乡下亲戚。

1984年对李其铁来说是个幸运年,一是龙港镇政府成立,湖前乡划归了龙港,他成了土生土长的龙港人;二是8月份,也就是陈定模到龙港的第三个月,司法局派驻龙港镇的特派员调到水利局了,在李其铁的主动要求下,他被派了过来,从此他们夫妇结束了两地分居的生活。她每天早晨五点钟就起床做饭,他六点钟准时出门,骑自行车赶到码头,坐渡轮过江。镇政府八点钟上班,他七点半钟就坐在办公桌前。没事时,他就读书——中华律师函授中心发的那套法律法规教材,他从法学基础理论学到刑法、民法、刑事诉讼法、民事诉讼法……

3 "江南鬼"赢得了自己的尊严

鳌江人骂的那句"江南鬼",让方建森记了一辈子。

他是方岩村人,住在方岩下。他跟李其铁同岁,他们犹如在同一节列车的两位旅客,李其铁小学毕业,他也毕业了;李其铁放弃了读书,他也放弃了。不同的是李其铁是父亲不让读,他是没父亲;李其铁的父亲曾是国民党党员,他的父亲是方岩村的第一任党支部书记。他父亲是"土改"时入的党,那时他还没出生。

方建森的父亲出身贫苦,不识字。他对党绝对忠诚,工作随叫随到,忙起来可以几天几夜不睡觉。那时当村支书没有报酬,没有补贴,父亲动不动就要去乡里开会,领任务。生产队是按劳取酬,多劳多得,每到分粮时,挣工分多的人家拿着斗来收米,方建森的母亲却拎着斗去借米。

1962 年,修桥墩水库,宜山区派父亲带领全区的民工去了。指挥施工时,父亲被拖拉机压伤,抬回了家。区里给了三十元医疗费,正赶上家里揭不开锅,母亲用那笔钱买了红薯。一块钱八斤,买了二百多斤。家里九口半人,七个孩子,三女四男,正值长身体的时候,很能吃。方建森排行老五,下有一弟一妹。他还有一个奶奶,父亲跟伯伯共同赡养,算作家里半口人。

红薯吃没了,父亲突然动脉大出血,没钱治。关键的还不是钱的问题,父亲当了十二年支书,几十块钱总还是借得到的。关键是江南岸没有医院,没有医生,不论什么病都得到江北去看。没来得及抢救父亲就走了,那年父亲才四十五岁。方建森刚八岁,在家的男孩数他年纪大,弟弟四岁。他有一个妹妹刚刚一岁。大姐十六岁就嫁人,换回一百来斤地瓜丝。大姐嫁到了山区,那里偏僻、落后、贫困。几十年过去,提起这些往事大姐还抑制不住地抹眼泪。

村里照顾他家,给母亲安排一份工作——去学校做饭,每月给八块钱的工钱。母亲很珍惜这份工作,也很努力,凌晨两三点钟起床,天不亮就赶到学校烧饭。方建森很懂事儿,跟母亲去,帮着挑水洗菜。

方建森小学毕业就回生产队挣工分了,那年十四岁。生产队让他放牛,他嫌放牛的工分低,就挑着担子去捡猪粪。猪粪卖给生产队一斤一分钱。江南养猪的多,却没猪粪可捡。鳌江的城里人不种地,没人捡猪粪。方建森就跟小伙伴去鳌江拾粪,运气好的话一天能拾七八十斤,运气差也能拾四五十斤。

过江捡粪要凌晨两三点钟起床,赶头班船过江,到对岸天差不多也就放亮了。晚上赶四五点钟的船回来,那时间段人少。往返的船票六分钱,相当于六斤猪粪。方建森天天来回跑,跟开船的也就混熟了。开船的知道他家很穷,也就不说啥了。

"你把这么臭的粪挑子放在这干吗?"开船的不说啥,坐船的不干了。

"挑远一点!"有人厌恶地说。

方建森也不介意,挑远点就挑远点,他们要骂就骂两句好了,谁让自己挑着那酸溜溜、臭烘烘的猪粪搭乘这一班船呢。

"江南鬼!"鳌江的会这样鄙夷地喊他。

那大多是年纪相仿的孩子,大人也就是翻翻白眼,嫌弃地躲远些,不会跟穿得像要饭花子似的拾粪孩子过不去。

方建森十六七岁就不再去鳌江拾粪了。因为到对岸拾猪粪的孩子越来越多,粪不好拾了。有几次,眼看太阳要落山,该回去了,粪筐里只

上世纪七十年代末的龙港方岩村内河码头,现已填河造房,成为龙港的商业中心

有一筐底的粪,连坐船的钱都没赚出来。他们就动了歪心思——去偷粪。偷谁的?个人的不行,生产队的也不行,抓住要挨打。偷部队的,解放军是不会打人的。

鳌江驻扎着一支部队,有一个养猪场。趁饲养员不注意,方建森和小伙伴翻进猪栏。猪见了手持铁锹的陌生人就嚎叫了起来,这可把他们吓坏了,差点要落荒而逃。想想被抓着也比赚不到钱、看着家人饿肚子强。于是，他们仓皇往筐里装粪，然后翻过猪栏而逃。进时粪筐是空的，比较容易；翻出时粪筐装满了猪粪，沉沉的，搞得手上、脸上和衣服上都是猪粪。可是，他们高兴啊，不管怎么说有钱赚了。

第二次偷粪时，方建森就被抓住了。他回生产队下地干活了。开头那三年，方建森为同工不同酬而憋气，干同样的活儿，人家挣七八个工分，他挣四个工分，相当于"半价"。不过，方建森没放弃，坚持干了下来。见没把方建森挤对走，生产队长又给他降到三个工分。方建森没办法，只得接受这不公平待遇。那年，他去桥墩水库工地干了四十天，总共才挣一百五十六个工分，连一家人的口粮都不够。

十九岁时，方建森成为一把好手，农活儿干得不仅比别人多，比别人快，还比别人好，一天可挣七个半工分；二十岁时，他挣十个工分；二十四岁时，他当了记工员，第二天干什么，是插秧、割稻还是撒肥，社员都不用问队长，问他就行了，乡亲给他起了个绰号——军师。二十三岁时，方建森当选为生产队长，带领全队十八个壮劳力，六个半拉子①。

方建森年轻，脑袋灵活，思想解放，搞科学种田，过去冬季田地抛荒，他当队长后带领社员种油菜。稻谷一毛钱一斤，一百斤卖十块钱，油菜籽五毛多一斤，一百斤能卖五十多块钱，种一亩收二百多斤油菜籽，可卖一百多块钱，这等于一亩多产出一百多块钱。过去在生产队干一天挣一块三毛钱，好的队能挣一块八毛钱。方建森当队长的第二年，他们生产队一个工涨到两块钱，被评为公社的先进。

三年后，方建森入了党，当上生产大队长，那年他只有二十五岁，是宜山区最年轻的生产大队长。

"建森啊，你好好干，将来接大队书记的班。你老爸工作认真，对党忠诚，做了很多贡献，你要向他学习。"公社领导跟他说。

_____

① 即半劳力。

“我一定好好干,为我老爸争口气。”

没有文化,没有知识就不能带领全大队社员共同富裕,方建森白天参加生产劳动,晚上去夜校读书,学初中课程。

方建森已不奢望进城,不奢望过鳌江人那样的日子,只要方岩生产大队的日子比其他地方过得好也就行了。他做梦都没想到的是龙港镇成立了,方岩下居然成为镇中心。

4　夜幕之下,仰面看见一片灯光,他说那个地方是天堂

王均瑶三兄弟年纪不同,向往城市的高度和视角亦不同。

在大哥均瑶的眼里,城镇也许是座金矿,只要吃遍千辛万苦,想遍千方百计地淘下去,总会淘到金子的;在比均瑶小六岁的均豪眼里,去金乡镇能看到渔村没有的小人书和电影,电影《少林寺》他就是在那儿看的。

从渔岙村他们家到金乡仅有一个多小时路程,走山上的羊肠小道,翻过一座山就到了。他们有个姨妈住在金乡,从小他们就跟着父母到金乡走亲戚,回村后他们就给那些没去过金乡的小伙伴讲在城里看到的新奇。

“我们金乡看到的东西,他们是永远想象不出来的。”王均豪说。

到金乡来碗油锅①,哎呀,那可是太好吃了,足以让人忘掉姥姥家姓什么。不过,那再好吃也比不过均瑶的小兄弟炒的那顿蛋炒饭。

均瑶的翅膀渐渐硬了,想自己搞个作坊。均瑶在金乡租了一间房了,想热一下锅灶②,可是什么吃的都没有,他的一位金乡的小兄弟过

---

①　苍南的一种小吃。把剩饭捣成泥和面粉混合而成,用油煎成饼状,再加以汤头。
②　暖灶,一种民俗,北方也称为温锅。迁入新居后,请亲朋好友来新居聚餐,用灶具做饭,以求吉利兴旺。

去,给他们炒了几碗蛋炒饭。均豪说,他年纪跟均瑶差不多,他家算是比较富有的,炒饭时油和蛋放得很足,那是我这辈子吃的最好吃的一次饭。过去家里很少能吃到白米饭,有白米饭吃时,顶多猪油和酱油拌一点儿,父母还舍不得多给你,哪会那么奢侈。

不过,在城里他们也有窘迫的时候。均豪七岁那年去金乡玩,那时二哥均金也到金乡打工了,寄宿在表哥家里。均豪跟二哥住在一起,早晨醒来,二哥说,你去吃早餐吧。

"我们一起去。"

"我等一下再吃。"

二哥摸遍了四个兜,只摸出一毛钱。均豪明白了,二哥只剩下这一毛钱了。上街吃个馒头要五分钱,吃根油条也要五分钱,喝碗豆浆还要五分钱。两人买两个馒头或两根油条,就那么干巴巴地吃,连豆浆都不喝怎么好意思。

"你去吃,我到姨妈那里说不定能搞点什么垫一下。"

均豪想,二哥还要干活,一毛钱可以买一个馒头一碗豆浆,看上去也没什么不好意思。

二哥却硬是把那一毛钱塞给了他。最后,他们兄弟俩那顿早饭谁也没吃。

均瑶撒网似的寄出第一拨信,收到一封回信,跑了一趟重庆。在三兄弟中,他是第一个坐火车的。均豪只看过汽车,还没见过火车。灵溪到金乡有条简易砂石路,1973年修建的。均豪是爬到家乡的山顶上看到汽车的,那汽车犹如甲壳虫,顺着像柳丝似的公路一点点爬行。

均豪缠着均瑶让他讲坐火车是什么样的感觉。均瑶说,那是没法说的,比方说从我们村的这一头到那一头,从东到西,火车鸣的一声,车头出来,尾也不见了。

重庆是什么样的?均豪到过金乡和鳌江,还没去过大城市。他七岁那年,坐老爸的渔船去鳌江。村里有个粮站,让老爸把米运到鳌江。船从渔岙到鳌江要经过海面,均豪晕船了,吐得昏天黑地,黄胆都吐出来了。他什么风光也没看到,船到鳌江卸下米就回来了。

均瑶告诉他,重庆给人的感觉就像天堂似的,天上有好多光亮,太美了。均豪无论如何也想象不出那个天堂是什么样的,这就像他跟没去过金乡的小伙伴讲述金乡一样。从那以后,均豪对重庆很向往。有一天,他终于去了重庆,这时才知道那是一座山城。他想起均瑶深更半夜在这座城市下了火车,舍不得花钱住店,只好坐在火车站前的广场上等待天亮。夜幕之下,他看不到山,看见的只有山上的万家灯火。均瑶去世后,均豪再想到那一情景,想必是很心酸。

城市犹如一面华丽的镜子,映照出江南垟这一代创业者的几多窘迫与寒酸。

第五章　百姓都知道

1　想像"穷人家骗媳妇过门"那样把"猴子"
　糊弄进来，结果人家的头发都是空心的

《浙南日报》的报道《龙港镇也来个"对外开放"》刊发后，江滨饭店的门口就挂出一块新牌子："欢迎农民进城办公室"，陆续有瑞安、泰顺、平阳等县，以及宜山、金乡、钱库的农民赶过来咨询。

"这个名称是谁起的？"采访时，我问陈定模。

"我起的。"

"为什么想到这么个名呢？"

"就是欢迎老百姓进城，像欢迎老朋友一样嘛。"陈定模说。

陈定模还提出要充分发挥"一纸两皮"的作用。"一纸"即《苍南县龙港镇总规划图》，"两皮"就是"依靠地皮优势，发挥嘴皮作用"，要让龙港这座在建的城镇"在地图上找不到，百姓都知道"。

要发挥"一纸两皮"的作用，那就不能"瘸子跑堂——坐着吆喝"，镇委决定成立工作队，到老百姓的家门口去宣传和动员。苍南县有区和县辖镇十二个，要成立十二支工作队，分片包干。陈定模包钱库区；陈萃元担任过金乡镇镇长，他包金乡；陈林光的家在金乡区的肥艚乡，

1986年,陈定模(右四)和同事在研究龙港发展规划

他包肥艚镇与肥艚乡,还有肥艚镇下边的新城乡。

镇委和镇政府班子成员没有那么多人怎么办?这难不倒陈定模,他把企业站、粮管所的干部借过来,把退休的机关干部找来,让他们带队下去。工作队每到一个地方,广播、传单和动员大会全面铺开,向农民宣传龙港的地理优势、发展前景和优惠政策。

在部队当过作战股长的陈林光把这称为招兵买马。回到肥艚,他把父老乡亲召集到乡政府会议室。乡亲只知方岩下,不知龙港,陈林光介绍一番。

问题来了。有人说,我肥艚的祖屋朝南,冬暖夏冷,住着舒服。我去龙港,祖屋怎么办?把它扒了,我不就是不肖子孙了?我不去。

有人说,我去龙港,我的渔船怎么办,我的盐田怎么办,我的地怎么办?我到那边怎么生活?龙港建那么多的房子都想开店,东西卖给谁,那不就你卖我、我卖你,自己卖自己吗?

还有人说,去龙港人生地不熟的,还不得让人欺负死? 我不去。

在苍南农村欺负人的现象十分严重而普遍,比如女儿户①,会因家里没男丁而受欺负;小姓会受大姓欺负。有位姓林的,住在姓蔡的村子里,受尽欺辱。大姓中也有受欺负的,有个村李姓是大姓,祖上有三个儿子,有大李、二李和小李,大李、二李后代繁茂,有几十户上百户,小李人丁不旺,仅十几户,饱受大李和二李的后代欺负,他们连房子都不让小李后代建。

陈林光家那个村,吕姓是大姓,有五百多户,陈姓是小姓,仅三十来户,陈姓在村里一直挨欺负。陈林光的叔叔是抗美援朝回来的志愿军,在村里当会计,吕姓总给他穿小鞋。陈姓宗亲已忍气吞声几十年,上百年,终于有胜利大逃亡的机会,岂能放过? 陈林光有一兄一弟,一姐一妹,他们听说可以去龙港,无不欢欣鼓舞。祖传的四十来平方的盐田也不管了,没钱借钱也要走,姐姐和弟弟东挪西借没借够钱,决定两家合买一间地基,哥哥和他的女婿决定合买一间。

惹不起,躲得起,挨欺负的都想逃离。受欺负的姓林的说,到龙港大家都是移民啦,姓林的、姓李的、姓张的、姓赵的住在一起,哪还有什么大姓啦,我们都平起平坐啦。另外,还有万元户手里有了钱,想圆城市梦的,肥艚有一百多人登记报名。

陈林光那个村有一吕姓,亲戚在杭州一家企业当头儿,揽到了大批业务,赚了三十来万块,在镇上建两间房子做招待所,每年进项不少。

“你去龙港吧,我批两间地基给你,你只要出两万元助学就行。”陈林光动员他。

“不去,我在肥艚是这个,”他笑着跷了跷大拇指,接着伸出小拇

---

① 仅有女儿没有儿子的家庭。

指,"我到龙港是这个。"

"对对,你在龙港肯定数不上,你在舥艚绝对是这个。"陈林光跷了跷大拇指。

几年后,村里吕姓大多搬到了龙港,连那位"大拇指"老吕的儿子也心甘情愿地跑到龙港做了"小拇指"了。这是后话。

陈萃元觉得龙港跟金乡相比近乎一无所有,要动员金乡人到龙港买地建房,这近乎"穷人家骗媳妇过门"。不过,这户穷人家很有发展潜力,毕竟是县里定位的经济中心。

陈萃元在当地的影响力是毋庸置疑的,可以说他要是动员不了,别人想都别想。改革开放,让敢想敢干的金乡人抓住了机会,全镇两千九百多户,百分之七十的人家办起家庭作坊,成就一大批像杨小霞那样的"猴子"。他们腰包的钱鼓鼓的,自然会想买地建房。金乡的地价比龙港高许多,杨小霞的父亲在金乡镇五一村拍一间地皮就花了一万多块,那笔钱到龙港起码能买两间地皮。

陈萃元跟金乡的父老乡亲说:"龙港好,我龙港有条江叫鳌江。你们想想看哪个大城市没有江,上海有江,温州有江,连瑞安都有江。江的运输费用比陆地的运输费用要便宜得多。你要发展工业,你就去我龙港,龙港的水运费用比铁路、公路运输都低,是不是?你看你成本不就降低了?"

金乡人却不买账,不是不买陈萃元的账,是不买龙港的。

你龙港是什么?不就是几个小渔村,一片滩涂和农田么?你什么都没有,怎么搞得起来?我金乡生产标牌、徽章,你算算中国十亿人口①,需要多少校徽?多少路牌?多少标牌?我金乡第二个产业是证件,学生证、工作证、军官证、借书证,全国需要多少?我金乡第三产业

———————————

①　1984年,中国人口为10.4亿。

是纺织,土纺土织,我的土布不要布票,全国哪儿不需要?

金乡人说,我金乡本来就是城,有六百年历史。金乡是座濒临东海湾的古镇,"明洪武二十年筑成城垣,置金乡卫",设有十一寨、十五堠。金乡卫城墙周长约4.7公里,墙高约6.3米,有东西南北四座城门,城外环有三十米至五十米长的护城河。城内有小河,连接护城河。过去城门下有吊桥,通向城外。

据说,城里的金乡人多是戚继光部队的后裔,讲着接近上海话和宁波话的金乡话。从北门和东门走过小桥,听到的是蛮话;从西门走过小桥,听到的是蛮话和闽南话。城里的自然是城里人,城外的是乡下人。逢清明节集市,乡下人进来,语言不通,交流不多。改革开放后,乡下人进城多了,渐渐学会金乡话。金乡人却没学会蛮话与闽南话,缘于他们没有需求,他们很少到说蛮话和闽南话的乡下去。

陈萃元的"骗媳妇过门"在金乡没有达到预期效果。有人说,金乡人太狡猾了,他们的头发都是空心的。

陈萃元说,"陈定模跟我说,他是农村出来的,原来工作过的钱库区也是农村,他管下面几个乡的农业。他说我是金乡镇干部,由我负责城镇。当时龙港都是农村的房子,我来拆房子,规划道路,自己建设自己批,都是我搞。"

金乡人不好"骗",总有好"骗"的吧?陈萃元又去了钱库、宜山等地,每到一处就召开动员大会,他站在戏台上说:"你在农村能够赚多少钱?四分地不要说长谷子,就是泥土扒过来都是谷子,你能扒多少?你在偏远山区里面,要搞金融没有,人才也没有,你怎么发展?国外凡是工业国都发财,凡是农业国都落后,你现在不改变,等什么时候改变呢?"

"台下的几百人几千人都说好,到龙港去,就'骗'过来了。"采访时,陈萃元说。

2　定模，我们什么时候能吃饱肚子？
　你是书记了，该知道吧？

盛夏的钱库像过圣诞节似的，天主堂聚集了许许多多的人。

钱库位于苍南县江南平原的中心，早在后汉乾祐年间，吴越王钱弘俶在此设立库司，征收当地茶、盐、棉、绢等税，被称之为"前库"，亦称"钱库"。民国初年，钱库设区。

钱库过去是远近闻名的贫困区，下辖九个乡，一百四十一个村，人口超过十七万，人均耕地不足四分。人多地少，粮食不能自给自足，每年要吃六百多万斤返销粮。遇到青黄不接的年景，老人或女人领着孩子外出讨饭，如遇到灾年，有人把儿女卖到福建或浙南泰顺。

1984 年这一天，农民从四面八方赶过来，教堂座无虚席，周边还站有一些人。一纸《苍南县龙港镇总规划图》前围着一群人，他们或默默地专注地看着，或指头像辆客车顺着线条上下左右移动，或交头接耳商议着，高声粗嗓地争论着。

高高的拱顶教堂，五扇拱形玻璃窗绘着《圣经》的故事，五彩斑斓。下边有一白色讲坛，后边是一副高大的十字架，耶稣两手张开，被钉在上边。殉道的耶稣耷拉着脑袋，一脸宁静祥和。

陈定模走上讲台，本来不高的个子似乎又矮了些许，看似疲惫的面孔却精神抖擞。他巡视一下父老乡亲，喊喊喳喳的声音顿时消失，下边像一片平静的湖水。

"我欢迎大家到龙港买地建房。你们不是老说钱库偏僻耳目不灵吗？到龙港去，那是苍南的经济中心，那里靠着鳌江，四通八达，信息灵通，将来有商场、市场、学校、医院、电影院。龙港的对岸就是百年老镇鳌江。你们不是向往鳌江吗？不是觉得鳌江人了不得吗？不是想过像他们那样的城里生活吗？如今，国家允许农民自理口粮到龙港这样的集镇落户，你们可以把生意和工厂迁过去，可以花两三千元在龙港买间地皮，然后盖上自己的房子，一楼是商铺，可以开店办厂，二楼三楼自己住。你们的户口可以迁进城镇，你们的孩子可以进城读书……"

"龙港在哪儿？"一位老汉拿着宣传单，问旁边人。

看样子他不识字，在钱库像他那把年纪不识字的人很多。

"就是方岩下。"有人告诉他。

钱库农民有可能没去过平阳，没去过瑞安，没去过灵溪，很少有人没去过方岩下。

四个月前，钱库区区委书记陈定模在钱库做过一次动员"猴子"去龙港建一条街的报告。发海报时，有人担心场地过大，要是来个二三十人，会显得冷冷清清；有人却充满信心地说，陈书记讲话老百姓爱听，起码也能来几百人。陈定模讲话确实很有感染力和煽动力，老百姓爱听他的报告是信任他，当年他顶着压力为老百姓办过几件实事，实实在在赢得了百姓的信赖。

"我们过去没饭吃跑去找你，你帮我们借地瓜干。我们问你，'定模啊，我们什么时候能吃饱肚子？'你说你也不知道。现在你当区委书记了，说了算了，不能还不知道吧？"那是1981年，陈家堡的乡亲听说陈定模当上区委书记跑来找他。

他的心被戳痛了，战栗了，颤抖了。小时候，他跟母亲去福鼎逃过荒，知道饿肚子是什么滋味。他望着跟自己一起长大的，或看着自己长大的乡亲，不知说什么好了。过去他在供销社工作，可以说不知道，现在是父母官了，不能再说不知道了。

可是，他知道吗？不知道啊。

他十六岁离开陈家堡，十九岁离开钱库，在外转悠二十多年。四十二岁突然被任命为钱库区区委书记兼区长，真有一种"少小离家老大回,乡音无改鬓毛衰"的感觉。家乡最大的变化就是当年的孩子变成了大人,大人变成老人,老人许多不见了,活下来的都弯腰、弓背、挂拐棍了。可是,钱库的街还是过去的街,房子也是过去的房子。过去看着不错的,现在已经破败;过去破旧的,不是倒塌了就是岌岌可危,似乎一阵小风就刮倒。

有权可以改变一切,没权只能被改变。陈定模有了权,有了改变家乡的机会,他能做出哪些改变? 几年后离任时,如果乡亲的日子依然如故,家乡除了衰败之外没有别的改变,怎么对得起祖宗? 告老还有脸还乡吗?

"怎么样才能让大家吃饱饭?"陈定模问。

"把田分给我们,让我们自己种!"

上世纪七十年代末,中国农村经济濒临绝境。1978年全国人民公社社员从集体分得的收入人均74.67元,月均仅6.22元①,这笔钱如何让农民养家糊口? 1980年8月,六盘山下麦浪翻滚,该开镰收割了,宁夏固原县什字公社十几个生产队的社员却停工了。他们要求包产到户,自治区党委不同意,地委也就不同意;地委不同意,县委也就不同意。农民说,干了白干,白干不如不干。农民与自治区、地委、县委杠上了。此事震惊党中央,连总书记都赶了过去。

"固原事件"刚过去几个月,陈定模有多大腾挪空间? 他有权为民做主么? 没有。浙江省正在开展社会主义教育运动,温州是"除了马路没修,其他都修了"的资本主义泛滥的典型。他刚上任,温州地委副书记就带工作队进驻了宜山区,县委副书记带工作组进驻了钱库区,要割"资本主义尾巴",刹"包产到户"的歪风。

什么是"资本主义尾巴"? 织布纺纱、捕鱼摸虾、种菜种瓜,统统都是。

---

① 数据来源于农业部人民公社管理局报表。

钱库有纺纱织布的传统，"文革"时被取缔，上世纪七十年代末八十年代初恢复起来。工作组又要"封三机"。为刹住"包产到户"歪风，工作组挨家挨户搜查，发现育种的，强行拔掉。

在采访时，陈家堡村民陈长许说："我们分田已有三五次了，陈家堡分田到户比小岗村要早十多年，我们在1966、1967年就分了，那还是'文革'时期。不光我们村分了，平阳县百分之七八十的生产队都分了。田分给农民后，产量翻两番都不止，过去在生产队干三天的活儿，分田后半天就干完了。插秧三五天就插完了，生产队时要一个月。生产队时亩产量也就两百多斤，分田后七八百斤，八九百斤，一千斤的都有。生产队种的地瓜永远也长不大，自己种时一个地瓜好几斤。分田后，我们的粮食吃不完。五六年后政策又来了，又集体了。1973、1974年，遭了灾，我们都饿肚子了，要饭的多的是，满街走，把女孩带到山上去，换一百斤、两百斤地瓜干。1979年过后，我们这里又分田到户了，粮食又吃不完了……"

陈定模来之前，他们又集体了。

3　全心全意为人民服务是党的宗旨，
　　到什么时候都不能忘

"人民公社集体生产劳动不好吗？"陈定模问乡亲。

"不好，出工一窝蜂，干活瞎糊弄，出工不出力，地能种好吗？产量能上去吗？"

陈定模对此是清楚的。1979年，平阳县委派他带工作组进驻腾蛟区①去刹"单干风"，把春耕生产搞上去。腾蛟是数学家苏步青的家乡。

————————

① 现平阳县腾蛟镇。

"卧牛山下农家子,牛背讴歌带溪水。"这是家乡留给苏步青的记忆。这时,腾蛟早已失去这诗情画意,几万农民陷于穷困之中。

陈定模领着工作组到带溪乡调查,见农民住房简陋破旧,缺吃少穿,却宁可让田荒着,也不去种。浙南农民向来勤劳勇敢,吃苦耐劳,怎么会变成这个样子?陈定模跟农民接触多了,他们说出了心里话:"我们下地种田,第一锄头给政府①,第二锄头给干部②,第三锄头给'五保户',第四锄头才归自己。我不种地没饭吃,政府、干部、'五保户'也没得吃,要死大家一起死。"

这话太反动了,在改革开放之前怕是要被打成"现行反革命分子",抓进牢房。可是,说这种话的人却不是"地富反坏右",而是"根红苗正"的贫下中农。负担过重,多劳不多得,挫伤了农民的生产积极性,于是他们出工不出力,"出工人叫人,下地人等人,干活人看人,收工人赶人"。"男劳力上工带扑克,女劳力上工带纳鞋,头遍哨子不买账,二遍哨子伸头望,三遍哨子慢慢晃。"大家都"磨洋工,磨洋工,拉屎放屁三点钟"。

怎么样才能让农民有种地的积极性?

"地让自己种,谁种归谁,饿死不怨政府!"农民说。

农民要自己种,县里要工作组刹住"单干风"。陈定模夜里睡不着觉,上级的任务像窗外浓重的山影压在心头。如刹住"单干风",地就荒了,农民没饭吃,政府没税收,干部没收入,"五保户"没法生存。"民以食为天",有"食"才是"饭",没"食"就是"反"。没饭吃,百姓要造反的。二十世纪上半叶,要不是老百姓没饭吃,怎能跟党闹革命?革命的初衷不就人人有饭吃,有衣穿,有房住么?全心全意为人民服务是党的宗旨,无论到什么时候这个宗旨不能忘。

---

① 指上缴农业税。

② 指生产队干部的误工补贴,以及个别干部多吃多占。

最后,陈定模答应让农民按"谁种归谁"的办法试试,不过要悄悄做,不能张扬。

"谁种归谁"不就是包田到户,不就是上级要他刹的"单干风"吗?1978年,安徽省凤阳县小岗村十八个农民为吃饱饭,冒坐牢风险,以"托孤"方式签下生死状,在土地承包责任书上按下手印。农民搞单干为的是吃上饭,陈定模为什么? 一旦被发现,小则撤职罢官,大则坐牢。

带溪乡发生了天翻地覆的变化。早晨,天没亮,鸡没叫,农民就下地了;夜色把田地淹没,农民点上煤油灯,挂在牛犄角上,继续耕作。远远望去,田野灯火摇曳,像一群群萤火虫。那一年,带溪乡粮食大获丰收,农民终于吃饱了饭。

带溪乡的奇迹可不可以再炮制一次? 难,那时陈定模是工作组长,现在县委副书记带工作组驻在钱库。不违农时,春耕时节眼看就要过去,再拖下去钱库农民要挨饿了。陈定模只好蹚着似水的夜色跑去找担任工作组长的县委副书记。

"书记,凭我的能力和水平怕是当不好这个区委书记兼区长了,县里还是换人好了。"

此话亦真亦假,陈定模在基层供销社干了几十年,四年前才调进县委机关,不要说主政一个区,连主政一个乡的经验都没有。

在陈定模任区委书记兼区长的第一天就有人巴不得他夹包滚蛋。"匹夫无罪,怀璧其罪。"这源于他头顶上的乌纱帽,他若不来,区委副书记、副区长都有机会扶正,下边的乡委书记和乡长也有机会提上来。他的空降堵了他们"进步"的路,何况他书记、区长一肩挑,一人占两个正科指标。

"换人? 你这个区委书记是温州地委批准的,哪能说换就换? 钱库是温州地区有名的贫困区,是一块最难啃的骨头,组织把你放在这个位置是对你的信任。"

"可是,你们工作组在这里,我没法放开手脚干……工作组能不能撤回去,让我试干一年?"

"工作组可以撤回去。小陈啊,你还年轻,没吃过政治运动的苦头,千万要注意,要按照上级指示办事,千万别犯政治错误。你这人胆子太大,什么话都敢讲,什么事都敢干,要在过去早被打成右派了。"

陈定模在县委宣传部理论科当科长时,做过四十一场理论讲座,一次谈到"单干风"时,他说:"单干不过是一种劳动组织形式,并不改变所有制的性质。汽车司机的劳动算不算是单干? 能说他是走资本主义道路? 难道要集体来把方向盘才算是社会主义?"这在机关干部中引起强烈反响,给县委副书记留下深刻印象。

也许县委副书记早就想撤,工作组一进村百姓就躲起来,搞得他们十分被动。

工作组撤走的当晚,陈定模主持召开区委会,讨论春耕生产问题。会议是在天主教堂开的。钱库区公所没有办公场所,借用天主堂办公。周一到周六,教堂归区公所办公,进进出出的跟天主和圣母玛利亚没关系;周日区公所休息,神父布道,教徒做弥撒,唱赞美诗。

天主堂的区委会气氛不同寻常,委员像读报似的表态:"我们必须认真贯彻、坚决执行省委、地委和县委的精神,一定要狠割'资本主义尾巴',刹住单干歪风……"

官话、套话、废话、空话像烟雾飘浮在空中。

"把社员个人育的种子倒掉了,如果地撂荒了,百姓吃不上饭怎么办?"陈定模问。

"可是允许单干,社员吃饱了,我们就犯错误了。"

"'平阳逃荒要饭'已有几十年历史了,刹'包产到户'歪风是上面要求的。"

"老百姓跟着共产党走,是相信会过上好日子。革命胜利了,山河依旧,百姓依然吃不饱,穿不暖,他们会怎么想?"陈定模又问一句。

宁左勿右,保全自己。几十年的政治运动,许多干部得到了"锻炼",变"聪明"了,听话了,哪怕明知是错的,也要执行,明哲保身,为自己上道保险。会议进行到下半夜,茶淡了,早乏味了,倒掉重沏;水喝光了,再烧一壶;厕所跑了一趟又一趟,续杯再饮。烟吸得太多了,烟雾缭绕,那种辛辣搞得眼睛都睁不开了。

"铁打的衙门,流水的官。"陈定模清楚,过三年五载,他就会离开钱库,没人再追问"定模,我们什么时候能吃饱肚子"。可是,共产党的干部都这样明哲保身,不为人民谋幸福,不为百姓负责,还能称得上"人民的公仆"吗?

"按照上级要求,有些生产队肯定是搞不上去的。能不能扩大自留地?"分管农业的副书记有点儿吃不住劲了,春耕生产上不去,他有责任。其他领导也有责任,哪个领导没有分管的公社。

陈定模说:"每年开春,我们钱库都有人逃荒要饭,遇到灾年还要变相卖儿卖女,作为钱库的干部难道不问心有愧?我们必须调动农民的种地积极性,今年只能增产,不准减产,不准丢荒一亩耕田,要让老百姓吃饱肚子,不管哪种方式都可以尝试。"

几天后,区委在钱库电影院召开为期三天的"三级干部"会议。陈定模做春耕生产总动员,他从生产关系讲到生产力水平,从生产方式讲到存在的问题。

台下先是鸦雀无声,许多人睁大眼睛,张开嘴巴,愣愣地望着台上的陈定模,继而嗡嗡声一片,台下的脑袋前后左右晃动起来,交头接耳,议论纷纷。

这个家伙从哪儿钻出来的?他也太敢说了,太他妈的"反动"了!

主持会议的区委副书记不得不一次次拍桌子,让会场静下来。

陈定模勉强讲完,接下来是以公社为单位分组讨论。

"毛主席说,人民公社好。这家伙却说,人民公社这种生产方式不适应当下生产力,严重挫伤了广大社员的种地积极性。"

"前几天,县委工作组要我们狠刹'分田单干',把社员家培育的秧苗没收倒掉;现在陈书记却说只要能解放生产力,让农民吃上饭,吃饱饭,什么生产方式都可以试试,我们到底听谁的? 倒掉的秧苗怎么办,谁来赔偿?"

"陈书记是县委宣传部下来的,有理论水平,没准中央又有新精神,所以他才敢这样讲。"

"按陈书记说的去做会不会犯方向性、路线性错误? 错了谁负责?"

讨论没有统一思想,该想不通的仍然想不通,该畏惧的仍然畏惧,该疑惑的仍然疑惑。不过,谁不想把生产搞上去,谁愿意让老百姓吃不上饭,让他们拖儿带女去讨饭?

最后,在会议总结时,陈定模说:"谁说集体劳动就是社会主义,单干就不是? 吃饭走路都是个人行为,你能说是资本主义吗? 什么是社会主义,我认为一是要坚持党的领导,二是能极大地调动农民的积极性,三是看广大农民是不是拥护,四是看生产力是不是得到发展,人民生活水平是不是得到提高。如果辛辛苦苦干了三十年,农民还是吃不饱穿不暖,这样贫穷的社会绝不是真正的社会主义……哪个公社荒两亩地,公社书记撤职,并追究区分管领导责任;哪个生产大队荒一亩地,大队书记撤职,并追究公社分管领导责任。总之一句话,只要能把田种好,让老百姓吃饱肚子,采取哪种生产方式都可以。大家放心,上面要是怪罪下来,我陈定模担着,你们可以把这句话在笔记本记卜来……"

陈定模这一举动产生巨大震动,有人举双手拥护,有人表面赞同暗地里反对,还有人把检举材料一份接一份地寄出去,寄往县委、市委。

听说金处村有个单干"钉子户",他从没加入过合作社、高级社和人民公社。1956年以来,他坚持单干二十五年。不管谁去动员,也不管怎么动员,他就是坚持单干。他说,"土改"分给他的土地就是他的,地契上有人民政府的大印,上面写着由他自由支配。

这个人太典型了,陈定模派人把黄家林请过来。那是个个子高高的、瘦瘦的、满面沧桑的农民。

"你为什么要单干?"陈定模问。

"集体劳动我搞不来的。他们出工不出力,我干活给他们占便宜,我不干。"

"你搞单干,群众不批斗你吗?"

"他们批斗就批斗嘛,我又没偷没抢没做贼,不怕害羞的。"

每次运动来,黄家林都是单干典型,挨批斗,被捆绑起来,挂着牌子游街,关进牛棚不让回家。专案组说:"你只要表态不再单干,我们就放你回家。"黄家林却宁死也不讲。要斗就斗,要关就关,反正土地是不交的,人民公社也是不加入的。那块地没肥可施,渐渐变得贫瘠,他就下半夜跑到钱库下边的一条阴沟把那里的水挑去浇地,有时候还偷偷跑出去淘粪。

"老黄啊,这次政府允许你单干了,回去好好干吧。"

"好的好的,"他抬起头来望着陈定模,两眼闪动着泪花,说不出是激动还是感激,抑或是兴奋,"只要给我自己种就好。"

这个朴实、本分的农民只想自己种地,种好自己的地。在他的眼里土地是命根子,命根子要牢牢地把握在自己手里。

钱库区很多乡都实施了联产承包责任制,用陈定模的话说,那是"男女老少齐上阵,千军万马闹春耕",仅仅五天他们就插完了早稻。那年夏天钱库区上缴的征购粮达到了九百三十八万斤,超额完成了征购任务。平阳县领导大为吃惊,这个年年要吃六百多万斤返销粮的钱库区,怎么在陈定模上任半年后发生了这么大变化。

有人说,别看他陈定模蹦跶得欢,干不到一年就得夹包滚蛋。有多少人因单干被处理掉了?他这么明目张胆,逃脱得掉吗?陈定模也有点儿提心吊胆,犹如乌纱帽拎在手上,随时交上走人。1982年年初,中央下发了第一个有关"三农"的"一号文件",明确指出不论包产到户、包干到户,还是大包干,都是社会主义生产责任制,陈定模才长舒一口气。

4　吹声哨子,吓死卖螃蟹的;抓到个无证商贩,她跳湖了

如何让吃饱肚子的农民富起来?钱库人均不足四分地,靠种地无论如何也富不起来,要靠被当作"资本主义尾巴"割了一遍又一遍的工和商才行。钱库有经商传统,很早以前农民就像义乌人那样挑着担子跑到宁波、上海、福建等地鸡毛换糖,也有人摇着拨浪鼓走村串乡做小生意的。钱库还有纺纱织布的传统,过去他们织土布、毛巾和带子,挑到福建的山区去卖。

钱库要想成为真正的钱库,就得让家庭作坊开起来,让生意人重打锣鼓再开张。

"现在的年轻人不种地也许是历史的进步。我们钱库人均不足四分地,靠种地是富不起来的,也种不出现代化。美国的农业人口不足百分之五,日本只有百分之十,我们国家却有百分之九十,这样国家怎么强大,人民如何富裕?中央文件上讲了,无农不稳,无工不富,无商不活。我们不仅不该制止年轻人做生意,而且还要鼓励更多的人从土地走出来,从事工商业。有技术的开机器——办工厂,有本事的做生意,种田能手种田地,实行专业分工。"陈定模在大会小会反复讲。

有些人兴奋起来,活泛起来,"农业以粮为纲,陈定模鼓动农村青

年不种地,不务正业!哪还有一点儿区委书记的样子?"他们赶紧点灯熬油地写检举信、小报告和黑材料。

其实,谁都清楚在钱库、金乡、宜山,农民经商从来没断过。割"资本主义尾巴"最疯狂的岁月,公社和生产大队干部在码头、渡口、车站对外出"投机倒把"的农民围追堵截,抓住就罚款、游街、批斗,甚至判刑,那也没有止住。

温州这一时间段发生了两件事:一是温州市工商管理人员在黄府巷农贸市场吹几声哨子,想给无证商贩提个醒——赶快离开,没想这竟把一位从瑞安过来卖螃蟹的给吓死了;二是工商管理人员在松台农贸市场抓了一位无证商贩,没收了她的虾皮,她却跳进温州城西的九山湖,差点儿丢了性命。

陈定模把区工商所所长找到办公室,问可不可以给农民发放经商许可证。他跟下边公社领导说过,以后别再抓"外流人员",要让农民放心经商,社办企业要给外出农民开介绍信,别让他们像过街鼠似的。可是,这些都是权宜之计,只有工商所给他们发放经商许可,才能从根本上解决问题。

所长说,按规定,城镇居民可以申请经商许可,农民不行。

"能不能变通一下?"

"上边有明确规定,变通是违背原则的。"

陈定模很失望。无商不活,无商不富,把这条路堵起来,钱库农民还怎么活起来、富起来?陈定模不甘心,下去调研,连开几次座谈会。

"农民经商不一定非得有经商许可。"

"哦?没许可也可以?"

"做买卖嘛要有货源,做小商品生意的进针头线脑、发夹纽扣之类的东西,凭税务部门颁发的进货本就可以。进货本可以代替经商许可。"

陈定模茅塞顿开,允许进货也就允许卖货,尽管进货本不能代替经商许可,起码被查到时也有一块挡箭牌。他没找工商所所长商量,怕商量不成,又把路堵死了。

"我把你调到区税务所当所长,给农民发放进货本,不加限制,要多少发多少。"他对陈岳宝说。

陈岳宝是夏口公社书记,年过半百的"土改"干部,文化不高。他出身于农村,对农民有着深厚感情,推行"包产到户"很卖力气。

"出问题怎么办?"陈岳宝有点儿紧张。

他毕竟当过几十年的基层干部,这点儿轻重还是拎得清的。

"这你放心,出了问题我担着。我可以把这句话写在你的本子上作为证据。你、你怎么哭了?"

"你敢为农民承担责任,我还不敢哭吗?"陈岳宝抹把泪说。

陈岳宝一到税务所立即大张旗鼓地发放进货本。

"税务所发进货本了,每本仅收五分钱工本费。"这一消息不胫而走,税务所门口排起蜿蜒长龙。工作人员忙得中午都吃不上饭了,晚上还要加班。

"陈定模胡作非为,这胆子也太大了!"

有人将情况反映上去,县里没有明确表态。改革开放初期,"摸着石头过河",对错要实践检验。温州是个不同寻常的地方,据《浙南日报》报道,1980 年 7 月,平阳县矾山镇已给二十四位个体户发放了个体营业许可,经营范围包括手工修补、饮食服务和经营小百货、小山杂等。1980 年 9 月,温州市工商管理局解放思想,大胆改革,根据国务院《关于城镇个体工商业户登记管理若干规定》,以松台街道为试点向个体户发证。

钱库区工商所与税务所相距不远,一个熙熙攘攘,门庭若市,一个冷冷清清,门可罗雀。工商所所长坐不住了,也许觉得自己应该有所作为,也许见县里没追究税务所责任,胆子也跟着大了起来,工商所开始给农民发放经商许可证了。不到两年的时间，他们发放了数千本经商许可证。钱库活跃起来，织布机、纺纱机和开花机转动，土布、毛巾、带子和衣服流往全国各地，各地的土特产品也流了进来。

1983年底，偏僻落后、不通公路的钱库就成为浙南十大小商品市场之一，成为针织品、食品、百货、烟酒等商品的集散地，瑞安、平阳、泰顺和福建宁德、福鼎等地商贩乘船而来，满载而归。

这时，时任中央委员会副主席提出，在国家计划的框架下，允许小范围的经济自由和市场调节。陈定模底气足了，有人认为他又押对了赌注。

一天，县税务局突然派下工作组，查银行账目往来，计算营业额，要经商农户补税，交罚款。

"我卖一箱啤酒就赚一个纸箱钱，补税罚款后，我的生意就做不下去了。"一个农民眼泪汪汪地对陈定模说。

陈定模找到县税务局局长："依法纳税是每个公民应尽的义务。可是，钱库小商品市场刚起步，农民还不知缴税，为争得市场利润压得一低再低。现在让他们补税，他们赔了，生意做不下去了。钱库地少人多，靠种地养活不了这么多人，再出现逃荒讨饭，我这个书记也没法当了。"

"你说怎么办？"

"他们该交的税，我负责收，然后交给你们。"

局长清楚有相当多的农民确实无钱补交税款和罚款，钱库的小商品市场刚有起色，如果严查下去，市场冷落了，利税大减也不好办，于是把工作组撤了回去。

钱库小商品市场越来越大，越来越繁荣，部分农民成为"猴子"，钱库人也越来越信赖陈定模了。

陈定模在天主堂滔滔不绝地讲着,父老乡亲专注地听着。一个多小时过去了,他讲完了,曲终人未散,农民或围着他问个不停,或围着龙港镇规划图琢磨着,或三三两两商议。

"为什么去龙港建房? 那里地基比钱库还高。在钱库建房可以做生意,也可以种地。"有人问道。

"龙港是新建城镇,位于鳌江对岸,是苍南的港口镇和中心镇,也是苍南的经济中心和物资集散中心,无论人流还是物流,钱库都无法与之相比。看一个地方有没有发展,要看交通便不便利,你看平阳县的昆阳镇,建于晋朝,已有一千四百多年,港口镇鳌江不过一百多年,哪个更繁华? 还有古都西安,建都一千多年,上海才二百多年,哪个更繁华? 龙港一定会后来居上,会超过钱库、金乡和宜山。当下龙港正在建设,这是一个难得的机会,你想做生意,龙港可以给你批地开店;想办工厂,龙港有优惠政策;想跑运输,有水旱两路。进城是几代农民的梦想,去龙港选择的是生活,是子孙后代的命运……"陈定模侃侃而谈。

第六章　穷而强悍的陈家堡

1　百姓认姓不认官，黄姓书记只得改姓为陈

1984 年的夏天，陈定模回到陈家堡。

陈家堡过去称为陈堡，位于钱库镇①之北，距钱库镇约十里地。陈家堡是一个大村，有三个自然村——陈东、陈西和陈南，近千户人家，六七千人口。苍南农村聚族而居，宗族意识浓重，建筑讲究"高大上"的，除了寺庙、教堂就是祠堂。"仅江南地区域内，现存祠堂即达一千多处。"②在农民的心目中，观音菩萨、释迦牟尼、上帝耶稣和祖先近乎同等重要。

江南也是宗族械斗的高发区，"据有关方面的不完全统计，自1967—1991 年间，共发生大小宗族械斗 1000 多起（其中，发生于 1979年底以前的，约 700—800 起，发生于 1980—1983 年间的 65 起），死亡20 人，伤 39 人（其中重伤 8 人），烧毁房屋 218 间，直接经济损失在 300万元以上。"③在苍南陈是大姓，约十六万人，占全县人口百分之十五左

---

① 钱库区下设有钱库镇。
② 刘小京：《现代宗族械斗问题研究——以苍南县江南地区为个案》，《中国农村观察》1993 年第 5 期。
③ 同上。

右。陈姓大多居钱库,钱库的陈姓集聚陈家堡村、仙居村、柘园村和雅店桥村,他们结盟为兄弟,称之"四姓陈"。不论哪一"陈"与其他姓氏发生械斗,其他三陈均得参战,开销共担。由于人丁数量不等,仙居和雅店承担一半,陈家堡和柘园承担另一半,陈家堡人丁多,承担一半的百分之六十。1949 年前,"四姓陈"攻打宜山张家堡,号称出兵一万,械斗惨烈,死伤众多。

陈定模说,"近百年来,'四姓陈'跟其他宗族发生械斗多达十几次,最早是与十二岱黄姓相斗,黄姓联合杨姓,与'四姓陈'斗。"

陈长许说,1966 年"文革"开始后,钱库的红卫兵到陈家堡的陈东公社抄陈氏家谱。陈氏七百余年的家谱存放在陈定荣家。陈定荣年近六旬,民国时期开过杂货铺。老人闻讯事先把一箱箱的家谱藏到稻草堂。红卫兵扑个空,把他抓去。陈东人心里窝了一口恶气。

接着,金乡的陈姓被王姓打了。那边陈姓弱于王姓,于是陈家堡族长带人划船过去,想平息事端,不料在金乡坊下村遭到殴打。于是,陈家堡派兵和金乡陈氏一起攻打王姓,械斗规模越来越大。

1968 年,械斗还在持续,陈家堡一人去钱库买米,被吴姓抓住,扔进粪坑。(当时林、金、吕、钱、刘、方六姓为一派,杨、黄、王、吴、李、张、章、夏、缪、冯、薛、孙、董、潘十四姓[①]为一派。一年前,陈姓与杨姓发生过一次械斗,为此积怨甚深。)在镇上买东西的陈家堡人得知,一哄而起,打散吴姓众人。被扔进粪坑的那人三四十岁,身体健壮。他自己爬了上来,跌跌撞撞地回到陈家堡,进祠堂击鼓,随之号角吹起,族人聚集祠堂。这事非同小可,按当地风俗若把人扔进粪坑,他的整个家族都会跟着倒大霉。

族长派人通知"四姓陈"的其他三方。数日后,举兵数千,刀枪林

① 《平阳县(现苍南)江南宗族武斗述闻》。

立,红旗招展,每面旗均绣一个大字——陈。陈长许说,我们这儿有个规矩,男孩子只要满十八岁,宗族械斗就得参加。不参加且如果打败了,他们家的门板不仅会被抄走,而且从此抬不起头来。

1968 年 8 月 16 日始,陈、杨两大派大战四十九日,未分胜负。

于是,"四姓陈"召开东田会议,参会有一百三十一个生产大队的党支部书记和大队长,计三百余人。会议决定成立武装总指挥部。杨姓也召开类似会议。

1968 年 10 月 26 日,"四姓陈"出兵六十人,分三路人马,从西南、北、西北强攻龙船峥①。陈家堡出兵二十人,配备轻机枪两挺,步枪与半自动步枪十支;仙居、木桥头出兵二十人,配轻机枪两挺,火炮一门,步枪七支;柘园、雅店桥出兵二十名,配轻机枪三挺,冲锋枪一支,步枪十二支。事后,仅陈家堡一路攻入,其他两路失利,四人战死。经一番拉锯战后,"四姓陈"大胜②,攻下龙船峥,像鬼子进村似的将财物洗劫一空,把房舍点燃,大火熊熊,映红半边天,龙船峥村被烧得只剩下一个茅房。

杨姓等不服,又有了柘园、神宫桥等大规模械斗……

"在龙船峥、柘园、神宫桥等地爆发大规模械斗。这场械斗共相持一年零四个月。其间,双方抢劫军用仓库,购买武器、弹药,动用现代化的武器,进行了 5 次大规模械斗,共打死 13 人,打伤 10 多人,烧毁民房198 间,拆毁民房 63 间;仙居乡龙船峥村全村 148 间房屋全部被焚为灰烬,成为一片废墟。据事后的不完全统计,这场旷日持久的宗族械斗,共造成了 100 余万元的直接经济损失。"③

---

① 钱库仙居乡一村。 当年为仙居公社龙船峥生产大队。
② 刘小京:《现代宗族械斗问题研究——以苍南县江南地区为个案》,《中国农村观察》1993 年第 5 期。 宗族械斗之胜分为三级:将另一族姓彻底击溃为大胜; 夺得对方"头令"为中胜; 伤亡损失小于对方为小胜。 头令为丈余大纛,多为红色,间有镶黄色牙边者,手擎"头令"者多为发起人,挥动号令械斗现场。
③ 刘小京:《现代宗族械斗问题研究——以苍南县江南地区为个案》,《中国农村观察》1993 年第 5 期。

陈定模说，杨姓的龙船峥被夷为平地，村民流离失所。事后，陈、杨双方各有一人被判处死刑。

在这场旷日持久的宗族械斗中，"四姓陈"等获胜，杨、黄等大败。杨、黄麾下的章姓一支迫于生存压力改为姓陈。宗族械斗影响到学校，学生以姓氏划分团伙，上学携带棍棒，一言不合，挥棍便战，不时有群殴现象发生。百姓认姓不认官，对公、检、法执法人员也是如此。坊传，金乡一位陈姓派出所所长下到陈姓势力下的村庄受到热情款待，下到黄家村落竟被缴械、绑架。一位黄姓干部被派到陈家堡的陈东公社当书记，被逼无奈只好办八桌酒席，改姓为陈，续入陈家堡陈氏西三房宗谱之下，这才站住了脚①。

也许这就是陈定模姓陈，不适合担任苍南县副县长的头等缘由？那么两年前发生的那件事又能说明什么呢？

1982年春出现了倒春寒，钱库区烂秧现象十分严重，陈定模坐船下乡检查各乡情况，在望里乡忽闻鼓声。

"那里发生了什么？"陈定模警觉地问望里乡委书记李祖智。

这种击鼓方式往往是宗族械斗发兵的前奏，鼓声还伴随零星的火铳声。陈定模刚任区委书记时，括山乡南垟村的董姓与小陈家堡的陈姓发生了械斗，董姓有两人被打死，也许因牵涉陈姓，乡干部吓得不敢处理。陈定模在县公安局的支持下，公正地处理了这起械斗事件，该抓的抓了，该判的判了。

"可能是浃底园村的陈姓与宜山镇珠山村的黄姓发生了械斗。这两个村积怨已久，前不久，珠山村的村民把浃底园的人和船扣押了，浃底园村说要报复。我们正在做工作……"

"加大马力，以最快的速度赶过去！"陈定模对掌船的说。

---

① 《平阳县（现苍南）江南宗族武斗述闻》。

十万火急，陈定模觉得将有一场大规模的宗族械斗发生，必须及时制止。

"陈书记啊，仅我们俩去是没用的，解决不了的，根据这鼓声怕是已经发兵了。你到钱库没多久，村民不认识你，怎么会听你的。你去了制止不住，一要担责任，二是没面子，要是被村民打伤那就更不值得了。"

"守土有责，我死也要死在现场，"他不容商量地说，"你是当地人，跟村里熟，你过去告诉他们区委陈书记来了，先不要发兵，陈书记有话说。"

"不要发兵，不要发兵，区委陈书记有话说！"船一靠岸，他们就跳了下去，李祖智边跑边喊。

陈氏祠堂，集聚了近千村民，头戴竹制头盔，身扎草绳，手持长矛，表情凝重，有的紧张得紧抿双唇，有的情绪激奋得大吼大叫，似乎在为自己和他人壮胆。按宗族械斗程序，要先拜祖宗，抹香灰，再拜佛求佛祖保佑，①接着是跳火盆。祠堂中央摆一熊熊燃烧的火盆，参战者要从火盆上跳过。对此说法不一，有人说这样械斗时会不惧生死；也有人说，这是让生命像火一样灵活而顽强。如械斗开始，女人要到佛堂或庙里点香灯蜡烛，以求佛祖保佑族人，并边敬拜，边诅咒对方，或站砧板前剁绳，每剁一刀就诅咒对方一句②……

李祖智的喊声太弱了，犹如一枚小石子投入东海，被声浪吞没。他环视四周都是陌生的面孔，没有一个熟人。也许村干部知道要出事儿，要出大事儿，自己无力制止都躲了起来；也许村干部是后台，有许多宗族械斗的组织者就是村干部，李祖智情急之下把一位满头白发的老者拽到陈定模跟前。

---

① 《平阳县（现苍南）江南宗族武斗述闻》。
② 同上。

"我是陈家堡的,也姓陈。我想在发兵前跟大家讲五句话,多一句也不说,你能否跟大家说一下?"陈定模说。

"你是区里的陈书记? 要讲几句话? 可以,当然可以。"老者看着陈定模说道。

"乡亲们,安静一下,区委陈书记来了,他要跟大家说五句话。"老者把陈定模和李祖智领上祠堂的戏台,对台下众人说道。

"他妈的,快相打了,才跑来放屁,早干什么了?"台下一位后生操持闽南话粗鲁地骂道。

"你说什么? 我还没讲话你怎么就骂人呢?"陈定模指着那人喝道,转过脸对李祖智说:"李书记,把这个人给我记住,事后找他算账。"

"大家先不要吵。陈书记是陈家堡村人,也姓陈,是自家人。"老者说道。

台下静了下来,那个后生被陈定模镇住了,缩了缩脑壳,不见了。

"乡亲们,我今天不是来阻止你们发兵的,只是想跟你们讲五句话。我讲完后,你们要发兵就发兵。第一句话,你们这么多人去打仗,怎么打研究好了没有? 第二句,这场仗能不能打得赢? 第三,打输了怎么办? 第四,打赢了,把对方的人打死了,谁去坐牢? 为坐牢的人准备好补贴和生活费没有,由谁来出,怎么出? 第五,如果你们打败了,有了伤亡怎么办,谁来赔偿? 你们如果把这五个问题都研究好了,现在就可以出发;如果还没有研究好再听我讲一句话。"

台下一片寂静,众人的目光都落在了陈定模身上。

"陈书记是我们的人,我们听他说说。"老者说道。

"珠山村欺人太甚,把我们的人抓了过去,这口气我们怎么能咽得下去。"

"我们总不能挨了欺负连声都不吭吧? 兔子急了还咬人呢!"有人喊道。

"你们给我七天时间,我会把这事解决好,把被珠山村扣的人和船都要回来。如果我办不到,你们去区公所,砸我的办公室。你们看怎么样?"

台下面面相觑,一下没了主见。

"我们给陈书记七天时间,解决不了再发兵,大家认为如何?"老者说道。

有人如释重负地走了,台下的人越来越少,渐渐走光了。

几天后,在陈定模的协调下,被珠山村扣押的村民和船只都放了回来。这场宗族械斗总算解决了。

陈定模说,在钱库当书记时,他的面前有"三座大山":一是农民贫困问题,二是计划生育,三是宗族械斗。

宗族械斗也是最让苍南县委书记胡万里头痛的问题之一。尤其是钱库,敲锣吹号,真刀真枪,拖拉机开出来照明,稻子绿了不关水;稻子黄了,枯了,不收割。人被打死了,宗族把他视为英雄,他的家人由族人共同抚养。

胡万里说,这个问题不解决,苍南不用谈发展经济,不用谈改革开放,不用谈共同富裕。他采取四项措施:一是教育,天下农民是一家,农民绝对不能自己斗自己,另外让他们充分认识械斗后果的严重性,会致伤、致残、致穷、致贫;二是立法;三是收缴农民手里的枪支、武器、弹药和刀具;四是拆墙填沟,重修和好。他说,实际上族长就是大队支部书记,把这些人教育好很重要。

2　自家兄弟姐妹不动,谁会相信龙港是块大肉?

"打仗亲兄弟,上阵父子兵。"陈定模想,钱库的农民会不会顺着内河流到龙港,取决于陈姓,陈姓会不会响应取决于陈家堡,陈家堡村的乡亲们动与不动,取决于他的兄弟姐妹。他的兄弟姐妹若是不动,不论跟乡亲们怎么讲去龙港有多么好,哪怕是讲破了天也不会有人相信。

陈定模兄弟三个,他上有一兄,下有一弟,还有三个姐姐、一个妹妹。姐妹均嫁到外村,兄弟都在陈家堡。哥哥长他十岁,是农民;弟弟小他五岁,在苍南县水利局工作,老婆孩子留在村里。在陈家堡,他们在经济上属中下水准,距"猴子"没有十万八千里也有千八百里。

在钱库区,陈家堡亦属中下水平。几十年来,乡亲们参与多起宗族械斗,变得民风彪悍,孔武好斗,读书的少了,经济状况不大好,称得上"猴子"的家庭很少。陈定模盘算一下,远房的堂兄陈定运可以算上一个,称自己为"阿公"的本家陈瑞星算一个,本家侄子陈长许也算一个,算来算去全村不足十户。

陈瑞星会去的。三月份,陈定模满怀激情地动员钱库区的"猴子"去龙港建一条街时,路遇陈瑞星。陈瑞星比陈定模小十九岁,他出生时,陈定模已离开了陈家堡。陈定模偶尔回村,他们是远亲,也没机会接触。陈定模回钱库当书记后,陈瑞星才有缘认识这位"阿公"。路上遇见,站路边聊几句。许多官员都怕事儿,尤其地方主官,生怕八竿子打不着的人求自己办事。陈定模不然,平易近人,古道热肠,不仅不怕事儿,还会主动找事儿,他会站在你的角度思考问题。

陈瑞星在外边跑业务,在钱库碰上不容易。陈定模跟他说钱库要在龙港建条街,他表示参与。陈瑞星是见过世面的,在福建德化山区当过货郎,在江西深山老林刮过松脂精,又在湖南长沙跑了好几年业务,可谓见多识广。与其说他对龙港有兴趣,不如说是相信"阿公"。他说,首先"阿公"是区委书记,其次"阿公"说话算数,不蒙人。

陈瑞星特意跑到方岩下去看了看,见江边铺了一条砂石路,走上去沙啦沙啦响,路边戳起一幢四层楼的饭店,江边有个工地,说是在建码头,再没看到别的变化。不过,他还是报名去龙港建条街。

陈长许倒是称得上"猴子",不过他刚在陈家堡建了三间房,估计去龙港的可能性不大。

1981年,陈长许在马尔康赚了三万块钱,买下了木头、砖等建材,想要建房子。父亲给他和哥哥留下一间房,哥俩儿二一添作五,一人分得半间房。转眼间,陈长许已有四个孩子,三个女儿和一个儿子,再加老婆和母亲,一家七口人挤在半间屋子,有点儿接近于"春运"的火车车厢。三十来平方米的屋子,除两张大床就是锅灶、橱柜和堆着的衣服和被子。两张床,一张是陈长许结婚时的婚床,一米八宽,木头的,还雕着花。晚上,他们夫妇和儿子睡在这张大床上。另一张床也是木头的,可宽可窄的,晚上搪两块木板,床就宽了,老母亲和三个女儿住在上边;白天把木板拆掉,床又变窄了。

"万事俱备只欠东风",陈长许选了好几处地都不成,想用自留地跟人家换,人家却不肯。实在没辙了,他决定把房子像庄稼似的种在自家的自留地上。他要建三间,找一群亲友上山帮忙挑石头,请施工师傅过来画线。

"你不要建了,赶快拆掉!"房子建到膝盖高时,公社来了二十多人。

"为什么不能建?"

"你没有报批。"

"我到你那儿报批,你批不批?"

"到公社去……"

"凭啥你叫我到公社去,我就得到公社去?"

"你违法了。"

"我违的是中华人民共和国哪个法?"

"你不能在农田上建房。"

"我家里有几口人,我家住房面积是多少? 你公社干部知道吗?

我住房实在太困难了，你公社应该给我安排宅基地，可你没安排。改革开放了，思想解放了，政策变化了，过去投机倒把是犯罪，现在给他们生意做了。我为什么不能在自己地里盖房？"

陈长许虽然只读三四年书，可是在外闯荡二十来年，对政策知道一些，法律也懂一点儿。他想跟公社干部闹一下，不见得闹不赢。闹得赢，房子就建起来；闹不赢，建一半就得拆除。

"我们陈家堡上千户人家，从1949年到现在，你们批过宅基地吗？没有，一寸都没有！你这个政策不行的，你了解我们农民的疾苦吗？解放三十年了，陈家堡所有后建的房子都是犯法的。我是犯法，你们不批嘛！农民没房子住，你作为领导应不应该关心群众生活，来来来，你到我家里去看看，我就半间房，就这么一点点。你看后再说我这房子能不能建……"

那些人轮番进去看了看，有的边看边摇头，有的默不作声。一位姓杨的在北大荒下过乡，性格耿直，说话爽快："这房子，你不让他盖也不行啊。"

"叔，怎么办嘛，我的房子他们要拆。"陈长许跑到钱库，推开陈定模的家门说。

"你就不要盖了，现在的政策也不允许。改革开放了，你的房子不要盖在农村。要建房以后有机会的。"

"我已生米煮成熟饭，建上了。"

最后，陈长许还是把那三间房子建了起来。1983年2月份搬了进去。在陈家堡，陈长许那幢房子称得上豪宅，上边有雕花，后边有花园，还打了一口井。他买回了洗衣机、彩色电视机。彩电是用外汇券买的，那是日本原装的——日立牌的，十八英寸的。陈家堡三天两头断电，陈长许跑到鳌江花一千二百多块钱买回两个电瓶和一个变压器。

后来，陈定模埋怨过陈长许："叫你不要盖，你还是盖了，现在龙港的房子你盖不盖?"

"盖、盖、盖。"

3 "你不当书记了，我们怎么办？ 在那儿
想晒太阳都没地儿。"

陈定模先去见哥哥。他们兄弟住在同一幢房子里,他是东边套,中间是弟弟,然后是哥哥。哥哥的日子不如他和弟弟。陈定模到哥哥家,跟哥哥、嫂子讲去龙港建房的事。

陈定模说罢,哥哥默默地看着他,没作声。

大嫂说,我们的地在陈家堡,去龙港没地种,吃什么? 到那个地方人生地不熟的,我们讲不来他们的话,他们听不懂蛮话,买菜讲个价、街上问路都没办法。我们都去龙港了,祖坟怎么办,爷爷奶奶和老爸的坟谁来守?

南宋淳祐年间,祖先万六一公从福建霞浦县迁至陈家堡已七百多年了。这一家族像株老树,根深叶茂,哪里说走就能走? 人熟为宝,陈家堡不是亲戚就是邻居,周围的人不是看着自己长大的,就是自己看着他们长大的,知根知底,有安全感。

大嫂的弟媳妇也反对他们去龙港,她对陈定模说:"你在龙港当书记好办,我们在那儿还有个依靠,你不当书记了,我们怎么办? 在那人生地不熟的,想晒太阳都没地方。出家容易归家难啊。"

江南冬季屋里阴冷,对苍南农民来说冬天晒太阳是件大事,也是生活中不可或缺的一部分。

"哥哥,你不要听她们的,听我的。你们跟着我走会吃香的喝辣的。"

哥哥思索着,眉头紧皱,似乎这个决心难下,又似乎不好当弟弟的面让老婆下不来台。哥哥读过师范学校,嫂子没有文化,他们夫妻俩没有多少共同语言,感情平平淡淡。不过,孩子却没少生,总共生了十一个孩子。陈定模认为母亲给哥哥成家过早,哥哥1954年就有了孩子。其实,哥哥结婚时已二十五岁,那年代这个年纪的男人早就抱儿子了。

"你们不去,别人怎么会去? 没人去的。"陈定模见此,只得实话实说。

"去!"哥哥说。

嫂子贤惠、善良、忠厚、孝顺,从来不跟别人吵架。见哥哥说话了,也就不吱声了。

关键时刻,哥哥又支持了他。父亲去世那年他七岁,哥哥十七岁,小弟两岁,小妹出生才三天,还有年迈的爷爷奶奶和四个没成年的姐姐。用陈定模的话说,"老的没了牙,小的没长牙。"哥哥还有一年就师范毕业了,只得选择退学,挑起父亲丢下的养家糊口重担。

"定模啊,听说平阳中学扩招了,你能不能考上?"哥哥边割早稻边对十四岁的陈定模说。

"哥哥,我考上又怎么样,咱家供得起吗?"陈定模头也没抬。

他辍学务农已有数月,失学的心早已麻木。他的脸晒黑了,手粗糙了,肌肉也多了。可是,他生得矮小瘦弱,身单力薄,只能给哥哥帮帮手。

"你要是能考上,哥哥就是要饭也给你读!"二十四岁的哥哥说。

哥哥长得越来越像父亲了,高大魁梧。父亲是远近闻名的拳师,不仅武艺高强,还擅长正骨。父亲在世时,他们家还算殷实,置办了几亩薄地。父亲要是活着哪会让他和哥哥种地? 在这个家里,也许只有哥哥能读懂他,知道他内心深处的痛苦,还有失去目标的茫然。哥哥又何尝不是如此呢? 哥哥那些师范同学,有的当上了校长,有的进了政府机关,差的也是挣工资的教师,他却成了面朝黄土背朝天的农民。"土改"时期,哥哥有机会去当警察,爷爷坚决不同意,认为"好男不当兵,好铁不打钉",还有哥哥出去了,家里的地就没人种了。于是,哥哥错失了那一机会。

"哥哥,你这话是真是假?"镰刀停下了,陈定模抬头问道。

"真的。"

还有半个月就要考试了,平阳是个拥有一百多万人口的大县,中学却仅有两所——平阳中学和平阳第二中学。平阳中学在县城,二中在北港水头镇,两所中学都极难考,录取率仅有一比六,陈定模比其他考生少复习好几个月,能考上吗?

"那我今天就不跟你割稻谷了,我回家复习了。"

说罢,陈定模丢下镰刀就往家跑。那块地与家隔着两条河,他到河边跳入水里游了过去。

"怎么回来了?"妈妈问道。

"哥哥说叫我去考中学。"

"考上也没钱读啊。"妈妈看着浑身湿淋淋的儿子,无奈地说。

全家十一口人,靠哥哥种的几亩地勉强维持。父亲去世那年,妈妈把刚出生的小妹送给邻村一户没生育的人家,怕他们待小妹不好,还送给他们0.9亩水田。

天空像沉落水中,渐渐暗了下去,祖屋像粗糙的石块,有着风雨冲洗不去的卑微。爷爷说,它是用财主家牛棚拆下的木料搭建的。"不怕货不好,就怕货比货。"祖屋的门前是江南垟最大财主的宅院,相比之下,祖屋显得更加寒酸委琐,无地自容。不过,房后靠西还有两幢茅草屋,是两户宗亲的,一户日子实在过不下去,把房梁拆下卖掉了;另一户衣食有余。前后左右邻居除几户比较殷实,大多饥寒交迫。

这样的祖屋也不能独家享有,要和祖父的兄弟平分,一间客厅两家共用,陈定模家还分得一个灶间和两个房间,约四十平方米。一间住着祖父母,另一间住着妈妈和他们兄弟姐妹。

屋前有一片晒谷场,还有巴掌大的菜地和一小块堆放稻草的地方。陈定模从那浸透着岁月沧桑和生气沉郁的祖屋走出,拽过一条长凳,平躺上去。从平阳考试回来,他就跟哥哥下地干活儿了。干了一天农活,他感觉筋疲力尽,躺在板凳上舒展一下四肢。

盛夏,陈定模时常睡在外边,以板凳为床。蚊虫多时,他就在周边点燃稻草熏赶一下。从县城回来,他心里有了一个挥之不去的梦——进城的梦。如考上中学,就会在城里读三年书。他对未来既忧虑又期待。

"定模啊,你考上了!"

正迷迷糊糊将要入睡的陈定模像受惊的小鸟扑棱一下,坐了起来。

同村的两个同学兴奋地站在板凳旁,他们坐船到方岩下看了平阳中学的录取公示,陈家堡考上五名,有他们俩和陈定模。

"我家没钱,不读了。"

欣喜像闪电,转瞬一片黑暗。陈定模进过城,有过美好的向往,说这句话时心里是何等锥痛和绝望。

"读,给你读。"哥哥说。

被生活压榨得喘不上气的哥哥说这句话有多么力不从心,要下多大的狠心?他也许在赌,把家里的未来赌在定模身上。

哥哥跑出去借钱,妈妈把爸爸的一件棉大衣拆了,取出棉花纺成纱,再织成布,然后用草木灰漂白,给陈定模做了两件衬衣。没有脸盆,妈妈想起二姐出嫁时陪送 个小铜盆,让陈定模去借回来,妈妈用草木灰擦亮。没有衣箱,去大姐家借个书笼,那是大姐夫读师范时用的,毛竹编的。

陈定模怀着梦想,挑着担子上路了,一头是被子,另一头是书笼,装着仅有的几本书和几件衣物。

那届平阳中学招十一个班,陈定模被分到甲班。学校没有宿舍,一百多学生住在一座破庙里,睡的是上下铺。陈定模没钱买蘸水钢笔尖①,用从家带去的毛笔;没钱买纸和本子就找一块木板,毛笔字写上可以擦掉。饭是自己带的米蒸的,菜是咸菜。没带多久家里就没米了,只好带地瓜干。没钱坐船,他就走着上学,三十公里路,快走五小时,慢行六小时。妈妈给他做的一双鞋舍不得穿,放在书包里,光着脚走。快到学校时,到河边洗洗脚再把鞋穿上。有书读的感觉真好,他感到幸运,感到自豪,感到每天都朝梦想靠近。

读到 1954 年上学期,也就是初一的第二个学期,家里说什么也供不起了。陈定模只好辍学回家。

1955 年一天傍晚,在田里劳作一天的陈定模累了,想要睡觉。

"定模啊,乡里招工你去不去?"他的堂兄,也是他的小学老师拿着招工表找上门。

堂兄到钱库镇买东西,看到县里招工告示,要求家庭出身好,小学以上文化程度,未婚的。堂兄想到了陈定模。

辍学这一年多,陈定模饱尝艰辛。退学那年的春天,家里余粮仅够两个人吃了。这时,哥哥已结婚,母亲决定带着陈定模、弟弟、妹妹去福建逃荒讨饭。小妹本来送给了仙居乡下的一户农家,希望她能吃上饱饭。没想到小妹八岁那年实在饿得不行了,跑到田埂挖草茎吃,被大哥看见了。大哥跑过去抱起骨瘦如柴的小妹,发现她得了夜盲症,什么都看不见了。大哥泪流满面,愧疚不已地说:"小妹啊,跟哥哥回家吧,以后没饭吃,哥哥少吃几口,也要把你抚养成人……"小妹哭着死死地抓住大哥,说什么也不松手了。就这样,大哥把小妹抱回了家。

---

① 蘸水笔,一种最廉价的钢笔,由笔头与笔杆组成。笔尖是金属的,可以蘸墨水书写,笔杆可以用小木棍代替。笔尖很便宜,当时一两分钱就能买一个。

逃荒那天早晨,碧空如洗,亲戚划着两条船送他们去桥墩镇①,除他们娘四个之外,还有同村的两位堂舅。船过灵溪不远,天突然阴沉下来,转瞬风雨交加扑了过来,他们一行被浇成落汤鸡。靠岸,找到户农家避雨。这雨似乎成心跟他们过不去,下到天黑还意犹未尽。他们走不了,只得住下。那户人家古道热肠,大厅铺了稻草和竹席让他们过夜。次日早晨天晴,谢过主人,他们划船上路。船到桥墩三十六村上岸,陈定模挑行李在前,弟弟、妹妹跟在小脚的母亲身后。去福建桐山②要经枫树湾,山道崎岖而陡峭,狭窄而险恶,有段山道在悬崖之上,稍不小心就"一失足成千古恨"。

到了桐山,在山下祠堂的戏台下安顿下来,陈定模领着弟弟砍柴到城里去卖。砍一天的柴,可换回四斤地瓜,四口人勉强度日。

早稻下来,他们回来了。母亲跟哥哥分了家,哥哥把三亩好地留给母亲,带着四亩薄田另立门户。家虽分开了,陈定模地里的活儿拿不起来时,哥哥还是要过来干的。冬天,家里没了柴烧,陈定模跟着同村人去山区买柴。回来时,他担五十斤的柴走在悬崖峭壁边缘,那真是心惊肉跳,两腿打战。

当农民太苦了,去过鳌江后,陈定模做梦都想离开农村。在三兄弟中,他生得矮小瘦弱。母亲找算命先生给他算过,说他这辈子是"种田田长草,种山番薯赛如枣"。意思是他在平地种不了田,上山种番薯长得比枣还小。母亲为此没少抹眼泪,感叹自己命苦,中年丧夫,养这么个儿子又种不了田,以后日子怎么过啊。

堂兄掏表来让他填。堂兄说,可以填报公安局、银行、学校和新华书店。他想,自己长得这么瘦小当警察是不合适的;去银行也不行,力

一记错账,自己赔不起;当老师又怕学识浅薄,误人子弟;新华书店好,有书读是莫大的幸福。

陈定模被录取了,填报新华书店的只有他一个。在平阳县新华书店培训后,他被派回钱库图书门市部,有了城镇户口,吃上供销粮。他对哥哥心存感激,如不是哥哥让他报考初中,也许就像哥哥那样种一辈子地了。

陈定模每月有二十几块钱的工资,还有二十多斤粮票,家里的生活得以改善。1958年,钱库区撤销,三分之二并入宜山,三分之一分给金乡,陈定模被调到山门区绿矾厂硫铁矿煅烧炉当工人。他在那结识了山门区农技站的胡顺民,两人颇有好感,没等拉开初恋的序幕,她就去支援宁夏建设。两年后,她生病退了回来,他们邂逅后,恋爱结婚。"三年困难时期"①日子过得苦了,他和母亲、弟弟经常饿肚子,顾不上照顾哥哥。1961年时,他被调到山门镇供销社,日子好起来,他给哥哥找了一份开机械的工作,不像种地那么辛苦,每月能赚三十多块钱。哥哥很高兴,可好景不长,哥哥只干了半年。

"文革"期间,胡顺民恢复了工作,他们家变成双职工了,陈定模有能力救济哥哥了。哥哥孩子多,四男五女,生活贫困。每逢春耕前,陈定模就请哥哥过来住一个月。他们杀鸡、宰兔、炖猪蹄,给哥哥好好补一下身体,回去好有力气种地。走时,他要准备两麻袋地瓜丝、地瓜粉、芋头和碎粉干,让哥哥担回去。胡顺民在粮店工作,有时粉干碎了卖不掉,处理时她就买些回来。

陈定模还给过哥哥几个日本尿素袋子。"文革"后期,中国从日本进口大量化肥。没想到它给人们留下最深刻记忆的不是化肥,而是化肥袋子。袋子是白色人造棉的,也就是化纤的,印有黑字"日本产""尿

---

① 也称"三年自然灾害",指1959年至1961年那三年。

陈定模与胡顺民夫妻照

素""含氮量保证 46% 以上""净重 40 公斤""××化学工业株式会社"。当时,国内物资匮乏,发的布票远远不够用。

人们发现尿素袋子的布柔软细腻,还非常结实,把它拆开,染成黑色可以做裤子。尿素袋子做的裤子垂度好,风儿一吹像旗帜似的抖动,凉爽惬意,时尚潇洒。于是乎公社干部、大队干部都穿上尿素裤子,一时顺口溜甚嚣尘上:

"社干部,队干部,一人一个尼龙裤,有黑的,有蓝的,就是没有社员的。"

"来个社干部,穿的化肥裤,前面'日本产',后头是'尿素'。"

"日本产尿素,做成飘飘裤,前面是日本,后面是尿素。"

……

尿素裤不是谁都能穿的,它成为身份与地位的象征,成为门子硬的标记,成为骄傲自豪的资本。

作家工跃文在《我的堂哥》中写道:"我上大学儿年,每次放假回来,都听说很多通哥的事情。想不到阳秋萍同他离婚了,跟了幸福。村里人说得难听,幸福用三条尿素袋子,就把阳秋萍睡了……"

可见,尿素袋子成了比钱还好使的硬通货。陈定模在供销社,自然搞得到尿素袋子。

　　哥哥性格温和,从不跟人吵架,在村子里口碑很好,唯一的毛病就是爱吹牛。比如他的地亩产三百斤,他就说三百五十斤。

　　陈定模就问:"哥哥,你为什么这么讲?"

　　"讲多一点儿好。"

　　"为什么?"

　　"你讲少了,人家也不给你。讲多了,家里富裕点儿嘛,借钱好借嘛。"

　　这是穷人的思维,小人物的思维,既可怜,又可悲。

　　哥哥把尿素袋子拿回家,做成"飘飘裤"穿在身上,迎着那一拨又一拨羡慕的目光,那会是什么感受?

　　陈定模从山门调到水头,三十八岁那年调到平阳县委宣传部,终于进了城,实现了十五岁时的梦想。可是,哥哥、姐姐、妹妹,陈家堡的父老乡亲、钱库的百姓,以及八亿农民的梦想与现实还隔着大江大河。

4　把稻谷卖掉,把猪卖掉,把布卖掉,凑够 两三千元去龙港

　　陈定模清楚,哥哥答应去龙港顶着多大的家庭压力和经济压力。

　　弟媳妇比嫂子小近二十岁,听说有机会去龙港,高兴得睡不着觉。弟弟陈定意也像陈定模一样仅读一学期中学就辍学了,不同的是学校停办了。弟弟回家种几年地就参军了。

　　陈定意进的是炮兵部队,在那搞测量。转业回来,他种了两年地,在陈家堡结婚生子。上世纪七十年代初,他进了温州市地质大队,转成城镇户口。可是,老婆和三个儿子却像村口那几株树,移不到城里去。为离家近点儿,陈定模帮他调回了苍南县水利局。单位距陈家堡二十

多公里,弟弟平时住在单位的三人间宿舍,仍然和妻子分居两地。

弟媳妇一直向往着进城,他们夫妻两地分居十五年,不懈努力了十五年。没想到进城机会却这样降临了,她哪能放过?没钱买地基?卖掉陈家堡的房子!在龙港建四层楼少说也得万儿八千,陈定意月收入仅七八十元,猴年马月能建起来?走一步算一步,活人哪能让尿憋死?弟弟没在家,弟媳自己做主,把房子给卖了。

在陈家堡,十六间几乎是无人不知,无人不晓。它是在"文革"的第三年建的,当时局势动荡,造反派到处揪斗"走资派",老革命一批批被打倒,从国家主席、国务院副总理、省委书记、县委书记,到区委书记、供销社主任都被"打翻在地,再踏上一万只脚"。

当时,陈定模在山门供销社。山门是个偏僻的山区小镇,距离县城四十四公里。山门老街的路是鹅卵石铺的,看上去美观,打扫起来麻烦,鹅卵石缝隙的脏东西很难扫干净,再加上打扫大街的是刚被打倒的镇委书记,他已四五十岁,打扫大街和厕所有点儿吃力,为此时常遭到造反派刁难和训斥。

几天后,老书记拖着扫帚来到老街,发现鹅卵石路面已扫干净,连公厕都清理干净了。没过多久,这一"阶级斗争的新动向"引起造反派的警觉。这是谁干的?帮"走资派"扫大街就是跟"革命造反派"对着干,非同小可。造反派蹲守几天抓住了那个人,竟然是一位年近六旬的老人。天还没亮,她的那双三寸金莲的小脚就出现在鹅卵石路上,迈着八字脚清扫起来,扫完大街就清理公厕。

她是谁,跟"走资派"是什么关系,为什么要这么干?

造反派追查下去,发现她居然是陈定模的母亲。于是,街头出现大字报和标语"坚决揪出保皇派陈定模""把幕后的黑手陈定模批倒批臭,永世不得翻身"。陈定模就这样被揪了出来,批斗一番。没过多久,造反派就对他失去"兴趣"。他"苦大仇深",历史上没有污点,顶多就是同情"走资派"而已,他的"同伙"除他的小脚母亲之外没有别人。于是就把他放了。放后,又没给安排工作,他在家闲着没事儿,就在山门买了一批木头,回陈家堡把那一间半垂垂老矣的祖屋拆了,伙同乡亲在陈南择地建了一幢新房。拆下的财主家牛棚木头又被赋予新的历史使命。

陈定模他们建的那幢房子是砖木结构的二层小楼,总共十六间。陈家堡的房子大多是独幢的,一家一院,连体的极少,有也不过两三间连在一起,十几间连在一起的唯有这一幢,故被乡亲们称之为"十六间"。东边第一间是陈定模的,接下来是弟弟和哥哥的,西边的三间是他远房堂兄陈定运的,中间还有十间是别人的。建房时弟弟陈定意还在部队服役。陈定模想,当兵嘛总是要复员的,留在城里自然好,留不下回村也得有间房子。于是,他出钱出力给弟弟建了这间房子。

江南的农舍门前都有一块空地,用以晒谷。十六间门前的空地连成一片,相当于村里的布达拉宫广场。傍晚村民喜欢拎着小板凳到那儿清谈清谈①。

"定模叔回来了,要在十六间前边跟大家清谈清谈。"消息像小风似的穿过陈家堡,性子急的还没吃完就丢下饭碗,拎着板凳赶了过来。这时,陈定模已一身休闲穿着,坐在空地,一下接一下摇着芭蕉扇,跟乡亲们清谈起来。

夕阳还没落下,最后的余光泼洒在屋顶,金光灿烂。十六间晒谷场的人越集越多,很快就坐满了。陈定模操着他那有点儿沙哑的嗓子,充满激情地用蛮话描述着龙港的美好未来,"龙港是一桌好菜,是要给有福气的人吃的……"

陈定模在陈家堡有着无法抵御的影响力和号召力。陈家堡宗族思

---

① 清谈,蛮话,闲聊的意思。

想浓重,凝聚力强,乡亲们为村里能出这么一位主政过钱库区的族人而扬眉吐气。陈定模也很认亲,在山门供销社那些年,不论哪位乡亲吃不上饭跑去找他,他都会想尽办法帮借几袋子地瓜干。他母亲更是,村里有人过去讨饭,她哪怕在大街上遇到都会拽到家里,让他吃个饱。

夜色渐浓,表情生动的面孔变成一个个影影绰绰的剪影,远远近近晃动着忽明忽暗的亮点,还有那不时扑过来的辛辣的烟味儿。

"定模叔的兄弟去不去龙港?"有人悄悄问道。

若是好事,定模叔首先会想到自家兄弟,这是傻瓜都知道的;他家兄弟若不去,那就是在诓别人,就是"阿娘阿娘没想"①。

"听说他们在张罗卖房子哇。"

听说龙港一间地基起码一两千块,好点的要三四千块,绝大多数乡亲都瞪大了眼睛,接着摇晃着脑袋。陈家堡百分之九十以上农户不要说两三千块钱,连一千块钱也拿不出来,除非卖房卖地。

"我清楚你们没钱,买不起地基,可以把家里吃不完的稻谷卖掉,把猪栏里的猪卖掉,把织好的土布卖掉,凑一凑,能凑两三千元钱的就去龙港。陈家堡人多地少,靠种地和纺纱织布是很难过上好日子的。"

"我们这些乡下人去龙港干什么?我们的田和山都在这里,能种稻谷,能种地瓜,到龙港吃什么?"

"你在龙港建一间三层的房,上边住人,下边的铺位可以开店,也可以办厂。"陈定模说。

"家家都开店,东西卖给谁?那还不是自己卖自己?"②

"陈家堡才有多少人,龙港会有几万人,十几万人。过去说'方岩下,方岩下,只见人走过,不见人留下',以后从那走过的人会更多,也会有很多的人留下,怎么会自己卖自己呢?"有人说。

---

① 蛮话,想也不要想了。
② 即自己人的东西卖给自己人。

"你不是不想做乡下人吗,不是想成为像鳌江那样的城里人吗?过去想都不敢想,现在我把这个机会送给你,你还不去?"陈定模说。

5　假如搞不起来,就是把你陈定模脑袋割下来熬汤,一个人一碗都解决不了问题啊

"这房子湿气太重,你们去龙港吧。"陈定模对二姐说。

二三十年前,二姐嫁到距钱库不远的芦浦,姐夫是渔民。他们的房子与大海仅隔一道海堤,潮乎乎的带有腥味儿的海风时强时弱、时疾时缓地扑过来,湿气怎么会不重?

二姐他们有五个孩子,两儿一女都已成家,还有两个女儿待字闺中。二姐夫想,去龙港要卖掉芦浦的房子不说,还要欠一大笔外债,压力太大。还有在芦浦,他可以打鱼,可以种地,还可以晒盐,或多或少总有点儿进项,到龙港能干什么,年纪大了,生意也做不来。再说,家迁到龙港,家里的盐田怎么办,谁来打理,自家的渔船放哪儿? 龙港吃鱼哪有芦浦方便? 晚上见桌上没可口菜,跑到海边抓几条鱼,捉几只螃蟹回来就能下酒,何等惬意,他龙港可以吗? 不可以的。还有他们搬龙港了,三个成了家的孩子怎么办,能跟过去吗? 小儿子志远在芦浦盐厂工作,怎么可能丢掉工作去龙港呢? 还是等等吧。

谁知这一念之差,让他们付出巨大代价,等他们想在龙港买地建房时地价已翻了好几番。

陈定模的表弟陈仁要的腰包稍稍鼓一点儿,要说他是个"猴子",那也是最小的"猴子",里里外外划拉划拉能划拉出一万块钱,龙港的地基是买得起的,三四层楼房也是戳得起来的。

陈仁要能扑腾成这样已经很不错了,起码是超越了他父亲。他父亲是理发的,在陈家堡开个理发店,究竟理发兼种地,还是种地兼理发,

恐怕他自己都说不清哪个为主业。父亲很勤快,手从不闲着,不是拿理发推子就是拿镰刀或其他什么劳动工具。

父亲把这门不能安身立命的手艺传给了陈仁要,他也就有了像父亲那样的生活,理发种地,种地理发。陈仁要有三个儿子,每个相差两岁。按苍南的规矩有三个儿子就要建三间房子,没有房子就娶不到儿媳,娶不到儿媳就没有孙子,没有孙子就对不住祖宗。

可是,建三间房子,他就成了"负翁",按"猴子"计算的话,不仅丢掉一个"猴子",还要再欠两个"猴子"。这样一来,他们夫妇的日子就难过了。陈仁要的老婆很能干,里里外外一把手,起早贪黑地织布、养鸡、养猪,一刻也不闲着。她是从金乡那边嫁过来的,是在海边长大的,由于没饭吃才嫁到了陈家堡。她没想到在陈家堡也没饭吃。陈家堡人均不足四分地,种的粮食不够吃,有十分之一二的人家每年的口粮有两个月缺口。早稻种下后就青黄不接,女人、老人和孩子就要出去讨饭了,要等新米下来时才能回来。

那些年,仁要媳妇领着女儿从陈家堡讨到钱库,又从钱库讨到乐清,行程一百多公里。那时乞丐都是真的,没有那种藏着房、车和存款,吃得满面红光的"职业乞丐"。那时要饭的一个个面黄肌瘦,有人给口吃的就感恩戴德,两眼冒着泪花。那时的人朴实厚道,富有同情心,不会像轰狗似的驱赶讨饭的,尤其是老人见到要饭的就给米给钱,赶上天黑还让在家住一宿。

陈仁要家的钱大多是做呢子大衣赚的。上世纪七十年代末八十年代初,全国到处在"割资本主义尾巴""狠狠打击投机倒把分子",他们"冒天下之大不韪",穿过大半个中国去四川、内蒙古等地卖呢子大衣。为什么要跑那么远?村里在那边做生意的人说那边比较宽松,不像浙江、江苏等省管得那么严,抓得那么紧。另外,那边人憨厚实在,没有那么多防人之心。

　　仁要媳妇和仁要把三个年幼的儿子,还有家里养的鸡和猪都托付给十几岁的女儿。那时,仁要的父母还健在,有什么事可以帮衬一下。家里安排妥了,他们就和七八个村里人搭帮走了。他们跑一趟至少十天半个月,路途遥远,交通落后,仅路上就要四天四夜。他们每人带五六个大包,加起来就是四五十件,每包有五十件大衣,放在一起可以装一大卡车。带少了不划算,去掉车费赚不了几个钱。他们在钱库上船,把大包运到方岩下,转船运到鳌江,再用汽车运到金华,转火车运到四川或内蒙古。他们在那边把包提出来,用汽车运到目的地。

　　目的地不是这个村就是那个屯的,总之是农村。到达目的地后,他们先找一户农家住下,通常每人每天交一块钱就可以解决吃住和贮存包裹问题。从第二天起,他们每天天刚亮就像蚂蚁搬家似的背着一捆捆包裹出动了,直奔集市。在那摆个地摊,吆喝着叫卖:“呢子大衣便宜卖,一件五十块……”

　　开市时卖五十块一件,散市时卖四十块,有时二十块也卖。大衣是再生布的,原料是国外进口的边角废料、碎布头子,有美国的、日本的、英国的,还有中国台湾的,进来时都是一捆子、一捆子,像打包的垃圾似的,五花十色。把它放进药水浸泡后变成白色,然后开花①、纺线、织布,再送到外边用拉毛机拉一下,就变成了绒嘟嘟、厚实实,跟呢子差不多的面料了。剪裁后,放到颜料水里浸一下,黑了就黑了,蓝了就蓝了,制作成大衣就可以卖了。这些活儿,他们都自己干,这样可以将成本降到最低,哪怕卖二十块一件也有赚头。

　　“人是衣服马是鞍。”这话说得没错,这“呢子大衣”款式不错,穿到内蒙古或四川农民身上,效果立马显现,土里土气的人变得有几分斯文,几分气派,甚至有点风度翩翩。于是那些农民穿上就脱不下来,赶

---

　　① 通过撕扯使大块的缠绕纤维拆解变成小块或束状,同时在拆解过程中伴有混合、除杂作用。

紧点钱走人。

陈仁要媳妇脑袋灵光，又能说会道，货卖得快，背一大包出去，两三个小时就售罄了，而且卖价还不低，做生意么，靠的就是嘴。陈仁要偏偏不善言语，胆子又小，所以跟别人扎堆跑。出门时天还黑蒙蒙的，星星点灯才回来，一包货还卖不完。他卖得也便宜，赚不到多少钱。

这种大衣的致命弱点之一是不能沾水，沾水就原形毕露，再也不能穿了。它还有两个致命弱点，一是不保暖，寒风一打就透，真是"美丽冻人"；二是原料用药水泡过，大衣穿时间一长就会浑身发痒，起疙瘩。

这买卖辛苦，不过跑一趟赚二百来块钱，但赚的是钱，亏的是良心。钱赚得辛苦，就舍不得花，只有买房买地不心疼，何况陈仁要家在陈家堡只有半间房。

陈仁要见陈定模的兄弟姐妹都闻风而动，村里人的心都像成熟的早稻似的，风儿一吹就稻浪滚滚。乡亲见面不再问"吃了没有"，成了"你家去不去龙港?"问来问去，聊来聊去就又有几人跑龙港买地了。陈仁要跟老婆商量过 N 遍"要不要去龙港"，还是拿不定主意。最后找大表哥——陈定模的哥哥陈定汉商量。陈仁要外场不大行，出头露面的事都由老婆来干。

"你家三个儿子，可以买一间。"陈定汉十分肯定地说。

仁要媳妇回家跟仁要又商量一番觉得也是，买间地基建三层楼，三个儿子一人一层；建四层楼的话，连他们老两口的也有了。

仁要媳妇去了龙港，没去陈定模家，直接去了办公室。她有点儿自卑，总怕胡顺民瞧不起自己，尽管胡顺民待陈家堡的乡亲实诚而热情。去陈定模家找他的人乌泱乌泱的，陈家堡的、钱库的，还有其他地方的，赶上下雨下雪就把他们家踩得脏乎乎的。还有一个原因，都是实在亲戚，从陈家堡过去走亲戚，空着两手不好。

"买一间买一间，便宜点儿买一间。"陈定模很热情。

　　她选了一间通港路的地基,两千一百块。

　　"那边不好啊。"

　　"为什么不好?"

　　"通港路上过去有个轮船码头,由于生意不好停掉了,那个地方发展不起来了。"

　　她又选了人民路的。

　　"那也不好。你下手晚了,一桌好菜都给人家吃掉了,只有剩饭剩菜给你吃了,好一点的都没了。"陈定模遗憾地说。

　　那也得要了,再不要孬的也没了。最后,她选了一间通港路口的地基。

　　陈家堡近千户人家,有四百多户陆续在龙港买地建房,带动了钱库,带动了江南垟。

　　"您家乡观念那么强,又重亲情,您动员兄弟姐妹和乡亲来龙港买地建房,想没想万一龙港建不起来,可能会众叛亲离,您将来连陈家堡都回不去了?"采访中,我直言不讳地问陈定模。

　　"这个我也考虑过。第一,我心中有数,三中全会以后,中国的改革肯定要往前走的;第二,我们的市场经济肯定要发展起来的;第三,城市化的步伐在加快;第四,苍南县决定在龙港建经济中心,龙港迟早会发展起来的。乡亲们来龙港至少比在陈家堡好,到这里来生活不下去可以摆摊,我弟媳妇就摆摊卖香烟,赚了钱。我哥哥那几个孩子来龙港后也都发展起来了。我知道凡是有城市的地方,赚钱的机会就多,发展的空间就大,比农村肯定好。但是假如我们的改革开放走不下去了,回到计划经济时代,那就没办法了。"

　　"我认为成功的概率百分之七十,不成功的后果,我想不了那么多了,首先把它搞起来,我想只要有一万人进来我就不怕,为什么呢?我后来每个礼拜都到轮渡码头去看,今天出去多少人,进来多少人?过去龙港人都到鳌江买东西的嘛，家里办喜事都在那边买菜买肉买酒嘛，这里海鲜蔬菜也都挑到那边去卖。苍南县县长金国仙调到永嘉后，有一次回来，我带他看龙港的规划。他说这个事情我想都不敢想，假如你搞不起来，就是把你陈定模脑袋割下来熬汤，一个人一碗都解决不了问题啊。"陈定模说。

第七章　挑战的最终是自己

1　有人蹦高叫骂，有人哭啼哀求，生、旦、
　　净、末、丑来个齐全

中国二十世纪的两大难题——计划生育与拆迁,陈定模都赶上了。

陈定模上任刚两个月,拆迁就迫在眉睫。按《苍南县龙港镇总规划图》,方岩下、金钗河、河底高等村的农民房如不拆迁,进港公路、龙翔路、龙跃路等多条道路都无法打通。

这些农民房大多数建在上世纪六七十年代,还有四五十年代的,二三十年代的,或更早些。一幢幢矮矮趴趴,黑黑黢黢,甚至歪歪斜斜地戳在那片泥土上。

听说镇政府要拆迁,每平方米补偿十八元到二十三元,三口之家给一间地基,三到五口的给两间地基,五口以上的给三间地基。对自动拆迁的,可以优先考虑好地段。有的村民欢呼雀跃,他已住够了老房子,冬天阴冷阴冷的,冻得骨头痛,梅雨潮湿,散发着挥之不去的霉味。

有的村民对建镇,过上对岸鳌江那样的日子充满着期待,可是说到他的房子得拆迁,立马就不干了,跟你讨价还价,要价高得离谱;有的村民觉得机会来了,地基值钱了,想办法多要几间,可以转手卖掉;也有村

民是真不想动,老宅再不好也是家,他们在那里出生长大,老屋承载着他们童年、父母的印迹,哪能说拆就拆呢?

"两亩地,一头牛,孩子老婆热炕头。"这是北方农民多少年前对幸福生活的向往。"两亩地,一头牛"是物质基础,"孩子老婆热炕头"才是关键。"热炕头"代表着什么?家!家者,"陈豕于屋下也"。家首先要有屋子,屋下有豕——猪。拆我的房子就是毁我的家,那是不行的。

"这地是我的,祖屋是我的,我爷爷,我爷爷的爷爷都生在这里,死在这里,你要给我拆掉,我跟你拼命!"拆迁通知发下去,有人跳脚喊道。

"这房子就是我的命,你扒我房子就是要我命!"有人瞋目怒吼。

老李的那幢房子坐北朝南,刚建六年的三层楼房,别说村里,就是在整个龙港他那房子都称得上一流。这幢房子风格与众不同,有点儿小洋楼的味道,楼上有城里才有的阳台。站在阳台上,有种站在城楼上检阅的感觉;傍晚坐在上边喝喝茶,看看风景,可以说惬意得不要不要的。

老李是渔民,打鱼是件苦差事,冬天冻得要死,夏天蚊虫叮咬,风里来雨里去,赚的是"三寸板上是天堂,三寸板下见阎王"的钱。老李很能吃苦,不论夜里捕鱼多么劳累,早上都要过江去鳌江镇上卖鱼。他的鱼新鲜,卖价就高。

老李建房欠下的债刚还清,让他拆除,他当然不干了。可是,他的房又不得不拆,因为它刚好横在龙翔路上,这房子不拆,龙翔路就打不通。老李这人通情达理,不过有点犟脾气,你要是说不通他,他就拒绝。老李的房子不拆,那些想拆迁的也都不拆迁了。在村里,老李是公认的能人,他识文断字,精明强干,在村民中很有威望。

镇干部进村动员,村里的男女老少呼啦一下围上去,有人激烈地指责,有人蹦高叫骂,有人哭啼哀求。生、旦、净、末、丑来个齐全,把镇干部搞蒙了,乱了方寸,拆迁陷入僵局。

陈定模下村检查时,一位方姓农民冲了过来,指着他的鼻子大声吼道:"你拆我的房子,那就是割我的肉!"

"明知村里要动迁,他还擅自建房,这不是有意跟政府过不去吗?"

"跟这些村民是讲不来理的,要么强拆,要么就不拆,没别的办法。"有干部说。

"不行。我们建龙港镇为的是什么? 不就是让百姓过上好日子吗? 改革开放的目的是什么? 不就是让人民过上幸福生活吗? 我们的出发点是好的,是对的,只要跟他们讲清楚,他们会理解的。"陈定模说。

"陈书记,我看先把老方抓起来。杀一儆百,不把他拿下,其他人也会效仿。"

"不要,不能把好事办坏,得天下者先得民心。"

据说,港区拆迁时就很慎重,还成立一个政策处理小组,负责征地和拆迁的调查与处理。县里制定了港区房屋拆迁经济补偿标准,一等三层楼每平方米补偿三十七元,二等三层楼每平方米补偿三十元,三等三层楼每平方米补偿二十五元,较差的每平方米补偿二十元。房屋拆除材料由原房主自行处理,地基拆一补一。拒绝拆迁,妨碍港区三通建设、影响大局的,采取强行拆除,不给予补助赔偿。

"在筑路过程中,遇到的最大困难就是在方岩渡口埠头边的江滨路口,有两间新建的三层楼。江滨路要通过这两间屋的拆迁才能打通,但是这两间三层楼的主人坚决不拆,成了'钉子户',对全局影响很大。此事报经上级批准可以强行拆除,"[1]港区政策处理小组做了认真细致的思想工作,"承诺搞好经济政策兑现,终于使他们自觉自愿地进行了拆迁。"[2]

---

[1]　魏启番:《中国第一农民城——龙港镇的由来》,经济科学出版社,2008 年版。

[2]　同上。

港区要在龙翔中路上厂村建一个三十五千伏的变电所。建变电所需要先有路，没路变电设备就没法运到施工现场，于是港区决定修一条从方岩渡口到上厂村的简易路。可是，修那条路要拆除二十一间农民房，还有八座坟。房屋拆迁的工作还算好做，坟就难了，谁家祖坟让你挖？风水破坏了怎么办？好说歹说都不行。

"不行不行，祖宗在这已睡了上百年，是惊动不得的。"

"你们说建个城市就建了，哪那么容易？"

他们根本就不相信这几个小渔村能变成城镇。港区做了很多工作，给予了经济补偿，最后才把那些坟拆除。

有人说，方岩老街的两间建于同治年间的老房子需要拆迁，港区与拆迁户没谈拢，无奈之下采取了下策——抓人，结果不但没有达到威慑目的，反而加剧群众与港区的对立情绪。

"港区拆迁时抓过人？"我跟陈林光核实。

"有的。拘留个把人，死硬不听的就拘留一下。"

"胡万里到港区开现场办公会时抓了几个人，有没有跟拆迁有关的？"

"那时候抓的是拒绝拆迁的，不是地霸。"

陈林光这人比较公正，记忆力惊人，拿不准的事，我就打电话找他核实。他不用翻笔记、找证据就能准确说出中国农业银行龙港营业所是哪年哪月哪日开业的。我感到不可思议，那是将近四十年前的事情，他又不是营业所主任，哪里会记得牢？我找来《龙港镇志》的大事记核对一下，丝毫不差。

陈定模认为，跟村民讲大道理是没用的，要站在村民的位置和角度去思考、去分析、去解释，帮助他们看得远一点儿，看到那些眼前看不到的，这样问题也许就会迎刃而解。

拆迁没法进行下去了，停摆了。"钉子户"心里没底了，犹如一只没有落下来的靴子悬在那里，让他们不安。"胳膊扭不过大腿"，不知道接下来镇政府会采取什么措施。前后左右的邻居已动起来，选地基的选地基，搬家的搬家，万一最后仅剩下他们几家"钉子户"，会不会像退潮晒在沙滩上的鱼？

见镇干部有几天没下村，"钉子户"主动出击了。他们去镇政府，有的在办公室里不走，有的拍着桌子大吵大闹。

"做群众工作，第一要真正把群众利益放在首位，第二要注意工作方式和方法。要有细心、耐心和恒心。走破鞋子，讲破嗓子，最后再卖点儿面子也就把事情搞成了。"陈定模多次跟大家说。

不管村民说什么，做什么，镇干部都不跟他们争吵，能解释就解释两句，解释不了也就不吱声了。

"做'钉子户'的工作心要细，嘴要甜，脚要勤。把最难做工作的交给我来做。"陈定模说。

最难做工作的自然是老李了，所有上门动员的干部都铩羽而归。陈定模接手后，不管多忙每天都挤出时间去他家转一圈儿，陪他聊天，慢慢熟络起来，可以开诚布公地说心里话了，"你别把事情做绝，以后就万事不求人啦？就用不着镇政府了？既要给别人面子，也要给自己留点儿面子，与人方便自己方便嘛。"

"你看看哪，人家陈书记都跑十几趟了，你还不同意拆，面子上实在说不过去了。"家人看不下去了。

最后，老李答应了拆迁。他把像路障似的横在龙翔路前的房子拆除后，顺路建了新房，变成坐西朝东了。除去拆迁费之外，老李还亏了三千多块。不过，老李得了两间商铺，他租给裁缝店，每月收一百元租金，三年还清了债务。

2　你这不是目无领导，不是太狂妄了吗？

陈定模擅长观察和思考，在细节上有所发现。一群村民在镇政府吵闹一番突然安静了下来，陈定模出去一看原来挂在墙上的《苍南县龙港镇总规划图》把他们吸引住了，围着看着，小声地议论起来，有人还指指点点，顺着一条条街道寻找着自己家所在的位置。

那是一张什么样的规划图？采访时，我问过陈定模。他说，镇里过去有一张规划图，不知是哪个规划设计部门画的，上边标有街道、居民区、幼儿园、学校、医院、菜市场。随着"两皮"——嘴皮和地皮作用的发酵，不断有人到龙港咨询，镇干部拿出这张规划图给他们看可供选择的地段，以及周边环境。

陈定模觉得那张规划图过于专业，老百姓看不大明白。我想，那张规划图也许就是《苍南县龙江港区近期规划图》。在采访九十多岁的原港区负责人陈君球时，他翻出一幅有四张展开的《人民日报》那么大的《苍南县龙江港区近期规划图》。时光似水，三十六载的岁月已将蓝图洇黄，由折褶处扩散，不过线条仍然清晰，马路、码头、仓库依稀可见。陈君球说，这是从温州请来的三十多位专业人员，耗时三个多月设计出来的。

陈定模说，他借了一本西方人著的关于城市规划的书，作者的名字，是哪个国家的已记不清了。按书中介绍，城市道路设计分为两大基本类型，一是方格棋盘式，即"井"字形；二是环形放射式，即扇形。方格棋盘式布局整齐，有利于建筑布置和方向识别，交通组织便利，适合地势平坦的中小城市。陈定模说，他按方格棋盘式画了一张《龙港建城规划图》，将街道、居民区、幼儿园、学校、医院，还有二十四个公厕都做了标示。

农民们争相观看龙港规划图

"老陈,这个规划谁做的?"两年后,龙港镇政府请同济大学做规划时,一位教授指着那张规划图问道。

"我自己做的。"

"你的规划功能分区很合理。"

陈定模认为龙港镇的规划既要切合实际又要超前。苍南人受"一铺养三代"观念的影响,无论农民还是干部职工都想有间临街的房子,一层做商铺,二三层居住。可是,临街的地基有限,很快就选没了,怎么办?一是街路延伸,可是不能无限延伸,上面在查"毁田建房";二是改造居民点,非临街的房屋被龙港人称为居民点。居民点的地基收费很低,还没有人要。如从方岩老街到斗门的四百七十米临街地基每间收取公共设施费三千八百元,斗门到岱头到第一码头,临街地基每间收取两千八百元,而居民点每间收两百元还没人要。

陈定模就在方岩码头、人民路和建新路之间,文卫路南一块要规划居民点的空地上,规划出六条适合做生意的小街,称之为"百有街"。

陈林光说,这个街名当时引起过争论,有人说日本有超级市场,就叫超级市场好了,比如超级市场一街,超级市场二街。一位当过老师的说,我们的镇是以农民为主体的,还是通俗点儿好,百货市场最好是东西齐全,就叫"百有"好了,你要买的什么东西都有。后来,那里成为龙港的商业中心。陈定模认为,这是他规划设计上最为精彩的一笔。

陈林光说,其他街名都是负责命名的人提出来,上办公会讨论通过。

陈定模说,他们搞过街道征名悬赏,如被采纳可获奖励。

陈萃元的说法跟陈定模有所不同。他说,他到龙港任镇长后,请金乡老乡——市政专家殷体扬绘制了一张龙港镇规划设计图。

"殷教授,我们金乡已有六百年历史了,街路跟女人围带一样窄嘛,龙港的街路怎么设计那么宽?还宽的宽,窄的窄,有三十米,有二十八米,镇前路才十五米,差别怎么这么大呢?"他满脸疑惑地问殷体扬。

"你不知道,街道越窄人气越旺。"殷体扬说。

陈萃元说,他把殷体扬设计的规划图挂在自己办公室墙上,他按那张规划图批地基,这地方十间,那地方八间。殷体扬设计规划的区域面积很小,龙翔路、龙跃路、宫后路等街道都很短。临街的地基批没了,他就拿支笔来顺着殷体扬规划好的龙翔路、龙跃路、建新路往下延,每延长一段就可以多批几十间、上百间地基。收费标准是镇委、镇政府集体讨论的,比如县商业局、物资局,还有十大公司都在龙翔路,那是黄金地段,收费高一点儿。

担任过龙港镇城建局局长的徐安达讲的跟他们两人又不一样,他说工作队下农村宣传用的图不是规划图,而是示意图。当时镇里有一幅规划图,陈定模认为这图太专业了,农民看不懂,让他想办法把它改画成农民一看就明白的规划图。他找到当地渔民画家张帆。张帆画了一幅横向一米多长、七十多厘米宽的规划示意图。图上画有鹅黄色道路，虚位以待的淡黄色地基，深蓝色的河流，以及学校、医院、菜市场。

采访谢方明时，他说："一个城市的规划绝对不是一个人能画得出来的。它涉及方方面面，交通的合理性，电力的布局，有容量布局等。如排水管的口径，雨水管的口径，它都是个系统……"

记忆是靠不住的。三十六年过去了，往事像河边飘曳的柳丝早已不见，上哪儿去寻觅那刚冒出的鹅黄柳芽？

陈定模说，他要求人民路、文卫路、通港路设计为五十米宽，宫后路等设计为四十米宽。

"马路那么宽干什么？晒稻谷吗？"

"陈定模毁田修路，这是对土地的铺张浪费。"

据说，灵溪人听说龙港的马路设计四五十米宽就不淡定了，"你龙港街路宽怎么可以超过我灵溪？我灵溪是县城，是苍南县政治中心，你龙港是什么？不过是为政治中心服务的经济中心！""陈定模要干什么？要在龙港建长安街吗？"这是不是僭越，是不是对县城的挑战？

"马路那么宽还怎么做生意？"要进城的农民也有意见。

"龙港马路设计四五十米宽，有这事？"县里通知陈定模过去，接受县领导的问询。

"有这事儿。"

"金乡是六百年的古镇，北门大街才四米宽，钱库东西街也只有五米，宜山下市街也是五米宽。温州的马路多宽，杭州的马路多宽，你知道吗？龙港修四五十米宽的马路，比温州和杭州的还宽？"

在场的几位县领导都觉得不可思议，觉得陈定模也太离谱了。

"老陈哪，你龙港要那么宽的马路干什么？"

"跑汽车。"

"跑汽车？你开什么玩笑，你龙港有几辆汽车？"

大家都笑了,龙港镇不要说汽车,连辆摩托车都没有。

"发达国家已普及私家车,我想二三十年后,苍南和龙港都会有私家车。"陈定模没笑,一本正经地说。

"老陈,你太理想主义了。不要说三十年,就是三代也不可能普及私家车!"

苍南和龙港何时普及私家车,这是对未来的预测。未来是谁也看不见、摸不着的,没法证实谁对谁错的,是争论不清楚的。有时,越是争论不出对错却越要争论,越找不到适当论据越要辩论,这不关乎科学态度,不关乎中国、浙江、苍南、龙港经济发展速度,不关乎像龙港马路到底该多宽,不关乎水平的高低,关乎的是决策者的远见。

这时,孰对孰错已不重要,重要的是谁该妥协,谁该做出让步。

陈定模越争越激烈,搞得脸红脖子粗。他急不择言,冒出一句:"我相当于大学教授,你们相当于小学生,我说了你们也不懂,我们没法沟通!"

在场的县领导愣住了,看着他。他们也许会想,你陈定模读过《资本论》,给县委常委讲过课,你就以为自己是教授啦,把我们当成无知的小学生? 你这不是目无领导,不是太狂妄了吗?

一言既出,驷马难追。陈定模意识到错时,已无法挽回。

最后,陈定模还是做出了让步,对路街进行了重新规划,将原设计五十米宽的人民路改为三十米,三四十米宽的通港路、文卫路改为二十四米。

二三十年后,陈定模的预料变为现实。龙港早晚高峰时塞车严重,甚至于道路瘫痪,无法通行,龙港人不得不开车过桥,绕道鳌江上班或回家。龙港的几届领导想拓宽道路,改善交通状况,可是拆房扩道比登天还难,不仅劳民伤财,而且代价巨大,一条短街要投入上亿元资金。陈定模痛心地说,当年道路如果设计为四五十米宽,就不会出现这种现象了。每逢提起这事,龙港人就会想起陈定模当年的规划。

不过,龙港的街路三十米、二十四米宽已经很了不起了。采访担任过龙港镇分管城建的副镇长谢方明时,他说:"那时候我们用二十四米的大道已经很超前了,浙江省都没有这么宽的路,那时候道路也就六米八米。后来省规划设计院给我们做规划时说,'小谢,这规划三十年不会变。'现在看又窄了,我们国家发展太快了,完全超出所有教科书规定的那种范围。在增量不变的情况下,在规划中增长百分之三或百分之二是合理的。当你增量发生百分之十到百分之二十的时候会迅速改变。龙港留给我的很多东西是我在书本上学不到的。"

3　跟信用社贷款几十万,地基要是卖不出去,拿什么还?

陈定模见村民对规划图有兴趣,便耐心地给他们讲解,这一片是居民区,旁边是学校,你们的孩子可以去那读书,你们住的地方是商业区,是龙港的黄金地带,相当于上海的南京路。

"龙港能像你说的那么好吗?我们能过上像鳌江那样的日子吗?"

"当然会的,镇委和镇政府都在努力,你们也要配合我们,如果你不同意拆迁,这片商业区也就建不起来了。"

那几个村民不吱声了。

几天后,夜幕还未来得及完全抖落,一弯月亮已迫不及待地爬上树梢,几个村的动迁户三个一群,五个一伙儿地稀稀拉拉来到江滨饭店门前的空地。尽管江风习习,可是人们心里却燥热、烦闷,没感觉到凉爽和惬意。他们有同一个心病:拆还是不拆,怎么划算?

有人搬来了椅子,点上蜡烛,烛火像烦躁的心,不停地躲闪与跳动。

陈定模站在椅子上,环视一下黑乎乎的人群,充满激情地说:

"乡亲们，我们龙港与鳌江只有一江之隔，为什么人家鳌江那边热热闹闹，我们这边冷冷清清？为什么那边灯火辉煌，我们漆黑一片？为什么那边很早就喝上了自来水，我们晴天吃污水，雨天喝泥水，旱天喝咸水，除虫喝毒水？为什么我们这里有水产品、蔬菜、瓜果的优势，却不能成为商品优势，要把这些产品挑到那边去卖，我们吃鱼吃菜吃瓜都要去那边买？为什么我们不能在这边读书、看病、看戏，要去那边？为什么那边人称我们为'江南佬'，嫌我们脏，嫌我们臭，瞧不起我们？我们和他们同饮一条江水，差距怎么这么大？我们龙港人笨吗？没有地理优势吗？不是，我们苦就苦在没有自己的城镇。现在县里决定把我们龙港建成物资中心、经济中心，让我们农村变成镇，黄土变黄金！让我们赶上和超过他们，让我们给人家瞧得起，让我们扬眉吐气，让鳌江人到我们这边来读书、看病，买东西！可是，我们不拆迁，城镇建不成，梦想不能实现，最终苦的还是我们自己。"

下边鸦雀无声。哗啦，哗啦，青龙江的浪，冲击着拆迁户的心。

"我们龙港真的能起来，能像鳌江那么样？"有人问道。

"村民对龙港能不能搞成持怀疑态度。我在港区修镇前路到田中插标志时，老百姓就讲：'龙港镇龙港镇，你们什么时候搞起来啊？'我说很快嘛，现在路都筑了。他说，'1958年政府就建从宜山到钱库和金乡的公路，做了三十多年也没做起来。'那时候大家有怀疑，认为你政府吹牛啊。"采访时，陈林光回忆说。

面对拆迁户，陈定模说："龙港的明天肯定比鳌江好！这点我坚信，要不我为啥会来龙港？不过，我需要大家的支持与配合。拆迁是第一步，破破烂烂的老房子不拆，进港公路、龙翔路、龙跃路、新建路都不通，两边的房子建不起来，哪会有高楼大厦，哪会有繁华的街道，哪会有人来？我也是龙港人，心情跟大家一样，恨不得一下子把龙港变成上海滩！"

下面响起阵阵笑声。陈定模挥一下手,"为我们龙港的明天更美好,请大家支持一下,行不行?"

"行!"

"没问题!"

陈定模宣布,所有拆迁房要在8月20日前拆完,每提前一天奖励二十元,每延迟一天罚五十元。

"龙翔路先开始拆,农民不肯拆。当时农村房子七七八八乱建的嘛。农民说,我这房子拆了怎么办?我提出早拆一天补你二十块钱,你主动拆吧。"采访时提到拆迁,陈萃元说。

第二天,拆迁户都行动起来,男女老少齐上阵,搬锅碗瓢盆的搬锅碗瓢盆,拆门的拆门,卸窗户的卸窗户,许多房子很快就拆完,连砖头瓦片都运走了。

陈定模和镇干部下村检查工作时,见到老李在拆他的"骄傲",老方在"割肉"。

"痛吗?"陈定模问老方。

老方那股蛮横劲不见了,像做了囧事的孩子,低下了头,难为情地笑了。

"这痛是值得的。拆了三层楼,再建四层楼,你就更上一层楼啦。你的肉不是少了,而是多了。"陈定模说。

8月18日,二百多间拆迁房全部拆完,龙港镇政府兑现了承诺,支出六千多元奖金。见拆迁户拿到补贴和奖金,批到好的地基,没被划入拆迁范围的村民迫不及待地找上门来,问政府他们那片什么时候拆迁,为什么还不快点拆迁?有人说,只要能拆迁,没有拆迁补贴也行。

镇政府的政策也好,四五口之家拆一间房子,给两间地基,五口以上的给三间地基,农民可以建一间,卖一到两间地基。老百姓高兴啊,时常有人来请陈定模:"陈书记啊,到我家里喝酒,我们房子盖好了。"

陈定模感慨万千，"水可载舟，亦可覆舟"。这些百姓就像青龙江的水，发怒时犹如千军万马，势不可挡；如意时可以贡献出一切。中国的老百姓是善良的，勇敢的，勤劳的，富有牺牲精神的。抗日战争时，百姓把自己的儿女送上前线，把留下维持生存的粮食支援给八路军；三年困难时期，他们勒紧裤腰带，宁可自己饿肚皮也要把粮食卖给国家；龙港建设也是如此，镇政府没有钱，老百姓允许先征地，等公共设施费收上来再付款。

建镇不仅需要拆迁，还要征地。按政策征一亩地要安置两个劳动力，征一千亩地就要安置两千个劳动力，龙港没什么企业，哪里安置得了那么多人？陈定模算了一下，征用一亩地补偿金一万元，存款的最高利息是六厘，年利息是七百二十元，普通工人年收入是三百多元。如买稻谷的话，七百二十元能买一千多斤。这么算来征地比种地划算。

经他这么一算，那些不同意土地被征的村民也就同意了。

"路障"拆除了，接下来要拆的就是茅房了。

农村每家每户都有一个茅房。茅房简陋得不能再简陋，一个坑，一个桶，上边架两条木板，再搭个棚罩也就是茅房了。确切地说，这不过是个茅坑。几百户人家就有几百个茅房，顶风臭几公里，顺风那就不知臭到哪里去了，路人往往掩鼻而过。茅房招来苍蝇，有人路过会轰然而起，犹如尘埃一片接着一片。

这些茅房如不拆除，谁愿意来龙港落户？镇政府决定拆除这些茅房，建公厕解决百姓如厕问题。对拆除的茅房按拆迁一平方米住房给予补偿。

"你把我茅房拆了，把坑填了，我家大小便往哪里倒？"农民找上门来，质问副镇长谢成河。

"你可以倒到公厕啊。"老谢说。

"我的粪水可以浇地，我不浇地还能卖钱。你把我的茅房拆了，就是把我的钱袋子拎跑了。"

老谢要处理掉的粪水在农民眼里是肥水,"肥水不流外人田"。流入外人田还有个人情,倒进公厕算怎么回事? 可是,这事儿老谢怎么解决得了? 老谢是军人出身,执行任务不走样,尽管拆茅房招来千人骂,那也得拆下去。

第二天,一桶屎尿出现在施工队的门口,臭味熏天。有人说,看见两个农民抬了过来,放下就跑掉了。

"你们找两人把它抬走倒掉算了。"谢成河息事宁人地对施工队说。

施工队看老谢的面子,答应了。老谢又一想,老百姓今天抬过来一桶屎尿,施工队抬去倒掉了;明天要是抬来十桶、二十桶怎么办? 施工队还会抬去倒掉吗? 不行,这事儿得想法解决。

老谢急忙赶了过去,见一群人围在施工队门前,幸灾乐祸地看着那桶屎尿。

老谢火了:"这是谁干的? 要敢做敢当,偷偷摸摸算什么能耐? 下次谁再把粪桶放在施工队门口我就抓谁了。你有本事别抬到这儿啊,抬到我的办公室去。"

老谢是经历过生死的。他当过二十二年兵,跟随所在的高炮师参加过抗美援越,也参加过对越自卫反击战,参加过大大小小战役不下百次,从士兵干到营长。转业时,被分到温州市公安局,他却要求回老家平阳;任命他为平阳县检察院副检察长,他不干,非要去企业。最后被任命为平阳县氮肥厂副厂长。平阳分县,他被分到苍南,在港区干了一段时间,被任命为龙港镇副镇长。老谢初到龙港时,仅有几爿小渔村,还都不通电。全镇唯一的马路——龙翔路,也只有从方岩老街到斗门那么一小段,还是港区修的。马路两边空荡荡的,没有房子。

谢天谢地,第二天施工队门口没出现粪桶。不知是老谢把他们吓唬住了，还是村民觉得不划算，搭了一个粪桶不说，还损失一桶肥水。

该拆的都拆了，该征的也征了，一片空地，给人辽阔之感。白石灰画出一条街道、两条街道、三条街道……这两边没有房子的街道犹如飞机跑道，开阔而空旷。"街道"的这边画十幢"房子"，那边画十二幢"房子"；这边再画十一幢"房子"，那边再画九幢"房子"……

把这些"房子"编成号，统计一下，有一千多幢。主管城建的副镇长谢成河越统计心里越不落地，镇政府跟信用社贷款几十万元，进石头，买沙子，购水泥，找施工队，把马路铺出来，地基要是卖不出去可怎么办？镇政府用什么偿还？这可是太冒险了，陈定模的胆子也太大了。

4　与其说他挑战别人，不如说以挑战别人来挑战自己

进港公路是一条以江堤为路基，宽 8 米，长 4.12 公里的砂石路，它像一条环绕在码头颈上的丝巾，在习习江风之下飘进龙港镇。

温州曾经是中国交通最落后的地区之一，1.16 万平方公里的土地上连一寸铁路都没有。苍南又是温州交通落后的区县之一，江南垟的二百九十七平方公里土地上几乎就没有什么公路。1956 年，高傲的金乡人想修筑江南垟的第一条公路，把城墙都拆了，结果修一段钱没了，底气也就没了，就扔在了那里。1973 年，因战备需要修筑了一条灵溪至金乡（炎亭）的简易公路，全长 44 公里，宽为 4.5 米。

进港公路还是港区初期选址、规划和设计，温州市政府批准的，因没有钱一直没有开工。这条公路从方岩下经沿江防洪堤塘，到咸园码头，摆渡过江，在平阳县境内埭头村连接 104 国道，总造价要 33.5 万元。若说龙港是苍南的物资集散中心，进港公路就是苍南的咽喉要道，每年有百分之七十的物资或经方岩下转运到鳌江镇，再运往四面八方；或经鳌江摆渡到方岩下，再转到内河码头运往金乡、钱库或宜山等地。

每年仅江南垟进出的物资就有十万吨。

谁都知道进港公路早通车早受益,县里向省交通厅公路局连续打两次报告,没有结果。县里实在等不下去了,决定"先求通,再求优",进港公路无论如何也要在1984年10月1日通车,向建国三十五周年献礼。

1984年4月,进港公路指挥部成立,6月13日正式动工。

进港公路动工不到一周,谢成河被任命为龙港镇政府代副镇长。

"你这书记还有什么指示?"报到后,谢成河问陈定模。

老谢的家乡离龙港很近,他们村却不说温州话,说的是闽南话。老谢在部队干了二十多年,会说闽南版普通话。

也许镇里担心进港公路不能如期完成,也许进港公路是县里的头等大事,自然也是镇里的头等大事,头等大事必须要抓牢抓实,老谢虽然刚转业不久,可是他在部队搞过施工,镇里派老谢负责与进港公路指挥部联络和监工。

"我当时当镇长,一定要把它搞通么。灵溪是县城啊,他是领导我们的,当时都没有路啊,你必须把这条路做起来啊。"采访时,陈莘元说。

这公路建成意味着脚下这片土地将结束没有公路、不通汽车的历史。江南垟许多人没见过的汽车会从对岸摆渡过来,浩浩荡荡地开进龙港,接下来就是开通龙港到宜山、钱库和金乡的公路。江南垟对这条公路寄予厚望,把它称为"进财路"。

"我来的时候,有一个进港公路指挥部,可是施工基本上没什么进展。我向县委副书记陈星和汇报,'按照目前的速度,10月1日肯定通不了车。'"采访时,陈定模说。

"那怎么办?"陈星和一听就急了。

他是县委副书记兼副县长,是从瑞安调过来的,普通话讲不大好,蛮话、闽南话也不会说。不过,这是一位干得多、说得少、很务实的领导。进港公路"十一"通车,县委、县政府已经把话说出去了。到时通不了车,他这位主管进港公路的县领导怎么跟县委、县政府交代?

"你把进港公路指挥部撤了,让我来负责。"

"你有把握?"

陈星和瞪大眼睛看着陈定模。陈星和要是知道他的履历的话肯定会摇头。陈定模卖过书,当过工人,在供销社干过,干过的最大工程可能就是陈家堡的十六间了,那还不是他一人干的,把进港工路交给他怎么可能呢?进港公路是县交通局负责的,总指挥是港区工作领导小组副组长兼的。

"10月1日通不了车,我跳鳌江给你看。"

陈定模时常像堂吉诃德似的与其说挑战别人,不如说挑战自己,或者说通过挑战自己来挑战别人。

"老陈啊,这事可别逞能。"陈星和担心地说。

"放心吧,没问题。"

县委为难了,不撤进港公路指挥部吧,看这架势"十一"通不了车;撤了,交给没有施工管理经验的陈定模也不一定能按时通车。死马当作活马医吧,有一线希望总比没有强。县里真就把进港公路交给了陈定模。

"陈定模要能'十一'通车,我把眼珠抠出来,给他当泡踩。"有人叫板。

陈定模接过任务后,第二天就一身农民工的打扮,戴顶草帽,冒着暑热下到工地。他要进入前沿阵地,在现场指挥。他有他的打法,他采取乡、村负责制,把进港公路沿路和周边的村干部召集起来,给他们下达任务和指标,要求确保工期与质量,施工进度要一日一报。

各乡各村都被调动起来,没有挖掘机、推土机、压路机,村民就用铁锹、镐头和竹筐;白天骄阳似火,村民就晚上挑灯夜战。修路需要石头,陈定模把指标分摊给几个村。村支书和村委会主任组织村民上山采石。每天各村汇报施工进度。哎呀,那日子不好过啊,有的村干部做梦都大喊大叫:"陈定模书记来了,陈定模来了,抓紧干哪!"

"有困难吗?"7月底,陈星和问陈定模。

"放心吧,10月1日保证通车!"他拍着胸脯说。

那三个来月,他跟陈星和吃住在工地,遇到问题随时解决。

就在陈定模夜以继日地忙着进港公路建设时,县人大调查组进驻了龙港。他们没有入住江滨饭店,而是住进了县水产局招待所。他们要对陈定模、陈萃元毁田建房,以及卖地等问题展开调查。

陈定模得知消息后有些紧张,他清楚毁田建房是严重违法违纪的。几年前,有一大批乡镇干部栽在这上面,受到严惩。陈定模在钱库当书记时,下边有位跟他关系不错的干部为此受到处分。一年前,他去温州各地参观学习,在乐清见到一些刚打好的地基被拆除;在瑞安见过竣工的房子被炸掉,原因就是毁田建房。瑞安县塘下镇的镇长为此被免职。

有人为陈定模捏把汗,有人幸灾乐祸,期待他从龙港消失。半个月后,调查组像阵风儿似的离去。陈定模觉得情况不妙了。

9月27日,进港公路全线贯通,龙港有了第一条公路。

"十一"的早晨,咸园码头和进港公路两边锣鼓喧天,彩旗飘扬,人山人海。县机关干部、乡镇干部和学生,以及农民,有几万人从钱库、金乡、宜山赶了过来。

"来了,来了,汽车来了!"第一次见到汽车的孩子们欢呼起来。

汽车从对岸鳌江摆渡过来,从轮船开上码头,在隆重的剪彩仪式后,在一片夹道欢呼声中缓缓驶入进港公路。披红戴花的四号车驶过扎着花儿、插着旗、挂着灯笼的"凯旋门"。这是一辆灰色平头杭州牌中型货车,身穿白色短袖衬衫的县委书记胡万里、县长刘晓骅,以及陈

进港公路通车，从右往左依次为陈定模、刘晓骅、胡
万里、陈星和

星和、陈定模站在车厢前边向群众挥手致意，道路两边掌声、欢呼声
不断。

"那天通车了，定模站在车上，像主席一样的招手，我在旁边维护
秩序。"采访时，陈萃元说。

那天几乎苍南县所有的汽车都开进了龙港。不过，苍南县总共也
没有多少车。平阳县原有两辆北京 212 吉普车，也就是军绿色帆布棚
的那种。分县时，分给苍南县一辆。进港公路开通前，这辆吉普车也只
能跑平阳、鳌江和金乡。

通车那天，一位卖凉粉的发了财，几万人进入龙港，天气炎热，凉粉
大受欢迎，让他赚了上百元钱。

第八章　屋顶上的钟楼

1　乡亲们搬着小板凳围坐一圈儿，听听这个
　　聪明人是怎么说的

"定模，我家智慧要一间……"

"不要讲女儿的事情，讲儿子的事情。"陈定模对聚集在十六间空地前的乡亲们说罢，转过头对堂兄陈定运说："你家里先搞，嫁出去的女儿等下批。"

"定模叔，你谁都给他建，为什么不给我建?"陈智慧嚷了起来。

二十七岁的陈智慧眉清目秀，长着一张圆圆的脸，酷似上世纪八十年代最受欢迎的歌唱家李谷一。她是陈定运的大女儿，四年前嫁到了钱库区芦浦镇。

陈定模知道陈定运去龙港是买得起地，建得起房的。"文革"期间，陈家堡与邻村杨姓发生一场宗族械斗，可谓杀敌一千自损八百，此后一蹶不振。尽管这二十来年乡亲们没少折腾，顶着"割资本主义尾巴"之风织土布，倒卖粮票布票、缝纫机、废铜烂铁，跑到福建等地做鸡毛换糖的小生意，但真正赚到钱的却不多，赚到大钱的更是少之又少。即使陈家堡的"猴子"都去龙港，数量上也是微不足道的，但意义上却

非同小可,他们是陈定模的族人、家乡人。陈定模希望陈定运带个头。

陈定运当过生产队会计。当会计的大多保守,循规蹈矩,陈定运却例外,倒卖过粮票和布票,尽管被抓住,吃了些苦头,可是在十六间建起了三间房子,仅此一点就足以让村民佩服。

不过,去龙港这件事陈定运却犹犹豫豫。他可能觉得在陈家堡进可攻,退可守,去龙港是背水一战,生意做不起来怕是凉水都喝不起。不去吧,定模说的铺面让他放不下。"一铺养三代",眼下三代顾不上,下一代肯定要"养"的。

陈定运有四个儿子,老大成家了,分了出去;老二在读高中,成绩不赖,有望考上大学,暂且不管;老三是学裁缝的,在龙港开家裁缝铺也不错;老四年纪虽小,也要提早准备,有个铺面不就有个饭碗?

他和陈定模的亲缘犹如同住的十六间,他是把西头的三间,定模三兄弟是把东头的三间,中间还隔着十间。他们住在同一幢房子,拥有同一个祖宗。小时候,他们相伴长大,定模十五岁跑出去工作,定运留在村里结婚生子。定模节假日回村看望母亲和兄弟时,他们时常会遇到。

"回来啦,到家坐坐,喝口茶?"

"不喝啦。"

邀请真诚而客套,定模是"公家人",能到家坐坐是给面子;不来,他也理解,公务繁忙,抽空回趟家不容易,哪有工夫喝茶闲聊。一个不过去喝茶,另一个也不去贸然打扰,有礼有让,疏远淡泊。

村里人说,豆豆放在锅里炒,先爆的最好吃。聪明人就像那先爆的豆豆,是有先知先觉的。陈定模傍晚若坐在十六间前边的空地纳凉的话,乡亲们会搬着小板凳围坐一圈儿,听听这个聪明人怎么说的。有些村民没文化,听不懂陈定模的话。陈定运不然,他什么都听得懂,偶尔还会插一两句。陈定模有些话就好像是跟他一个人说似的。

有段时间,陈定模夫妇把双胞胎的儿子送回陈家堡后,他们夫妇回村也多了。

"顺民婶婶回家了,顺民婶婶回家了。"当个子不高的顺民婶婶出现在陈家堡那泥巴路时,阿慧见到就会告诉妈妈。

女人跟女人有一种天然的亲近。女人需要闺蜜,男人需要哥们儿。闺蜜重在亲密,无话不说;哥们儿讲究义气,紧要关头拔刀相助。阿慧妈是顺民婶婶的"知音"。顺民婶婶说闽南话,陈家堡人说蛮话。她进了村就像到了异国他乡,不论别人说什么她只有两种回应,或是笑眯眯地点头,或是笑吟吟地摇头。

阿慧妈妈会说闽南话,她是外村嫁过来的,那村子到陈家堡步行半小时,说的却是不同的方言。两个说闽南话的女人就这么走近了。胡顺民来了,阿慧妈妈会到房东头坐坐。走动走动,不能空着两手,阿慧妈妈就把家里母鸡下的蛋捡上十个二十个。

礼尚往来,一来一往就有了交往。阿慧十二三岁时,学校组织春游,她在水头镇跟老师和同学走散。人生地不熟,不知如何是好之际,她想到在水头镇供销社的定模叔。她找上门去,在定模叔家小住几日。那时,陈定模把两个儿子和老母亲都接了过去。阿慧跟这位堂奶奶熟,堂奶奶个子高大,说话和气,为人善良,哪怕家里来个讨饭的也要让他吃饱了再走。在村里时,谁家有事都愿意跟她讲。她还会正骨,不论给谁正骨都分文不取。

2　"闲谈不超五分钟。"他像坐堂的老中医似的提笔开方

"定模叔,你要给我批个好地段,我要做生意,要建两面铺。"陈智慧说话语速很快,像冲锋枪似的。

半年前,老妈跟阿慧说,我们钱库要在方岩下建条街。

阿慧读小学时就知道山外有山，天外有天，乡村之外有城市，城里人住着高楼，坐着汽车，端着"铁饭碗"。从陈家堡到钱库镇步行半个多小时，人就不一样了，这边是乡下人，那边不是乡下人。同学的爸爸有的每月有工资。她还知道只有长得漂亮而幸运的乡下姑娘才能嫁到镇上去。陈家堡仅有三个姑娘嫁到了镇上，一个嫁到宜山镇，两个嫁到钱库镇。她们回娘家就会成为村里的焦点，聚拢了羡慕的目光。

"哇，你看她拎的小袋子，多么洋气啊。"

"看，她老公穿的是劳动布的工作服……"

流行就是美。有些流行是跟得上的，有些是无论如何也跟不上的。"全国学习解放军"的年代，流行草绿色军装；"工业学大庆"时，流行的是蓝色劳动布工作服。工人才有劳动布的工作服穿，工人有城镇户口，端的是"铁饭碗"。陈家堡的农民穿的都是自己家织的粗糙的土布衣服。

陈家堡女孩心里都藏着一个梦想：长大后嫁到城镇去。阿慧如愿以偿，不仅嫁到了芦浦镇上，还在街上建了一间楼房。

听说定模叔回村动员大家去龙港，阿慧匆忙赶回陈家堡。

"她怎么还想去龙港呢？"有些人感到不可思议。

她把家建到龙港去，老公上班怎么办，开在芦浦街上的绣花店怎么办？

"咱们家人口多，跟风也要跟得牢啊，跟不牢就被落下了。"老妈见阿慧要去龙港，着急地跟老爸说。

"再等等，再等等。"老爸说。

这么大个事儿，哪能闻风而动？老爸犹豫不决，他拨拉算盘算过，要去龙港的话得把十六间的三间房子卖掉，换两三间龙港的地皮，建房的钱还得另筹。筹得上还好，筹不上怎么办？一家十来口人住在露天地？进了城，地种不上了，饭从哪儿来？

老妈跟老爸说,你看谁谁家比我们还差,他们都要去龙港了。在陈家堡,谁的腰包比谁多几百元钱,或少几百元钱都一清二楚。老妈要强了一辈子,什么时候落在人后?何况这机会就像河里的鱼儿,它不会守在那儿一动不动,你不注意时它尾巴一甩动,就再也找不见了。看准了就要下手,把它牢牢地抓住,不这样的话,你跟它就一毛钱关系都没有了。

阿慧从陈家堡回去后,坐船跑龙港看了好多遍,跟老公商量过一次又一次。说实话,龙港给她的第一印象不怎么好,江边有条新铺的砂石路,能骑自行车。江滨饭店的镇政府墙上挂着一张图,上边标有龙跃路、龙翔路、建新路、金钗街……每条道旁画着一个个小方块,标明这三间,那五间,卖掉的打个叉,没卖的空在那儿,想进城的农民都围在那儿看。

陈智慧在"欢迎农民进城办公室"花五元钱买张表,填好后上二楼去找定模叔。

"那张表上究竟有哪些内容?"我在采访时问陈林光。

"有姓名、住址、家庭人口,以及有什么要求。"

"是否填好表就可以选地基?"

"不是。地基不是选的,是分配的。"

他说,根据各片儿报上来的数量,陈定模和陈萃元按比例分地基。比如钱库报上来一千间,给他龙翔路几间,龙跃路几间,建新路几间,百有街几间;肥艚报上来二百间,分给龙翔路几间,龙跃路几间……书记、镇长分完之后,上镇委和镇政府班子联席会议讨论通过。

"讨论时,有人说我的不够,给我多搞几间。比如我们肥艚和宜山分到的人民路的地基正巧边上有个水塘,我们就提出把水塘填上建两栋房子,一栋给我们肥艚,那一栋给宜山……"陈林光说。

采访时,陈萃元说:"这个是我分配的,我要考虑啊,街有好有坏啊,钱库、宜山、金乡三个区要搭配。这条好的街道三个区要打平,那条比较差的也要三个区打平,要公平一点么。"

陈林光说,舥艚的龙翔路的分给谁,龙跃路的分给谁,建新路的分给谁,那就由他说了算了。比如龙跃路分给舥艚一栋十间,陈林光分给十户人家,至于谁在第一间,谁在第二间,谁在第三间,就由那十户自己来定了,通常是由抓阄决定的。有人说,我不要龙跃路,要建新路,那就得他自己找人换了。如果正好有分到建新路的想去龙跃路,他们可以私下交换。有人说,我不想要了。他的亲戚朋友说,你不要给我啊。这样对方给他五块钱买表的钱,他就把分到的地基转给对方了。如果谁都不要,他也可以放弃,那样就会损失五块钱。

"地基是没得选的,陈定模那时候权力很大,他说这块地给你就给你。我那块文卫路的地基是副镇长陈林光的同学帮我搞的。文卫路只能算中等吧,也不是很好,像龙翔路、龙跃路,没有关系是搞不到的。"提起当年买地基,林益忠说。

舥艚镇和舥艚乡是陈林光负责的,新城乡隶属于舥艚镇。陈林光说,"林益忠是新城乡杀猪的,他的亲家是我的同学,也姓林,在新城乡当书记。"

陈智慧怕定模叔不把她的事放在心上,或把她排在老爸后边,老爸还没下决定去龙港,这样就赶不上这一批了。听说龙港镇要在百有街建服装市场,许多人都想要那边的地基,可是很难拿到。

江滨饭店二楼西边的定模叔办公室犹如医生诊室,出来一个,进去一个。陈智慧对等候的人说:"我进去跟定模叔说两句话就出来,就说两句。"

她推门进去,见定模叔坐在办公桌旁,身后墙上贴张白纸,上边写着:"闲谈不超五分钟。"他像坐堂老中医似的望闻问切,提笔开方——把处理意见写在纸上,如找谁谁办理。

"定模叔,百有街给我,百有街!"

那条街还没建就已经火得一塌糊涂,有人想在那开服装店,有人想开纽扣店,还有人想开帽店,不想开店的也想在那儿建房,谁都清楚房子建在那里就会拥有一间旺铺。

定模叔说,银河路给你一间,那地方也不错,适合做生意,前边有条河,旁边有码头,江南垟许多乡镇过来的船在那儿停靠,人气会很旺。那间地基也不贵,只要一千九百元,百有街要两千九百元。

"定模叔啊,银河路那么差的你给我?那还把西边,太阳晒过来热死了,那是一面铺,不是两面铺……"

谁都想要两面铺,两面铺就是坐落于街拐角的房子,可以两面开门。

陈智慧跟定模叔哇啦哇啦说了一通,说罢转身出来,也不恋战。她清楚这不算闲谈,那也不能超过五分钟,定模叔忙着哪,外边还有那么多人等着,再说她进去前跟他们说过"就说两句"。

"老爸,定模叔讲来讲去还是不想把百有街给我。"她跑回娘家去找老爸老妈。

"婶子,你跟定模讲一下,阿慧要百有街,叫他给她百有街。"老妈跑去找陈定模的老母亲。

老妈知道陈定模是孝子,他老妈的话是很有分量的。不清楚这位堂奶奶跟定模叔说了没有,怎么说的。定模叔给陈智慧换到了建新路354号,位于街角,可以有两面铺。

见再拖下去就没有好位置了,老爸着急了,跟陈定模说,"我也要一间。"

"好位置没有了,银河路那间,你女儿不要,给你吧。"

老爸觉得那间地基也不赖,门前有河,还有码头,上船下船,人来人往。还有一个不可忽视的优势,那就是价钱低,稍好一点儿的位置要两三千块以上,那间才一千九百块。

老爸还想再要一间。

"大家都一家一间,你怎么要两间?"

"我有四个儿子,至少也要两间。"

前几个月没人要,现在是抢不到。要知这样就像阿慧那样早点下手,不仅可以选个好地段,还可以两间挨着。龙跃路、百有街、建新路的地基都批出去了,陈定模爱莫能助。

说来也巧,有人在镇前路批间地基,两千四百块,他不想要了。阿慧的老爸给了那人五块,把那块地基拿过来。

3 觉得建七层楼还不过瘾,又在自己屋顶建座钟楼

杨恩柱长年奔波在外,偶尔回家听广播喇叭讲,苍南县要在方岩下建个龙港镇,欢迎农民进城。他听过了也就过去了,没放在心上。在他的心目中,鳌江才是真正的城镇,龙港怎么样,谁知道呢。

"一江之隔,我们这边是渔村,鳌江那边是城镇;我们这边是地,他们那边是天。我们这边的女孩嫁到那边是要受气的,他们讲话都要高你一等。"提起鳌江来,杨恩柱说。

鳌江让杨恩柱向往,他却没想过要去龙港买地建房。五年前,他花一笔"巨资"翻建了住房。那间房子位于杨家宅的方家大院。在方圆百里,方家大院是负有盛名的,若不知方家大院,不要说他不是杨家宅人,怕连湖前乡人都不是了。方家大院是由几十间具有清代浙南特色民居围成的大四合院,气势非同寻常,为民国时期大财主方步皋所建。

一个男人挑着担子从宁波到了湖前。若干年后,他居然从方步皋儿子手里买下方家大院的三间半房子。其时方家已衰败不堪,靠卖房卖地维持生活,否则哪里会把自己家院内的房子卖掉?"土改"时,方

家没卖掉的房产被农民分了,买下三间半房子的男人只分到"中农"成分,这人就是杨恩柱的祖父。

祖父把三间半房子还有那个成分传给了父亲。父亲把房子分给杨恩柱他们三兄弟一人一间,剩下半间自己住。杨恩柱的房子位于大院的东北角。家庭成分是不能分的,父亲没法把一个"中农"分成三个"贫农"或"下中农",只能把一个中农变成三个中农传给他们三兄弟。

那间木结构、青瓦老屋年代久远,设施简陋,杨恩柱有钱后就把它拆了。他奔波在外,没时间管,老婆在家把那幢二层砖混结构小楼戳了起来。按设计楼下有四扇门,钱却花没了,老婆跟隔壁的邻居借五百块钱,把木料买来,请木匠做好。杨恩柱从外地回来时,门已安装好了。

"利息五厘?这太高了。我以后不抽烟了。"杨恩柱说。

搞销售的哪有不吸烟的?走南闯北,求爷爷,告奶奶,不管见谁都要先矮一头,递一支烟,拉拉近乎。杨恩柱几年销售跑下来,烟越吸越凶,一天要好几包。他说戒还真就把烟戒了。债还上了,他成为江南垟名列前茅的"猴子",烟也没捡起来再吸。

杨恩柱那幢房子不要说在杨家宅,就是在湖前乡也首屈一指。想去龙港建房的是他的老父亲和老婆,听说谁谁去了龙港,又谁谁也去了龙港,他们的心被搅动了。父亲是读书人,毕业于温州师范学校,在中学教了一辈子书。杨恩柱从小就尊师敬教,大事听父亲的,尽管已年近不惑,成为四个孩子的父亲,还听父亲的。

在个把月前的傍晚,一条小船咚咚咚驶离杨家宅。杨恩柱从外边回来,父亲对他说应该去龙港买地建房,他就请龙港的朋友帮忙物色几块地基。他长期在外,不大了解龙港的情况,也没想过找镇政府批一块地。他在外忙,回家也忙,白天脱不开身,只好晚上去龙港。好在杨家宅距龙港不远,半个多小时船程就到了。

下船时已是晚上七点多钟,天跟着黑了下来,杨恩柱去找朋友。朋友把事先物色的几块地基介绍一下,杨恩柱连看都没看就把带去的一万多块钱付了出去,买下四间二手地基。镇政府有规定,地基批下来必须在半年之内动工,一年内竣工。有些动迁户,家庭人口多,分到两三间或三四间地基,既不缺房又没钱建,只好转让出去。在那段时间转让地基的人较多,要价也不高,一间只要两三千块。

杨恩柱有钱,但不任性,为什么买四间地基,他是有所考虑的,他要给弟弟一间,给小舅子一间,还有两间给儿子。他有四个孩子,两儿两女。男人没房子谁会把女儿给他?他爷爷把三间半房子给了父亲,父亲娶了母亲;父亲把房子分给他们三兄弟一人一间,他们才娶妻成家。

地基买下后,杨恩柱就忙其他事了,没跟父亲讲。

"龙港镇有块地基要五千五百块,你要的话,我去把它拿下来。"一天,父亲说。

杨恩柱从父亲的目光看得出他很期待把那块地买下来。父亲说的那块地是龙港的地王,位置很好,在龙翔路上。苍南县的石油、烟草等十大公司都坐落在那条街上。

"这块肉是给龙港最有福的人吃的。"陈定模吊人胃口地说道。

林上木说,我要在那建七层楼。他是湖前乡人,当过电影放映员,改革开放后做生意发了财。财大自然气粗,有人说这人平常就很张扬。

"建七层楼,你是开玩笑吧?"没人相信他林上木能建得了七层楼。

"你建七层楼?鳌江最高的楼多少层?恐怕温州都没有那么高的楼,牛最好不要吹太大,当心吹爆了。"

即便是省城杭州,五层已算是高楼了。鳌江镇还没有五层楼。

"你要能建七层楼,我就拿出那块地给你建!"陈定模表示支持。

那块地基可建七间,林上木要建两间,还剩下五间谁来建?在苍南六千五百个"猴子"中,有能力建七层楼的寥寥无几。建一间四层楼房至少要万儿八千块钱,稍好点儿的就要三四万块了。小"猴子"不敢把所有本钱全都投到房子上，大多选择建三四层楼。像陈定汉那样跟"猴子"不搭边的农民就更难了，把农村的住房换成龙港的地基，接着东挪西借，使出吃奶的劲儿才能戳起三四层的房子。

在采访时，胡万里说，龙港有两个问题，一是道路太窄，我当时也想搞宽一点儿，涉及土地问题，没有搞成；二是建筑千篇一律，房子结构、高矮都是一个模式，没有错落有致，百花齐放。我们也想建一些高层，建漂亮一点的房子，那要多花钱，当时只能从农民的实际情况出发，你国家拿不出钱来，银行也不可能给你贷款那么多，只能根据农民的实力来建。

时任镇委委员、综合办主任章圣望说，房子全部是三层四层，看上去不好看。镇里说对建五层以上房子的减免公共设施费，可是还是没人建。这边乡下的房子大多是平房，两层的都很少，一个自然村也就有几间。河底高村两层房子只有六间，百分之八九十都是平房，有的还是茅草房，多数窗户没玻璃。那些平房都是黑瓦，墙有砖的，也有土的，还有外面是砖的，里面是毛竹的。结婚就用报纸糊一下就算新房了。

林上木可能张罗一番也没找到"同路人"，想起苍南县最有名的"猴子"——杨恩柱。他们不熟，没有交往，不过林上木的老婆在学校教书，认识杨恩柱的父亲。于是，他就把电话打给了杨恩柱的父亲。

"那块地不一般，是可以挑大拇指的，能在那建七层楼是众人瞩目的。"父亲对杨恩柱说。

也许父亲忍气吞声一辈子，受尽欺负，想在龙港建最高的楼，让众人瞩目一把。

"我没时间，你就去办好了，贵点儿也没关系。"杨恩柱对父亲说。

杨恩柱没提自己买下四间地基的事儿。他想只要老爸开心就好，老爸想在哪建在哪建，不差那几千块钱。

"解铃还须系铃人。"杨恩柱跑去找帮他买地的朋友。

"退回去两间,那么好的地基不要了? 一间才两三千块钱。"朋友不高兴了。

那价钱帮杨恩柱买下那么好的地段,也许朋友很有成就感,现在把地退回去,那是出尔反尔,在生意场上有点儿丢份。杨恩柱做事敞亮,没让朋友为难,贴了五百块钱。

父亲去镇政府批下一间五千五百块的地基。杨恩柱觉得一间不够,起码要两间。他去找陈定模。销售再生布时,杨恩柱跟芦浦的一位杨姓朋友有过合作,后来那位朋友也开了一家编织袋厂,继续合作。杨恩柱跟老杨去钱库区委找过陈定模,也就有了一面之交。

"一家一间,你怎么要两间?"陈定模问。

"我有两个儿子,我们农村有两个儿子就得建两间房。一间怎么分?"

陈定模他们开会研究后,又批给杨恩柱一间。那块地基后来每间又增加五百块,杨恩柱以一万两千块拿下东边的两间地基。

"我的地是从政府手里买来的,不是从老百姓手里转让过来的。政府卖贵有贵的道理。"杨恩柱不觉得镇政府多加五百元不合理。

林上木拿下中间的两间,西边的三间被方崇钿拿下。方崇钿在苍南可谓大名鼎鼎,他当过兵,教过书,靠编织袋挖到第一桶金。不同的是方崇钿采取的是"扩散加工、双层经营"的生产经营模式,也就是由他提供原材料,村民投资设备,加工成半成品,他回收后加工成编织袋销售出去。据媒体报道,方崇钿带动了周边地区一千八百多农户走上致富之路。顶峰时期,苏北百分之九十的大中型化肥厂用的都是"崇钿编织袋",其年销量高达一千八百万条,纳税五十多万元。苍南县委要选拔方崇钿为龙江乡副乡长,他没有干。

4　七层楼不仅是龙港最高的楼，是地标，也是骄傲

杨恩柱和方崇钿想建六层楼，不想建七层。龙港最高楼才五层，龙翔路上那十家大公司都没超过五层，六层也可以成为地标。林上木不同意，话已说出去，建不成七层楼岂不遭人耻笑。林上木说，要么你们建五层，我建七层。

这怎么能行？在苍南你左右邻居建的房屋要是高出一块，那等于压你一头。

三人多次商量后达成共识，中间五间为七层，两边各一间为六层，杨恩柱的两间房，一间为六层，一间为七层；林上木的两间都是七层；方崇钿的三间，两间七层，一间六层。这样也算是平起平坐，谁也不压谁一头了。

爱张扬的林上木可能觉得还不够劲儿，要在自己的楼顶，也就是整幢楼中央的位置建个钟楼。钟楼和鼓楼大多建于宫廷、寺庙，或城市中心。晨钟暮鼓，钟楼和鼓楼是古代报时用的，即早晨撞钟，晚上敲鼓。林上木是否想在撞钟时，体验万人瞩目的感受？不得而知。

"找我？找我干吗？"一天，杨恩柱接到一个电话，说是县委的。

"我找你有点儿事情。请你到我的办公室来一下。"对方好像猜出他的心思，语气和蔼地说。

杨恩柱想，我又没有偷税漏税，没干什么违法的事，怕什么？去就去。

杨恩柱到了县城灵溪，进了县政府，找到那个房间，敲敲门进去，见办公室仅有一人，看来级别不低，起码也是副县级。

"坐坐，我跟你商量个事儿……"领导笑容可掬。

原来有人想用龙跃路的地基换龙翔路的。杨恩柱一听就明白了，要换地基的人姓蔡，也是位有钱的老板。镇政府原来把地王批给杨恩柱一间，批给蔡老板一间。杨恩柱坚持要两间，不知镇政府是担心蔡老

1988 年,龙港的标志性建筑"七层楼",是当时
苍南的最高建筑,由龙港民营企业家建造

板实力不够建不起来,还是蔡老板不够自信打了退堂鼓,后来镇里在龙跃路批给他两间,位于龙华大酒店旁边。不知蔡老板反悔了,还是最近发了财,想建七层楼了。领导的意思很清楚,就是问杨恩柱能不能跟蔡老板换一下。

"我回家商量一下,"杨恩柱说罢,接着说,"能不能再给我批一间?七层楼没有,其他地方也可以。"

这时,想在龙港搞一间地基已不大容易了。杨恩柱很后悔退掉那两间。

杨恩柱跟领导聊了半个来小时。领导态度友好,并没有要求他怎么样。他也没回答跟不跟蔡老板换。

七层楼怎么可能让出去? 那是非建不可的,父亲不会让,他也不会。那不仅是龙港最高的楼、龙港的地标,也是他们的骄傲!想当年,他家是"非产户",连种地都受欺负,每年只能挣三百六十工分,多一个工分都不行。他在部队当上班长后,组织上要发展他入党,派人到大队外调,大队说他家是中农,他父亲民国时期还开过钱庄,结果搞得他党也没入上。他父亲的确开过钱庄,不过没开几天就倒闭了,欠下一屁股债,直到他当兵回来还有人登门讨债。如今,杨恩柱不仅是苍南县屈指可数的"万元户",还入了党,可以建七层楼为什么不建?

杨恩柱回家跟父亲和妻子商量,他们都不同意再买地基,"我们只有两个小孩,两间房子够用了。"

杨恩柱想想也有道理,建两间七层楼还说不上要花多少钱呢,再建一间要是钱不够,建不起来,还不让人笑话?

林上木和方崇钿都比杨恩柱年长,人脉和阅历也比他丰富。林上木亲戚多,有个姨夫在供销社搞基建,对建房子也很在行,设计的窗户让杨恩柱很满意。

我很想采访林上木,听说他中了风,语言有障碍。

杨恩柱说,林上木后来生意亏掉了,1992年他引以为傲的七层楼被拍卖,靠东边一间,杨恩柱以五十六万块拍了下来,加上办产权证和重新装修花了六十多万元。不过,这满足了他当初想在七层拥有三间房的愿望。另一间带钟楼的被方崇钿拍下。方崇钿拥有那间带钟楼的房子后,筹资两千多万元创办了温州市金田电缆有限公司,三年后升为集团公司,2000年国家工商总局批准金田集团为"中国无区域集团"。

"欢迎农民进城办公室"人气越来越旺,不断有人来咨询,有本县的,也有平阳的、文成的、瑞安的、泰顺的,还有福建省福鼎的。有上千人申请到龙港开店、办厂或办幼儿园、影剧院。

"两皮一图"的作用发挥出来了,有五千多户农民申请到龙港建房,还不断有农民背包罗伞,拖家带口前往龙港创业。

11 月 15 日到了交地基款的日子,"欢迎农民进城办公室"却门可罗雀。在中国农业银行龙港营业所和沿江信用社也不见拎袋子交款的农民,镇里干部的心悬了起来,五千多户农民最终会有多少人交款,有多少人在临门一脚时放弃,难以估计。

到了 11 月下旬最初几天,交款者还是寥寥无几,镇干部无不担忧,截止期限是 11 月 30 日。如果"猴子"不进城,地基卖不出去,龙港镇就彻底凉快了。

"农民拍板,最后一天见分晓。"陈定模似乎很有信心。

有人说,江南垟的农民过去太穷了,太苦了,他们精于算计,数千块钱在银行多存半个来月利息不少,不到最后期限是不会交款的。也有人说,他们觉得花数千元买地基心里不踏实,还想观望观望。

11 月下旬的后几天交款的有所增多,有许多农民拎着钱袋子,坐船从金乡、钱库、宜山等地过来,见交款的不多,站在银行外看看墙上贴的龙港镇规划图,跟操蛮话、闽南话、平阳温州话、金乡话的交流交流,到分到的地基看看,还是拿不定主意,于是在方岩下吃顿饭,拎着钱袋子回去了。

第二天,他们拎着钱袋子又来了,东看看,西看看,也许觉得自己看走眼了,龙港啥都没有,怎么能在这鬼地方买地建房呢? 那不是傻吗?于是,又拎着钱袋子回去了。

有人第四次、第五次拎着钱袋子过来,见有些没条子的人在人群里转来转去,也跟去凑热闹。见有人来了不交款,他就恶作剧地说:"你不交款,把条子给我吧。"交款要有镇政府的条子,上边写着地基位置和交款金额。那人想了想,把条子掏出来给他。他又说:"我不要你的条子,我自己有条子。"把自己的条子拿出来给人家看看。对方看了看他的地基位置说:"我给你路费和吃饭钱,再给你几十块,你把你的条子转让给我吧。"他一听又不肯了,"你交你的,我交我的。"

陈家堡的人交款比较积极。陈定模的哥哥和弟弟把房子卖了,十六间的房子刚建十六七年,在陈家堡算是一等好房,本该卖个好价。可是陈家堡穷,能买得起一间两层楼的人家很有限,外村人又不可能到陈家堡买房。哥哥的房子只卖三千块,刚好够在镇前路买一间地基的钱。弟弟那间卖得就更少了,才卖了两千五百块,相当于卖地基送房子了。卖房时弟弟没在家,弟媳妇卖的。卖房子钱不够买人民路的一间地基,还差了四百块。正好家里有四百块积蓄,这样才把地基款交上。

临近截止日,即11月底那两天,农民像涨潮的水似的涌过来,银行和信用社门前的农民拎着五花八门、形形色色的钱袋子排起长龙。陈智慧的老妈充满激情地拎着沉甸甸的钱袋子排在队伍里边。当时钞票的面值有十元的,有五元的,还有两元的,没有百元大钞。他们家要买两间地基,要交四千三百元,把陈家堡十六间的三间房卖掉两间,每间卖三千元,交完地基款,还余一千七百元。第二年,他家又把剩下那间也卖了,卖了一万块钱,比那两间还多。

11月30日,银行和信用社门前熙熙攘攘,水泄不通。临近信用社关门时间,外边还有上百位农民没交上款,队排得比一条街还长。

"我们没交完钱,银行和信用社不能下班!"

"你们说11月30日截止,现在不是还没到1号吗?"一群农民跑到镇政府,情绪激动地嚷道。

银行和信用社没按时打烊。可是,冬季天短,太阳刚下山,夜幕唰一下就拉了下来,镇政府考虑到这些农民拎着钱袋子不安全,布置附近村落的民兵维持治安。到了深夜见还有很多农民没交上款,镇政府答应截止日期可延长两天,这样没交上款的农民才放心离去。

龙港镇收款近千万元。有媒体报道称,龙港一夜之间冒出了一个"建设银行"。

第九章　先干起来再说

1　"别人烧香还找不到庙门呢，你们却到处拆庙。"

进港公路通车了，县人大的调查也有了结果：龙港镇在建设中土地未征先用，未批先建，毁田建房，擅自卖地六百亩。龙港建镇时城区规划面积为三十五公顷，即五百二十五亩。陈定模到任两个月就将城区面积扩大到七十二公顷，即一千零八十亩，增加了三十七公顷，即五百五十五亩。按规定，建设征用基本农田，或征用基本农田以外的耕地超过两亩，少于五亩，要经温州市人民政府批准；超过五亩，少于三十五公顷，即五百二十五亩，要经浙江省人民政府批准；超过三十五公顷要国务院批准。

龙港镇政府连一寸土地审批权都没有，镇党委书记陈定模、镇长陈萃元居然擅自征用土地三十七公顷，这不是无法无天么？还有，他们还将马路改为三十米、二十四米宽，这要浪费多少农田？这不是胆大妄为么？温州市人大主任阅后，愤然批示："从严惩处！"

陈定模心有委屈，为加速龙港建设速度，县政府允许他先斩后奏；省里既然批准龙港建镇，不毁农田怎么建？建到天上去，还是把九个渔村建成像一串葡萄似的集市？天底下哪有那样的城镇？五年的建设任务一年完成有什么不好,有什么不对? 车超速违法,发展超速也违法?中国的城镇建设已经被一场场政治运动耽误了几十年,还能再让征地指标制约其发展么?

"没经过批准尝试的扩大、超面积地搞建筑,这情况是存在的。这个问题我们县里也有责任的。陈定模的胆子大起来以后,有点不顾各方面的规定和有关政策。有些是要请示的,要报告的,是不能自己做主的,这尝试有点儿过大了,但也不能完全归咎于他,不能完全让他来负责。"提起这件事,胡万里回忆说。

"我们县政府只能批一亩,批多了就不行,这个怎么办呢? 不管他了,变通变通吧。当时不是一再提倡变通吗? 本来是不通的,变起来才通。我们一亩一亩地批,批了两千多亩。龙港的报表用纸板箱抬来给我批,三份我签一份,接着叫秘书签下去。省农业厅调查人员说,你批了两千多亩。我说,两千多亩是两千多次批的。他说我化整为零。我说我只能如此啊,如果两千多亩土地的表格报到省里,省里又不能批,还得上报国务院,那要花多少时间啊? 龙港什么时候能建成? 我说你要处理就处理我一个人,不要处理其他人。什么事情都是我的,我是县长。调查组查来查去发现我们没有把钱落进自己的腰包,查也查不到东西。一次是市委组织部副部长任调查组副组长,他见我一开会就检讨,检讨的也就那么一件事,其他事也没有。他说,'好了,你一开会就这样讲。'这个我不怕的,反正我也打算不干了。龙港搞好了,我下台也就是了。一次,省里的调查组来,他们十来个人,我们每天补贴他们每人一块钱。他问我食堂谁管? 我说我管,有什么事情? 他说饭都冷了。我说,我们这里不像你们省里,吃喝拉撒都有人管,我们正副县长总共才四个人,怎么分工? 反正没有人管的都是我管。"采访时,刘晓骅说。

"当时龙港镇批这些土地,没有刘晓骅和胡万里顶住,我早被处理了,你是毁田建房啊。上边来调查,刘晓骅和胡万里讲,你不用调查下面,这责任在我这里。所以我讲刘晓骅和胡万里是改革开放的弄潮儿,他们敢于把下面的责任承担起来。如果他们不敢于承担,说龙港镇批这些土地他们不知道,那我和定模两个不是死定了?"陈萃元说。

陈定模不想把责任推给县委、县政府,也不能死扛硬顶,只得一边"真诚"检讨:"我们未批先建,毁田建房问题严重,我们对政策法规学习不够,理解不透,给国家造成了巨大损失……"一边继续"未批先建"和"毁田建房",把盖有镇政府鲜红印章的建房批准书发放到农民手里。

有人说,陈定模、陈萃元他们得罪人太多,让人在背后打了一闷棍。

他们的确得罪了许多人,尤其是县机关干部。

龙港镇人民政府 1984 年 9 月 25 日下文:"本着人民城镇人民建的方针,本镇根据龙港建设市政设施配套规划的投资总额","规定不同地段征收不同市政设施配套费的标准:即金钗河至方岩老街每间收五千元;金钗河水闸南至岱头河,第一码头和东西大街(东起江滨路口、西至规划中的邮电大楼十字路口)每间收四千元;江滨路收三千元;其余在宽十四米以上的大街两旁建房的每间收两千四百元;十四米以下的小街每间收七百元;纯属解决住房困难而在居民点建房的每间收二百元,但本镇不负责市政设施配套的投资,实行谁受益谁负担,各户自扫门前雪的办法。"

又说:"干部职工凡是建在四个等级道路范围内的房屋,考虑干部职工建房的困难,每间收取公共设施费五百元,其余由县财政拨款凑足一千二百元;纯为解决住房不足而建在居民点内的干部职工房屋每间收取二百元公共设施费,并不用县财政拨款(此规定适用于过去经批准在龙港建房的干部职工)。""以每幢屋为单位,统一向镇政府城建组缴纳各费后,方可放样、破土动工,如在规定期限不动工者则收回地基另行分配安排。"

有人认为,龙港镇的领导太愚蠢,别人烧香还找不到庙门,他们却到处拆庙。港区时,职工干部建房,每人补贴八百元,到了龙港镇,不增加补贴也就罢了,还要收五百元公共设施费。

"收取公共设施费?社会主义的优越性哪去了?"反对声迭起,有人愤愤不平。

低音部在百姓,镇干部对他们解释一番,他们也就理解了,不理解也认可和接受了。农民最大的愿望就是过上像鳌江镇那样的城里人的日子,他们最怕的就是龙港城建烂尾。

高音部在干部,尤其有职有权的干部。

"过去住房都是政府拿钱建,建好分配给干部职工。当下苍南县政府拿不出钱来建宿舍,干部职工住房十分紧张,很多干部没房住。我也没有房子,住在平阳县招待所,心有感受,也有感触。农民可以建,干部也可以自己解决住的问题,这是我赞成的。我不赞成的是有些领导干部不是为了住,他也不可能去龙港住,他批块土地,建间房子,等待升值。"胡万里回顾当时情境时说。

县领导只有胡万里和组织部部长没在龙港批地建房,部委办局的科级干部绝大多数都在龙港批地建房了。陈定模此举动了多少领导干部的"奶酪"。

"哪有跟国家干部收公共设施费的?你们有法律政策依据吗?有先例吗?前所未有!"

"你们这是拿我们的钱为自己评功摆好!"

镇政府跟他们解释,考虑干部职工收入有限,高者每月工资不过八九十元,低者三四十元,投资上万元建房的确有困难,镇政府已经给予照顾了,同一地段,农民要交两千四百元、三千元、四千元,甚至五千元,干部职工只交五百元,是农民的十分之一或二十四分之五。

"你们怎么可以把我们这些国家干部跟百姓混为一谈？我们是'公家人'，是自己人，自己人怎么跟自己人过不去呢，怎么能跟自己人收费？这让百姓如何看待我们？"

有人表示："老子就不交，看陈定模能把老子怎么样！"

看来领导干部的特权受到了严峻挑战。

"什么公共设施费？这就是'敲竹杠'！"

陈定模成为众矢之的，有人当面指责，有人背后捅咕，还有人破口大骂。

"你搞特权有法律和政策依据吗？没有就一视同仁，不管是谁都得交，一分不能少。谁不交就别想在龙港建房，即便建了，我也要断他的路，断他的水，断他的电！"陈定模表现出强硬的态度。

谁都知道陈定模说话是算数的，而且敢说敢做，言必信，行必果，有的干部乖乖地交了。

"陈书记啊，我们都是自己人，何必搞成这样呢？我们干部建房容易吗？东挪西借欠下那么多的债还不知猴年马月还上呢，这笔公共设施费真就交不起，你看看能不能给减免点儿，也算给我一个面子。"有人知道陈定模这家伙吃软不吃硬，登门求情。

陈定模看着他，再看看他穿的那身衣服已旧了，袖口磨破了，有些地方还缝补过，目光柔软了。他知道大家难，谁不拖家带口，谁不是靠几十元薪水养活一人家人？在龙港建一间房子起码要万儿八千元，哪个干部拿得出来？哪个不是债台高筑？就说陈定模自己吧，把老家陈家堡的房子卖了三千元，还拉了几千元饥荒。为还债老婆胡顺民白天上班，晚上还要干点儿外加工活儿，挣钱还债。

可是，干部难，那些进城的农民就容易吗？除了为数不多的"猴子"之外，他们不也都债台高筑吗？按理说都该照顾，都该减免，可是都减免了，龙港造得起来吗？

"别为难我,你想想我给你面子,其他人怎么办?给他们也减免?这些人的公共设施费谁来出?不给他们减免?他们会告我,说陈定模做事不公平,不公正,以权谋私。把我告倒了,县里会派来一位新的镇委书记。新的镇委书记就不收你公共设施费了吗?他不收龙港建得起来吗?他要收你不是还得交吗?"

一位县处级领导干部见陈定模如此"浑不吝",谁的账都不买,软硬均不吃,大为恼火:"你不就是镇委书记吗?"

言外之意,你陈定模不就是个科级干部吗?在县处级领导面前也太放肆了吧,不要以为小二总能管大王的,大王管小二的机会多着呢。

接着,领导悻悻地说:"定模啊,现在不给自己留后路,以后出事儿可就没人帮你啦。"

言外之意你小子要是落到我手里,看我怎么收拾你!

"领导啊,这笔公共设施费谁都得交,我自己也不例外。我要是出事了,组织该怎么处理就怎么处理,我绝不会去求你。"陈定模回怼道。

在龙港建房的干部职工有上千人,县级领导二三十,委办科局以及乡镇领导数百人,这是不可小觑的力量。处理得好,有利于龙港建设,处理不好就会"一把赢把把输",等于自己给自己下脚绊。被动守不如主动攻,陈定模找一个周日,将二百来位科局级以上领导干部请过来开个恳谈会。

"大家有困难,我是清楚的。我也在龙港建房,困难是一样的。你们为建房债台高筑,我也一样。龙港没列入国家计划,没钱就建不起来,只得收取公共设施费。我现在收这笔钱,你们骂我'敲竹杠';我不收这笔钱,龙港建不起来。你们的房子没电,晚上摸黑;没水,踩两脚泥巴去担水;没有学校,没有医院,没有商店,没有图书馆,没有电影院,你们是不是还要骂我?不管怎么样,你们都得骂我,晚骂不如早骂。早骂骂完就拉倒了,晚骂也许要子子孙孙骂下去,这我哪里受得了啊。"

听他说到这儿,大家哄堂大笑。

"'谁出钱,谁受益',不论是谁都没有免费的午餐。你不出钱想受益,那不是占了别人的便宜? 老百姓该出的都出了,我们领导干部应该带头支持龙港建设,何况龙港镇已经给我们干部职工减免了许多,该给的照顾都给了,再不交公共设施费就说不过去了。"

人怕见面,树怕剥皮。陈定模这番话说得真诚,讲得实在,会后没过多久,大多数干部职工就把该交的交上了。也有"死猪不怕开水烫"的,不管你陈定模说什么,怎么说,他就是不交;还有人上蹿下跳,煽风点火,鼓动集体抗交。

有的干部叫板:"老子就是不交,我看你陈定模有没有本事把房子给我扒了!"

还有人到市里告状,说陈定模在龙港无法无天,想干什么就干什么,强烈要求查处他。

一天,陈定模既气愤又委屈地跑去找胡万里。

"胡书记,这些领导干部的思想觉悟怎么比老百姓还低? 老百姓交四五千元公共设施费都无怨言,他们却不交! 我今天把乌纱帽放你这,"陈定模说着把头顶的鸭舌帽摘下,放在办公桌上,"不管是谁,不交公共设施费就别想建房! 除非我不当这个镇委书记!"

"定模,你做得对,县委和县政府支持你,龙港的《关于征收公共设施费的报告》县里早已批准,"胡万里接着说道,"龙港建设不容易啊。不过,只要把龙港建好了,你就是下台了,事业也还在那儿。"

陈定模望着给他大力支持的县委书记,觉得胡书记的话很有道理,干吗那么在意那些呢,为什么就不能心胸宽阔点儿? 他想起彭德怀的那句诗:"大路朝天,站在中间;心中无愧,何惧巫山。"

陈定模默默地把帽子拿起来,扣在脑袋上,离开了胡万里的办公室。

两天后,龙港镇贴出公告,将拒交公共设施费的干部职工名单公示出来,决定对他们采取"三断",即断电、断水、断路。这一公示在苍南县产生强烈反响,那些干部职工傻眼了,没想到陈定模说到做到,下手如此之狠,让自己如此丢人现眼。

可是,不这样做,这些公共设施费能收上来吗?这些收不上来,已交的干部职工又做何感想?要不要把他们的也退回去?

"骑驴看唱本——走着瞧。我就不信你陈定模没有倒霉的时候!"有人咬牙恨恨地说。

公共设施费很快就收齐了。陈定模为此得罪了那些人,他们的眼睛紧盯着他。只要发现"问题",检举揭发信件就会递交到市委、市政府、省委、省政府,甚至中央部委和新闻媒体。

有人说,陈定模有思想,有激情,有锐气,有担当,接地气;可是作为乡镇干部来说,还不够稳重,不够老到,不够圆滑,甚至有点儿不知深浅,缺少自我保护意识。

在陈定模看来,改革是有风险的,要抱有随时被刮下悬崖、粉身碎骨的思想和准备。

2 "割资本主义尾巴的高手"发生一百八十度大转弯

1984年11月,陈定模突然接到县里通知,要他立即赶赴温州,向袁芳烈汇报违法卖地和毁田建房等问题。

袁芳烈何许人也?中央候补委员、浙江省委常委。1981年年初,中央领导督促浙江省委彻底解决温州的乱象。8月,省委任命袁芳烈为温州市委第一书记,要他在短时间内解决温州从所有制到领导班子、社会治安等方面的问题。

袁芳烈是带着对温州的成见履新的。自称是"割资本主义尾巴的高手"的袁芳烈成为"资本主义泛滥"地区的掌舵人后,他很快就发现温州问题缘于经济,缘于百姓吃饭的问题,于是态度发生一百八十度大转弯。

袁芳烈履新的第四个月,温州召开了规模盛大的"两户大会"①。他在大会上宣布发展商品经济的鼓励措施。

1984年温州经济的实际年增长率上升到百分之二十以上,财政家底也翻了一番。

上午八九点钟,陈定模恓惶地走进温州市委办公楼。作为乡镇干部跟副省级领导汇报工作,他吓也吓死了。说是汇报,谁知会怎么样,肯定没什么好果子吃。秘书把他领进袁芳烈的办公室。办公桌旁坐着一位山东大汉,穿着中山装,头发有点花白,一道平缓的波浪向后和向右梳着,长方形脸上有道抬头纹,左低右高,像舒缓的"S",一对短粗的眉毛下是一副方形眼镜。

"小陈,你们是怎么搞的?"没有寒暄过渡,袁芳烈板着脸问了一句。

陈定模诚惶诚恐地讲述了龙港建设没列入计划,没有国家拨款,镇政府成立后,县政府只拨了六千元开办费。讲他在马克思《资本论》上读到的土地是财富之母,讲了如何吸引农民进城,以及土地有偿使用,公共设施费的收取,讲了龙港速度……

"袁书记,我是自己要求去龙港的,我想试一试没有政府的投资能不能把它建起来。如果我搞错了,请您处分我,我也算为党提供了一个反面教材,以后不会有人再走歪路;如果走对了,也可以给国家提供一条'人民城市人民建'的新路子。"

陈定模见袁芳烈认真听着,眉头渐然舒展,目光变得柔和了,脸上

---

① 两户,指农村的专业户和重点户。

浮现笑容,他能言善辩地说道:"我为什么卖地? 巧妇难为无米之炊,没钱龙港建不起来,为什么地能卖出去? 农民可以到龙港落户,二元结构让老百姓失去流动空间,农民成为三等公民,子女读书进不了好学校,招工没份。我想能不能让老百姓用自己的能力来改变自己的命运,让他们进城定居,成为市民,龙港靠他们建起一个城镇。"

"你接着讲。"袁芳烈爽朗地笑起来。

袁芳烈出生于山东的一个农民家庭,二十一岁南下浙江,从事农村工作二十多年,对农民有着浓厚的感情。他是一位锐意改革,富有开拓精神的领导干部。出任温州市委第一书记后,他顶着巨大的政治压力,大刀阔斧地平反了"八大王"①冤假错案,扭转了温州派系严重、治安混乱、干部群众没有信心的局面;在经济上,倾力推动民营经济,在浙江省首先推行包产到户。

"袁芳烈对龙港也比较支持,经常跟我讲的一句话就是:'先干起来再说,管他的呢。'"刘晓骅回忆说。

那段时间,不断有人向市委状告陈定模违法卖地、毁田建房、非法征地的问题,像市人大主任那样强烈要求市委严肃处理陈定模的领导干部也是大有人在的。袁芳烈不处理不行,处理又怕压制改革开放的积极因素。他思考再三,最后派温州市委政策研究室主任郑达炯到龙港调查。

郑达炯毕业于浙江农业大学,"文革"末期从省委办公厅调到温州市委。他不仅有理论水平,对政策的尺度也拿捏得精准到位,对温州改革开放有过理论思考和实践探索。郑达炯深入龙港调研后,向袁芳烈递交了一份报告,他在报告上写道:龙港一年用了几年的建设规划用

---

① 1982年初,在个体私营经济发源地温州,五金大王胡金林、矿灯大王程步青、螺丝大王刘大源、合同大王李方平、旧货大王王迈仟、目录大王叶建华、线圈大王郑祥青以及电器大王郑元忠等几人被列为重要打击对象,被称为"八大王"事件。

地,有几百亩征地没按程序审批。不过,这是现有的政策法规跟不上经济快速发展造成的,不能以此否定龙港速度,不能以此处理陈定模这样的干部。市委、市政府要对陈定模这种锐意改革的基层干部给予支持和鼓励。

郑达炯还对龙港城镇化的经验进行总结,撰写了一篇文章,投给浙江省委办公厅主办的《浙江通讯》。那篇文章刊发后,引起不俗的反响。

陈定模从上午八九点钟汇报到 11 点 40 分,袁芳烈仍兴犹未尽:"小陈,你们以深圳为样板是对的,能快就不要慢,况且又没花国家的钱。回去把该补的手续补上,以后不要再给别人以把柄和口实了。"

"书记,我记住了。我的工作有失误,不过我没有私心。"

"你龙港准备搞多大?"袁芳烈问。

"三万人。"

"小陈,你胆子不小啊。"袁芳烈惊讶地说。

温州还没有一座居民达到三万的县城。

"你那么多人口,学校、医院等配套设施怎么办? 你想过没有?"

陈定模也许没想过,也许没反应过来。

"羊毛出在羊身上,谁愿意到龙港来,谁就要自己出资解决城市配套。"袁芳烈认同地说。

几天后,市委常委会讨论对龙港镇和陈定模的处理时,袁芳烈改变以往让其他常委先说,接着集体讨论,他最后总结性发言的程序,还没等其他常委表态,他就开诚布公地讲述了自己的看法和意见:

第一,龙港快速发展是好事,不是坏事,陈定模他们创造的"龙港速度"要给予肯定;

第二,龙港用地指标超出年度计划也不能全然视为坏事,这是快速发展带来的新问题,要帮助龙港来解决这一问题,不能让问题影响龙港的发展；

第三，土地未批先用是个问题，龙港要总结教训，尽快补办手续，下不为例；

第四，要把龙港作为一个小城镇建设的试点，一个农民城建设的试点，要允许基层领导干部在政策上有所变通；

第五，各部门单位对龙港速度要给予支持，要主动帮助龙港解决发展中的问题，碰到问题不要责难，更不要随便扣大帽子。[①]

其他常委见袁芳烈已经定了调，提出了处理意见，也就不好说什么了。

袁芳烈特意交代市委办公室把他的意见打印下发到各个局办和各区县。在一份有关鳌江和龙港的文件上，他批示："问题不再查处，而要搞好规划，请市有关部门下去帮助鳌江、龙港两镇搞发展。"

若干年后，有人问及此事，袁芳烈说："我之所以这样做就是明确告诉那些人，龙港是温州市的改革试点，是我市委第一书记亲自抓的。"

在袁芳烈的保护下，陈定模过了一关。

"1985 年，袁芳烈见到我说：'晓骅没事的。不会查你了，没事了。'"刘晓骅回忆说。

---

① 胡方松、林坚强：《温州模式再研究》，社会科学文献出版社，2018 年版。

第十章　退地风波

1　过了万重山，就没猿啼了？　就算你们把它们甩掉了，不会再冒出一群？

"陈书记,有很多人要退地……"章圣望焦急地对话筒说。

"老章,不要退……"陈定模没像以往那么快人快语,稍有停顿。

"不退怕不行了,镇政府的牌子都给他们烧了……"

最怕的事情还是发生了。退地犹如一场泥石流,会把在建的龙港埋没。

此时陈定模身在五百公里外的苏州。1985 年 5 月初,国家建设部在苏州举办经济发达地区村镇建设工作座谈会,邀请陈定模参会并介绍龙港镇农民集资建镇的经验。

1985 年元旦早晨,温柔的阳光泼洒到大地,薛茂烈的报道《敞开大门搞建设　谁家受益谁负担:龙港镇发动群众集资建镇》搭载着《人民日报》出现在读者眼前。"从 1983 年 10 月至今共集资几千多万元,完成建筑面积八十多万平方米。一年多前,这里是杂草丛生的江边滩涂,如今是街道纵横、初具规模的新兴城镇……目前,全镇的居民已从一千多发展到二万七千人,有八千八百多是离土离乡的农民。"

编辑在编者按满怀激情地写道："龙港镇仅一年多就兴旺起来了，这种建设速度实在令人振奋。为什么能如此之快？关键是那里的领导坚持了主要依靠群众集资搞小城镇建设的正确方针，又辅之以一系列优惠的政策。在有些同志眼里，没有国家的大量投资，小城镇建设是难以加快的。龙港镇的经验证明领导同志必须深入基层，用正确的方针、政策，调动群众积极性，大胆地带着大家去干，去创造。"

龙港，这个地图上找不到的新兴小镇在中共中央机关报横空出世。龙港一片欢腾，进城建房的农民为自己的选择而自豪。"欢迎农民进城办公室"又涌来一拨拨申请进城建房的农民。

在苏州的会上，陈定模的发言很有气势："苍南县龙港镇地处浙江省八大水系之一的鳌江下游。新中国成立前这里是一片荒芜，江边滩涂。清朝同治三年，这里做了一条羊肠小道，后因多年失修，路面坑洼不平。小道两旁是露天粪坑，天一下雨，粪水外溢，污水遍地。此处是江南四区五十多万人民通往鳌江、温州、金华等地的咽喉，每天来往行人多达1.4万多，由于道路泥泞，码头破烂不堪，行人无不怨声载道。这里有个金钗河村，群众世代住茅棚，不少人以讨饭为生。过去的龙港镇，'村上没有电，广播听不见，平时吃污水，雨天喝泥水，旱天喝咸水，除虫喝毒水。'当地群众流传着一句民谣：'方岩下，方岩下，只有人流过，不见人住下。'

"镇委一班人解放思想，立志改革，敢于创新，'坚持人民城镇人民建'的方针，采取'各户自扫门前雪，谁投资谁得益'的办法，实行一系列的优惠政策，敞开大门搞建设。一年多来，已经吸引3416户各地农民、干部、职工到龙港投资，地域遍及浙、闽两省的七个县。据不完全统计，到1984年底，工程已经竣工的建筑面积13.36万平方米，投资总额达1526.24万元……"

1985年，龙港又新拉①了许多路。村镇干部跑到地里，从这边把线

---

① 说到路，金钗河村原书记李其豹用了"拉"字，很形象。

拉过去,再顺着线撒一道白石灰。根据路宽找准位置,再从那边把线拉过来,撒一道白石灰,两道白石灰中间就是路。接着组织一帮人在"路"两边各挖一条一米宽的排水沟,挖出来的土垫在"路"上,这条街路就出来了。有条件的话,找个碌子压实,再撒上一层砂石,那就是上等街路了。这街路晴天看上去很不错,甚至无可挑剔,空旷田野,一条灰褐色的道路延伸向远方,醒目而富有诗意。

副镇长谢成河说,这就像一条飞机跑道。老谢是见过世面的,在部队开过汽车,参加过抗美援越,不仅见过跑道,还坐过飞机。走在老谢筑的道路上,脚下沙沙作响,脚感不错。可是,这路最怕下雨,一下雨就穿帮了,脚会陷下去,甚至鞋掉在泥里拔不出来。这路还怕过车,过汽车那就太残酷了,一是很难过去,二是路会被搞得一片狼藉,惨不忍睹。手推车是可以过的,不过不能载重,哪怕拉个三四百斤东西,车轮也会陷下去,像刀片在那美丽的路上划开两道创口。

"我们这个路还有一个不好,不像东北的地是很干的。我们这是湿地,下雨天根本走都不好走,就是这样的地质。还有八月十五的时候,涨大潮的时候,水都漫进来。道路放样时,我们要赤脚下去的。"提起那些路,徐安达说。

对大多数农民来说,买地基难,建房更难。多数人没钱建,有钱建的也没法建,一幢五六间,十几间,要建得一起建。假如一幢房子有六间,你在第三间,他在第五间,只有你们两个有钱建,其他人没钱建,总不能第一间、第二间和第四间、第六间不建,就建你们的第三间和第五间吧?

有农民到镇政府来问:"什么时候动工啊?"

"早就叫你动工了。"

"我那幢房有七间,那些人在哪啊?"

在哪,谁知道? 没人知道! 收款时,镇政府只给他们开张发票,上面写有交款人姓名,所购地基位于某某街、某某号、第几间地基。那时村里没有电话,个人没有手机,没电子信箱、QQ,也没有微信,在哪儿去找其他业主?

综合办主任章圣望说:"把你的名字和地址以及能联系到你的都留下来。我们联系上他们就通知你。"

就这样,来一个记一个,镇政府与业主,业主与业主建立了联系。可是,那些不来镇政府打听的业主怎么办?

1985年1月23日,龙港镇政府发文《关于在龙港建房的若干规定》:

各有关建房单位、个人:

为了把龙港建设成为一个物质文明和精神文明的新型城镇,必须要有科学的规划,合理布局。建筑物必须美观大方,经济实用,具有一定的时代特色。为此经镇人民政府研究决定,对在龙港建房做如下规定:

一、建房单位或个人必须服从总体规划,从定点放样之日起,一月内必须破土动工,在七个月内完成房屋外部结构。否则,酌情给予罚款或折价归公处理。

二、设计和建筑以一幢楼房为单位,每幢的基础结构、负重要求大体平衡,每幢楼房的层次、外部结构、屋顶、门窗、屋面装饰及油漆颜色等都要统一,不得参差不齐。

……

规定发下去,雨也下来了。

"1984年下半年到12月份天气还是可以的,1985年上半年滴滴答答的春雨下得很厉害。"陈林光说。

雨下了半年,建设就拖了半年。龙港还是那几条砂石路和泥巴路,路的两边还是空空荡荡,一无所有。地里的房子什么时候建,还能不能建,龙港能不能建起来? 这一问题不时在人们心里冒出来。

一天,突然有人说某条路边出现一堆石头和木头。

"真的吗?"正埋头工作的镇干部惊喜地抬起头,异口同声地问道。

有人骑着自行车跑了。不一会满头大汗地回来了,"哎呀,还真就堆着一堆建筑材料。看来要动工了,真的要动工了。"

龙港启动了,开建了。一种喜极欲泣的感觉盘桓在大家心头。

问题又来了,同一幢有的业主有钱,有的没钱,有的还欠款,想法不一致。有的说,我的基础要钢筋水泥的;有的说我要石头的;还有的说我的基础打好后,房子起不起,什么时候起还不知道。为什么? 没钱,手头的钱刚够打地基。

五六个业主、七八个业主吵了起来。地基问题还没解决,又一个问题出来了,有人说,我要建四层楼;有人说,我要建五层楼;还有人说,我没钱,只能建三层楼,你要建四层、五层,我就不建了!

这怎么办? 政府要求楼的层次、屋顶和门窗、颜色都要统一。

只有磨合,这些问题要每幢楼的业主们自己消化解决。

陈定模的发言在苏州的会议引起强烈反响。依靠农民集资建城,这是不可想象的,也不敢想象的,人们争先恐后跟陈定模咨询、请教和交流。正值春风得意,陈定模就接到章圣望的电话。

4月9日,在龙港镇人民代表大会上,章圣望当选镇长,谢方明、谢成河、陈林光当选为副镇长。在十天之前,龙港镇、龙港区分家,将1984年划归龙港镇的龙江、沿江、湖前、白沙、海城五个乡划分出去,成立了龙港区。龙港镇政府1984年结余资金的百分之七十划拨给龙港区。打字机、电视机归龙港镇,六辆自行车各分三辆,陈萃元调任龙港区区长。

章圣望是白沙乡人,去年白沙乡划归了龙港,他也就成了土生土长的龙港人。在以高小和初中文化为主体的乡镇干部中,章圣望算是高学历——高中毕业。他当过民办教师、区委秘书、区委委员。陈定模调离钱库的两三个月前,他履新钱库区望里乡书记。作为宜山区委委员到钱库区应该是区委委员或副区长,也许对他被降半级使用抱以同情,陈定模到龙港三个月后就把他要了过来,任镇委委员兼综合办主任。

章圣望说,临来时钱库那边有意提拔他为区委副书记。他跟领导说,我家在龙港这是一,二是我在钱库人生地不熟,工作不好开展。钱库人跟宜山人大不相同,钱库人聪明,胆大,什么事都敢干;宜山人相对老实点儿,规矩点儿。

章圣望这一步走对了,回龙港后连升两级——从正股级到正科级,工资也从六十二块涨到八十六块。不过,他跟着陈定模也经了不少的风浪,但这回退地风波来势汹涌,陈定模又去了苏州,他真有点慌了。

在没有移动通信工具的年代,给在外开会的领导拨打长途电话是件很不容易的事儿,若不是十万火急,章圣望怎会这样。

“不给他们退他们就到处讲‘龙港骗钱了’;给他们退了,后边的也要退……”章圣望心急火燎地说。

“你别急,我马上回去。”

陈定模匆忙离会,连夜乘车往回赶。

“陈定模出事了,龙港建不起来了!”陈定模上任两个月时,社会上就不时传出这种流言。

“舌头长在别人嘴上,他们要那么讲,你有什么办法呢?就让他们讲去好了。”陈定模没大在意。

不论在县委宣传部,还是在钱库、龙港镇,陈定模都属于特立独行,被视为另类。他是有争议的人物,总像扯着数不尽的闲言碎语,不论刮什么风,也不管他做什么都有人评头品足,议论不休。他除了像但丁说的“走自己的路,让别人去说吧”还能怎么样,能什么也不做吗?能放下工作,去应付那些嘴巴吗?

陈定模太忙了,每天眼睛一睁许多事就等在那儿。他从早晨忙到深夜,连坐下来喘气的工夫都没有。他忙,别人也忙,镇委和镇政府满打满算只有十几个人,每人都身兼数要职。镇委宣传委员杨洪生除兼镇委秘书之外,还有两个职务;镇政府文书朱照喜兼团委副书记、民政助理,他们上班像陀螺似的团团转,下班还是团团转,一天干十八个小时都是寻常事儿,紧张时候就来个通宵。

龙港速度不能降,这就像汽车从六十迈降到二十迈,再想提到六十迈得多付出多少能量?要保持速度正常运转,就要该动迁动迁,该征地征地,该收公共设施费就照收不误。李白诗云:"两岸猿声啼不住,轻舟已过万重山。"过了万重山,就听不见猿声了吗?那群"猿"不会跟船跑吗?就算船把它们甩掉了,难道不会遇到另一群"猿",也跟着船啼叫吗?

袁芳烈认为在他的护航下,干扰龙港发展的杂音会自然消失掉。事实并非如此,苍南有一股若隐若现的势力,他们认为国务院批准苍南县治在灵溪,灵溪就是苍南县的政治中心、经济中心和文化中心,把经济中心分给龙港就是篡改国务院批文,就是窃取。他们唯恐龙港建设规模和速度远超灵溪,担心灵溪最终失去政治中心地位。

2　宁可让他们骂三年,也不能扔下一个烂摊子让老百姓骂三代

对龙港、对陈定模来说,1985年是大喜大悲之年,最好的和最坏的在这一年相遇。

《农民日报》收到一封"读者来信",反映温州市龙港镇的违纪违法问题:一是以建设小城镇为名毁田建房;二是未征先用,未批先建,超规

划用地一千多亩；三是检举揭发罪魁祸首、镇委书记陈定模的个人问题；四是希望《农民日报》要抓住这一典型，制止越演越烈的毁田建房歪风。[1]

《农民日报》是央媒，是中国第一张面向全国农村发行的报纸，报头是邓小平亲笔题写的。1985年初，《农民日报》的记者来到龙港。在县委宣传部工作过的陈定模深知新闻媒体既可以让走投无路的人峰回路转，也可以让春风得意的人或蓬勃发展的事业跌下悬崖，粉身碎骨。

办公室里，陈定模接待了这位无冕之王，而且一改以往的说话率性，变得小心翼翼，斟词酌句。

记者说，买卖土地是违法的。

陈定模解释一番，龙港没有买卖土地，而是本着"人民城市人民建"的方针，收取的是公共设施建设费。我们取之于民，用之于民，收上来的钱全部用在市政建设上，如修马路，建给排水设施，建学校、医院……

记者不认可，讲自己采访过的类似案例，不知有意还是无意说了一句，有一位县长就因为这事被搞掉了。

陈定模对"搞"这词敏感，且深恶痛绝。世上就有那么一批人，成事不足，败事有余，今天"搞"这人，明天"搞"那人，手段极其恶毒，行为极其卑鄙，他们偏偏很有市场，可以呼风唤雨，为所欲为。记者这个"搞"字惹恼了陈定模，他忘却谨慎，忘却利害，拍案而起，"你不要威胁我，如果我违法，组织上该怎么处理就怎么处理。"

"你认为买卖土地还不违法吗？"

"改革要改的不就是束缚经济发展的不合理的法规和政策吗？毛泽东说人民公社好，'三面红旗'不能倒。邓小平搞包产到户，把公社

---

[1]　参考胡方松、林坚强：《温州模式再研究》，社会科学文献出版社，2018年版。

变成乡镇,是不是违法?过去到处割'资本主义尾巴',做点小生意都是'投机倒把',现在发展市场经济算不算违法?"

话不投机。记者回去写了一篇报道。这篇报道刊发后,犹如强台风登陆龙港,掀起狂澜。有人惊慌,有人恓惶,有人静观,有人大喜,有人觉得机会来了,与之呼应。

"陈定模违法乱纪被抓了!"

"买卖土地是违法的,龙港卖出去的土地都要收回来,建好的房子也要拆除掉。"

舆论的杀伤力是谩骂不能与之相提并论的,谩骂是鸟枪的话,舆论就是火炮,足以将一个人、一个机构和一摊事业彻底摧毁。

一时间谣言、流言、谎言、危言像蝗灾似的甚嚣尘上,搞得人心惶惶。有人犹豫不决,买到手的地要不要退掉,或在建的房子要不要建下去?为了辟谣,陈定模不论多忙,每天都要骑着他那辆二十六英寸旧自行车到街上转悠两圈儿,有意跟人打打招呼,以示他老陈还在,没被抓走。

突然,每天骑车转几圈儿的老陈看不见了,许多人心里犯嘀咕,会不会出事了?第二天仍然不见老陈,第三天有人恐慌起来,看来老陈真的出事了。老陈要是出事了,他说的话还能算数吗?龙港还能建起来吗?他卖的地会不会收回去?

"龙港建不起来怎么办?"这个问题不时袭上集资建城农民的心头。他们大多数像陈家堡的农民那样为圆进城梦已孤注一掷,卖掉村里的房子,债台高筑,是输不起的。

"我早就说过陈定模早晚要被抓起来的,现在怎么样,连家都被抄了。"有人煞有其事地说。

"龙港没戏了,落户在龙港的那几家大公司要迁走了!"

"毁田建房,罪该万死。陈定模注定是要吃牢饭的,谢成河也跑不了。”

老谢是管城建的副镇长，镇前路等几十条路，还有镇政府办公楼都是他建的。老谢在部队建过营房，搞城建还有点儿外行。不过，老谢肯学，当年参军时，他只读过两年半书，识的字还没有一筐箩底儿，部队扫盲时，他努力学习，实现了阅读没障碍。到龙港后，老谢背着包跑到温州城建局学了六个月市政工程，把自己从外行变成内行。

老谢知道修道不能糊弄，知道“百年大计，质量第一”，可是大家恨不得一天就把马路铺出来，两天就把路两边的楼房建好。老谢整天像被狗撵着似的玩命似的往前蹽，他是“开路先锋”，他的路不开出来，一切都白扯。

老谢修的路有的过于“简陋”，不仅跑不了汽车、马车、牛车，连载重的平板车也不行。空车拉拉还是可以的，不过谁会闲着没事拉空板车在老谢的路上来回走？这也不能怪老谢，镇里给他的钱和工期也只能修这样的路。手捏两分钱顶多买个铁环，想要钻戒就得去抢去偷去骗。

不知情的人都骂老谢，说他把修路的钱贪污了。老谢有口难辩。受点儿委屈也就罢了，现在说要把他抓起来，让他吃牢饭，这位参加过对越反击战的老兵害怕了。土地未征先用，工程未批先建，毁那么多的田，真要追究起来，陈定模完蛋了，龙港完蛋了，他这个主管城建的副镇长也完蛋了。

想想付出那么多辛苦，还把自己搞进牢里去了，这他妈的也太窝囊了。建镇政府办公楼，镇里抽不出人来，老谢只好一个人扛着行李卷住进现场，白天夜里盯在工地上，功劳、苦劳都可以不要，怎么也不能把自己整进牢里啊。

老谢想想又觉得不对，尽管没批先征，没批先建，毁田建房，可是三中全会决定改革开放，让一部分人先富起来，那你没有建设的地方也不行啊,他们怎么富得起来?就得凭天由命吧,搞不清楚。

龙港也确实有让集资建城的农民不托底的地方,说地基在龙跃路,或建新路,或百有街第几幢,多少号,那里既没有街也没有道,不过是一片泥土地。钱都交半年多了,有的"街道"还是稻田,连路也没有;有的简易路不过是泥巴堆堆,石碴压压,撒点儿碎石子……有人说,你龙港跟我老家也没什么两样啊,不是也没有马路吗?我干吗要到你这建房?

有人说:"我们的钱让陈定模他们花没了,路和桥建不起来了,我要退地,再不退款就什么都没有了。"

还有人说:"龙港建不起来了,我们的钱给他们骗去了。"

有些人本来就对买到的地基不满意,下手迟,像龙翔路、龙跃路、百有街那样的好地段都被别人拿下了,只好将就买一块。可是,钱交上就后悔了,有心退没理由,现在机会来了,哪里会放过?

有人吵吵嚷嚷要退地退款,人群像从山上滚下的雪球越来越急,越滚越大。潜伏已久的焦虑、忧患、郁闷骤然爆发,讨钱的声浪越来越高,砂石路上尘土飞扬,聚集了一些人,有男有女,有老有少。夜里,不知什么人把镇政府的牌子摘下烧了。

乌合之众各打各的算盘,有人真想退局,不玩了;有人不过想浑水摸鱼,闹一闹,给陈定模他们出道难题,或者打击他们一下;也有人想通过这种方式施加压力,把交的钱压榨回来点儿……

陈定模回来了,集资建城的农民见他没被抓走,长舒口气,心里悬了多日的石头总算落地。他没被抓进去,投进去的钱就不会打水漂,有人悄悄溜掉了,有人想弄清是怎么回事,到底发生了什么。

"退地可以,不过五年内龙港不会再批给你地基,另外退一间地基收取五百元手续费。愿意退的就办手续。"

陈定模看似举重若轻,有几分底气,心里却有点儿发虚,不要说几百人退地,就是几十人退地,镇政府也拿不出那笔钱,收上来的钱都投入市政建设,变成了马路、桥梁、给排水设施……你总不能把马路、桥梁、自来水管线分给他们一部分吧？这一风浪刹不住,后果不堪设想。

"定模啊,情况怎么样,能顶得住吗？"陈定模回到龙港就接到县领导的电话。

1985年1月,胡万里离开了苍南,调任杭州市副市长。周方权接任苍南县县委书记。有人说,周方权"人长得清瘦,眉浓眼瞪,常常低着头走路,时常独来独往,沉思的情形多,随和的时候少";也有人说他,"思路开阔,性情直率,大事抓得准,小事放得开"。

"顶得住要顶,顶不住也得顶。我宁可让他们骂三年,也不能扔下一个烂摊子让老百姓骂三代。"陈定模对着话筒说。

3　她平静一下心绪,在心里默默念叨:"龙港、龙港,我要抓龙港！"

杨小霞是在这退地风波最猛烈时选择龙港的。

做销售不仅要把产品卖出去,还要把钱收回来。杨小霞有一个龙港客户,她要经常去催回款。她不能见面就要钱,要聊聊行业,聊聊产品,聊聊外部环境,目的是跟客户搞好关系。江南有三家真空镀铝厂家,她要说服客户进三分之二她的产品,然后返款再痛快点儿。客户聊着聊着就聊到了龙港的地价在涨,店铺也在涨,有哪些人过来办厂,政府批了多少地……

听说在龙港两千多块钱就能买一间地基,她差点儿跳起来,这可太具诱惑力了。

"妈妈,听说龙港发展很快,地皮也很便宜。"她跟妈妈说。

"龙港？那里连个亲戚朋友都没有,去那儿干啥？"妈妈说。

在许多人的眼里,杨小霞在金乡的日子已经够好了,有房,有事业,有钱赚。老公家有间两层的楼房,他们在二楼有两个房间和一个客厅,这在当时已算是很不错的了。

她从懂事儿就想逃离金乡。人挪活,树挪死,她却像一棵不怕被挪死,就怕死活挪不了的树。现在机会来了,她哪会放过?

杨小霞的爷爷是地主。他那个地主在金乡既不算大,也不算小,有多少良田,杨小霞已无从知晓,她出生十几年前就分光了。不过,她家那个院子还在,院内有几十间房子,院外还有几十间,加在一起上百间。

杨小霞生在大院角落的一间小屋,留给她记忆最深的就是那间矮小的阁楼,屋里摆两张床,一大一小。大的是父母的,小的是她的。夏天阁楼像蒸屉似的闷热,冬天冷得心抖。要站起来,得到屋脊下,离开那个地方就要像做贼似的猫着腰,一不小心还会撞头。楼下是厨房,住着她的哥哥、姐姐,还有奶奶。

妈妈三十六岁那年生的她,对她宠爱有加,每顿饭都要喂她吃,喂到十岁。早晨,妈妈领她去菜市场,买两分钱海贝回来,烧给她吃。爸爸心不顺就跟妈妈吵。爸爸指责妈妈最多的就是:“家里这么穷,你还这么宠她。”家里的确很穷,穷得连孩子都养不起,妈妈生了五个孩子,三儿两女,把杨小霞上边的两个儿子送了人。

杨小霞懂事时,爸爸和伯伯就不时被拉去挨批或陪斗。贫下中农如泣如诉地唱着“不忘那一年,爹爹病在床,地主逼他做长工,累得他吐血浆,瘦得皮包骨,病得脸发黄,地主逼债,地主逼债,好像那活阎王。可怜我的爹爹把命丧。不忘那一年,北风刺骨凉,地主闯进我的家,狗腿子一大帮,说我们欠他的债,又说欠他的粮。强盗狠心,强盗狠心抢走了我的娘……”她爸爸和伯伯戴着高帽,挂着牌子,低头弯腰站在台上,似乎他们就是那个带着狗腿子逼死别人爹爹,抢走别人娘的活阎王。

爸爸老实,过去是伯伯当家,伯伯让他干什么,他就干什么。现在那些"贫下中农"让他怎样他就怎样。伯伯性情倔强,时有反驳,那些人就把瓦片或玻璃砸碎,让他跪在上面。爸爸也时常沾光,陪着伯伯一起跪。起来时两膝是血,两腿不能动弹。

杨小霞长大了,穿着一件大红毛衣,蹦蹦跳跳去上学。毛衣是妈妈一针针织出来的,她穿上很漂亮,期待着穿到学校给同学看看。

"地主家的狗崽子!"半路上遇到同学,他们朝她喊道。

"你穿的都是你家剥削去的!"

"让她脱下来,脱下来!"

他们像开批斗会似的围住她。她惊惶地看看这个,又看看那个,委屈得泪水在眼里转悠一圈儿又一圈儿。为什么只要自己一开心,同学就会指着鼻子骂她"大地主家的狗崽子"呢?她跳绳跳得好,他们要骂,她穿件新衣服也要骂。谁说这毛衣是剥削来的?毛线是爸爸挑着粪桶挨家挨户掏厕所挣的,毛衣是妈妈一针一线织成的。可是,这跟他们讲得清吗?她的泪水一滴接一滴落下来。从那以后,只要穿好看的衣服她就恓惶不安。

读小学时,她入不了少先队。快毕业时,班干部说已批准她加入少先队,发给她一条红领巾。她高兴地把红领巾拿回家,对着镜子戴上,解下,再戴上,再解下。她知道自己现在还不能戴出去,要明天的入队仪式上,班干部给自己戴上。第二天,她早早就去了学校,班干部见到她却说:"你是地主的女儿,不能加入少先队。"

学校成了她的伤心地,欢乐像稀疏的星星,痛苦如漫长黑夜。每逢被人欺负,她就会对自己说,我长大了一定要离开这个地方,一定要赚很多很多的钱,让父母过上舒舒服服的日子。

杨小霞十九岁时就赚了两万多块,成为金乡年纪最小的"猴子"。这时,已没人再骂她"地主家的狗崽子"了,可是跟熟人打交道时,他们的眼神、表情、动作时常会唤醒她童年的记忆,让她从他们的眸子里看到过去的自己。这让她感到压抑,感到痛苦,感到屈辱,感到愤懑,感到浑身上下哪儿都不舒服。她想去龙港,想躲开那些眸子,可是她有丈夫,有孩子,有父母,还有亲戚,他们像网似的缠着她的双脚。

她跟他们说龙港,结果没有一个人感兴趣。在他们的眼里,龙港不过就是方岩下换个名堂而已。方岩下怎么能跟我金乡相比?龙港就像小时候家里穷得穿不上裤子,后来家里富了,穿得溜光水滑,可是在世人眼里他还是那个穷得光腚的穷小子。

金乡人不去龙港毫不奇怪,在江南垟,金乡人犹如贵族,有自己的方言——金乡话,有自己的城墙,也有像老上海人那种意识——除了此地都是乡下。为此,金乡人对家乡的忠诚度极高,当钱库人像开闸的内河之水涌向龙港时,他们却冷眼观看,不为所动。

杨小霞的父亲在金乡遭受那么大的屈辱也没想过离开。一年前,金乡镇五一村拍卖地基,起拍价每间一万元,几乎无人问津。父亲却跑去拍下一间,似乎冲的就是这个价,且为此欣慰不已。

这也许是激活了家族遗传给父亲的买房购地的欲望,他虽然不能像祖父那样坐拥百间房屋,但今生今世也要有所斩获;也许想起当年他最大奢望就是让他从早到晚地挑粪,而不是被揪到台上挨斗。那时,他挑一年的粪才挣一百多元,不要说买地建房,养家糊口都做不到。如今,他老杨头儿买下金乡最贵的地基,这让他很有成就感,有种扬眉吐气的感觉。拍下的那块地不重要,重要的是这种感觉,哎呀,真好。

父亲把那间地基给了哥哥。父亲生有三个儿子,送人两个,哥哥成为父亲身边唯一的儿子。父亲也许感到亏欠儿子的太多,想补偿一下。儿子从小就懂事儿,当年吃不上饭,饿得浑身绵软,两眼冒金星,他也不喊饿,实在挺不住就舀瓢凉水喝下去。如今儿子还经常开玩笑说,他是喝凉水长大的。这话当父亲的听了肯定会心酸的。

"龙港是江南垟最大的蛋糕,我算过在那批地建厂是很划算的。"

在家没市场，杨小霞在企业的股东会上说道。

他们的镀铝厂效益超好，产品供不应求。不过，生产能力有限，需要扩大再生产，需要建新厂房，添新设备。可是，十六位股东各揣一个算盘，自己拨拉自己的，怎么也拨弄不到一块去。有人想在金乡建新厂，有人想多分红少投入，维持现状，除杨小霞之外没人想去龙港建厂。

杨小霞说，我们把新厂建在龙港，每年可节省运费和人工费。她拿出小本子一笔笔算给各位股东。金乡到龙港有二十多公里，厂里每天有多少人过去，交通费要多少，那边的业务量有多少，运费多少，通过龙港发往其他各地的产品有多少，从金乡到龙港的运费要多少……

"那也没必要去龙港建厂啊，我们金乡的业务不比龙港少，利润比龙港还高……"有股东说。

"我认为龙港将来肯定比金乡好。"杨小霞说。

她的预测没得到其他股东的认可。在其他十五位股东中，四位是她的亲戚，有她的表哥、小叔子，还有丈夫的姑父。姑父是厂里的核心人物，他过去是酒厂厂长，在苍南很有人脉。一年前，镀铝厂遇到过不去的坎儿，杨小霞把他拉进了群。他三下五除二就解决了难题，挽救了企业，在股东中赢得了尊重。

能不能在龙港建厂，姑父是关键。他不仅能改变其他股东的态度，还能动用关系，去龙港批地。可是，他偏偏对龙港不感冒。杨小霞去他家游说，一次不行就两次，两次不行就三次，不知游说多少次，姑父终于答应试试看。

也许姑父神通广大，也许龙港正值低谷，许多人要求退地，龙港镇政府批给他们2.8亩工业用地。那块地呈三角形，位于新一街附近。

地皮批下后，股东开会讨论分家。外边传说，龙港的路还没修起来，能不能建起来还说不准，政府的引进政策力度也不够大，第一拨去龙港办厂的都在退地卖房往回撤呢，所以十六位股东，有十五位要留在金乡,仅杨小霞一人愿意去龙港。让她自己去? 批下来的土地每亩四万元,要 11.2 万元,建厂房、进设备还需要一百来万,她吃不下。讨论来讨论去,没人愿意舍命陪君子跟她去龙港。

有人提议把那块土地分成两块,一块建真空镀铝厂,另一块建其他厂。大凡不涉及个人深层利益的事情都容易达成一致,土地很快就划分了出来。土地分好了,厂分好了,人怎么分,谁去龙港,谁留金乡?

股东都清楚,去龙港等于二次创业,要建厂房、进设备,等安装调试完了,至少得一年。这一年只有投入,没有产出。建好后要重打锣鼓另开张,盈亏没有保证,何况龙港现已有了一家真空镀铝厂。金乡的老厂基础好,客户稳定,产值和效益还在增长。

路塞死了,无法分流。姑父提议十六位股东自愿组合,分为三股,通过抓阄决定哪股去哪个厂。这个提议得到大家认可。杨小霞和她的表哥、原来的厂长,还有一位股东为一股。

抓阄时,他们那股的人都说让杨小霞抓。她站在几个纸团前,平静一下心绪,在心里默默念叨着:"抓龙港,抓龙港,我要抓龙港!"

她把手伸出去,抓起阄儿。纸团轻如鸿毛,重如泰山。她小心翼翼,又迫不及待地把纸团展开,果真是龙港! 还是可建真空镀铝厂的。天助我也! 她喜极泪下。她默默地在心里说,我一定要在龙港占有一席之地,也一定会在龙港占有一席之地,不论多么艰难,多么艰苦,我都要把这个厂做好。

4　第一天退地的多一点,第二天就少些了, 第三天就没人退了

在龙港,干部职工建房占相当比例,稳住这些人也就稳住了基本盘。

　　陈定模从苏州回来就召集他们开会，从国家建设部的"以集镇建设为重点，带动整个乡村建设"，讲到龙港的现实、未来，以及镇委镇政府的决心与信心，希望大家不要跟风退地。

　　这些干部职工的房屋，有一部分是港区时分的地基，政府给每户补贴五百五十元，另外县计委在建材上也给了补助，退地要退回补贴与补助。还有他们开工得早，房子已经竣工，或临近竣工，地可以退回，建好的房子怎么退？

　　干部职工毕竟是体制内的，都是穿鞋的，不会像"光脚"的农民那样可以不考虑影响，想怎么干就怎么干。尽管有人对陈定模收取公共设施费心怀不满，却不希望龙港下马。大多数人都清楚若不是陈定模这样敢想敢干，敢担风险，龙港是不会有今天的。只要龙港建起来，他们的房产就会升值，楼下的商铺会租出去，欠的债也会还上，谁会跟钱过不去呢？背后搞小动作，打小报告的人，也许大多是想搞搞陈定模，给他添添堵，仅有极其个别人想鱼死网破，不惜代价，置陈定模于死地而后快。

　　接着，龙港镇干部分头下去做退地农民的工作，镇里还召集企业领导和享受优惠政策的"两户一体"人员开会。

　　"有人说我陈定模被抓了，龙港建不起来了。你们看看，我陈定模不是好好的吗？只要我陈定模在，龙港的政策就不会变，建设就不会停。大家不要担心，建设部提出以集镇建设为重点，带动整个乡村建设。'人民城市人民建'在龙港已充分显示出优越性和强大的生命力。在不久的将来，龙港一定会赶上鳌江，超过鳌江！大家要是相信我陈定模就把房子建好；不相信我陈定模，龙港就把钱退给你。不过，龙港发展起来了，可不要后悔。龙港这块肥肉是给有福气的人吃的，不是谁都能吃到嘴的。"

　　两个会开过，退地呼声弱了许多，不过仍有不少人坚持要退。

"说实在话呢,有的说你龙港搞得起来呀?学校也没有,水也没有,电也没有,是吧?既然搞市场了,我们这没有经济了,(县)政府不管你了,就是说你怎么办都可以。"章圣望回忆道。

有人为退地到处找关系,托门子。有人找陈定模,有人找章圣望、陈林光,还有人找他们的老婆孩子,找不上镇领导的就去找下边的村干部。

陈定模的小儿子志瑜在税务局,他们系统的一位领导在龙港批了一间地基,不想建了,想退掉。按规定已付的六十块钱赔青费是不给退的。他想让志瑜跟父亲通融一下,把那六十块赔青费退还给他。

"这是政府规定的事情,你的领导要是过来能退的话,那别人呢?我这个工作怎么做?我是没办法做的。"志瑜回家一说,惹恼了父亲。

志瑜只得为难地跟领导说:"真的没办法。我跟他讲了,他不同意。"

领导很失望,觉得志瑜连这么一件事情都搞不定。从那之后,志瑜再也没为别人的事求过父亲。

"龙港搞不搞得起来?"有人通过亲友找到李其豹。

"放心,会搞起来的。你不要退地,不要听别人的,退地要损失千八百块呢。"

"好好,不退了。"

"你们村的村民当时有什么反应呢?"采访时我问李其豹。

"村民就怕了,他们把地退了,房子建不起来,这个镇不是就搞不起来了,我们不就完蛋了?那些地都被搞得不三不四了,这儿挖条沟,那儿挖条沟,把土堆到'路'上了,地也没法种了。"

"你们村的村民会不会担心龙港建不起来?"采访时我问当时任方岩村支书的方建森。

"我们村基本上是不会的,村里比以前总体来说好多了,道路也宽了,房子也都临街了,面积也扩大了。我们村是镇中心。"

坚持要退的,给不给退?镇委、镇政府开会商量,最后决定一是做好宣传解释工作,二是实在要退的就给退,不过五百元的手续费是要收的。

镇政府拿不出这笔钱。怎么办?陈定模说跟下边的村里借。

陈定模认为下边的村就是镇政府的腿。他一上任就到方岩、河底高等村调研,发现村两委①犹如老年协会,平均年龄接近六十岁,大多数的村支书都是土改干部,思想僵化,跟不上改革开放的形势,说起话来还是"文革"那一套。他们大多不识字,不能读书看报,开会记不了笔记,有时还打瞌睡,靠他们怎么能把新精神传达下去?他们还不会说普通话,只会讲方言,外边农民进城后,怎么沟通和交流?

这是什么腿?犹如走路画圈儿、处于半瘫痪状态。这样绵软无力的腿脚哪里承得住重任?靠他们哪能建设龙港,哪能带领村民致富?

在金钗村,陈定模看好了李其豹。他把李其豹叫到他办公室,"你要出来竞选村委会主任。"

李其豹是金钗河村的治保组长、赤脚医生,在村里威信很高,他说话村民都肯听。

"我不想当干部。"

李其豹因为父亲的问题,当年考民办教师都考不上,别说当村干部了。

"你要出来的,你不出来这个城镇建设怎么搞啊?你不是为自己,是为大家,为龙港。你必须要出来的呢,你这个村是中心村,镇政府就在你这个村。"

李其豹还是不想干,当村干部不划算,得罪人不说,每月工资才几

---

①　即村党支部委员会和村民自治委员会的简称。

十块,当赤脚医生每月能赚百儿八十块。

在陈定模一遍遍的劝说下,李其豹参选了,当选为村委会主任。

在方岩村,陈定模看好了村委会主任方建森。陈定模认为他有能力,办事公道,威望高,在拆迁和土地征用时都很给力。陈定模想让他当村支书。

"我当什么书记?我这么年轻,虚岁才三十一,当书记我哪里吃得消?我不干。"

"你说不干就不干?你是党员不?是党员就要服从组织!"

"你既然叫我当书记,老书记就要保留在村党支部。"

"为啥要这样做?"

"我当书记,不知道的还以为是我把他赶下台的,这样不行的。我入党是在他手上入的,他对我有恩。再说,他也没犯什么大错误。"

陈定模答应了,方建森当选为方岩村支书。

在1985年村两委换届时,九个村的支书和村委会主任都换上了三十多岁的年轻人。

陈定模出身于农民,知道如何跟农民打交道,知道跟他们光讲道理、讲政策法规是不行的,还要讲情讲义、讲关系,这样才能令行禁止。陈定模的做法很另类,他每半个月跟他们聚一次会,九个村支书加陈定模正好十个人,按年龄大小排序,轮流做东,吃农家菜,喝家酿老酒,聊工作,说知心话儿。陈定模年纪最大,第一次聚会在他家,胡顺民下厨烧菜。这种做法一直延续到陈定模离开。有一本杂志叫《半月谈》,他们把这种聚会也称为"半月谈"。

"镇里有什么事情,这个村碰到什么问题,那个村碰到什么问题,大家一起商量商量,把它一件件解决掉。陈书记有思路,思想很超前,也敢拍板。"李其豹回忆说。

"九个村的书记很团结,跟陈定模也很合得来。镇政府开展什么工作,我们九个村都大力支持。陈书记说拆迁拆到哪里,路拉到哪里,我们就做大量工作。不管他布置什么任务,我们都努力把它完成。"方建森说。

"村里土地补偿款还没发下去,镇里拿过去,给工程队做路,给要退地的退款。退地的时候,发票拿到城建办公室,原来安排哪条街,哪一栋,第几间,手续费要先交掉,然后就给你办退款手续了。第一天退地的多一点,第二天就少些了,第三天就没人退了。"李其豹说。

在那场退地风波中,有三百来户离开了龙港。这不是小数,已超过进城农民的百分之十五。

第十一章　由波谷冲上波峰

1　"八分头"①可太厉害啦，你没有上他们的当

1985 年 8 月 22 日早晨七时许，省委书记王芳带领省委调查组和温州市委第一书记袁芳烈等人乘船渡过滚滚鳌江来到龙港。

风雨飘摇的龙港刚躲过一劫。两个月前，也就是 1985 年 6 月，退地风波刚刚过去，《农民日报》又派下记者。无论从新闻角度还是从典型性龙港都非常有料，报社计划在头版推出记者调查，再配发新闻评论和群众来信，在全国范围内展开一场大讨论，把这股"毁田建房的歪风邪气"彻底打下去。

这次他们换了一位记者。这位记者有经验，有头脑，没有径直去龙港采访，而是先在温州停一下，跟市委办公室联系，也许想先了解一下龙港出这么大事儿，陈定模捅这么大的娄子，市委是什么态度，想对他如何处理。

袁芳烈听说此事，甚为担心。《农民日报》若追踪报道龙港毁田建房，违法卖地，陈定模、刘晓骅他们也就完蛋了，龙港也建不起来了。在

---

① 过去电影里的流氓大多梳八分头。

关键时刻,市委要像母鸡孵蛋似的把陈定模、刘晓骅他们揽入翼下给予保护。

　　袁芳烈尽管经历过无数次残酷无情的政治斗争,此时却感到十分棘手。他是勇于担当的,不怕有人说他是陈定模他们的保护伞,不怕说他是"毁田建房"的黑后台。他也可以以省委常委、温州市委第一书记身份给《农民日报》总编辑打个电话,通融一下,让他们撤回记者,估计对方会买这个账的。可是,龙港毁田建房,违法卖地已报道出去,躲得过初一,躲得过十五么?《农民日报》把记者撤回了,《人民日报》《光明日报》的记者来怎么办? 能一一通融下去么? 他可以把责任揽过来,可是哪天自己调离温州怎么办? 陈定模他们还是会被查处的,龙港还会陷入绝境。这事要彻底解决,不留罗乱,最好是把坏事变成好事。

　　袁芳烈推掉原有的日程安排,挤出半天时间约见记者。他给记者讲述温州改革开放的形势与愿景,讲龙港对"人民城市人民建"的探索,让农民集资建镇,以及他们创造的龙港速度和取得的成就,还有县委与市委对这一新型城镇的期待。

　　"您对龙港毁田建房问题的看法呢? 温州市委打算如何处理?"记者单刀直入地问道。

　　"你最好还是到龙港深入实地调查,回北京途经温州时,我会给你一个明确的答复。古人说得好,'兼听则明,偏信则暗。'你到龙港最好多看看,多听听。"

　　"龙港不是坏典型,而是一个难得的好典型!"记者从龙港回来,一见到袁芳烈就激动地说。

　　记者没偏听偏信,在龙港进行了深入的调查,发现龙港不仅不是毁田建房的典型,而是像袁芳烈说的"人民城市人民建"的新典型。龙港一年超规划用地八百亩地,同时又围垦造田三千亩,全镇土地比原来多了两千多亩。

"你这个记者是好样的,深入实际,实事求是。'八分头'太厉害啦,你没有上他们的当。"①袁芳烈握着他的手笑了,接着说道:"你们要重点报道龙港这一集资建镇的新典型,报道一下陈定模这个城镇建设的改革者。"

2　城是防御用的,市是交易用的。 城市建设重点要放在市上

8 月 21 日,六十五岁的王芳冒着大雨考察鳌江镇的一家民营企业。企业主说,预计今年的产值比去年增长两倍,下半年想造一幢新厂房。当下别的都不怕,最怕的是将来被打成资本家,被抓起来。

"只要是对国家、对人民有利,对发展生产有好处,就可以干嘛!个人企业是社会主义经济的附属和补充,你尽管放心,决不会抓你的。"王芳十分肯定地说。

王芳是位老八路,在 1965 年至 1967 年担任过温州地委代理书记,对这片土地有深厚的感情。22 日渡过鳌江后,在陈定模陪同下,王芳、袁芳烈考察了建好的和在建的街道。看到龙港的变化,感受到一座新兴城镇的崛起,王芳十分欣喜。听陈定模说,龙港的建设资金百分之九十来自农民集资,王芳说:"人民城镇人民建,这办法好!"

在镇政府会议室,王芳、袁芳烈听取了陈定模的汇报。

三个月前,龙港镇委、镇政府从江滨饭店搬入新建成的镇政府办公楼,不再像皮包公司只有两枚公章和两块牌子了。龙港镇政府办公楼在苍南县各乡镇也是最好的,共有九幢,均为四层小楼,总面积一千五百零五平方米。这一工程仅用半年时间就竣工了,总投资只有十一万

---

① 胡方松、林坚强:《温州模式再研究》,社会科学文献出版社,2018 年版。

元。县政府没给他们拨款,仅批了二十万立方米木材和五十吨水泥。

镇政府的会议室位于四层。

"苍南县的经济中心就在这里!"袁芳烈对苍南县领导再次重申。

王芳和袁芳烈也许清楚地知道苍南县个别干部对经济中心建在龙港意见很大,在思想和感情上还没有转过弯来。

"过去我们建一个县城,总是把政治、经济、文化等各个中心放在一起,这叫不懂得城市建设。在外国,每个城市的功能是不同的,顾名思义,就是'城'和'市'。过去,'城'是防御用的,'市'是交易用的。现在'城'的防御作用小了,'市'的作用大了,因此,城市建设重点要放在'市'上,要把交通搞上去。"[1]王芳接着说道。

王芳的这番话让在场的干部大为惊叹,没想到这位担任过浙江省公安厅厅长,参加过林彪和"四人帮"案件审查的老八路居然对城市建设如此富有见地。

王芳又说:"世界上大多数国家都是政治中心在一个地方,经济中心在另一个地方。美国的华盛顿是政治中心,经济中心就不在华盛顿。加拿大国土面积比中国还大,九百九十万平方公里,首都渥太华仅有几十万人口。为什么小小的苍南县城要搞那么大?有县委、县政府,加上公、检、法等几个单位就行了,其他如商业局、粮食局等经济职能机关放在龙港不是很好吗?龙港距县城不远,只有二十多公里。北京长安街就有三十多公里,龙港到灵溪还没有杭州南星桥到拱宸桥那么远。美国首都华盛顿也就有国防部、财政部等几个部,其他的也都不在那里。搞经济建设要有战略眼光,按客观规律办事,不能感情用事。城镇商业、工业的发展关键在交通,龙港既通水路又通陆路,条件肯定比灵溪好,过去我们五口通商的时候为什么上海、宁波发展这样快?关键有港

---

① 王芳与袁芳烈的话均根据苍南县记录整理。

口,交通方便。长江三角洲经济很发达,也是因为交通发达。英国是岛国,它的发展就是靠水路,总之全世界城市发展的一条重要经验是靠交通。苍南县经济发展快慢看龙港,而不在灵溪。灵溪搞得太大不好,会影响全县的财力物力。"

"据说,灵溪在争经济中心?"王芳突然问刘晓骅。

看来,省委书记王芳对浙江沿海最南端的苍南的情况了如指掌。

"在讨论县城规划的时候,我们要把龙港定为经济中心,有人也不同意。"刘晓骅说。

王芳不快地问:"经济发展要以交通为依托,灵溪有什么? 它那里有鳌江吗? 现在世界经济发展向太平洋靠近就是这个道理。灵溪那边搞些服务部就是了。"

袁芳烈插话说:"批发中心在这里,那里设些门市部是可以的。"

"在处理县城选址、灵溪闹事的时候,省委就明确规定灵溪是政治中心,龙港是经济中心。"王芳又强调一遍,接着严肃地说:"有些人想不通,主要他们没有知识,加上一些地方主义,你们要多宣传龙港的地位、作用。对一些人的无理要求,要批评教育。对那部分人的不正确意见,县委不能听,不管是哪个部门的,哪个讲的。"

他对陈定模说:"你们边搞城镇建设,边去造地是好的,但也要注意节约用地,规模不要一下子搞得太大,要量力而行。"

袁芳烈接过来说:"我看龙港其他的没有什么,就是土地使用问题要掌握好,该请示的请示,该报告的报告。"

接着,他对陪同下来的市委调研室副主任郑达炯说:"市里要在龙港召开现场会,把全市建制镇的负责人都找来,看看龙港是怎么集资,怎样搞规划,怎样搞建设的。这里是真正地在干事业,要大力宣传龙港,把龙港的经验在全市推广开来。过去温州一些单位光知道伸手向政府要钱,就不知道钱从哪里来。这次市政府规定征收市政配套设施费,我看龙港自力更生,群众集资这条路就很好。"

临离开前,袁芳烈对陈定模说:"龙港自力更生,生气勃勃,蒸蒸日上。你们干得很不错!"

王芳之所以对龙港如此重视,也许与胡万里有关。为了龙港,胡万里三找王芳。第一次是在港区建设最困难时候,也就是1984年7月,胡万里到杭州大华饭店去见王芳。胡万里说他是带着重大责任和任务,向省委书记汇报的。他汇报了港区的建设情况。王芳对港区对面的鳌江镇很熟悉,在那蹲过点,也在鳌江游过泳。胡万里回来向苍南县委、县政府和港区领导转达了王芳的指示:"一定要把港区建设好,苍南县的经济中心就在那里!"

第二次是要批镇,胡万里去找王芳签字。建镇要省政府批,省民政厅批。王芳对温州的情况很了解,他跟省民政厅打了招呼,很快就批下来了。胡万里还请王芳题字:"中国农民第一城。"王芳是书法家,字写得很漂亮。

第三次是王芳带着省委常委、组织部部长和省委常委、公安厅厅长视察苍南,胡万里向王芳一行汇报苍南的情况、龙港建镇的情况。王芳什么话都没有说。后来,他说要去看看苍南的桥墩水库,那是省重点水利工程。

"王芳同志,中午在哪里吃饭?"胡万里陪王芳视察完水库后问道。

"在水库吃吧。"

"中午喝点儿酒吧。"胡万里知道王芳喜欢喝酒。

"你都戒酒了,我不喝。"

"中午陪你喝点,开戒了。"胡万里对王芳说。

"我是能喝点儿酒的。有时从乡下调研回来已半夜三更,喝点儿苍南的米酒,吃点儿鱼扣、虾干,不是很好吗?可是考虑到苍南的复杂性,我不喝酒。我向王芳汇报工作时,县长插话说:'我们书记很好,为了有利于工作,他酒都戒了。'"在采访时,胡万里解释道。

那天,胡万里只找到一种福建产的黄酒。

王芳离开时,胡万里把他送上车,他只讲了一句话:"你工作得很好。"

半个月后,胡万里履新杭州市副市长。

3　"讲穷则思变,要干,要革命。"我这个办法是逼出来的

"定模啊,你明天哪儿也不要去。"1985 年 11 月 28 日,苍南县县委副书记陈星和打电话说。

"干什么呢?"

"我不知道。估计要抓你吧。"

他们关系融洽,时常开个玩笑。

"那不会,抓我的话你也不会通知我。"

陈定模是有这种体会的,他当区委书记时,县里通知他列席县常委会议。原来,下边的一位乡镇书记毁田建房十七间,县委决定抓这个典型。常委会讨论决定第二天派人抓他。陈定模很为难,这位书记在工作和为人上还都很不错,他的弟弟跟陈定模还是同学,平日私交也很好。哎呀,这可怎么办呢? 陈定模本该在县里住下,却连夜赶回了钱库。

听说陈定模回来了,那位书记匆忙来见。可是,陈定模作为区委书记不能泄密,不能告诉他明天公安局要来抓他。陈定模不说又觉得过意不去,当那位书记问到关键问题时,他就低头不语。他以为对方能猜出问题的严峻性,没想对方却领会错了,以为自己没事了呢,结果第二天被抓走了。事后,他一直认为是陈定模搞了他,对陈定模怨恨不已。

陈定模想,抓自己不大可能,估计明天说不上是省里哪位厅局长来视察。

"老陈,中央领导过一会儿到。"上午十一点多,陈定模接到电话。

"我的问题惊动了中央领导?"他一听就吓坏了,上次惊动的是省委常委、温州市委第一书记袁芳烈,这次又惊动中央领导,这下可把娄子捅到天上去了,汇报没准备好,办公室也没整理,厕所臭烘烘的,这丑不就出大了吗?他一边通知机关搞卫生,一边准备汇报。

原本龙港没列入视察计划,温州市也没有准备。领导听取汇报时,饶有兴趣地问一句:你们这里有个龙港镇?

也许领导在内参或《人民日报》读过有关龙港的报道,这个农民集资建的城镇给他留下了印象。

领导说,我明天去看看。

"去那个地方? 路坑坑洼洼,很不好走,而且还要过两条江——飞龙江和鳌江,还是不去了吧?"

领导说,不怕,不就七十多公里嘛。

陈定模还没准备好,一辆中巴车从苍航 22 号渡轮开下来,领导从车上下来。

"领导好!"陈定模深鞠一躬说。

"我是慕名而来啊。"领导说。

陈定模一听悬到嗓子眼的心悄然放下,看来领导不是来查他问题的。

陈定模陪同领导视察了龙港。见到这座两年前还是几爿渔村的城镇已楼房林立,店铺遍地,市场繁荣。

"领导,过去这里只有五个小渔村,相当贫困。1984 年,苍南县委、县政府决定尽快把这里建成物资集散地、经济中心和新型港口城镇。我们镇委、镇政府首先碰到的难题就是没有人,没有钱。苍南县作为一个新设县,基本建设项目很多,龙港仅公共设施费就要七百多万元。国家不能拨款,我们就动员农民进城,集资建镇。按'谁受益,谁投资,谁建房,谁出钱'的原则,根据不同地段征收不同的公共设施费。几年下来,龙港由渔村变成公共设施配套齐全,码头、仓库、商场、宾馆以及文化娱乐活动场所齐备,具有一定规模的新型城镇。"

领导听后,赞叹不已:"不得了,不得了啊。"

领导还问陈定模,现在国家银根缩紧,为什么龙港城建会热火朝天,整个镇像个大工地,施工现场有近万人?

"是的。领导啊,粉碎'四人帮'后百业待兴。"

领导说:"据说,你们建镇的资金都是自筹的,没要国家一分钱?"

"领导,我们国家这么大,底子这么薄,大家再靠国家,你这中央领导也不好当。毛主席讲穷则思变,要干,要革命。我这个办法是逼出来的。"

那天,陈定模汇报了四十九分钟。

4　两间地基卖了,赚了一万多块,结果几年后那里的房子涨到几百万元

听说省委书记王芳和省委常委、温州市委第一书记袁芳烈给予龙港充分肯定,龙港的房地产有所升温,中央领导来后,一下就火起来,一拨拨农民像潮水似的涌入,房价地价随之上涨。两个月前,镇政府前挤破了头,不是为自己退地就是帮别人退地;现在又挤破了头,不是为自己买地的就是帮别人买地。退地的人后悔了,悔得直拍大腿,本来以为龙港没戏了,没想到龙港却从波谷冲上了波峰。有人想找关系,托人情把退掉的地基加价购回,镇政府却说什么也不卖给他们了。

鳌江第一中学的一位学生家长买了两间地基。一间是给自己的,

一间是帮学校的陈老师买的。买的时候,每间两千元,陈老师手头紧,一时拿不出钱来,家长就帮忙垫上了。地基渐渐升温,那地基涨到两千多元,家长、老师皆大欢喜。谁知它却像树枝上的七星瓢虫,爬着爬着就停下了,接着又开始往下爬了,越爬越低了。接着发生退地风波,许多人都在张罗退地,也许学生家长怕那两块地基砸在自己手里,也许怕地基跌得太惨跟陈老师不好交代,通过关系把地基退掉了。

突然听说龙港的地价大涨,陈老师大悦,问学生家长他那块地基。家长尴尬地说,我帮你退掉了。陈老师闻后大为沮丧,又不好说什么。事到如此,学生家长买不回来,陈老师也买不回来了。让陈老师懊恼的是退掉的买不回来也就罢了,想再重新买一块,已不是地价高低的问题,而是根本就买不到了。

陈老师给苍南、温州和浙江省里写了许多信,仍无济于事。最后,陈老师在江口村买下一间地皮,究竟是从谁手里买的,怎么买的,花多少钱,不得而知。

当年,陈定模不让本家侄子陈长许在村里建房,他没听,还是建了。后来,陈定模问他,你龙港还建不建?他说,建。

1985年的三四月份,陈长许到龙港选了两间地基,跟陈定模的房子在同一条街——海港路上。他选的位置不错,距市场和码头都不太远,价钱也不高,两千五百块一间。交款时,陈长许踌躇了,龙港要是建不起来,或地价暴跌,自己不就亏了?买一间呢,地基要大涨,还不后悔死?

那怎么办?这事难不住精明绝顶的陈长许,脑袋一转就想出一招儿,交一间地基的钱,押两块地基。他跟开票的说,我带的钱不够,可不可以两块地基各交一半钱。也许龙港的地产不景气,也许操作不那么规范,对方答应了陈长许。于是,他在哥哥的名下交了一千三百块,在自己的名下交了一千二百块,开了两张收据。

七八个月后,陈长许心绪经历过潮落潮起,王芳视察龙港后,龙港的地产复苏了,地价上涨了。陈长许拿着两张收据来补交地基款了。

"你这是一间地基。"一位姓汤的工作人员说。

"两间。我那天带钱不够,我现在把钱补上。"

"不行不行,你这个不行。"

"什么不行?"陈长许吵了起来。

陈长许瞄一眼,附近有两个人,一个是他父亲的学生,也是他的老师,也姓陈;还有就是陈定模在那边。

他的老师闻声过来,接过发票看了看。

"你干吗?"陈定模也过来了。

"叔,给你看,我这是不是两间?"

陈长许把发票从老师手里拿过来递给陈定模。

"你们好好说,不能在这里吵架。"陈定模说。

"他这是一间,要两间说不过去。"小汤坚持。

"他有发票。把发票给我。"陈定模说罢就把发票拿走了。

几天后,陈定模电话打过来,问陈长许:"你到底要几间?"

"两间。"

"好,你不要吵,吵什么东西嘛。你那时候不听我的话,那时不在村里建多好啊。"

陈长许就这样拿到了两间地基。陈长许把石头堆了起来,准备建房了,谁知中央领导走后,龙港的房地产冲上新高,可是没挺多久就下跌了。陈长许把两块地基转手卖了,每块八千块,净赚一万多块钱。他在钱库镇买了一块地基,建了房子。

第十二章　十万引擎推动下

1　农民大包小包，拖家带口地上船，从钱库、宜山、金乡搬迁到龙港

进城了，终于进城了，这个几十年的梦终于实现了……

"今天去接蔡祖成。举家搬迁，欢天喜地，给了我一幅终生难忘的画面。在我的记忆中，历史上离土离乡都是破产后的选择，是流着泪走的。马克思曾经在《资本论》中写到十九世纪初叶英国农民离乡背井的惨状……马克思愤怒至极地说：'他们的这种剥夺的历史是用血和火的文字载入人类编年史的。'今天蔡祖成一家笑着到龙港，我真正听到了农民的笑声。如果马克思看到这幅画面，不知该用怎样的文字来把它载入人类编年史。"陈定模在日记中充满激情地写道。

房子还没建好，确切说还没开始建，农民就迫不及待地进了城。急是自然的，这个梦做得太久，许多人连一缕曙光都没见到就死了，能赶上这好时候就得只争朝夕。尽管龙港还不像一座城，确切地说还不是一座城，街路就那么几段，而且有路没街，商店、学校、医院还在图纸上，只有一个菜市场。

"第一菜市场是港区集资搞的，一平方米七十块钱噢。建了现在

的第一菜市场的一半,另一半呢是方岩村以后建的。"提起菜市场,陈林光说。

农民进城后的生活是艰辛的,困苦的,不过却是新鲜的。跟过去相比,那就是搭上了轮船和没搭上的差别。搭上了船,哪怕你就是船尾的一只蜗牛,今生今世都爬不到船头,却有希望抵达理想的彼岸。没搭上船,你就是最能奔跑的小鹿也无法跑出大山。

陈定模的哥哥、弟弟,还有本家堂兄陈定运等远亲近邻都进城了。到龙港要租房,待在村里也要租房,那还不如去龙港,可以做点小生意,也可以打打工,看着自己家房子像地里的庄稼节节拔高。

陈海珍是进城最早的,她清晰地记得搬家那天龙港锣鼓喧天,鞭炮齐鸣。那不是欢迎她进城,是庆祝进港公路通车。她称之"老爸"的陈定模正神采奕奕地站在卡车上,向公路两边的群众招手致意。陈定模有三个儿子,没有女儿。妻子胡顺民的二姐生了三个女儿,没有儿子。在二姐的三个女儿中有一个叫张爱珍,乖巧懂事,嘴巴甜,很讨陈定模夫妇喜欢。

陈定模夫妇渐渐将她视若己出,她也亲昵地叫他们"老爸""老妈"。爱珍初中毕业那年从山门来到水头,跟陈定模他们住在一起,他们帮她找了份工作。她结婚时,婆家想跟陈定模认亲家,想跟他们走得近一点儿。他们也欣然同意了。

她婆婆的名字偏巧也有个"爱"字,张爱珍就把自己的名字改为"海珍",索性连姓也改了,改为姓陈,随"老爸"陈定模的姓。这下陈定模开心死了,连"海珍"也不叫了,叫她"珍"。闽南话"珍"发"颠"的音,海珍听起来很亲切,很甜。

陈定模到龙港后,就劝珍来龙港。珍和丈夫二话没说就在龙港选了一块地基,租了间农民房,先搬进来。

这时,陈定模的家也搬到了龙港,租住在金钗村的农民房里。那家的房子是二层楼,把二层租给了陈定模,自己住在一层。他家有个智障孩子,陈定模一家也不嫌弃;陈定模家来人多,他家也不烦。镇委书记住在自己家里,他感到有几分自豪和骄傲。

找陈定模的人实在是太多了,他只要在家,门就推不开,比走马灯都忙活,这个没走那个又来了,有时好几拨碰到一起,屋里像包粽子似的。钱库、陈家堡等地的农民到了龙港两眼一抹黑,有事儿不找他找谁? 有的嫌买到手的地基不好,想换一间;有的建房跟别人发生纠纷找他调解;有的家里闹矛盾也要找他;进城后被人敲了竹杠还要找他……

龙港陈家堡同乡会会长陈开平在接受采访时说:"到龙港后,家里有事情就会找陈定模书记商量商量。他劝来很多人,他让他们眼光看远一点,不要盯在钱库上,龙港将来一定会比钱库好。他说,有钱的到这来买地,搬过来,在这办厂;没钱呢他让过来打工。他这个人特别爱帮助人,看到我们老家的人很穷,他就说:'你明天过来,来龙港打工,这里肯定比老家日子过得好嘛。'他原来在海港路,我们钱库大小事情,村里事情,两夫妻吵架,都要去找他的。哎呀,他真的很热心呢,我们江南对他的评价很高的。我第一次找他,我记得是早上,我跟我堂兄两人去他家。堂兄和他很熟,在钱库开过饭庄。他说:'你要被谁欺负了,陈定模就会说,那不行的,我要管这个闲事的。'我们去时,陈定模书记坐在那里看报纸,他家老太太帮他擦皮鞋,他要去上班了,他打扮得很仔细。我把情况一说,他说好,我知道了,没事没事没事。他马上就帮办掉了。"

陈定模早晨吃碗稀饭就上班。龙港镇政府7点30分上班,他7点前就到了,把办公室的门打开,那就意味着他来了,有什么事尽管来找好了。大家说,陈定模好说话,没架子,办事干净利落,能办就办,不能办也告诉你为什么不能办。不管对谁,只要不违背大的原则,在他那儿就是绿灯,从不会以"研究研究"来搪塞和敷衍。

"'研究研究'那就是该办的不给你办,要跟你要东西,要人情,谁都不傻。老百姓找陈定模办事太容易了,谁还送给你东西?"陈定模自嘲道。

陈定模好客,这是受母亲的影响。母亲总跟他们说:"家里再穷,锅里有吃的也要弄点儿出来给别人吃。'三寸喉咙深似海,吃下去屙出来没用的。'给人家吃了有人情。"爷爷讲的一句话,他也记住了:"冤死不打官司,穷死不做贼。"农民打官司难,不到无路可走他们是不会找他这个书记的。

一天,陈定模跟妻子吵起来。这有点儿离谱,在他们近三十年的婚姻中,胡顺民始终处于强势,不论什么事儿,他都要让她三分,即使她错了,错得毫无道理,他也不跟她吵。胡顺民二十七岁那年患了高血压,她脾气又不好,一生气血压就升高。三十多岁时,她身体一度极差,他下班后的头等大事就是一手握羚羊角,一手端碗,研磨羚羊角水。他有时太累了,研着研着眼皮就打架了,随之头也耷拉下来,手却还在研着,没停下。有时,他猛然惊醒,坐好,又认真研下去。羚羊角水研磨好了,端给她喝下去,他才去看书看报或休息。她怀孕了,从小就不大会种地的他却在砂石滩上开辟一块地,种上了小麦。秋天打了五十斤麦子,他磨成面粉,给她坐月子吃。

大儿子志浩一岁半时,胡顺民又生下双胞胎儿子志勤和志瑜。她有这种遗传基因,她的母亲生过两次双胞胎,她跟妹妹就是一对双胞胎。陈定模家一下多了一对婴儿,家里乱了套,大的哭,小的闹,鸡飞狗跳,不得安生。陈定模的月收入只有三十四块五,要付房租和医药费,要养活一家五口,还要赡养母亲,日子过得很艰难。

志勤和志瑜十个月时,他们实在撑不下去了,狠狠心就把老二托付给他的三姐。三姐刚生女儿不久,有奶水喂志勤;把志瑜送到东屿乡一户农家寄养,每个月支付八块钱寄养费,这样胡顺民就可以打临时工,赚钱贴补家用了。

一年后,他们把两个孩子抱回来,让陈定模的母亲带回了陈家堡。志勤、志瑜六七岁时,回到父母身边。胡顺民却跟他俩亲不起来了,好像不是她生的似的。家里有好吃的,她会分给老大一半,另一半分给两个小的。

"反正你对我们就是不好!"两个小的忿忿不平。

陈定模一边抚慰两个小的,一边对他们说,别惹你妈生气,她生气血压就升高,她病倒了我们这个家就完了。她跟他也很恩爱,双胞胎儿子出生后,他怕她再怀孕,想去做结扎手术。她说什么也不同意。她说,男人结扎体力会下降,我已经没了工作,你再有个三长两短,这一家人怎么办?她去了医院,花二十五块钱做了绝育手术,这让他感动不已。

胡顺民宠爱老大志浩,陈定模跟她讲不通道理时,就会让志浩去做她的工作,以减少冲突。一次,志瑜在溪边玩耍。那条小溪从他家门前流过,水很清澈,女人们都在溪边洗菜淘米,取水烧饭。志瑜刚从陈家堡回到父母身边不久,看什么都感到新奇。突然,他看见隔壁邻家的老母猪生了一窝猪娃。这小东西毛茸茸的太好玩了,他跑过去抱过来一头,想把它放进溪里,给它洗洗澡。谁知猪娃见水像要杀它似的嚎叫起来,幸亏邻居发现,猪娃没被水冲走。

邻居找胡顺民投诉。这下把胡顺民气坏了,本来就看不上志瑜,他又接连闯了两次祸。几天前,他和老二志勤把家养的一只大公鸡塞进了木制的马桶。满身屎尿的公鸡拼命地扑腾,扑腾得家里到处是粪水,臭气冲天。

胡顺民把志瑜痛痛快快地打了一顿。这下把陈定模心疼坏了,尽管如此也没跟胡顺民发生冲突,只是背后劝她,孩子刚从陈家堡过来,还不习惯家里的生活。他那么小,你不该打他。你对老大太宠爱了,他们俩从小不在你身边，你不能对他们不好。她脾气急躁，说说就恼了，不让他说了，"我对他们怎么不好了？我不过对他们要求严一点嘛，想把他们身上那些在农村养成的坏习惯改过来，这不对吗？"他见她恼了，也就不说话了。

这次，陈定模却发了脾气。

那天中午，他回家匆匆扒拉几口饭就睡了。到龙港后，他工作很累，晚上经常下半夜才睡，于是养成了午睡的习惯。他刚睡下就有农民来找。胡顺民心疼他，跟农民说："他在午睡，等一会儿他们上班，你去办公室找他吧。"

"你应该跟他说，'你等一下，我上楼去叫醒他。'而不是把人家撵走！"他起来要上班时，她告诉了他这事，他恼了。

她说："你那么累，一天到晚说个不停，喉咙都哑掉了。我想让你休息一会儿，让他上班时去办公室找有什么不对？"

他的确是太忙，太累了。龙港就像一个大工地，三千多间楼房同时开建，有三十七支施工队，四千多木工，四千多泥瓦工，三千多力工，总共一万多人，还有上万的进城农民和家属，以及近万的当地农民，他们遇到解决不了的事就要找他。他早上早早离家，晚上晚晚回来，开会到晚上九十点钟是常态，有时还要开一通宵，第二天早晨回家吃口饭，又去上班了。他的体重也从一百二十斤掉到九十一斤了，人变得又瘦又小。中午想休息一会儿就有人来找，他从床上爬起来，顶着火辣辣的日头跟他们跑了。她看着能不心疼吗？

"做人怎么这样做？钱库的、金乡的，要坐两个多小时的船过来，到龙港也就中午了，可能连午饭都没吃，你怎么能把人家撵走呢？开口求人难，人家有事找我们不容易的，能找到我们也不容易，你以后不要再拒绝他们。"

有些事儿，不找他还真就不好办。港区时期征用一块地建变电所，七个农民的就业没给安置。农民恼了,你不给安置,我就不让你开工。施工单位没辙了,中午找到他家。他去找县里,县里说:"我没有指标,安排不了,要不然你镇上给解决。"

这球踢了过来,他不能不接,不接变电所就建不成。他只好把两人安排到了水厂,五人安排到镇政府下属部门。安置妥了,他还要通知农民报到上班,通知变电所赶快开工,别影响通电。

一个钱库人到鳌江买水泥,船运到方岩下码头,被当地搞搬运的农民敲了竹杠。大中午的,他气呼呼地跑来找陈定模,"你龙港人非要给我搬运,不让搬运不行,要价又高得离谱!"午觉不能睡了,陈定模急忙跟他去了码头。

"谁这么干? 这码头他是可以用的嘛。你们就这样收人家的买路钱啊,怕不怕坐牢?"陈定模对那伙人说。

那伙人见陈定模去了,这竹杠没法敲了,悻然离去。

"走吧,不会有人再找你麻烦了。"他对那人说。

陈家堡的两个表弟建房时跟当地施工队吵起来,越吵越激烈,动了手。小表弟挨了打,吃了亏,被惹怒了,以伞为枪刺了过去,伞尖刺破对方心脏,人扑通倒在地下死了。闹出了人命。死者的宗亲不让了,跑到陈定模家来闹,他要解决。一个乡亲进城后,女儿被当地人强奸了,他们不想报案,怕坏了女儿名声,将来嫁不出去,但是还想讨回公道,也跑来找陈定模。

这些棘手的事,陈定模不仅要解决,还要解决好。

在海珍的眼里,老妈做得已经够好的了,"老妈的思想呢跟人家不一样的,如果人家送东西过来,海鲜什么的,她就不要、不要、不要的,真的不要、不要、不要。"

陈定模也知道胡顺民不容易,要照顾好他,还要把好"送礼关",有时候人家把东西丢下就跑了,她还要追出去还给人家。他到龙港后,家里什么事都不管,连家里建房的钱都要她去张罗。她不仅在吃穿用上能省就省,还要赚钱,白天上班,晚上回家还要做来料加工活儿。

2 她一毛钱两毛钱地赚,不仅赚买地的钱, 还要追赶不断上涨的地价

林益忠家搬往龙港的那天,他的母亲像生离死别似的,哭得伤心。

"大家在一起挺好的,你们一家搬龙港去干吗?"婆婆一遍遍地问儿媳陈郑查。

陈郑查十六岁跟林益忠定亲,十七岁嫁给他,结婚那天她才见到比自己大五岁的他。十八岁,她就生下了大儿子。她总共生了三个孩子,两儿一女。婆婆觉得他们家在九龙河村已相当不错了,林益忠原来在食品公司上班,收入不高,从二十七八块涨到三十二块就不动了。第三个孩子出生后,那点钱就不够花了,他就不干了。食品公司的经理跟他关系不错,把他们公社的唯一卖肉点交他打理,下边十七个生产大队都要到他那个点去买肉。每卖一百块钱,他能提成三块钱。他每天都卖几百斤肉,赚十来块钱。1975 年后,林益忠就可以自己收猪,自己宰杀,自己卖肉了。每天凌晨三点钟,外边一片漆黑,没有公路,没有路灯,他们夫妇深一脚浅一脚地下乡收猪,宰完拉回来送检,卖肉。

陈郑查也很能干,除帮助老公收猪之外,还织布,每天能赚九块钱。他们家的日子蒸蒸日上,花一万多块在村里建了一幢相当不错的房子。她跟邻里处得也很不错,不管谁上门跟她借五块十块、三十块、五十块,她都会借。有一次,邻居家建房子,木头不够了,她毫不犹豫地借给了三根。

他们所在的新城乡隶属于肥艚镇,位于钱库与肥艚交界处。听说龙港在集资造城,农民在那儿可以买地建房。陈郑查从小到大没去过

城里,听说去龙港就能变成城里人,让她向往不已。于是,他们花两千四百块在文卫路143号买下一间地基,后来又补交三百块,那间地基花了两千七百块。他们又投入两万多块,建了四层楼。为省钱,一二层是砖混结构,三四层是木结构。建房时,他们夫妇不时过来看看。房子还没竣工,他们家就搬了过来。

陈郑查跟婆婆情同母女,搬到龙港后,她隔三岔五就回九龙河村看望婆婆。她经常跟大儿子说:"你不用孝顺我,你要孝顺奶奶,是她把你一手带大的。"婆婆有三个儿子,林益忠是老大,苍南人不仅重男轻女,而且还特别器重长子。婆婆过去一直跟陈郑查他们过,帮她带孩子。

到龙港后,林益忠办了第一家薄膜彩印厂。他弟弟1982年就跟别人合股办装潢厂,做的就是这种薄膜印刷。弟弟给予了他技术上的支持。办厂要投资三万块钱,他一时拿不出来,只好跟别人合股。四千块一股,林益忠投入八千块钱,占了两股,其余股份被七位合伙人买下。他家所在的文卫路属中等地段,既不算好,也不算差。林益忠将一层做彩印厂,二层做工人宿舍,三层四层自家居住。那时龙港的市场很不成熟,类似一片沙漠,连彩印所需的原材料都买不到,要去瑞安和海宁采购。

陈郑查担起这一重任。采购是件苦差事儿,尤其是在交通极其落后的地方。从龙港去瑞安要乘轮船走海上,船少人多,时常买不到船票。她有时要在瑞安等一两天船票。

薄膜彩印要用二甲苯,这种东西非常臭,搞得整幢楼都臭气冲天。臭味往上走,楼层越高味越大。他们家的三个孩子受不了,住到邻居家去了。夜晚,劳累了一天的林益忠和陈郑查躺在床上,把臭气吸进去,呼出来。肺部吃不消时,他们就一声接一声地咳嗽。

一天凌晨三时,住在四层的陈郑查被喊叫声惊醒。

"着火了,着火了,赶快逃啊!"二层的工人在喊,声嘶力竭。

接着是三层传来的叫声和急促而慌乱的跑动声,以及刺鼻的气味和滚滚浓烟。陈郑查一个翻身就跳下地,估计是堆在一楼的印刷材料着火了。她没穿衣服就向楼下冲去。下边已一片火海,把她倒逼回来。她退回房间,把门关上,心想:"让它烧吧,不管它。"

她可以不去管火,火却要吞噬她的命。火越烧越猛,烟越来越浓,她只得死命地抓住外墙,从位于第一间的他们家爬到第五间。见门开着,她钻进去,从楼梯跑下来。这时,住在三层的林益忠也像她那样逃了出来。

彩印厂和家都烧光了。她的婆婆闻讯从九龙河村赶过来,见被火烧得黑乎乎的楼房,一下就泪奔了,哭得无比凄绝。

"妈,不用哭,老天总有饭给我们吃的。"陈郑查安慰婆婆。

庆幸的是林益忠他们为房子上的保险还有十三天过期。保险公司赔付他们三万块钱。他们重新建了房子。建好后,他们放弃薄膜彩印,把一层商铺租了出去,一年有四五万租金进项。后来,林益忠要办制版厂时,把那间房子卖了一百三十多万元。

林益忠一家在龙港创业不容易,陈细蕊一家就更不容易了。

陈细蕊来龙港比林益忠要早,在她的记忆里,那时龙港仅有一条街,许多地方蒿草丛生,一片荒凉。

陈细蕊是陈定模的妹妹,陈定模的双胞胎儿子出生那年,她嫁到钱库项桥。那地方位于钱库镇的南边,属半山区。丈夫是个老实巴交的农民,又是独子,在苍南农村这样的家庭很容易受人欺负。丈夫胆子又小,看别人"投机倒把",他不敢做,只得种那点儿地来糊口,家里很穷,日子过得艰难。

听说大哥、二哥、三哥都要去龙港,陈细蕊急得睡不着觉。着急也没用,家里太穷,不要说一两千块钱,连一二百块钱都拿不出来,又不像三个哥哥农村的房子可以卖。他们住的那间祖屋是木结构的,连块砖瓦都没有,已苦撑了百年,风雨飘摇,没有轰然倒塌已算万幸了。妹妹清楚哥哥姐姐也都没钱,都是东挪西借,还在为建房钱发愁。

二哥到处动员农民到龙港买地建房,安家落户。陈细蕊想,他肯定也希望她去。二哥说过,龙港是块大肉,能吃上就是福气,将来龙港的钱会好赚,这机会难得。陈家堡和钱库那么多人都相信二哥,她怎么会不相信二哥?

"金钱不是万能的,没钱是万万不能的。"陈细蕊没钱也要去龙港,要把这"万万不能"的事儿变成可能,变成现实。他们没考虑家里的地怎么办,到龙港吃什么喝什么,他们相信只要有两只手就有希望在龙港把家戳起来。没钱买地就先不买,没钱建房就先不建,家不能不搬过去。没地方住,他们就在镇前路的桥头旁边搭一个十来平方米的茅草棚。棚的门外有条河,不远处有家工厂,一位远亲在那上班,有事儿能关照一下。陈细蕊在棚外支起炉子,摆几张桌子,做馒头和稀粥卖,那厂里的员工就是他们的主顾。

日子苦得没法说,几块木板支起来就是床,挤着三口人——陈细蕊夫妇和五岁的小儿子。他们有五个孩子,两个女儿,三个儿子。公公婆婆和两个大儿子怎么办?他们在工厂的另一边也搭建了一个茅草棚,让他们住。两个出嫁的女儿回来只能睡在地上,那是很难过的,虽说地面铺了一层木板,可是下边就是泥土,潮气很重,尤其是冬天湿冷难耐。她们要把两床棉被铺在地上隔凉,这又容易引发火灾,地上还有一个烧蜂窝煤的炉子,晚上炉火不熄,要靠它取暖。

陈细蕊每天凌晨两三点钟就起床,把粥熬好,馒头蒸出来,五六点钟就有人来吃饭了。馒头五毛钱一个,一块钱两个;稀粥五毛钱一碗。卖到上午八九点钟,吃早餐的没了,她吃口饭就准备中午的点心,一天卖下来,多的时候能赚几十块,少时也有十几块。

儿子小，不懂事儿，偶尔从抽屉抽出几张钞票偷着买零食。老子发现了，抄起扁担就打。儿子在前边跑，老子在后边追，陈细蕊边哭边撵。儿子跑掉了，老公打不着儿子就打老婆。一次，外边下着大雨，陈细蕊母子被赶出家门，在雨中抱头痛哭。

陈细蕊的老公也不容易，先是在码头当装卸工，干的是最苦最累的活儿，汗顺着脸淌，沿脊背流，夏天不知喝几桶水，出多少汗。他渐渐干不动了，改蹬三轮车搞搬运，风里来雨里去，仍然很辛苦。一次，他拉着三轮车上桥，坡很陡，车很重，只得拼命往上拉，把脚筋拉断了，再也干不了拉脚的活了。他这样玩命地干就想有朝一日能在龙港有间房。

"我舅舅原则性很强，有什么事情他要你排在别人后面。他说正因为你是我亲姐妹，是我亲外甥，我如果对你照顾了，我给共产党怎么交代？我妈妈有时候就因为这个事情也跟他有点儿意见。"陈细蕊的小儿子项延簪说。

"蹬三轮车也要牌照的嘛，我爸爸叫我妈去找二舅。'你牌照拿一个给我家里，别人多少钱我给多少钱，我靠能力吃饭。'第一菜市场在做了，我妈叫他搞个摊位，说别人多少钱我多少钱，只要你给我一个名额，我舅舅没有搞。三轮车牌照现在要几十万啊。我们那时候只有五百块。① 我爸爸就蹬了十年的无牌三轮车，他看到交警队就跑。车给那个交警队拉了多少辆，说没收就没收嘛。他就不给你弄，你们亲戚先靠边，好事情都以农民为主。我妈妈经常说，'兄弟做官，不如我和老公讨饭。'我们讲蛮话讲得比较押韵。"项延簪说。

陈细蕊把希望寄托在儿子身上，每天都叮嘱儿子几遍："读书啊，读书啊。"似乎只有儿子好好读书才能改变他们一家的命运。一个从乡下来的穷孩子读书有多难？项延簪穿着一双露底的胶鞋，下雨天水

---

① 采访时问陈定模，他说是十五块。

吸进去，走路时空气从鞋底的漏洞钻出来会发出叽叽的响声，在教室能引来全班同学和老师异样的目光。他们这时又发现了新大陆——他居然穿了一条女性健美裤，教室一下笑翻了。他被笑得无地自容，那条裤子是姐姐的。

项延簪说："你是镇委书记啊，我们住茅草房呢，我一家人住在多少平方的房子里？我记忆里那个茅草屋没有超过十平方米。那时候我真的是不理解他，真的对他有一点怨气，拜年我从来没有去过他家。当时有人说，我的舅舅就是陈定模，我说不是不是，以前我都不承认的。外婆临走时，她牵着我二舅的手，又把我妈妈的手牵过来，放在我二舅的手上，她说：'这个小妹要照顾，把她托付给你。'所有的亲戚都在那里听到，可是二舅没做到。那些年我对舅舅其实真的不亲，然后呢我们也想想，也了解了，他一直被人告，他负担也不小，但当时我们确实不理解。"

林益忠的二儿子林国华说："三十多年前姑娘找对象时都要先问：'你在龙港有没有房？'"

来龙港那年他才十一岁，读小学四年级，还没到有姑娘问他龙港房子的年龄。不过龙港的房子不仅给林益忠、陈郑查带来财富，也成就了他们的下一代。

"村小跟龙港的学校没法比的。村小就那么一栋破旧房子，龙港这边宽敞明亮，老师也比村小的强得多。有点条件的都搬出来了，就像高考一样，有一本二本三本，进不来龙港的去了钱库。村子里许多房子都空了，就剩下几十户人家。那几十户人家，有的一点儿文化都没有，有的运气很差，有的有什么缺陷，留下来的是村里最差的。"林国华说。

林国华在龙港读了小学、中学。高中还没毕业，他就去苍南电视台开车了。

陈细蕊的儿子项延簪也在龙港读了小学、中学，考上了大学。

陈细蕊夫妇靠一毛钱两毛钱地赚,不仅要赚买地基的钱,还要追赶那不断上涨的地价。奋斗了九年,他们终于积攒下几万块钱,买下一间地基,他们的根总算在这座城镇扎了下来。项延簪说,他读的是专科——计算机专业。他毕业后在龙港电信局干了四年,当到副主任,后来因父亲治病债台高筑,无力偿还,只得辞职下海经商。项延簪说,他的装修设计公司生意越做越大,几乎龙港所有大的场所都是他做的。

3 "十万大军"就是十万台引擎,他们延长了 龙港的产业链……

龙翔路、龙跃路、建新路、镇前路……两边的房子一幢幢平地而起,街道渐渐形成,有了人气。

陈家堡先后有四百户农民进了龙港。十六间的住户一家接一家搬了进来,最后只剩下两家。陈智慧的父母选择先建银河路的房子,有钱再建镇前路的。

1986 年,陈智慧在娘家银河路的那间房子生下儿子。儿子出生前,她站在窗前,望着楼下那座桥,不时地想,再生个女孩怎么办?无论在陈家堡还是在钱库,陈智慧都很要强,嫁到芦浦连生四个女孩后,心气变得不足了。

为不当女儿户,不让别人说"陈智慧连个儿子都生不出来",她上一年跑到福建西北边陲的建宁山区偷生下第四个女儿。当她又出去"做生意"时,邻居议论说,阿慧去年跑出去做了好几个月生意,今年又跑出去了,莫不是跑出去生孩子吧?有人说,她结扎了。还有人说,没看见她结扎的疤啊。

陈智慧已连续三年每年生一胎。再是女孩怎么办?还能再生下去吗?她想到这个就不寒而栗。丈夫家兄弟四个,老大有一个儿子,老三两个儿子,老四也有两个儿子,只有他们连生四个女儿,送人一个,还剩三个。妯娌说,你没儿子,你的家产要归我们。

儿子出生后,陈智慧喜极而泣,连说龙港风水好,带给了她好运气。她抱儿子回芦浦时,河的水位很低,船勉强过去。听说,陈智慧抱回一个儿子,许多人早上四五点钟,天还没大亮就坐船过来看望。

有人说,我们得编个故事,不然阿慧的老公就要丢工作。

"就说阿慧要搬龙港去了,就抱养了一个男孩,这样龙港那边就没人知道这孩子是她生的了。"

"从哪儿抱的,谁去抱的,抱谁的?"

"我去抱的。"邻居阿婆说。

没过多久,她老公被找去谈话,他讲了编好的故事。邻居阿婆也被找了过去。阿婆说:"这个孩子是我抱来的。阿慧给人家欺负了,婆家人说她没有儿子,要争她的房子。我气不平啊,我女儿呢在福建山区,我去那边看女儿时,正好有人生下私生子,我就给阿慧抱了回来。"

"你说,你怎么抱的?"

"我住在旅馆啊,他把孩子送了过来。"

"他是什么人,叫什么名字?"

"这个我可不知道,人家不说,我也不问。"

也许办事人没想追查到底,也许想陈智慧生呢也生了,好在生了个儿子,也就不会再生了。此事也就不了了之。

正好龙港的房子也建好了,陈智慧收拾了一下,抱着儿子搬了过来。

她那幢房子除他们一家之外都是金乡有钱人,其他人选择建三层或四层楼时,他们选择建五层楼。陈智慧建那间房子花了三四万块钱,这标准在当时已很高了,陈定模他们三兄弟,以及陈智慧的老爸建一间房子才花万儿八千块钱。

陈智慧他们那幢房子建得很气派,装修也高档,厨房铺的是马赛克,大厅的地面是水磨石的,还镶有铜条的龙凤和金鱼。那幢房子成了龙港的样板房,许多人都跑来参观。

陈家堡的女子不会小鸟依人,她们强悍能干,是要撑起一片天的。搬到龙港后,陈智慧丢了工作。她想自己已三十岁了,身边有四个孩子,靠丈夫那点儿收入哪里过得上好日子?

"我想办个印刷厂。"一天,她跟父亲说。

她想,我可不可以把苍南所有鞭炮厂的印刷业务揽过来呢?学绣花时,她发现自己对色彩很敏感,这有助于搞印刷。

"办印刷厂?机器买不好就是一堆废铁。"

父亲他们的服装生意做得不错,银河路房子旁边就是内河码头,江南垟过来的都要在那儿下船,那儿渐渐形成了服装鞋帽市场。她三弟在家门前摆服装摊,她大妹负责进货。

"你如果不敢干,你钱借给我。"

"借你钱?我不当你爸。"

"你搭不搭,你不搭,我以后不给你搭。"

最后,父亲同意搭,陈智慧投一万两千块,父亲投六千块,她又在信用社贷了一万块,买下印刷和烫金设备,在她住的建新路284号办了龙港标牌工艺厂。这个厂是龙港最早的三家印刷厂之一。

陈智慧占印刷厂三分之二股份,父亲占三分之一。他们的主要业务是印刷商标。她负责业务和经营,父亲是会计兼设计、拼版和客服,小弟操作印刷机。

第一台设备转起来,生意很好,他们又买了第二台。陈智慧觉得杭州有些印刷厂淘汰的设备买来还可以用,价格比废铁也贵不了多少,于是又进了几台。陈智慧很要强,不论做什么事要么不做,做就做好。厂里遇到技术难题,哪怕两三个晚上不睡觉,她也要把它解决了。渐渐龙港哪家印刷厂碰到自己干不了的活儿就会说,你到陈智慧那去看看,她也许能接这个业务。

可是,陈智慧去揽业务时,好多人却说你是揽不来的。

"为什么?"

她纳闷,你不是想要好产品吗? 我又不是做不来,为什么我不行?

"男人不会把业务拿给女人做的。"

"好吧,"苍南人是嘴巴认输,心不认输,她忍不住问一句,"为什么女人不行?"

"男人和男人可以喝酒啦,抽烟啦,打牌啦,这样才能拉住客户,你一个女人怎么行?"

"这样啊,我不知道,那我总得要做的,我的心死也不服。"

当时,温州"十万大军跑业务",他们像群蜜蜂飞到全国各地,把食堂饭票、电影票、开水票、洗澡票等印刷业务揽下来,回温州找厂家加工。他们被称之"天兵天将",可是他们能"腾云驾雾"却"没法落地",他们没合法身份,没介绍信,没公章,得挂靠一家企业,以企业的业务员或业务经理的身份跟客户打交道。

陈智慧办印刷厂后,芦浦的、钱库的许多亲友都挂靠在她的厂。他们把款汇到她的账上,她收取百分之一管理费。他们揽到业务,她能加工就加工,不能加工的让他们另找厂家。找不到厂家,那些人就会想法办一家;没技术人员,他们就想法从外地挖一个。

那时,龙港没有酒店,酒馆也没有,"天兵天将"回来就跑她那儿聚集。那时没有移动通信,固定电话也很少,他们想跟客户通话就去她家。早晨、晚上常常有好几个业务员排队在她家打电话,或坐等外地电话。在没有网络、信息靠口口相传时,她那儿就成了信息集散地。她坐在家里就能收到北京、上海、沈阳等地的信息。

陈智慧自豪地说,龙港的产业链源头就在这儿。"十万大军""天兵天将"神通广大，没有他们进不去的地方，没有他们拿不下的订单，他们能拿下国家税务总局的订单，能拿下国家工商总局的订单，能拿下中国民航总局的订单……没多少人知道他们用的税务登记证，以及其他各种证件和登记表都出自龙港。

"十万大军"犹如十万台引擎推动着龙港发展，在他们的推动下，龙港有了酒店，有了咖啡店，有了相关服务业。当"天兵天将"拿下五粮液、剑南春、汾酒等十大名酒的外包装时，龙港的印刷设备也跟着更新换代，上四色印刷机了。印刷需要辅料，龙港有了生产辅料的企业，有了为铺料生产配套的企业，龙港的产业链越拉越长……

"我可以这么讲，没有龙港做不了的东西。比方，一个中小型印刷厂接到的订单自己干不了怎么办啊？像这个酒盒，你印好了，他要求冲痕、压痕、压膜、打胶怎么办？要增添这些设备需要很多钱，龙港会有人去投资这些印后加工设备，后道工序就这样一家一家做下去。龙港就是一条龙，没有什么印不了的东西。"采访时，龙港陈家堡同乡会会长陈开平说。

"阿慧，有一批民航的垃圾袋，难度很大，你能不能做？"一天，一位姓冯的业务员跑来说。

"死也要把它做出来。"她说。

小冯交际很广，揽的业务很多，陈智慧跟他讲过，"你要带我赚点儿钱啊。"

她试做好几天，终于把它做了出来，赚了一大笔钱。陈智慧她们厂的效益越来越好，她老爸也越来越忙碌，不断地往税务局跑，给客户开发票，有时刚开完一张又有客户要了，还得再跑一趟。陈智慧说，那时龙港的税务、工商人员特别好，他们从来不烦。治安也好，厂里收的现金太多，弟弟就用桶挑着去银行，也从来没发生什么事儿。

一天，温州市税务稽查下来突击检查，把陈智慧叫过去询问。

"这个账你都不懂吗？"

"嗯。"

她心想，我本来就不懂，又没学过财务。

"你是法人代表，怎么问你什么都不懂呢？"

稽查要罚一百万元，把她吓哭了。

"这个财务啊，我也不大懂，请你高抬贵手，以教育为主嘛，你把我罚倒了，苍南不是少个纳税人嘛……"她边哭边说。

稽查被她说笑了，"这哭还有点儿用，本来应该罚你一百多万，罚十万算了。"

从那儿起，陈智慧开始学财会，学管理，她的企业也逐渐走上了正轨。

第十三章　落地就要生根

1　"秃顶阿许"带人像攻打巴黎圣母院
　　似的从墙头爬过来

"陈书记啊,有一个地霸控制好几个地段,这路做不下去啦。"在镇委和镇政府联席会议上,副镇长陈林光对陈定模说。

陈林光负责修人民路、龙翔路、海港路、沿江路、江滨路等几条重要道路。江口村有个地霸,姓金,把搬运费抬得很高。

"这个地是我的,你修路用的沙子、水泥都要买我的。石头,我没有的,你可以从外边买,运要给我搬运,钱要给我赚!"他对陈林光说。

当时有七支筑路队在施工,需要大量石头。石头得用船从宜山运到方岩下内河码头,再从码头运到施工现场。让老金搬运,要价太高;不让老金搬运,筑路队就得停工待料,这路还怎么修?

原住民与外来者各自利益不同,风俗习惯不同,思维观念不同,再加上语言沟通的障碍,要和睦相处实在是太难了。对原住民来说,钱库人讲的蛮话就是一种外语,没人听得懂。

"'蛮话鬼',你这个'蛮话鬼'!"陈智慧的老妈买菜时,当地农民听不懂她的话,又急又气,骂了起来。

"你自己笨啊,还骂别人。"她一听就不乐意了,生气地说。

有些原住民瞧不起外来的乡下人,外来人也瞧不起他们。智慧的老妈小时候说闽南话,嫁到陈家堡后说蛮话。她闽南话、蛮话都说得来,宜山版温州话也能说个七七八八。

"没人理你这乡下人……"

"我是乡下人,你不是吗? 没我这个乡下人,你龙港能发展起来吗? 没有我们到你龙港来,你有生意做吗? 你路有这么平啊? 你以前都走什么路? 没有把路建起来,你还得那么穷,还要穿得乱七八糟。"

"他们没有文化啊,有些五十多岁的人还不识字。"提起当年的情境,智慧的老妈说。

吵架时有发生,吵过也就拉倒了,难以解决的是利益冲突。

农民的稻谷熟了,割下后到哪儿去晒? 原有的晒谷场变成了地基被镇政府卖掉了。他们寻觅来寻觅去,终于找到一个地方。

小学生做课间广播体操时,发现操场被占了,晒满了稻谷和稻草。这怎么能行呢? 学校的老师和校长不让了。

"你让我去哪儿晒? 我的地让你们占了。"

"我们不过晒几天稻谷,你们少做几天操能怎么的?"

农民和学校发生了冲突,还打了老师和校长。

县委书记胡万里指示县公安局:凡是到学校闹事,扰乱教学秩序,尤其是殴打老师和校长的,必须依法严肃处理。他同时要求龙港镇政府关心当地农民,帮助他们解决实际困难。

规划问题也给当地农民带来很多麻烦。镇政府批地是从临街开始的,建起来后发现房子把农民的田给围住,地没法种了。稻田的前后左右都是楼房,需要灌溉水流不进去,要排水时,水又流不出……

"房子把地挡住了,我稻谷怎么种?"农民找镇政府吵架。

镇政府只好把他们的地征了,想办法批出去,临街住户想办厂的就批一亩两亩给他,建学校也批那些地,楼后的地渐渐消化掉了。可是,问题又来了,工厂办在住宅区污染环境、污染空气,还有噪音问题怎么解决?住户有意见,镇政府只好想办法把那些企业迁移出去,把地收回来建住宅。

方岩村很早以前就有农民从事搬运。江南垟去温州、杭州、福建、上海做生意的要从方岩下过,他们带些东西需要搬运。方岩下渐渐出现一群专门从事搬运的农民。他们早晨早早手持扁担,拎着绳子等候在内江或鳌江边的码头。

一二百斤重的东西从内江码头挑到鳌江码头的船上,再从对岸码头挑到鳌江车站赚一块钱。一个月下来,他们能赚三十多块钱。有人心满意足地说:"工资三十三,抽烟抽牡丹。"他们实际上是吸不起牡丹烟的,牡丹烟要五毛一分钱一盒,一天一盒牡丹烟那就花去了收入的一半,还怎么养家糊口?

龙港建镇后,传统的搬运发生了改变。

"这地是我的,要搬运钱拿来!"

土地被征用了,该付的征地款付了,可是当地农民还把那视为自己的地头,你要搬运必须要由他们来搬,多少钱要由他们说了算。搬运一个包裹通常八九毛钱,他们要一块二,少了不行,不让他们搬运还不行,这不是欺行霸市么?

可是,他们委屈地说,我把房子拆了让你修路,我把田给你建房子,现在我没地种了,你不能让我吃土吧?施工队拒绝买他们的砂石,拒绝用他们搬运,他们就会找二三十个老太太坐在工地门口,让外边的车进不去,里边的车出不来。

"在事件处理过程中,因为没得退,碰到老百姓拿着锄头把我们围起来,我也只能面对。我们同学在设计院,他们不会碰到被几百个农民围在里面不让走,处理不当就会引发的群体事件。"提起当年的情境,谢方明说。

外来者说,我厂里有员工,自己能搬,干吗要花钱雇你? 你要价还那么高,用你的话,我的成本就上去了,竞争力就下来了,搞不好还得赔钱。我同情你,我赔钱了谁同情我? 另外,你搬运我还不放心呢,我的东西很贵重,你给我损坏了又没钱赔,我找谁?

"外地来的有两种,一种是外地过来的,我有钱;还有一种,是从镇里搬过来的,我有人,你向我要钱我不给你。"李其豹说。

"干搬运一个月能挣一百多,有些村民还瞧不上在单位上班一个月挣那三十几块钱呢。"方建森说。

"干搬运的都是年纪比较大的,穿旧衣服、旧鞋,天气热时就光着膀子,脖子上搭一条擦汗的毛巾。他们拉着木制的平板车,有一米宽,两轮的。一般是一个在前边拉,一个在后边推。他们拉的石头、沙子、水泥都很沉。"李其铁说。

陈智慧说,过去我们坐船到方岩下,东西多时,他们会帮我们挑到那边,收费也不多。我在温州买几匹布,从鳌江那边到这边的码头会看见他们站那喊:"谁要挑没有,谁要挑没有?"你不让他挑,他也不强迫。刚搬到龙港时,方岩村的几个老头还比较讲道理,我待他们也很好,给他们沏好茶,西瓜切好给他们吃,后来遇到"秃顶阿许"①就全变了。

"搬运一包八毛钱,你收我一块二?"陈智慧问"秃顶阿许"。

她气得不用他,自己跟员工搬运。可是搬完后,"秃顶阿许"来收钱。

"我又没用你搬,你收啥钱?"

"这地是我的,我得靠它吃饭。"

"秃顶阿许"是地霸,没人敢惹,要就得给。

_____

① "秃顶阿许"为化名。

"当地人很霸道的,八几年的时候报给公安,公安都不敢出来。我们刚刚过来时很怕他们。他们讲话跟我们也不一样,样子凶凶的。"林益忠回忆说。

一次,陈智慧急着发货,傍晚五点钟货车开过来,"秃顶阿许"手下的一个人就跟过来,不让装车,说要等他们的人过来再装。那条马路本来就不宽,车停在那儿把路堵住了。路堵了,警察就过来了,要司机赶紧把车移走。车绕一圈儿回来,他们的人还没到。转了几圈儿后,司机不干了,陈智慧只好带人把货装上。车刚开走,"秃顶阿许"领人过来了,没装车也要收钱。

"以后轮到你这组搬运我就不发货,你看咋样?"陈智慧生气地说。

那个村搞搬运的农民多,村里把他们分成两组,一组单日,一组双日。

没过多久,又赶上"秃顶阿许"的班,陈智慧让他领人过来装车,结果迟迟不见人来。天色越来越晚,司机着急赶路。陈智慧一气之下让员工打开大门,让司机把车开了进去。

"开门,开门!"陈智慧正组织员工装车,"秃顶阿许"领人赶到,把大门砸得山响。

"你今天不用砸,明天过来把我这个厂房拆了吧!"她高声喊道。

"秃顶阿许"见陈智慧不开门,指挥手下搬来梯子,像流浪人攻打巴黎圣母院似的从墙头爬了过来。

"你敢爬过来我就砸死你!叫你搬你不搬!"陈智慧抓起石头砸过去,"你叫你们村书记过来,我跟你这样没名堂的讲不来。"

在江南垟陈是大姓,陈家堡人的彪悍远近闻名,在钱库遇到陈家堡的人都要让三分,到了龙港就得忍气吞声?

"你想拆我房子不要忙,你等一下,我开门你再拆。"

"这块地是我的,你在我的地上。""秃顶阿许"气坏了。

"你的祖宗没有我祖宗聪明,你的地卖给我了,你知道吗?没有我们外地的过来,你龙港镇建得起来?没有龙港镇你们还得在海滩上抓螃蟹,晒也晒死你。你家有明白人吗?"

一天,孩子跟陈智慧说:"妈妈,我在街上见到几个农民坐在树底下等活儿,有人说,'那个老板娘太凶了,连阿许那个光头也没办法。'另一个说,'那个女的是陈家堡的,你打又不敢打,一块二一个包,她硬给压到了八毛。''你这些年轻人啊不争气,你看那些讲蛮话的人,他们就比我们聪明,我们赚钱用体力,他们赚钱用头脑。'一位年纪大的说。"

陈智慧也有窝囊的时候。购进一台三十多万的08印刷机,联系好瑞安的一家专业搬运公司,当地人却说什么也不让外边人过来搬运,非要赚这笔钱不可。陈智慧跟他们吵了一天,设备就在大门外停放一天,她只好妥协了。那些农民拿着撬杠、抬杠和毯子过来了。开始还比较顺利,搬一个关键部件时,他们失手了,部件从车上掉下来,幸运的是没砸到人,不幸的是部件摔坏了,陈智慧的眼泪唰一下就下来了。后来,她花好几万元才修好。

杨小霞说,刚到龙港时,想尽快把厂建起来,石头和沙子都从当地农民手里买,贵就贵一点儿,能忍就忍了。他们还时常请村里搞搬运的人吃饭,以为彼此熟悉了,麻烦就会少一点儿。没想到,他们的麻烦还是不断。那伙人吃完饭抹一下嘴,翻脸就不认人了,隔三岔五会过来要钱,不给就吵。她胆子小,每次都塞点儿钱给他们。

工厂投产后,产品装车时当地村民过来赚搬运费。有时,他们过来晚了,车装完了,他们竟蛮横地要杨小霞他们把货卸下来,"你钱不给我,那就拿下来让我搬一下。"杨小霞他们无奈只好塞给他们点儿钱。

杨小霞说,这种事金乡也有,他们原来的厂在五一村,副厂长是五一村人,他兄弟五个,没人敢欺负他们。厂里遇到什么麻烦,把对方请过来吃一下酒也就过去了,不像龙港这样。

一次,杨小霞刚给完钱,那伙人又过来敲竹杠。她实在是忍无可忍了,跟他们吵了起来。他们没想到平日温文尔雅的杨小霞会不顾一切地跟他们吵,于是恼羞成怒地冲过来要打她。幸好厂里的人在旁边,把她拉走了。她很气愤,想要报警,最后那个村的书记过来把事压下了。

有些当地干部站在当地人的一边,让外来户有理说不出。不过,也有主持公正的。

"有一个姓钱的包工头,是方岩下的,跟我是亲戚。他跟外来户发生纠纷,大概要赔对方四万块钱,他想不赔,让我站在他一边。我说:'我跟你是亲戚这个没问题,但是要公正,你该赔偿给他的还得赔偿。不赔是不行的。'"采访时,李其铁说。

他那时是县司法局派驻龙港镇的司法特派员。

在联席会议上,陈定模听陈林光说地霸敲竹杠,搞得路修不下去了,果断地说:"抓!"

接着,他问陈林光:"白天抓还是晚上抓?"

"晚上抓影响不大,白天抓。"陈林光说。

他想抓一儆百,给地霸以威慑。

"好。"

陈定模带着警察,陈林光带着筑路队的头头去了江口村。

"地霸? 哪里有地霸?"村干部说。

村民见镇委书记和警察过去了,不知发生了什么事都跑过来看热闹。

"他就是!"施工队头头叫了起来。

他从人群中发现了老金。

老金被拘留了,从那以后没人再敢敲筑路施工队的竹杠了。

2　路是你的，坏了你来修；树也是你的，
　　栽不活还要再种

"我们要铺水泥路，人行道也要用石头搞起来。"陈定模在办公会上说。

随着房子陆续竣工，外来户搬进了新居，街头的人渐渐多了起来，有些地段有点儿熙熙攘攘了。

"陈书记啊，这个钱不够啊。"陈林光叫苦道。

一间地基收费两三千元，去掉青苗赔偿费、劳动力安置费才是公共设施费。前两笔是给农民的，镇政府不得动用。镇里计算公共设施费没经验，没留有余地，现在发现花钱的地方多着呢。

这怎么办？县政府是"财神爷甩袖子，镚子儿皆无"，镇政府不是企业，又不赚钱。

钱没了，有些路还没修，咋办？镇委、镇政府开会讨论，既然"人民城镇人民建"，那么就得"羊毛出在羊身上"，每家每户追加三百块公共设施费。

对杨恩柱那样的大"猴子"来说，三百块不算事儿，对像陈定模的哥哥陈定汉那样跟"猴子"不沾边儿，靠卖房买地基的，或借钱买地基的，这三百块钱有可能是"压倒骆驼的最后一根稻草"了。

"我没钱交！"表弟一听要追加三百块钱就火了。

陈林光在镇前路批给他一间地基，上次交了两千四百元。对他来说，那间地基是跳着脚刚能够得着，又上浮三百块，他觉得自己够不着了。

"你连这个都交不起，建什么房子啊？"陈林光将他一军。

表弟难，镇政府亦难，一户三百块，六千来户就是一百五十万。没

这笔钱有些路就修不起来,电拉不进来,自来水龙头也流不出水。

陈林光又一想,表弟确实有困难,作为表哥不该跟他发脾气。他平稳一下心绪,缓和一下口吻:"你到底有多少钱?"

表弟媳妇说:"互助会的钱我们还没拿到,拿到的话有八千多块钱。"

"你先借三百块交上,过了期限就不好办了。你可以建四层楼,房梁可以细一点儿,窗门的木头也可以窄一点儿,这样可以省点儿钱。"

表弟借钱交了。表弟难,别人也难,陈林光的弟弟卖掉村里的房子才筹到三千块钱,买下地基后,建房的钱还不知在谁的腰包里揣着呢。相比之下,他们还算幸运,老房子有人接手,没人接手的话就得眼巴巴地看着别人进城了。

不仅他们幸运,前几批买地的都幸运。他们的幸运在于有眼力,在关键时刻做出正确的选择,或是拥有有眼力的亲友,他跟着走了。这种幸运不是所有人都有的,石桥头有位林姓村干部,有弟兄六七个,在村里很有势力。他觉得哪儿都没有村里好,当别人卖房去龙港时,他买房。

村里的房子越来越多,越来越不值钱,老林也许觉得这有点儿像击鼓传花,买的房子最后砸在自己手里。老林很务实,跑龙港看了看,也许发现了龙港的好,他也许发觉龙港像辆打不着火的汽车,要一大群人呼哧带喘地推,当你笑话那群人很蠢时,偏偏车就打着了,那群人上了车,司机一脚油门踩下去,你连影儿都看不见了。

老林的纠错能力很强,也不怕别人耻笑,在龙港买间房,搬了过去。

每家每户追加的三百块钱收了上来,发现资金仍然有缺口,这怎么办?镇委、镇政府开会商量,还能再让老百姓追加吗?

陈林光建议:"中间的水泥路应该先做好,两边的人行道就让住户自己解决吧。"

看来只能如此。水泥路修好后,呈现一道奇观:机动车道窄窄的,人行道宽宽的。二十四米宽的龙翔路,中间的水泥路仅十米,两边各留出七米的人行道。建新路的水泥路才七米,刚够双向两车道。好在当时龙港没有汽车,自行车也不多,行人走机动车道。进城农民过去走的是泥巴路、茅草道、上山或下山的羊肠小道,还没走过这么平坦整洁的水泥路,感到很满足。

可是,中间的水泥道修好了,两边的人行道不能不修。不修的话就变成两边的"水泥路"①夹着中间的水泥路。下雨天,泥巴沾在鞋上,带到水泥路上,搞得路面上除了水就是泥。

镇政府决定临街住户"各人自扫门前雪",自己出资修门前的人行道。陈智慧说,她搬到龙港时,只有龙翔路、人民路和建新路这几条主要街道铺了窄窄的水泥路,百有街等还是泥巴路。她家位于建新路上,家门前的人行道是自己出钱修的,大家也没觉得不合理,因为人行道修好了,商铺的人气也就上来了。

修路时,陈定模跟老百姓说:"我们是'人民城市人民建,人民城市人民管'。修人行道的钱是你出的,不是镇政府出的,镇政府没钱。道要由你来管,坏了还要你来修。"

这下好了,路修到谁家门口,谁就会跑出来监工,紧盯着施工队,生怕偷工减料,质量不好就骂娘。那年冬天,龙港下了一场雪,以往随下随化,那场雪不知怎么却站住了,不化了。临街住户急了,用铁锹铲、镐头刨怕伤了路面,只好烧开水去浇。

人行道上没有绿荫怎么行?没树的街道就像光头女人,不仅不美观,夏天还缺少阴凉,行人要被曝晒。

"搞什么绿化?外边那些稻田不就是绿化吗?"有位镇领导说。

---

① 这里"水泥路"指的是水和泥的路。

在建镇的想法和认知上，陈定模跟许多镇干部难以达成共识。他面临两种选择，一是迁就他们，把龙港建得很平庸，像个超大村庄，好处是不伤和气；二是按自己的想法去建，把龙港建成一座现代的、大气的城镇，代价就是领导班子失和。陈定模选择了后者。

陈定模提出临街房子要每家门前一株树。镇里购进一千七百株树，有樟树、梧桐、白玉兰、桂花和芙蓉，按每株十五元卖给业主，让他们自己去种。

树栽下后需要浇水，要施肥。陈定模了解农民，知道如何调动他们的积极性。

"树钱是你出的，这棵树就是你家的了。种不活，你还要再种，直到种活为止。你家的树种活了，长得茂盛，代表你家兴旺发达，"陈定模停顿一下，又说，"不能让种下的树死了，那样也许你家就会衰落……"

一株树与家运联系在了一起，这还得了？女人迷信，对陈定模的说法深信不疑。早晨起来，不管多忙她们都不忘给树浇水。树叶黄了，飘落了，她们像家人生病似的急得不得了，到处打听怎么办。孩子淘气摘下一片树叶，妈妈气得骂他，甚至打他。

那一批一千七百株树的存活率达百分之九十以上，绿化了 3.26 公里街道，形成了 2.1 公里的绿化带。

龙港的人口越来越多，仅有一家菜市场怎么行？镇政府一连给县政府打了三次报告，申请八万元经费再建一处菜市场，县里却迟迟没批。"菜篮子"关系千家万户，不是件小事，再拖下去老百姓要骂娘了，于是镇政府采取港区建第一菜市场的做法——集资。在镇政府的领导下，群众推选出菜市场筹建领导小组，设计好菜市场，划分几个片区，然后贴出招商告示，有意到菜市场经商者交三至五百元即可享有使用权。结果，招商告示贴出后，不到三天就有二百七十多人报名，集资了 7.74

万元。二十八天后，一个建筑面积为一千六百三十八平方米的菜市场就竣工投入使用了。

从农民进城那天起，孩子入学问题就摆在镇政府的桌面上。有些农民之所以进城，是想让孩子享受城镇的教育。他们那一代没读什么书，有的连字都不识，他们希望孩子能多读书，读好书，考大学。

1985年5月，镇政府发出《关于切实动员起来，做好集资办学的通知》，成立"集资办学领导小组"，号召群众和企业捐款。陈定模召集村支书开会，"你们要带头，要为孩子上学做点贡献，每个村出几亩地。"

年底，龙港镇征集了一百七十五万元，建了四所学校。建龙港第一小学时，方岩村不仅捐了五亩地，还给学校建了图书馆和教学楼。学校没有操场和体育设施时，方岩村又给予了捐助。

3　上边没有线，你怎么能自己搞出城管中队这枚针？

"陈书记，街后面出问题嘞，他们都在争地，在那盖房子……再不管就管不住了。"陈林光在会上跟陈定模说。

龙港的房子每间三米五宽，十二米深，临街房的后面留有四米宽的消防通道。有些住户乱搭乱建，在这儿搭个棚子，在那儿砌个鸡窝猪圈，消防通道被挤得"弯弯曲曲细又长"，现在又抢地建房子，一旦失火消防车开不进去，只能眼睁睁看着烧为灰烬。这怎么能行？

还有人反映，农民进城后习惯不改，有人从楼上往下扔垃圾、吐痰、泼脏水，大街小巷到处都是白的、红的、蓝的破塑料袋，有的刮到电线上，像灵幡似的……

1987年，作家叶永烈在龙港的街头看见"一堵刚刚砌成、尚未粉刷的墙上，见到用黑墨写着一条大字标语：'谁在这儿大小便，谁就是乌龟！'那乌龟两字并非写出来，却是一个圈儿四条短腿外加一个脑袋一

龙港第一菜市场于 1984 年建成,占地面积 3464 平方米,建筑面积 3864 平方米

条尾巴。"

可是,识字的、不识字的照样在那儿大小便,没人变成乌龟。于是,龙港的街头时常出现这么一道道"风景",两个男人偶遇,热聊几句,一位转身对墙撒尿,另一个也跟着解开裤子,俩人边尿边聊,仿佛不是解手,而是在酒桌碰杯,把身后来往的行人当成了端菜倒酒的服务生,或田间地头的庄稼。尿完肩膀抖了抖,转过身聊两句,各奔东西。时常见两个骑自行车的人相遇,把车横在道上就聊开了,根本不管车子挡不挡路。有时四五个女人抱着孩子嘻嘻哈哈地说着,孩子要拉屎,妈妈就让孩子把屎拉在路上……

人民路与镇前路的交叉路口行人较多,镇政府安了个红绿灯,没想到红绿灯成了摆设,行人想怎么走就怎么走,有时不是他被自行车撞了,就是他撞自行车了。

还有,早晨早点摊撤后,满街狼藉,到处都是垃圾……

农民一边向往着城镇的生活,一边把龙港当成乡下,想干什么就干什么,想怎么干就怎么干,这怎么能行?靠自觉肯定不行,得有人去管。谁去管?警察去管,不行,龙港镇还没有派出所,只有两个治安民警,他们从早忙到晚,哪里管得了交通秩序? 镇政府也管不了,镇委、镇政府满打满算才十多个人,哪里能挤出人力管这些事? 这又不同于栽树修路,"谁出钱,谁受益"。

陈定模灵机一动,成立一支执法队伍——城管中队来维护秩序,监管镇容镇貌。

"全中国都没有城管这一说,我们搞行吗?"

"编制从哪来,人员开支怎么办?"

也许有人在心里说,哎呀,老陈哪,你也太不懂规矩了,中国的行政机构是"上边千条线,下面一根针",上边没有线,你怎么能自己搞出城管这根针呢?

1986 年 8 月,陈定模把想法跟县领导谈了,领导没有反对。龙港镇从企业和社会招了十一人。执法队伍嘛,总得统一着装,穿什么制服好? 军装不行,警服也不行,最后不知是在南京,还是武汉、南昌找人给设计了一套制服。①

具体什么样的? 担任过城管中队支部书记的李其铁说,军黄色的,跟军装差不多,纽扣是从永嘉买的,光扣没有字;大盖帽,帽徽是国徽,在金乡那边制作的。编制是我们镇政府的,就跟现在的辅警差不多。队长是一位转业军官,带过兵,在公安局干过。

采访陈林光时,他拿给我几张老照片,其中有一张上边写着"1986年 7 月镇城管中队成立留影",图片上的人分为两排,坐在前排的有陈定模、陈林光等八位镇领导和城管中队的两位队长,后排站着八名城管队员,其中有两名女性。他们穿着白色短袖衬衫、蓝裤子,衣领上是红色领章,戴的是白色大檐帽,帽徽看不大清楚。

图片上的文字是陈林光写的,我觉得时间可能有误,在龙港档案馆

---

① 为此事,我采访了四五位原来的镇干部,还有时任城管中队的副中队长杨孔适,说法不一致,难以确定。

城管中队成立。陈定模(前排左五)、陈林光(前排右四)

查到 1986 年 12 月 8 日镇政府给县政府打报告:"我镇建设日新月异,城市管理的地位日显重要,限于我镇机关干部工作繁忙,对于城市的管理力不从心。要求成立苍南县龙港镇城市管理中队。"

《龙港镇志》记载:"1987 年 1 月 15 日成立龙港镇城镇管理监察中队,为集体所有制事业单位,工作人员十一人,行政归属镇政府领导,业务上受县建设局指导,经费自负,下设城建规划组、市容卫生组。"

我采访了时任龙港镇城管中队副队长杨孔适,据他回忆,他们的主要职责有两方面,一是城管,二是交管。城管中队成立后,在龙港几条主要街道的十字路口分别设立了交管亭,节假日人多时派人维护交通秩序。平时他们也要监督行人走红绿灯。龙港有一百辆三轮车和数百辆自行车,车辆乱停乱放也归他们管。镇政府对城管中队很支持,给他们配备两辆公安局用的白色三轮摩托车,还安装了喇叭和警笛。

　　杨孔适说,最难处理的一是违建,二是摆摊。违建让住户清除,他们不清除,那就得强拆;摆摊的说了不听,那就得没收他的摊和货,摊主不让,就会发生冲突。最难管的地段是银河南路和建新路,那里人多,摆摊的也多,二百多米长的街道从早晨八点钟开始,到中午十一点那里都很热闹。

　　摆摊的大多是进城农民,地种不了了,家里没了进项,有的还背负买地建房的重债。他们进城后没有一技之长,找不到适合的事做,只好上街摆摊。有卖海鲜的,有卖猪肉的,有卖粮食的,有卖日用品的,也有卖药材的。对他们来说,什么赚钱卖什么,什么好卖卖什么。摆摊的收入还不错,比上班族多许多。摆摊嘛,哪儿人多,哪儿热闹在哪儿摆,哪儿还管乱不乱,交通堵不堵。

　　杨孔适说,我们以教育为主,也不会那么严厉。我们没有执法权,也怕把事情搞大,通常是吓唬吓唬他们。我们没有公安的力度,把他抓了也拘留不了,顶多把他卖的东西没收了。摆摊的会采取农村的做法——让家里的老头儿、老太太来找,到城管中队连哭带喊,我们没办法只好还给他们。

　　交通方面,汽车违章,城管可以把车牌摘下来。司机都是外地的,比较听话。

　　杨孔适说:"多数人见我们穿制服有点儿怕,我们还有呜呜呜响的电警棍,吓唬吓唬他们,'走不走,走不走?'他们就'好好,走走'。当地农民会凶一点儿,地老虎么。违章不听,我们就请他到镇政府来,让他写保证书和检讨书。我们那时候当坏人是出了名的,大家都挺恨我们的。我们发宣传单啊,城管的目的就是为龙港好,为大家好。"

　　有人说,进城的农民第一代学会走红绿灯,第二代学会讲卫生。

　　分管城管中队的副镇长谢方明说:"龙港比较早地走出了城管这一步,比杭州早十几年。"

　　据《龙港镇志》记载，城管中队"至1990年底，拆除违建105处，棚架252处。主房建筑违章罚款2700处，辅房违章罚款850处，受罚金额27.5万元。"

第十四章 飞起来的翘头鸟

1 我们是跟魔鬼打交道的，得留一手

1986 年 4 月初，陈定模接到通知，让他到市委去一趟。

陈定模忐忑不安起来，前些日子温州市和苍南县派下了联合工作组，重点查干部违纪建房问题。有人说，这次跟以往不同，以往查的是毁田建房，未征先用，未批先建，也就是陈定模的工作问题，这次查的可能是陈定模个人问题。

袁芳烈在 1985 年 12 月离开了温州，调任浙江省政法委书记。在新任市委书记董朝才履新前，省委领导明确指示："搞活国有企业，把温州引导到正确轨道上来。"董朝才是带着"对资本主义的天然警觉"走马上任的。到温州后，他将袁芳烈的幕僚丢在一旁，自己深入基层调研，去吃"没人嚼过的馍"了。①

看来这回没人替陈定模遮风挡雨了。

"老陈哪，这次你能不能过关，我很担心哪。"老谢悄悄地对他说。

老谢是县委常委、组织部部长，跟陈定模很要好。党的十一届三中

---

① 焦裕禄在兰考县治洪水、控流沙时，下属劝他不必亲临一线调研，听取专门汇报就行了，焦裕禄说："吃别人嚼过的馍没味道。"

全会后,提出干部队伍要革命化、年轻化、知识化、专业化,大学毕业的老谢被提拔起来,得以重用。

"老谢啊,这点你放心,我一点儿也不怕,我心中无愧嘛!"陈定模说。

他认为只要自己没以权谋私,没贪污受贿,没乱搞男女关系,即使被查处了,也不会身败名裂。他对自己有信心,对老婆胡顺民也放心。

胡顺民命途多舛,三岁没爸,七岁没妈,十四岁上学读书,早起自己烧地瓜丝饭,下饭的是豆腐泡蘸盐水。中午同学吃饭时,她跑到溪边饮几口溪水,慰藉一下辘辘饥肠。冬天,她穿着仅有的一条单裤和两件单衣,在寒风中瑟瑟发抖。她十七岁参加工作,十九岁支援宁夏建设,二十二岁因水土不服,逃回家乡平阳县山门镇,嫁给了陈定模。婚后,她干过缝纫工,在食品公司切地瓜藤、养殖过白木耳和长毛兔,还到矿区挑过硫铁矿石,一担矿石超过她的体重。1971年,落实政策,她才复职,那时她已三十二岁。她从粮管所开票员干起,干到粮食局助理会计。陈定模走上领导岗位,三个儿子都成家立业,她终于苦尽甘来。

陈定模到龙港后,她也调到龙港的粮管所。她对这个家,对陈定模都特别珍惜,唯恐他犯错误,失去得到的一切。陈定模平素乐于助人,谁遇到困难都帮一把,哪怕是家庭纠纷,只要找到他,他都会管。有人送几枚鸡蛋,有人送来一只母鸡、几只螃蟹,或拎来一只甲鱼聊表感激之情。胡顺民在粮管所是组织委员,在家是纪委书记,不管谁来送礼,统统拒之门外。

1986年的一天,陈定模的同学找上门来,想批一间地基。这时,地基已不再是三五千元一间。同学也许对这份同学情不大自信,也许觉得不论啥关系都得按"规矩"办事儿,走时给陈定模五百元钱。

陈定模拒绝了,同学也许以为不管咋的也是同学,不客套几句也就说不过去了。他把钱丢下就走了,他没想到陈定模是真的不收钱,这下搞砸了。

"你不要来害我家老陈！"胡顺民追出门外，当着众人的面把钱给了他。他无地自容，狼狈不堪地溜掉了。

在胡顺民的眼里凡给陈定模送礼的都是想加害"我家老陈"的，她绝对不留情面。

龙港不大，有点事儿不到几炷香的工夫就能传遍全镇，从此之后送礼者不敢登陈定模家门。一次，龙港有名的大老板给陈定模送来九千元钱。上世纪八十年代，这笔钱可以在龙港戳起一间三层楼房，陈定模派秘书李其铁到邮局把钱汇回去。他说，"我要留一手嘛。"

"李其铁，我们是跟魔鬼打交道的。"陈定模说。

在陈定模眼里，行贿的老板都是魔鬼。没过多久就证实了这一点，苍南县一位工商银行行长因受贿三万元钱被判刑。行贿者就是送陈定模九千元钱的那位私企老板。

工作组召开动员大会，动员镇委、镇政府领导干部主动交代，轻松上阵。陈定模在会上没有自我检查，反而说苍南县干部建房是特定历史条件下的特殊问题，分县后县政府没有办公楼，干部没有宿舍，县委、县政府才允许机关干部在灵溪、龙港两地建房。干部建房不仅可以解决县政府没钱建宿舍的问题，也带动了农民进城。"村看村，户看户，群众看干部。"县机关干部不在龙港建房，群众怎会有信心？不过干部建房也存在弊病，那就是干部收入低，建一间房要投资上万元钱，从而导致相当一部分干部债台高筑，经济压力过大，影响了工作。

老谢会后把陈定模拽到田野，在田埂坐下，埋怨说："你这个家伙怎么搞的，怎么能那么讲话？让人抓住把柄，说你对抗工作组，还有你好果子吃？"

"老谢啊，我两袖清风不怕。如果抓住我工作上的错误，我无怨无悔。"

　　干部建房的问题,在采访时刘晓骅说,县机关干部建房补贴百分之十。工作组说这个不对。我说我们看报纸,报纸是这样讲的,我们补贴的是他自己应该享受标准的百分之十,不是建房面积的百分之十。补贴用来给他买地基,当时地基也很便宜。工作组说,你这个不行。我说我们看报纸还看错了?那么这样好不好,开个会,你们念文件,文件是怎么规定的,接下去我检讨,然后我把补贴收回来。他说不要、不要,拿报纸来看看。他自己没有看报纸,另外哪有什么文件。

　　此事,惊动了省委,一位省委副书记打电话给已是杭州市副市长的胡万里,说有很多人反映苍南县机关干部,特别是领导干部建房问题,要求对干部占地建房一律充公。他想征求一下胡万里的意见。

　　胡万里说:"干部建房子,我是了解的,但我又不完全了解。我当时没有制止,我感到苍南干部住房很困难,我们政府拿不出钱来建干部宿舍。最好考虑实际情况,不要归公处理,不要没收。"

　　副书记听取了胡万里的意见。干部建房的问题不再提了。几天后,工作组把陈定模叫去,让他交代违纪建房问题,气氛紧张,俨然找到真凭实据,就等陈定模主动交代了。

　　陈定模说,他在龙港仅有一间房。1984年3月苍南县房地产管理所批准县粮食局十九位干部在龙港建房,其中有陈定模的老婆胡顺民。那时,陈定模还没到龙港。当时粮食统购统销,粮食局是重要部门。当时有三处可选,即海港路、金钗街和镇前路。局长认为海港路靠近码头,会成为黄金地段。房子临街,不仅可以居住,一楼房间还可以作为商铺出租,或自家做生意。对县机关干部来说,这不仅是难得的机会,也是唯一的机会。

　　陈定模却没看好那个地段。他说,海港路不会成为黄金地段。从长远来说,陆运将代替水运,靠近码头的地段将会边缘化。你看上海十六铺码头没生意,鳌江那边的码头也没生意,从交通枢纽来说,只有汽车站和火车站有生意。

粮食局局长没听陈定模的,选择了海港路。局长想把边上的一间地基分给胡顺民。陈定模却婉拒了,说分配地基应该公平公正,大家抓阄,抓到什么算什么。胡顺民抓到的是第四间。后来,果真像陈定模说的那样海港路很冷寂。好的地段一间商铺每年可租十几万、几十万,海港路却没人租。

工作组认为陈定模在绕圈子,拒绝交代。气氛陡变,有点儿剑拔弩张。

坊传,陈定模给自己批了很多地,有一条街都是他们家的。还有人说,陈定模在龙港一手遮天,想给谁哪块地就给谁哪块地,他想给自己搞几块地皮那还不易如反掌?

"我的名下仅有一间,大家都知道,在海港路。"

"你名下有一间,实际有几间?"

陈定模想,工作组要查的可能是龙跃路那间地基。

2 儿子失望地说:"天下哪有这样的父母?"

镇机关干部分的地基在龙跃路上,共十八间。镇机关有资格建房的人就那么多。地基分好后,他们都没交款。陈定模着急了,镇政府规定,如不在规定期限内缴清各种款项就要收回地基。

"杨洪生,你交掉。"陈定模特意去了一趟杨洪生家,对他说道。

杨洪生过去是湖前乡文化站的。1984年6月末,湖前等五个乡划归了龙港,陈定模下去调研,觉得这小伙子不错,高中毕业,当过兵,能写能说,镇委正好缺个秘书,于是就把个子较高、浓眉大眼的杨洪生调了上来。从事业编转为行政编,又当上秘书,杨洪生说:"好像官职升了,很开心呢。"为此,他对陈定模心怀感激。杨洪生的感觉没错,在苍南县,镇委秘书相当于镇委的中层副职,要县委组织部任命。

在镇委、镇政府,杨洪生算有钱人。湖前是编织袋之乡,杨洪生的父亲被称之为"编织袋之王"。这个"王"也许没有方崇钿和杨恩柱大,也称得上一路"诸侯"。杨洪生本来在等交款通知,听陈定模这么一说,第二天就把地基款交上了。他交之后,镇机关其他人也都跟着交了。

既然镇机关一人一间,镇里也给陈定模分了一间。陈定模老婆分过地基,他便把分给自己的地基转给了大儿子陈志浩。

采访时,我从陈林光那得到一份准建证的复印件,上面写着:

十字街口朝 20 米街 4 间

　　陈林光、林昌元、许道才、陈志浩等同志,已缴清征地各款,同意建房。请按龙港镇人民政府龙政字(85)05 号文件精神,立即动工。

　　　　　　　　　　　　　　龙港镇城建办公室

　　　　　　　　　　　　　　1985 年 10 月 9 日

陈志浩在县农业银行工作,陈定模的二子陈志勤、三子陈志瑜是双胞胎,在县税务局工作。陈志浩没要农行的地基,选择了龙跃路,按理说也不算大毛病。

"即使我们镇里安排他也是合理的,因为那时候有的人地基要过去后又退回镇里了。"采访时,李其铁说。

志瑜也提交了建房申请,陈定模没批。

"'有个好爸爸么,走遍天下都不怕。'那时候有这种讲法的嘛。我知道要想他安排我的工作是不可能的。"

志瑜本来对老爸就有意见。他说,县里第一批招干考试,他被录取了,老二志勤没被录取,找了一家鞭炮厂打工。"那是很危险的。你想

农民喜悦地展示建房批复文件

我爸当时当区委书记,如果给他安排个临时工应该是没问题的。他在的那个鞭炮厂啊,就是把引信跟火药编起来,炸死过很多人。那时候经常听说鞭炮厂出事故,手被炸没了,脸被烧伤了。我也很担心,毕竟是亲兄弟嘛,再说我跟他又是双胞胎。"志瑜觉得老爸心狠,在那种情况下也没给老二安排工作。后来第二批录取时,老二过了录取分数线,这样才进税务局。

志瑜说,他入党时,预备期应该一年,当区委书记的老爸给他延长到两年。平阳分县,缺干部,领导想提拔他为税务所副所长,征求陈定模夫妇意见,他说:"再给他锻炼锻炼吧。"于是志瑜没当上副所长。

"天下哪有这样的父母?"志瑜生气地说。

"你才十九岁,二十岁都不到就当领导,对你没好处的。"陈定模跟他解释说。

志瑜不到二十岁就谈了恋爱,还要结婚。这下把陈定模夫妇气坏了,一是女孩是农村户口,没有工作;二是家境也不大好。可是,他们越是反对,志瑜越要娶那个女孩。

"你本来就对我不好嘛,我那么小你就把我送到陈家堡,你就没为我好过。"志瑜对老爸说。

"我真的很亏欠他,没对他怎么好。他结婚我反对他,他想跟朋友借辆车嘛,我就不同意。我说你借两个车太讲排场了嘛。他感觉委屈么,你当爸爸也没支持我,我跟朋友借个车子接新娘,你又不肯。"采访时提起这事儿,陈定模说。

志瑜的建房申请陈定模没批,他对儿子说:"这地基不能批给你,因为你是我儿子,我批了以后,别人就说我以权谋私。"

"他当镇委书记,我在龙港批一间地基他都不肯,我觉得很委屈。我说,别人谁都可以买,为什么我们家人不能买? 每个干部都可以在灵溪或龙港建一间房,我为什么就不能建? 别人两千块,我也给你两千块,我又不是不交钱。他说我批给你,外边的风言风语也受不了啊,你就不要指望在我手上批这块地了。我就说他不好啊,你不是敲锣打鼓叫人家来龙港买地建房吗? 我跟他们是一样的,对我却不一视同仁。"

后来,陈定模离开了龙港镇,他花七万元钱给志瑜买了一套商品房,花高价在河底高村给志勤买了一间地基,这自然是后话。

志瑜当时不理解老爸,老大志浩也不理解,老爸回陈家堡动员乡亲们带头到龙港买地建房,许多乡亲持怀疑态度。家人都为他捏把汗,龙港万一建不起来,我们一家人还有脸回村么? 当时,县委、县政府、县人大、县政协的领导都带头在龙港建房,为什么不能给小弟批间地基,让他建房? 又不是要你照顾。

当志浩被工作组找过去,调查他老爸建房问题时,他才意识到老爸的谨小慎微是何等必要。

工作组的工作人员问他："说你爸犯错误，你相信吗？"

"我爸不是为自己的利益在做事的，他在为龙港的老百姓做事。"志浩说。

工作组见陈定模不想交代，于是说："江口村，你说说江口村的房子。"

"我江口村没房子。"

"你陈书记名下的房子算不算数？"

看来陈定模是想抵抗到底，不见棺材不落泪了。

"我陈书记的房子？"陈定模被问得一头雾水。

"龙港有几个陈书记？"

"你们不会去江口村查一下那个'陈书记'，不会去派出所查一下户籍档案？"陈定模火了。

工作组掘地三尺，最后发现江口村建房登记表上记有"陈书记"一间房子，办事人员很兴奋，终于抓到陈定模的"狐狸尾巴"了。

听陈定模这么一说，工作组急忙派人去江口村了解情况，派人去派出所查户籍档案。最后终于搞清楚了，江口村有位农民，他的名字叫"陈书记"。

"还会有人叫这个名字，如不是亲眼所见，谁会相信呢？"

"我陈定模不至于傻到这个程度。我想偷摸给自己批块地基干吗要批给'陈书记'，批到别人的名下不行吗？"陈定模说。

采访过陈定模的《温州日报》记者胡方松百思不得其解地问："你为什么要在龙港建房？在鳌江不行吗？在钱库不行吗？"

"你想想，我这个镇委书记要是不带头在龙港建房，农民怎么会相信龙港能建起来，怎么会放心大胆到龙港买地建房？"

工作组每查一次，龙港就像遭遇一次强台风，各种流言甚嚣尘上。

"陈定模出事了，龙港完蛋了……"

"我亲眼看见陈定模被戴上手铐,押上警车。"

谣言搞得人心惶惶,不知所从。每当这时,陈定模家门口或镇政府大门外就会出现一些身影,他们不声不响地守候在那里,看见陈定模从家走出来,或走进办公楼就像晨雾似的悄然散去。

"陈书记,最近没事吧?"街上摆摊的、理发的、扫大街的见他往往会问这么一句。

一天早晨,陈定模推开办公室,见地下有一折叠纸条,看样是从门缝塞进的。他展开一看,上边写首诗:"祖国宏图建一功,丹心可鉴镜前红;于今四月阳春暖,休管东南西北风。"落款是"一位老教师"。

陈定模备感温暖和宽慰,觉得自己所有的付出都是值得的。

胡方松对陈定模很同情,采访结束时问道:"陈书记,有什么需要我帮忙的?"

"社会上到处传说我犯错误了,被抓了起来。你能否报道一下龙港,顺便提一下我的名字,哪怕发个'豆腐块'也行。"

"行,我回去就写,要让全市都知道,陈定模还是龙港镇委书记,还在主持和坚持工作。"

胡方松回温州后,写了一篇报道,发表在《温州日报》的二版。

4月初,陈定模接到电话后赶到温州市委,领导说:老陈啊,组织上对你审查是对你的爱护,你不要放在心上。

陈定模略感宽心,看来市、县联合工作组要撤了。接着,领导话题一转,这次中央领导来,不该说的你可不要说啊。

陈定模明白了,中央领导要到龙港视察,领导怕他"乱说",给他打个预防针。在这短短的五个月,已有两位中央领导到龙港视察,另一位是时任国务委员兼国家计划委员会主任宋平。

3　你不要怕嘛，枪打翘头鸟，可是我已飞了，他们是打不着的

4月6日一早，陈定模接到通知，时任中共中央政治局委员、中央书记处书记、国务院副总理万里和时任中共中央书记处候补书记郝建秀今天到龙港视察。

陈定模赶到码头时，雾锁鳌江，船似剪影，对岸朦朦胧胧。他很不放心，在码头周围又检查一遍。他没来得及换衣服，穿的是平日穿的那件草绿色军上衣，蓝裤子和黑皮鞋，看上去不像镇委书记，反而像位退役老兵。在龙港工作的这两年来，陈定模苍老许多，额头多了几道皱纹，头上多了几缕白发。再过三年，他就五十周岁了。家人都劝他别这么搏命了，三个儿子都成了家，大孙子都两周岁了，还折腾个啥？

万里两年前就想到温州视察，从北京到上海后感到身体不适，温州又不通飞机和火车，公路也很难走，只好作罢。温州市委听说后，派人赶到上海向万里汇报，还带去了温州各区县发展乡镇企业和家庭副业的资料与录像。万里听取汇报后，指示温州市委让农民放开手脚发展乡镇企业和家庭副业，闯出一条发家致富的路子。

1986年温州被国务院列为试验区，万里和郝建秀想到温州视察乡镇企业和家庭工业的发展情况。温州市委推荐四个地点——乐清县柳市镇、苍南县龙港镇、瑞安县塘下镇和永嘉县桥头镇。

4月6日上午10点钟，白发皤然、穿着长款过膝蓝风衣的万里和穿着米色风衣系着丝巾的郝建秀在省、市领导的陪同下渡过鳌江，踏上龙港的土地。已恭候在码头的陈定模疾步迎上前去。

在陈定模的陪同下，万里等领导步行到离码头不远的龙翔路，这是一年前竣工的三千零八十五米长、二十四米宽的水泥路。两年前，龙翔

路还是延绵起伏的防洪堤塘，两侧到处是坟冢白骨，一片荒凉，建镇后铲平防洪堤，修建了这条具有标志性的街路。这成为龙港的黄金地段，街道两旁商店林立，有中百商场、烟酒公司、五交化贸易中心、中西药大楼，以及金属、化工、建材、农资等公司。这一地段地价最高，前段时间拍出的"地王"——杨恩柱他们的七层楼就在这条路上。

这时，跟龙翔路相交的六百八十米长、二十四米宽的龙跃路也热闹起来，有了影剧院、新华书店和书摊。年初，作家叶永烈在这里看到的是："一座新城平地拔起，突兀于我的眼前！这是一座全新的城。不光是居民楼、宾馆、商场、剧院都是新建的，就连厕所也都是用水泥钢筋新造的。街道宽二十四米，按大城市的规格建造。房屋也差不多是按同一模式建造。统一规划，显得格外整齐。一排排落地长窗，很有气派。"

见路边堆着许多木材、玻璃、石板，万里问身边的陈定模，这些建材都放在外边吗？

"是的，总理。几十个施工队，上百个施工工地，建设速度很快，建材需求量很大，所以造成大量建材没处放，只得堆放在外边。"陈定模解释。

万里见街边有家杂货店，走了进去。他一打听店主是来自宜山的农民，做再生布赚到了钱，来龙港投资建房，安家落户。万里像遇到安徽老乡似的跟他们聊起来。万里任安徽省委第一书记期间，大力推行"包产到户"和"包干到户"，改变了农民唱着凤阳花鼓逃荒讨饭的命运。在三年前全国农村工作会议上，万里对苍南县宜山区农民利用再生纤维发展家庭工业大为赞赏。万里的肯定犹如一缕晨曦洒落在灰蒙蒙的温州，在过去的几十年里，温州一直是反面典型，"文革"期间，温州被王洪文视为资本主义泛滥的典型；粉碎"四人帮"后，温州又成为"一打三反"的重点，被"五地下"（包括地下施工队、地下工厂、地下商店、地下运输队等）、"八大王事件"搞得灰头土脑，狼狈不堪。

万里问店主建这么一间房子花了多少钱，办哪些手续。店主的老婆一一回答后，万里饶有兴致地参观了他们的房子。这是一间四层楼，厨房和卫生间齐全，下边开店，上边住人。见苍南的农民不仅进了城，还拥有这么好的房子，万里十分开心。

接着，万里、郝建秀走进镇政府办公楼。在四楼的会议室，万里一行听取陈定模的汇报。

万里听得仔细，边听边问，不时打断陈定模，问现在老百姓有哪些顾虑？对我们三中全会精神以及党的改革开放政策有没有不理解的地方？

"你要给我讲实话。"万里充满期待地说。

万里要他讲真话，市里告诫他不要乱讲，该听谁的？陈定模犹豫了。他想，万里副总理下来视察不就是要了解民情，听到真话吗？不讲真话，对得起年已七旬的万里副总理吗？不跟党中央说真话，还是共产党员吗？可是，讲真话是有风险的，会让在场的市、县领导不爽，甚至难堪。得罪顶头上司还会有自己好果子吃吗？

陈定模想了想，今天豁出去了，"总理啊，基层改革很难，少数人在干，多数人在看，个别人在捣蛋。看的管干的，捣蛋的告干的，组织上查干的，最后谁也不想干了……"

两年来，调查组一拨拨下来，这拨查完没几天，下拨又来了，审查账本、批件、准建证、合同、建房名册……不知翻了多少遍，镇机关干部被叫过去一遍遍询问，哪还有心情工作？

前些日子，县纪委把副镇长谢成河和他老婆传了过去，把他们夫妻俩分开，让他们分别交代问题。

"谁送钱给我了？说什么乱七八糟的事。我是个共产党员，是不是啊？我要是把人家钱拿来了，你就给我开除了！"他们问来问去，把老谢问火了，气愤地说道。

"别急啊，你就说说镇政府办公楼的指标吧。"

建镇政府办公楼，县里没拨经费，只批了二十万立方米的木材、五十吨水泥的指标，镇政府筹集了十一万元钱。在镇长办公会上，主管镇政府办公楼建设的谢成河提出买十万立方米的杉木、十万立方米的松木。松木做办公桌椅和卷柜，杉木用于基建。他这一提议得到通过。

他跟宜山家具厂说："我给你十万立方米木材指标，你给我打办公桌椅，卖我便宜点儿。"

建镇政府办公楼时，那里有条河，河上没有桥，建筑材料运不过去，老谢就用杉木搭了一座桥。建龙港第二小学校时，要把电线从斗门那边的变电所拉过去，老谢就把剩下的杉木做了电线杆。

"你是问木材吧？你自己去数吧，我搭那座桥用了多少杉木，从变电所到二小用了多少电线杆。"

幸亏镇机关干部大多数是老谢这种"吃一百个豆不嫌腥"的，被工作组查了一次又一次还那么没日没夜地干。不过，一次次调查影响了龙港速度。镇机关只有二十三位干部，许多人兼有多职，一人干两三人的工作，忙得不可开交，除本职工作之外还要接待参观考察团，每天少则三五拨，多则十几拨，最多的一天十九拨。

陈定模说罢，会议室的气氛陡然紧张起来，当地领导解释说，"我们查的是违法乱纪，不是城镇建设。"

万里问陈定模，全国人大常委会通过了《土地管理法》，你认为土地归县里好，归乡里好，还是归村里好？

陈定模略思索一下说，这对我来说还是新问题，没有很好思考过。按照我的个人看法，土地应该归村里。

万里问，为什么？

陈定模说，铁打的营房流水的官。乡干部在一个乡干几年就要走，对土地不会珍惜。对村里来说土地是命根子,应该归村集体。

万里又问,你是什么文化程度?

"我是小学生。"

万里、郝建秀在镇政府门前跟大家合影之后,上车赶往平阳县,从平阳去瑞安。

"陈书记,你那话讲得不好啊。你讲过后,领导的脸都青了。"章圣望担心地说。

"哎呀,老章你不要怕嘛。枪打翘头鸟,可是我已飞了,他们是打不着的。"陈定模不在意地说。

新华社记者采访陈定模时问:"都说'枪打出头鸟''出头的椽子先烂',别人都怕,你为什么不怕?"

陈定模说,我这个鸟啊已经飞得很高了,超出他们的射程。他看得到我,却打不中我。他们要搞我,得到中央去搞我。在县里和市里是办不到了,想不让我在龙港干下去,想把我处理掉,没那么容易。

万里回去不久,《农民日报》总编辑张广友带一班人马浩浩荡荡来到龙港。

张广友出生在辽宁铁岭的一个贫困小山村,中国人民大学农业经济专业毕业后,在新华社做过三十年记者。"文革"末期"批邓、反击右倾翻案风"时,任铁道部部长的万里被波及,在这一逆境下万里与张广友结识。万里出任安徽省委第一书记后,张广友跟随万里参与了安徽农村改革,采写了一百多篇报道,倾力为联产承包责任制鼓与呼。

"张总编,你们那篇报道可把我害惨了。"见到张广友,陈定模就直言不讳地说道。

"哎呀,实在抱歉!我们的报道不慎重,给你们添了不少麻烦。你们虽然征地手续不够完备,存在这样那样的问题,可是在集镇建设上进行了有意义和有价值的探索,《农民日报》应该为之鼓与呼。为弥补过失,我们要对龙港进行重点报道。"

后来,《农民日报》不仅为龙港做了一整版的报道,还与浙江省农村政策研究室等机构联合主办了一场农村改革大讨论,其中有"如何看待龙港这样的农村小城镇的兴起"。称龙港为中国农民向非农产业转移和农村城市化,"闯出了一条很有吸引力的路子"。

温州市市委书记董朝才跑了几十个乡镇、上百家企业,他想看看狡猾的温州人究竟是怎么走资本主义道路的。谁知三个月后,他却改变了对温州的印象和原有的想法,他说了一句:"老百姓想干的事,不去阻拦;老百姓不想干的事,不去强迫。"

离任后,董朝才回顾在温州工作时说:"回顾我在温州工作五年的历程,我深深感到,坚持改革试验,既艰难,又有风险……我可以说是在争议中坚持工作,在工作中忍受争议。"

何止是董朝才这位市委书记,陈定模这位镇委书记不也如此吗?

第十五章　连出两张错牌

1　他想把龙港建成一个市，圆进城农民一个
　　不打折扣的城市梦

　　人生犹如一把牌，牌好坏很重要，不出错牌更为重要。

　　陈定模的差牌已出得差不多了，眼看就要剩一手好牌了，谁知他却接连出错两张牌。

　　万里副总理视察后，龙港建设步入了快车道，辖区总面积扩展到7.26平方公里，建成区达到4.21平方公里，建成街道二十八条，总长二十八公里，内河桥梁十九座，二十五公里长的龙港到金乡的公路、二十公里长的龙港至肥艚公路，以及龙港大桥都已通车。龙港已成为街道纵横、高楼林立、市场繁荣的新型城镇和浙南闽东的物资集散地。

　　早在1985年年底，镇委、镇政府请浙江省规划设计研究院做龙港镇总体规划时，陈定模就提出："随着龙港的城镇化进程加快，各项城建配套设施随之跟进，龙港不应该按照当时的设想作为一个镇来规划，应按照市来规划，要把它建成联系温州和福州两地的一座地级市，一座像深圳似的新兴、在国内外具有影响力的城市。"

　　陈定模想把龙港建成一个真正的城市，圆进城农民一个不打折扣

的城市梦,让他们变成市民。

1986年初,镇里召开龙港镇总体规划方案审议会。会议是在龙港镇政府最初办公的江滨饭店开的,陈定模主持,副县长到会讲话,参会的有浙江省规划设计研究院、温州市住房和城乡建设委员会、温州市建筑学会等单位的专家近四十人。

专家提出:“龙港与鳌江只是一江之隔,历史上也曾同属一县,两个镇有千丝万缕联系,应统一规划、统一建设。但按现行政体制,分属两县,各行其令。而航道整治、港口建设又非统一规划不可;对外交通、通信等基础设施也必须统筹规划建设;生产力布局及对鳌江流域经济的影响,也应一起考虑。即使镇内公共建筑、服务设施也要考虑到大江两岸相互补充,共同使用。”

专家还提出远期设想——龙港与鳌江合并,成立鳌江口市,该市为瓯南闽北经济中心、温州市副中心城市和中等规模的港口城市,市的南岸(即现龙港部分)为行政管理、金融、贸易、文教科研中心。

省内专家的建议与设想让陈定模欢欣鼓舞,北京大学的专家、学者的调研报告更让他热血沸腾。他们在《中国第一座农民城——龙港镇的发展问题》中写道:“1987年,龙港、鳌江的建城区面积已超过瑞安,人口也超过瑞安市区,而城市赖以存在和发展的港口条件远优于瑞安。按规划,瑞安港的吞吐量到2000年才只有六十万吨,而鳌江港(两岸)的吞吐量现在就达到七十五万吨。瑞安由于已经设市,行政级别较龙港、鳌江为高,如果单独拿龙港来与瑞安相比,则龙港的文教和通信条件都超过了瑞安。”龙港、鳌江合并设市,腹地会进一步扩大,变为瓯南地区的中心城市。

1987年5月,中国社会科学院农村发展研究所与浙江省委政策研究室邀请北京大学、清华大学、中国人民大学等高校的专家学者,以及新闻单位的记者共五十多人,在龙港研讨中国农村城镇化现状与方向等问题。

接下来,陈定模又接待了许多来龙港调研与考察的专家学者,他们都对龙港的发展,以及把龙港建设成地级市寄予厚望。著名经济学家于光远对陈定模说,中国的城市化落后。美国加州从洛杉矶到旧金山形成一个城市带。中国从上海到南京相距三百多公里,中间有苏州、无锡、常州、镇江等多座城市,这一带经济比较发达。上海到温州相距近五百公里,中间有杭州、宁波。从温州到福州近四百公里的沿海地带却没有一座城市。①

于光远对陈定模评价甚高,他说过,人有三种,一是天才,二是人才,三是蠢材。花大钱办小事是蠢材;花小钱办大事是人才;不花钱办大事是天才。陈定模就是不花钱办大事的天才。

北京大学城市与环境学院的一位教授先后到龙港考察过多次,他也跟陈定模说,从温州到福州近四百公里没有一座城市,这一带将来肯定会有一座城市兴起。

国务院上海经济区规划办公室副主任白杨、上海经济区四港联合委员会秘书长刘成龄对温州城镇规划和设计考察后说:"苍南的龙港、平阳的鳌江两个镇仅一江之隔,现各自发展,这不好。要结合起来搞个统一的城镇发展规划。现在不抓紧考虑这个问题,将来会出现麻烦。"

陈定模不是那种"晚上想了千条路,早起还是卖豆腐"的人,不是热血沸腾过后甘于"星星还是那个星星,月亮还是那个月亮"的人。万里副总理视察过龙港后,他以个人名义起草一份报告递交上去。

他在报告上说:

　　龙港已发展为工业产值 1.34 亿元、财政收入 1201 万元,可容
　　纳 10 万人口的工贸型小城市。从龙港发展的趋势看,龙港开始进

———————————

① 当时宁德还是地区,不是市。

入经济结构大变动和人口大规模迁移为重要特征的成长阶段。继而,龙港镇级建制严重阻碍龙港或鳌江两岸地区经济发展。龙港、鳌江仅一江之隔,却一港两治,分属苍南县、平阳县管辖,行政管理上的分割,造成了重复建设重复投资,不利于鳌江的整治与规划布局,不利于鳌江两岸经济协调发展。因此,我建议尽早将龙港、鳌江两镇合并建市。

接着,他从六个方面论证了两镇合并建市的可行性与必要性。

一是从区域合理布局与地理位置看,目前一港两治牺牲了区域工商业及基础设施布局的合理化及其效用的发挥。世界三十个特大城市就有二十七个集中在海岸带,我国对外开放的十四个城市全部在海岸带,而且主要集中在港口城市。浙江省八大水系,有七个港口带设市,仅鳌江流域内港口尚未设市。鳌江镇、龙港镇分别为平阳县、苍南县的经济中心,瓯南闽北诸县的水陆交通枢纽和物资集散地,并有二百多万人的腹地,港口稍加整治和疏浚,可进出两千五百至三千吨级轮船。可见鳌江港是最理想的港口城市的位置。

二是温州至福州沿线五百公里缺少中等城市,成为我国东海沿海城市的空缺地带,两镇合并建市能带动区域经济发展。

三是两镇合并建市从经济发展上不仅可能,而且必要。温州十大专业市场有五个在鳌江流域。

四是历史上形成的以行政级别决定城镇规划做法,客观上要求两镇合并。龙港要从城镇向中等城市发展,没有行政级别上的提高,没有上级计划及有关单位的支持与相当的资金投入是难以想象的。

五是从两镇发展规划与宏观管理上看,合并建市更有必要。

六是合并建市有利于两县群众的团结统一。

陈定模说,两镇一江之隔,江面宽度四百五十米,龙港大桥通车后不到一分钟汽车就可以开到对面。可是,一港两治在流域规划、建设和管理上带来的扯皮和麻烦不断增多,在渡口的码头建设上扯过皮,在龙港大桥选址和征地上扯过皮,鳌江港整治因扯皮而搁浅。港口是区域经济发展的宝贵资源,1988年龙港镇有二十一个码头,鳌江镇有十二个码头,鳌江港口靠泊能力为一万一千吨,吞吐量却只有一百多万吨,如合并建市统一整治,港口吞吐量可翻一番。

主管城建的副镇长谢成河跟平阳县、鳌江镇打交道最多,对扯皮体会最深。

老谢说,我来龙港的时候就跟平阳征那块土地,搞那个码头。鳌江是平阳的一个老镇,对我们龙港是抵触的。他们怕我们和他们竞争,为什么给我们方便? 他们这步棋走错了,建这座桥,我很早就去跟他们协调,这座桥是人民路通过去的。通到对面的鳌江油库,那边的村子肯定很快就发展起来。可是平阳不知道怎么考虑的,可能怕倒流,把他的经济倒流到龙港,他没有考虑那个地方的发展,他那边的发展肯定比我们龙港好。那时候经常过去跟平阳协调,有些问题还要去找市里解决。

陈定模说,两镇合并建市后可命名为"龙港市",因为龙港已全国闻名。其位于鳌江港口,鳌江亦称青龙江,龙港反映了其地理位置。后来,也许考虑两镇合并建市命名龙港,有吞并鳌江镇之嫌,必然遭到平阳县和鳌江镇抵制,陈定模又将之拟为"三江市"。他说,策划的新市包括平阳县的鳌江镇,苍南县的龙江乡、沿江乡,这三个乡镇都有一个"江"字,可称之为"三江"。

"定模啊,领导看过你的报告很生气,说你有野心,还说这样的干部不能用。你可要小心点儿啊。"有人悄悄告诉陈定模。

也许领导认为设计一座副地级城市那是省委、市委的事,哪是你陈定模这么个区区乡镇干部考虑的? 也许领导认为陈定模接待过多位党和国家领导人就不知道自己是谁了,居然还策划一座副地级城市,想当市委书记是怎么的?

2　龙港是改革开放的产物，有什么错？

也许又有人揭发检举，上面又派联合调查组进驻龙港。据说，有领导指示，不能因陈定模接待过中央领导，在国内有一定的知名度就对他网开一面，他只要违法违纪照样要受到党纪国法制裁。

这次调查不同凡响，先是连开几次大会，大张旗鼓地动员广大干部群众检举揭发，然后张贴公告，在镇政府和街头挂十几个检举箱，查过不知多少次的账本又搬了出来，再查一遍。

对镇委镇政府的账，陈定模心里是有底的。两年前，温州市审计局派下工作组，带队的是一位精明强干的女科长，也姓陈。他们在龙港查了四个月，把账面上每笔支出都查个一清二楚，每张发票都验过。

"陈书记，我审计过这么多单位，没有一个像你们龙港这么严格。"陈科长跟陈定模交换意见时感慨地说。

说陈定模没经济问题，也许有人死活都不相信。这几年来，他批出那么多土地，总额起码上亿元，就算是吃面包掉个渣，累积起来也有几十万元，上百万元了吧？

陈定模对调查组长说："领导啊，办案要讲逻辑。我打个比喻，男女谈恋爱，男的追求女的，要给她送东西，拍她的马屁；女的追男的呢，她也要给他送东西，拍马屁。我们大批量批地时，我的地卖不掉，我在求人家，动员人家过来买地，让他们过来建房或投资办厂，我得拍他们马屁。他们来了，我要请他们吃饭，跟他说好话，不可能倒过来，他们给我送东西。"

据供销社的陈亨树说，当年陈定模批给他一块可建三幢房子的地基，三十多间，两千块一间。结果，陈亨树给谁谁不要，他又不好退给龙港，只好到处做工作，"给你一间吧，算啦，便宜呢！"他费了九牛二虎之力才把那三十多间地基转出去。

调查组查过的案例多着呢,有的根本不符合陈定模的逻辑。地卖不出去,请人来买,这是成立的。可是,你陈定模要是把价值一百万元的土地作价十万元卖出去,再收受对方五万元贿赂,这逻辑成不成立?国企改制时,有多少国有资产就这么流失掉了?办案人员不仅要有陈定模的逻辑,也要有超出那一逻辑的逻辑,要有"魔高一尺,道高一丈"的本事。

"领导,当下陈定模还是龙港镇委书记,在群众中威望还很高,要查最好在我调离后,手里的权没了,那时候你们再过来查,看看陈定模到底有没有问题。我相信历史会证明陈定模是两袖清风的。"陈定模跟调查组长说。

调查组组长说:"老陈啊,不要有抵触情绪嘛,调查是组织上对你的爱护,不是跟你过不去。"

"谢谢领导!你知道这样调查给我的工作造成多大影响?给龙港镇带来多大损失吗?我们可不可以公开对话,让龙港的老百姓公断,如我陈定模有问题,随便你们怎么处置。"

这也是实情,调查组进驻后,镇干部变得谨小慎微,甚至跟陈定模疏远了,怕跟他粘包倒霉。

陈定模点子多,敢于拍板,敢于担责,从不推诿,平时不论什么事,他们愿意跟他请示。第三届镇人民代表大会选举镇长、副镇长时,有人举报副镇长候选人谢成河,说他修的江津路有问题。

江津路的确有问题,问题出在水泥上。水泥是供销社到货半年多没卖出去的,听说镇里要修路,他们找到陈定模。陈定模让老谢用供销社的水泥。

"这水泥不能用。"老谢摇头说。

老谢搞了几年城建,由外行变成内行,他清楚水泥有效期仅三个月,过期后强度就会下降。

"供销社的水泥是国家的,修路都不行,你让人家倒进鳌江里头去?"

"陈书记,这水泥不能用。路呢是动的设备,车轮压上去路是要动的,必须要用300号以上的水泥。他们的水泥标号400,过了半年恐怕连200不到了。建地库呢,200号水泥就可以了,让他们卖给农民吧。"

"农民谁会买他们的水泥?"

老谢一想可也是,对他们那代人来说,不能让国家财产受损失,也就答应了。

路修好后,没过多久就起沙了,于是有人写信向苍南县委、县政府和温州市委、市政府反映这件事,甚至怀疑老谢有贪污受贿问题。调查组下来查过,有过结论。可是在副镇长选举时,又有人把这事翻出来,还写成小字报散发到下边的村子,搞得老谢有苦难言,看来这次副镇长选举要落选了。

没想到在选举前,陈定模会上发言,说江津路的问题,不是谢成河的责任,是我陈定模的责任。问题出在水泥上,谢成河当初提出供销社水泥过期,实际标号可能达不到要求,是我让他用的。陈定模揽过了责任。

还有一次,县财政局和建设银行一起来找分管城建和财政的老谢,说龙港镇政府把大笔建设资金存到了信用社,这是违规的,必须立即转到建设银行。老谢蒙了,这事哪是他决定得了的? 他们不是不知道建设资金要存入建设银行,不能存入信用社,可是建设银行利息太低,只有三分,信用社是五分。考虑到那几十万元资金是农民集资,又不是国家拨款,经镇委、镇政府研究,陈定模拍板把其中的八万元存入信用社。

"陈书记在你们那吗? 我有急事跟他汇报。"

老谢不知打了多少个电话,总算找到了陈定模。

"你这个事情找谢成河干啥？是我当书记还是他当书记？你有什么事情找我嘛。"陈定模过来，跟财政局和建设银行的人说道。

老谢事后说："我说陈书记这个人好，有时候他骂两句我都不在乎。他真的为了工作，想的是解决龙港建设资金不够的问题。"

镇委、镇政府的干部见调查组这么查，有事不敢找陈定模请示和汇报，工作能不耽误么？

半个多月后，调查结束了，组长找陈定模谈话，指出了龙港镇存在的问题，然后说，问题查清了，你可以卸下包袱，轻装上阵了。

陈定模说："改革就是要突破原有的制约和限制，就是要创新，走出一条前所未有的道路。中国的改革开放，马克思、列宁没讲过；中国的特区建设，列宁、斯大林没讲过；中国的包产到户、私营经济和市场经济，毛主席没讲过。龙港建设是改革开放的产物，有什么错？"

3　这个市要批不下来，我死了眼睛都闭不上

陈定模以镇委、镇政府的名义在北京召开龙港发展战略研讨会，这是他出的第二张错牌。

1989年5月，陈定模带领副镇长李其铁、谢成河和镇委秘书朱照喜，以及六个村的支书浩浩荡荡地进了京，入住中直机关招待所。陈定模开研讨会的重点在于为龙港批市热身，造舆论。

时任方岩村书记的方建森回忆说："有两个房间是最好的，三十四块钱一个晚上，陈定模住一间，我住一间。到北京开会，没有我是出不来的。陈定模叫我去跟县委书记讲。县委书记说过我这个人很忠厚，工作能力也强。他说，这次北京你就不要去了。但我们后来还是去了。我们要求批市，陈定模已在做这个工作了。他说，这个市要是批不下来，我死了眼睛都闭不上。"

龙港发展战略研讨会

会议是在北京市劳动人民文化宫开的,气氛隆重、热烈、活跃,参会者有副部级以上领导干部二十八人,还有北京大学、清华大学等高校的专家、教授,以及著名经济学家于光远,有一百多人。其中有许多人去过龙港,还不止一次,他们对龙港不仅有感性和理性认识,而且很关心龙港的发展,所以发言踊跃。中午,陈定模请大家吃的是两三元钱一盒的盒饭,连部长都不例外,却没人介意,与会者都捧着盒饭边吃边聊,热情高涨。吃完饭,抹一下嘴巴,接着开会。会议空前成功,电视、广播、报纸数十家媒体报道。

回来麻烦了,陈定模他们赴京开研讨会,没有经得市里和县里的批准。当过三年区委书记、五年镇委书记,已知天命的陈定模怎么会犯如此低级的错误?自以为是,忘乎所以?自然不是。他预感到一场危机,觉得自己可为龙港做事的机会不多了。

后院起火了,浓烟滚滚,火势迅猛。陈定模感到过纳闷,镇机关的干部大多是他调进来,或他一手提拔起来的,他们为什么要跟自己作对?两三年前,有人说,民不举,官不究。下边没有举报,上面哪里会派调查组下来查?还有人说,镇里的钱和土地都是镇长批出去的,工作组为什么只查书记不查镇长?

陈定模不信,章圣望是他费劲巴力从钱库调过来的。当时有领导担心他们搞不到一起去。陈定模说,他在我手下干过,为人老实,话语不多,工作踏踏实实。章圣望当选镇长后,陈定模很信任他,把批土地的大权交给了他。

有人说,镇机关已分成两派,一派是挺陈的,为少数,约三四人;一派是倒陈的,占多数,也有人把他们说成宜山派。此说法不大准确,支持陈定模的李其铁和杨洪生也都属原宜山区的人。

三年前,也就是1986年6月,李其铁从县司法局调到龙港镇。那年年初,乐清抬会事件①波及苍南,龙港百姓要求镇政府给予解决。陈定模给他们办个学习班,以这种方式协调解决。

"李其铁,这个事你去负责。"他对李其铁说。

作为县司法局驻龙港镇特派员,李其铁既要服从司法局领导,也要服从龙港镇委的领导,另外调解民间纠纷也是他的职责范畴。李其铁有思路,有经验,有成效,仅用半年的时间处理了那场复杂的纠纷。

"你这个年轻人还不错,做事很认真,"陈定模对他很欣赏,"镇委

---

① 抬会(又称应会、排会、经济互助会等)一度流行于温州。其模式主要为若干人组成一个会,其中一人为发起人,称会主,其他为会员,以经济上的往来为主要目的,把会员的钱聚拢,交由会员们轮流使用,先用的人支付利息,后用的人吃进利息。会员可发展新会员变成"会主",层层往下,形成复杂的金字塔式结构。由百度查得,1986年春乐清抬会出现资金链断裂,陷入混乱,平阳、苍南两县的会员向乐清会主讨债无果,情急之下,集结四百来名妇女会员闯入乐清县政府大院,强占办公室甚至在大院里哭天喊地,并冲进县政府食堂盛饭吃,严重扰乱国家机关办公秩序。据说,短短三个月中,乐清抬会导致六十三人自杀,二百人潜逃,近一千人被非法关押,八万多户家庭破产。

缺一个写文章的,你能不能调到我这来?"

李其铁跟陈定模接触不多。他们初识于 1983 年的严打①,李其铁被派到工作组,下到钱库。"个子不高,脸白白的,讲话很有底气",这是陈定模留给李其铁的第一印象。到龙港后,陈定模的魄力和办公室那墙壁上"闲谈不超五分钟"的提示语,让李其铁对陈定模有了几分敬佩。

"可以。你要调我的话,要司法局局长同意,我自己决定不了。"

这是李其铁的记忆。陈定模记得是李其铁到他的办公室主动要求调到龙港镇的。他觉得李其铁为人正直,做事踏实,大学读的中文专业,可以做镇委秘书。

前任秘书杨洪生说:"李其铁当秘书是我推荐的。"

"老周,我想跟你要个人。"几天后,县里开会,陈定模见到司法局局长。

"什么人?"山东人老周问道。

"李其铁。"

"李其铁?那好啊,给你。"

就这样李其铁顺利调入龙港镇委任秘书。1987 年 4 月,镇政府换届选举,李其铁成为副镇长候选人之一。那次是差额选举,李其铁认为自己不过是个"陪选",其他候选人像陈林光、谢成河都是上届的副镇长,被"差额"掉的无疑是自己。没想到李其铁当选。

李其铁分管工业、交通和城管。他系统地学过宪法、民法、刑法和经济法,思路和做法都有新意,上任后在龙港镇成立搬运公司,村设搬运站,归公司领导,对搬运进行统一定价,从制度上抑制了地霸。

城管中队成立后,李其铁兼任城管中队支部书记,他要求城管中

① 即"依法严厉打击刑事犯罪分子活动"的简略表述。

队："流动摊贩不听话，把他东西倒掉是不行的。你态度要好，你要跟老百姓讲好说好，执法粗暴是不行的。"龙港有数百间由油毛毡、木桩、苇席搭建的茅草棚，摆摊卖早点或面条，不仅脏乱，而且不利消防，李其铁要求城管中队拆除这些违建。布置完工作，他接到哥哥电话，父亲胃出血，要他赶紧回家一下。

当李其铁从家回来，物资局长领着煤球供应点经理找上门来。

"你怎么把煤球供应点给拆了？"

"拆了没有？"

"已经拆了。"

李其铁想，如没拆还可以通知一下城管中队，从便民服务角度先予以保留，已经拆了那就算了，毕竟是违建，早晚都要拆。物资局长可能会找县领导告状，李其铁不能说自己不清楚，让城管中队长担责，他把责任揽了过来。为此，物资局对他意见很大。

李其铁分管的工业和交通都很有成效，威望越来越高。

县委、县政府为化解龙港镇委、镇政府领导班子内部的矛盾，决定召开一次民主生活会，县委书记、县长、纪委书记、组织部部长都来了。

"哎呀，镇里头矛盾很大了，没有很好解决，影响工作了……"回忆三十一年前的民主生活会时，谢成河说。

时任镇委宣传委员的杨洪生说，那次会是在人民路的一个会议室开的。室内有一张条桌，县领导和陈定模、章圣望坐在一侧，镇委副书记、委员和副镇长在对侧随意而坐。我们若想象一下那一情景，也许没那么随意，谁挨谁坐或许事先没有考虑，坐时或许会有所考量。

民主生活会是上午 8 点钟开的，由县委书记主持。

"斗争相当激烈，那是拿大炮来轰的。"在高射炮部队担任过营级军官的谢成河这样形容。

"他们以为这次民主生活会可以决定陈定模的命运。"杨洪生说。

发言火力十足,有人脸红脖子粗地说陈定模的工作作风有问题;有人说他独断专行,不讲究民主。

杨洪生多次想发言,想到自己给陈定模当过秘书,在世人眼里秘书跟领导的关系就像儿子跟老子,自己要反驳对方,别人会认为是陈定模授意的,最好是别人先说,自己补充。他一遍遍转头看陈林光。在他们几人中,陈林光资历老,职位高。

"今天是开民主生活会,还是开我陈定模的批斗会?"大约会议开到 10 点 45 分时,陈定模坐不住了,恼然质问道。

杨洪生想再不发言上午就没机会了。为什么要抢在上午发言? 杨洪生说,下边的村干部听说有人要整陈定模,纷纷要求参加这一民主生活会,这也就是这个会没在镇政府开的原因。中午这些村干部要是得知上午的情况,那还不闹起来?

杨洪生回忆说,他站了起来,说工作组、调查组查那么多次,那么长时间都没查出陈定模书记的问题,这说明陈定模书记没什么问题。从上到下关注龙港的最大问题就是土地问题,龙港的地都是镇长一支笔批出去的,要说有问题,那是镇长的问题。接着,他列举事实说明没有陈定模书记也就没有龙港的今天。他滔滔不绝地讲了将近半小时,他讲完了也就休会了。他跟陈定模边走边聊就到了陈定模的家。村干部都在那儿等待民主生活会的消息,听说上午的情况后,有位村书记跷起拇指:"杨洪生,了不起!"

杨洪生说,这下他出了名,不过也有人骂他是走狗,是陈定模的走狗。杨洪生说,"他们说我是走狗,意思是说我这个人很忠诚。"

接下来又开了两天半的会。"我看这个架势,大家都反陈定模,我就来一个三七开。我也讲了镇长的问题,他老好人,请示他搞什么,不决断啊,那我有什么办法? 我当副镇长,这个事情要办,我就请示书记。陈定模就行,干,就这样的。大家有事就找他了么。"陈林光回忆说。

　　李其铁说:"任何一个人都不是圣人,每个人都有缺点,陈书记也不例外。陈书记个性非常鲜明,工作务实,对干部要求严,这样也许会对同事造成伤害。不过,陈书记对龙港的贡献是有目共睹的,如果对他过分苛刻的话,那是不公平的。"

　　李其铁回忆说,那些人说了三点,一是陈定模廉政上有问题,说他房子多,三个儿子都有房;还说他以权谋私,他女婿做生意在信用社贷款;说他儿子结婚办酒席。二是说他不民主,自己说了算。三是他工作不干,专门吹牛。

　　李其铁说,说他廉政问题,调查组查了几次也没查出问题。他们问我有人给陈定模送钱的事,我说我相信陈定模是不会拿钱的。我当秘书时人家送给他几笔钱,他都叫我退还了。一位老板送他几千块钱,他叫我去邮局把它处理掉的。说他强势不民主,从另外一个角度来讲,因为你思想跟不上他那个思想。我当秘书时,参加过党委会,有些议案,他们不围绕着议案讲,在那里闲谈,谈了半天了,什么也没谈出来,如果都让你们去决策的话,要讨论到什么时候? 当时乡镇干部水平太差,跟陈定模思想合拍的很少,他们不反对就是好的了,所以就发生了冲突。党委会总得做出决定吧? 民主集中制总得要集中吧,做细致的思想工作要拖时间,是吧? 他有时不管三七二十一就自己决定了,所以他得罪了那些党委委员,也有县里各部门的,他讲我不理你,我自己管自己做,就等于把权力给夺了。不过,改革开放初期,主观强一点,民主差一点,这个也有好处,事情处理得快一些。

　　李其铁又说,说他老吹牛,接待都是他自己去,不干工作。当时除了他就是谢方明,其他人不会讲。谢方明是大学本科毕业生。后来我去了,我也接待。另外,比如说《人民日报》、新华社的记者过来,他总要见一下书记。有的记者见不到他就发牢骚。他的办公室在三楼,我的办公室挨着他的办公室。一次,有个记者见他的门关着,他出去了,就说,陈定模你有什么了不起?人家来了都不接待。所有来的人都有这种心态,他不接待怎么办?省里一位领导来,陈定模刚好有事,他说,"李其铁你去。"我坐轮渡到鳌江那边,领导问,陈定模为什么不来?他是省领导,县里没人陪他,专门找陈定模的。我说,我们书记确实有事,委托我过来接您,叫我带您到镇政府。领导就在渡口发脾气了。

李其铁还说,陈定模为什么能建起龙港,他敢于突破!他把旧的思想给突破了。陈定模知道老百姓的需求,把这些人都拉到龙港来,其他城镇是没有的,比如说对面的鳌江。鳌江到了 1986 年还不敢这样干,万里来了,对龙港肯定了,鳌江也开始干,温州其他县区也这样干了。龙港在实践中走出了三条路子,第一条路子,农村城市化的路子,一是动员农民进城,自理口粮,二是发动农民集资建城,实行土地的有偿转让;第二条路子,走出来一个股份经济为基础的工业化路子;第三,走出了小政府大服务的路子。

谢成河说,民主生活会开了三天三夜。县委书记、县纪委书记、组织部部长都不表态。后来,他们说我们回去研究之后再定。没过多久,陈定模被免职了,章圣望也被免职了。

4　他在一生最寒冷难熬的冬季,黯然离开那片土地

1989 年底,陈定模的老母亲去世,又是一场风饕雪虐……

母亲年轻时守寡,苦了一辈子,晚年苦尽甘来,跟着陈定模他们三兄弟进了城,住进有电灯、有自来水、有马桶、有煤气罐的楼房。可是,她却失明了,什么也看不见。搬进新居时,她趴在地上,抚摸着光滑而隔凉的木地板,喜笑颜开:"我从来没住过这么好的房子,也没吃过这么多好吃的东西。"

"妈妈,过去那么苦,现在我们家里生活条件好了……"陈定模说。

"定模啊,我的眼睛看不见,活在世上没意思。"

"妈妈,你再多活几年嘛。"

陈定模知道母亲想看看龙港的大街小巷、高楼大厦,想看看来来往往车流人流;想看看住的房子,吃的美食,自己过的日子……可是,他没法让母亲看见。

陈定模三兄弟成家后,母亲先跟着大哥过,后来跟陈定模过。陈定模到龙港后,到家里来找他的人越来越多,母亲有时去弟弟家,有时住哥哥家。

"妈妈,你还要不要打针?"半年前,母亲病重了,当她从昏迷中醒来时,陈定模问。

"你看嘛,打也可以嘛。"

陈定模知道母亲不想走,想守着儿女。陈定模请来平阳县最好的医生。当年,他作为县委工作组组长在平阳县人民医院主持工作时,扭转了医院的混乱局面,让医生回归医疗岗位,许多医护人员对他感激不已。他请来的医生就是在那时被提拔为副院长的。

"陈书记,你母亲不是病,她是衰老了,生命已经达到了极限。"医生遗憾地说。

陈定模夫妇陪伴母亲一个多月,晚上他们在母亲的脚下打个地铺,睡在母亲身边。母亲最终还是走了,享年八十一岁。母亲的病逝既在意料之中,又似晴天霹雳,陈定模和兄弟姐妹痛不欲生。

陈定模知道作为党员干部,要带头移风易俗,他也知道自己的处境,有许多人盯着自己,他在讣告中写道:"丧事简办,谢绝送礼,不收花圈。"他还说服家人不办丧宴,不论谁送礼金或礼物均要退回。

县委、县政府送来了花圈,陈定模的新单位县体改委送来了花圈,龙港镇委、镇政府也送来了花圈。接着,花圈像河水流向陈定模的家……有人数过,有一百八十六个花圈,有陈家堡的乡亲送的,陈定模的母亲在村里德高望重，她擅长正骨，有求必应，帮人无数。陈定模主政钱库、龙港这些年，在贴有"闲谈不超五分钟"的办公室和他的家里，像医生开方似的帮助过许多人，他们听说他老母亲去世送个花圈也在情理之中；也许有素不相识的百姓送的，他在龙港这五年大刀阔斧，锐意改革，顶雷前行，龙港才有今天，如今他不再是龙港镇委书记，他们给他老母亲送个花圈，聊表对他的感激。

母亲出殡那天，涌来一千多人，街上挤满了人，河里漂满了船。

追悼会上，陈定模回忆了母亲的大半生。当年父亲病危，母亲拿刀从自己手臂割下一块肉来，煲汤给父亲喝下。母亲以为这样可以把自己的阳寿给父亲十年。可是，父亲还是去世了，那年母亲只有三十八岁，她靠自己那双三寸金莲的小脚撑起那个残破的家……为养活这一家人，母亲起五更爬半夜地纺纱织布；稻谷熟了，母亲迈着那双小脚，领着孩子割谷、打谷、晒谷。母亲一锅煮三种饭，米饭给哥哥和陈定模，他俩下地，需要体力；稀一点儿的给爷爷奶奶和孩子吃；锅底还有一碗米汤。当家人都吃完了，母亲把那碗米汤端出来，拌点稀饭充饥。家里下饭的是母亲腌的咸菜，有时是芥菜，有时是萝卜，偶尔买点豆腐泡就算改善生活了，端上来一大碗，吃完饭端下去还是一大碗，因为每人一个，要吃两三顿。除夕时，母亲会给他们每人一角的压岁钱；初一早晨收上来，用以买菜。除夕母亲是不睡觉的，要把一家老小初一穿的衣服和鞋子备好，让大家开开心心地过个年……陈定模说，我的母亲是伟大的。父亲去世后，她把七个儿女抚养成人，给爷爷奶奶养老送终，还带大了几个孙子。陈定模边哭边说，边说边哭，几度哽咽，下边哭成一片。

按江南垟的风俗习惯，老人出殡孝子要披麻戴孝，可是陈定模是领导干部，不能像兄弟姐妹那样。可是，哥哥陈定汉心有不甘，手里拿着一个草环跟在他的身后。

"定模啊，你七岁就没爸，妈妈把你养大不易，这是你最后一次送妈妈,这个草环你要是不戴,那就是不孝!"送葬走了一半,哥哥忍不住了,老泪纵横地把草环递给陈定模。

陈定模看了看草环,犹豫着接还是不接。他清楚在送葬的人群中有眼睛盯着自己。对他来说,免去龙港镇委书记,调任县体改委主任,不过是对他处理的第一只靴子,还有一只悬在半空,有人还在收集他违法违纪的证据。

生得高高大大的哥哥见他没接,举起草环戴在了他头上。既然哥哥已把草环给自己戴上了,那就不能摘下了。陈定模又何尝不想给母亲披麻戴孝?母亲生前,他忙着工作没能尽孝;母亲过世了,怎么也得好好送她一程。

1991年9月,另一只靴子落地,对陈定模的处理决定下来了:党内严重警告。

李其铁说,我对陈定模说,你不应该披麻戴孝,你是公众人物,是吧?人家有录像,把录像拿到省纪委去了。他说,李其铁,你不知道,我母亲对我是有恩的,我不披麻戴孝良心过不去。我说从你这个角度来讲也是对的,但是从党员干部规定来讲,你是不行的。

采访时,跟陈定模不大对付的陈萃元说:"因披麻戴孝把他处理掉了,冤家也好,朋友也好,我认为是不合适的。中国人有中国人的文化,爸爸妈妈没了,儿女披麻戴孝也是应该的。"

据陈海珍解释,1984年,她丈夫办的蜡烛厂资金一时周转不开,想到信用社贷款。陈定模陪她去了一趟信用社,贷了十万元钱。一周后,她丈夫连本带利还清了,没有想到给老爸惹这么大个麻烦。

陈定模说,这笔钱又不是我拿来做生意、炒地皮、放高利贷,怎么能算到我的头上?再说,这是五年前的事情,也不该套用刚出台的规定处理。

在处理前,一位县领导说:"对他的问题要实事求是对待,披麻戴孝、招摇过市确实不对,可他是具有开拓精神的改革者,又是一个残留着封建'忠孝节义'思想的农民的儿子,他是改革与传统的矛盾结合体,一方面要严格要求,一方面又不能求全责备。"

1991 年 11 月,陈定模被借调到中国国情研究会工作。他离开了龙港,离开了苍南。

第十六章　龙港是艘船

1　我把龙港大道建起来，哪怕把我杀头枪毙，
　　我都愿意

1990 年 4 月，龙港镇政府换届，李其铁当选为镇长。

选举前，一位县领导问李其铁：听说有十名代表联名推荐你为镇长候选人，是吗？

李其铁这时已是镇委委员、常务副镇长。

"我没想过参选镇长。"

领导说，你要出面推辞掉。我同你去跟代表说说。

"好，我听你的。"李其铁答应了。

李其铁和领导去见了那十名代表。他觉得有的面熟，却叫不上名字，有的不认识。

"你们联名推荐我，是对我的信任，我非常感谢。不过组织上已有提名了，我就不能再做候选人了，你们把推荐撤掉吧。"

"为什么要撤掉？"代表不同意。

"选举法规定我们十位代表联名推荐，跟组织提名具有同等法律效力。"有代表对领导说。

镇政府班子成员合影,李其铁(右一)、谢成河(右二)、陈林光(左二)

领导见十位代表态度坚决,经请示同意后把李其铁列入镇长候选人。

最后,李其铁还真就当选了。这不奇怪,李其铁当副镇长这三年业绩突显,在百姓中是有口碑的。1987 年春,李其铁上任副镇长的第三天,一群人拥进镇政府,说他们企业倒闭了,在资产瓜分上有分歧,要求分管工业的副镇长李其铁给予协调解决。

那是一家啤酒厂,有一百二十名员工,当初是每人出资一万元办起来的。第一年还不错,第二年就不行了,一百二十个股东要求权力均等,谁都想说了算,使得总经理没法抓生产和经营,随之生产技术和销售也出了问题,企业像艘触礁的船,渐渐沉了下去。

李其铁做了许多工作,最后走了破产程序,把企业整体卖了出去。

接着又有三五家企业停工停产,濒临倒闭。有人说,龙港的企业"第一年合伙,第二年红火,第三年上火,然后就是散伙"。原因是股东都是农民,一是盲目上马,二是不懂企业管理与经营,三是不懂技术,四是企业办起来后,规章制度不健全,所有股东都想说了算,加上分配上的问题,企业刚有一点儿起色就陷入困境,甚至是绝境。

一家轧钢厂三个股东,一位乐清人,两位龙港人,他们利用废弃船只拆下的钢板生产螺纹钢,开始还不错,后来产品质量、生产技术、销售和利益分配等方面都出现问题,矛盾激化,办不下去了。

李其铁下厂调解时,股东吵了起来,一位说:"你不想干可以退股啊。"另一位愤然说:"让我退股可以,你要补偿我一万块钱。"两人争吵不休。李其铁只好分别找他们谈话,经过几天几夜的协商,拿出一个方案:企业交一位股东经营,其他股东不愿意留下可按原股金退股。最后,两位龙港的股东退出了,企业交给了乐清人。到年底,乐清人不仅偿还了八万元债务,还赢利两万多块钱。

对办不下去的企业,李其铁要求走破产程序;对能办下去的企业,他帮助解决问题。一家皮革厂,股东们发现承包后,厂长得多了,自己得少了,从而引发矛盾和冲突。李其铁调查研究后,拿出一个在厂长承包下的层层承包方案,这一方案得到股东们认可,企业恢复了生机。

李其铁还帮助股份制企业制定管理条例,还鼓励企业创新,从而提高产品的竞争力。一家毛毯厂,用边角废料生产再生毯,过去由于低档廉价在贫困地区和非洲还有销路,后来逐渐趋于淘汰。在李其铁的帮助下,产品得以升级,改为生产床上用品,企业没随产品的淘汰而被淘汰。

李其铁分管三年工业,1987 年龙港工业产值为 6906 万元,1988 年为 1.303 亿元,成为温州市第一个工业产值突破亿元的乡镇,1989 年为 1.513 亿元。①

李其铁调到龙港后,当了十个月的秘书、三年的副镇长,成为陈定

---

① 李其铁:《龙港"农民城"的建设与发展》,学苑出版社,1994 年版。

九十年代初工作中的李其铁

模的左膀右臂。当选为镇长后,他的才智和魄力得到充分展现。他说:
"我是人民代表选举的,要为人民负责;我是本地人,要为家乡负责。
老百姓不敢干,我来干,我不下地狱谁下地狱?"有人问,给龙港引进三
十亿外资,你敢不敢要? 他回答:"敢啊,这三十亿拿过来,我马上把龙
港大道两边的建筑建起来。哪怕把我杀头枪毙,我都愿意。我为龙港
人民做了一件大好事,牺牲了我个人有什么问题啊?"

　　陈定模当书记时,由于众多的干预,龙港大道的规划被改为二十米
宽,留下了遗憾。在龙港大道施工前,李其铁为把它改为五十米煞费苦
心。他邀请县规划局的一位科长陪他去南京拜访东南大学的专家——
科长的老师。专家不仅重新设计和规划了龙港大道,还制作了沙盘。

　　"你把龙港大道搞这么宽干吗?"一位镇领导不解地说。

　　"怎么? 你要搞五十米宽的路? 这不可能实现的,温州市人民路

也只有三十二米宽,你龙港大道搞五十米,这个可能吗?"温州市规划局专家在评审时说。

李其铁据理力争,在他的不懈努力下,龙港大道最终被建成五十米宽,成为龙港最宽的路。

李其铁在司法领域工作五年,他很注重依法执政,每做一件事都要有法律依据。他当上镇长不久,发现在一黄金地段出现一片违建,如不拆除会影响龙港的长远发展。他找来了县土地局和执法队,要求炸掉。有领导说情,一位镇主要领导也表示反对:"不能炸!"

县土地局长有点儿犹豫,问李其铁怎么办。他态度坚决地说:"你既来之就炸之。如果不把它炸掉,违建就会像瘟疫一样扩散,炸掉就控制住了。"

最后,那片违建炸掉了,李其铁虽然得罪一些人,可是龙港违建的现象制止住了。

2 第一家包机公司在龙港成立,中国农民 "胆大包天"

1992年初,李其铁的办公室来了一位浓眉大眼的年轻人,他就是后来被媒体称为"胆大包天"的农民——王均瑶。

王均瑶要"为温州架起一座空中桥梁",想在龙港注册一家包机公司。

"我们全力支持你!"李其铁说。

龙港是农民创业的沃土,哪怕你想上天也会有人帮你扶梯子。

有人说,王均瑶与长沙人打交道时说自己是温州人;与温州人打交道时,说自己是龙港人;与龙港人打交道时,说自己是金乡人。王均瑶还真是龙港人,要不然也不会来找李其铁。1990年,王均瑶在距镇政府不远的镇前路 93 号买了一间二手房，不仅把家搬过来，连户口都迁了过来。

王均瑶的小弟王均豪拿到龙港户口时，见户口性质一栏填写的是"自理户"，感到莫名其妙，"这是啥意思？既不是农民，也不是城镇居民。"王均豪想了想，"自理户"大概就是自己管自己的人吧。他对这一说法很喜欢，从那之后再有人说他是农民时，他就会更正道："你说我是农民是不对的，我是自理人！"

李其铁也住在镇前路，位于镇政府门前，王均瑶家的西边，约二三百米的样子。李其铁的地基是 1984 年在司法局时批的，在百有街。章圣望镇长说，"我帮你调到这边来吧？"

"我无所谓，你把我调到哪里都行。"

最后，章圣望还是帮他调到了镇前路。

李其铁结婚时没有婚房，在岳父母面前有点儿英雄气短。他分到地基后，跟老岳父说他要建房了，老岳父还问一句："你建得起来吗？"

"建不起来也要建，不管怎么样也要建起来。"

那间地基花去了李其铁一千五百元，建房又花去九千元。为了省钱，一二层是砖混的，三四层是木头的。即便这样他还欠了一万元的债。他有十几个发小，他们每人借给他一百元，其余是跟姐姐借的。姐姐是妇产科医生，收入很好。

王均豪说，他们三兄弟搬过好几次家。第一次是把父母给他们三兄弟建在村里的三间房子卖了，在金乡买房；后来见大家都搬往龙港，又把金乡的房子卖了，在龙港买了一间三层的落地房。由于手里的钱不多，没买临街房，买在了第二排。

到龙港后，他们三兄弟就加入"十万大军"跑业务，没再办厂。王均豪说，"我们买材料给他们加工，付加工费。"他们从事的业务还是在金乡时干的印刷与徽章。

1990年,十八岁的王均豪去了长沙。他自豪地说,我是温州人在长沙办的第一个办事处。所谓的办事处就是租下一室一厅房子。两位哥哥不去时,他有一间办公室,一间卧室;哥哥去了,他就睡沙发。周末,在长沙的温州业务员没事干就跑到他那聚会,电饭锅一插,小龙虾、泥鳅鱼、青菜和豆腐往锅里一推。开锅端上来,兄弟们围着锅捞菜,喝两杯酒,吹吹牛,聊聊生意经。那些人住的是招待所,不像王均豪有自己的空间。

"我那里高朋满座。"忆当年,王均豪骄傲地说。

1991年春节前夕,"高朋"又聚集在王均豪那儿,几杯酒下肚,有人沮丧地说,我过年回不了家了;有的忧愁地说火车票买不到,连站台票都不卖了。那时,回家是件大事儿,温州人脑瓜灵光,有时买不到火车票就买张站台票上车,到车上再补票。且不说买不到票,就是买到也很遭罪,上车没座,要从长沙站到金华,那滋味很不好受。实在困急了,趴到椅子背上,在那没有一巴掌宽的地方眯一觉。后来,王均豪学聪明了,上车就钻到座位底下,把脑袋横在过道上,随便别人跨来跨去。到金华了,他们还要坐开往温州的长途大客,走的是弯弯的山道,山上要是滚下一块大石头,把路堵住了,不知要多久才能回到温州。

有时家那边急等钱用,汇款要好几天,王均豪他们要带现金回去。火车站比较乱,还要在火车、汽车上折腾好几天,怕丢了,他们就坐飞机回去。1990年前,温州没有机场,只好飞到福州。到福州后,他们要把钱从皮包里拿出来,装进编织袋子。上长途客车后,把皮包放在行李架上,编织袋子扔到座位底下。假如在车上睡着了,皮包丢了没关系,里边不过塞有几件换洗衣服,小偷以为编织袋子里边装的是土特产,不大会动。

一次,王均豪遇到稽查队查走私,查过皮包后,还要查编织袋。

"等一下,我到里面跟你讲。"

到里边，他给他们看看里边的钞票。他说，在车上要被小偷盯上那麻烦可就大了。

王均豪有几笔钱没收上来，不能回家过年了。三角债——你欠我，我欠他，他欠你，搞得企业像中了庞统的连环计，被捆在了一起。到了年关，企业会有点儿回款，如不盯在那儿，等过完年人家即便想给你结账也办不到。

不能回家的很郁闷，能回家的也郁闷。

"我们自己出点儿钱，包一辆大巴回去吧？"有人说。

"我们包一架飞机回去吧，四十来个座，跟大巴差不多。"正巧在长沙的王均瑶说。

"你这个牛吹大了，我说包大巴就已经吹牛了，飞机怎么能包啊？"

"怎么不能包？能包大巴就能包飞机。"

两人杠上了。

酒喝完，人散了。王均瑶却较起了真，第二天和王均豪去了湖南民航局。

"我们要包一架飞机。"王均豪跟认识的售票处小姜说。

王均豪跟他们混得挺熟，机票买不到时就找他们搞一张预留的。

"飞机能包吗？"小姜被这哥俩搞蒙了。

"这哪个部门管，你把我们带过去。"王均豪说。

"你要包飞机？可以，可以，反正我们运力也有。"运输处长爽快地说。

运输处开会商讨一番，遗憾的是长沙到温州没开通航线，要开通的话得民航总局批，还要华东局协调，这不是春节前能办成的。王均豪失望地说，我们把牛皮吹破了。

年后，他们哥俩儿还没忘这件事儿，又跑到民航局问长沙飞温州的航线。湖南民航局讨论来讨论去，结论是不飞，理由很简单，长沙飞往杭州每周两个航班都坐不满,你温州那鸟儿不拉屎的地方能有多少旅客? 我们的飞机在机场晒太阳没事儿,飞亏了就有责任了。

"我们包机还不行?"王均豪说。

"包机可以。"运输处长说。

均瑶哥俩儿回到办事处捧着计算器算,票价多少,能坐多少人,卖多少张机票能持平,卖多少能盈利……算到凌晨三点多钟,把计算器摁没电了,结果也出来了,可以包机。王均豪说,在长沙看到的杭州人远没有温州人多,一周飞两个航班应该没问题。

"这能包吗? 他是谁? 亏了怎么办?"运输处长把方案递交到局长办公会,一位副局长说。

"亏了从我们的押金中扣。"运输处长转告副局长的担忧时,王均瑶说。

"这回应该没问题了。"运输处长说。

副局长看一眼王均瑶的介绍信又摇头了:"这张介绍信连机票都买不了,怎么能包飞机呢? 买机票要县团级以上单位的介绍信。"

他们的介绍信是龙港镇村办企业的,他们三兄弟就挂靠在那家企业。

上哪去挂靠县团级以上单位? 龙港镇政府才是科级的,在苍南只有县政府是县团级。王均瑶只好回苍南去找"县团级"了。县里很支持,说温州金城实业公司刚批下来,你就挂靠到那儿吧。王均瑶找那家公司一谈,老板说,挂靠没问题,亏损了怎么办? 王均瑶说,亏了从押金扣除,押金扣没了也就不飞了。对方一听没风险也就答应了。

王均豪拿着新的介绍信去了民航局,以为这回合同该签得下来吧? 那位副局长看了介绍信还说不行。

"怎么不行? 村镇企业不行,县里批的企业算科级,也不行,这是温州市批的企业肯定算县团级吧,怎么不行啊?"王均豪急了。

副局长说,你这是私人企业。

那怎么办?

让你们县政府出证明。

证明什么呢?

证明这是一家诚信企业。

王均豪回龙港跟大哥跑到灵溪找县政府。县政府为难了,那是一家刚批下来的企业,我们怎么知道它诚不诚信,是个好企业呢?

王均豪说,我跟县里说,我们是带着善心做这事的,不然冒这个风险干吗? 合同说得清楚,亏损从押金扣除,县政府、民航局都没风险。我们以前说过,赚钱后在家乡铺路架桥。包机等于为温州架起一座空中桥梁,是吧? 为那些一起吃过饭、喝过酒的兄弟架起一座空中桥梁不是很开心的吗? 我跟均瑶算过,这三十来万元①押金亏没了,也就不干了。当然也不是说我一点私心都没有,我们算过,在长沙的温州老乡那么多,火车票都不好买,凭直觉这是有生意的。

副县长想这是个新生事物,王均瑶他们三兄弟为这事折腾了好几个月,再说证明一下也没什么风险,也就给他们出了一份证明,证明金城实业公司是一家诚信企业。

王均豪拿着证明签下协议,接着跑航线……先后盖了一百多个章,终于跑了下来。

1991 年 7 月 28 日,均瑶三兄弟包机首航成功,在国内外引起巨大轰动,国内外许多媒体报道了这一新闻。有记者听说王均瑶三兄弟来自"中国农民城"——龙港,报道说:中国农民"胆大包天"。王均豪不高兴了,"我怎么变成农民了呢? 我明明是白理人啊!"

三兄弟收到一位老华侨的来信,说你们这三位年轻人太了不起了,

① 王均豪说,长沙到温州的机票为二百三十元,每个航班四十八个座位,一周飞两个航班,期限为三个月,算出来就是押金。

中国人都像你们这样,我们的国家不得了了,我们从你们身上看到了中国的希望……这封信让王均豪很受用。

接下来麻烦又来了,温州老乡想坐飞机,没有县团级以上单位的介绍信,民航售票处不卖给机票,这可怎么办?王均豪跟售票处主任说,我们包机的公司是县团级的,可以买机票,我给他开张介绍信不就行了吗?

主任觉得有道理,可是一琢磨吓一跳:"他又不是你们公司的,你怎么能给他开介绍信?"

"我们温州的业务员都挂靠在一家公司,出来跑生意,不知道要去哪个单位,公司就给我们带一本空白介绍信,"王均豪说着从包里拿出一本空白介绍信,"我们回去只要在公司交税就没问题了。"

"你怎么有这么多空白介绍信?这不行,你这乱搞了,是违法的。我们去哪要到办公室开介绍信,还要局长批准。"

"这样吧,你也别为难我,我也不为难你,我到售票处外边去给他开行吧?要不你就叫警察来,让长沙市公安局给温州市公安局打电话,我们温州都是这样干的。"

主任想想算了。从那以后,凡有来买机票的温州老乡,王均豪就到马路边上给他换张介绍信。

1992 年 4 月 6 日,均瑶三兄弟的第一家公司,也是中国第一家民营包机公司——苍南天龙包机业务公司在龙港成立。

李其铁在龙港大道给王均瑶批了一块地基。两年后,位于龙港大道的十层龙港均瑶大厦落成。后来,均瑶三兄弟从龙港转到温州,从温州转到上海,均瑶大厦仍然矗立在龙港大道旁。如今,均瑶集团已形成航空运输、金融服务、现代消费、教育服务、科技创新五大业务板块,旗下四家 A 股上市公司,员工近两万人,规模列中国服务业五百强企业第一百八十一位。

包机首航成功合影留念

1995 年 7 月，李其铁调离龙港，任温州市乡镇企业局副局长。他担任龙港镇镇长的五年，建成区面积从 5.2 平方公里扩大到 10 平方公里，建成区人口从 5 万增加到 13.5 万。1990 年，龙港镇实现工业产值 2.32 亿元，成为温州市第一个工业产值超 2 亿元的乡镇；1993 年，龙港镇名列温州三十强镇第一名，GDP 达 12.5 亿；1994 年，龙港镇的综合经济实力位于温州乡镇第一名；1995 年，龙港镇 GDP 突破 24 亿元，被确定为全国小城镇综合改革试点镇。

3　"我一定要把这个厂做好，要在龙港占有一席之地！"

1997 年，杨小霞他们厂难以办下去了。

十二年前，她代表他们四位股东抓阄，抓到龙港这块地。第二天早晨6点钟,天刚亮,她就坐交通车赶往龙港。站在位于新一街旁的那片稻田,梦想就像秋苗似的插进泥土里。那是一块三角地,总面积2.8亩,一分为二后,斜角部分是他们的,约1.8亩多。她暗下决心:"我一定要把这个厂做好,不论多苦我都认。我要在龙港占有一席之地!"

没找到合适的包工队,他们就自己组织施工,自己监工。每天早起他们赶到龙港,在工地上摸爬滚打到晚上10点多钟才搭车回金乡。饿了,他们就到附近的饭摊要几个菜,菜端上来,还没来得及下筷,蚊子就一群群地扑过来。他们跟蚊子抢着吃,一顿饭吃多少蚊子都不知道。

那块地荒凉得连株小树也没有,人在火辣辣的阳光下暴晒,无处躲无处藏,没过几天杨小霞就被晒得黑不溜秋的了。赶上下雨,杨小霞就跑到距工地不远的饭摊避雨。摊主跟别人说:"这个女的是干什么的?她说是办企业的,我看她那样子跟乞丐差不多。"

临街的房子刚建到两层时,他们就安装设备开始生产了。杨小霞还是负责销售,她哥的朋友当厂长,她哥当副厂长。没有电话,她买个传呼机,哪怕是冬季夜晚10点钟后接到传呼,她也要从床上爬起来,穿件衣服往沿江路的一个加油站跑,那里可以回电话。厂里没有什么车,只有一辆小货车,她大多靠走路,有时两只脚都走出了泡。

第一年没怎么亏,第二年就赢利了,第三年股东意见就不一致了,厂长觉得在龙港赚的钱不是很多,还是金乡好。那几年龙港如潮,潮起潮落,不时有人过来,有人退去。有几拨金乡人觉得龙港道路铺得缓慢,政策上也没有什么优惠,把房子或地基卖掉回去了。杨小霞说:"我对龙港很有信心,一点都没有想回金乡的想法。鳌江也是好的,我二叔的老婆就是鳌江的,我跟她接触较多,我觉得鳌江那边的人追求安逸,钱赚过来一点就想花掉,打打麻将什么的。龙港虽然有起有落,可是节奏比较快。我有时走在龙港的街上,向两边看一看,每家每户的人手脚都在不停地忙着,走路都像跑似的……"

股东虽然意见不一致，还没人撤股。有一件事却把他们这个厂推到倒闭边缘。1997年杨小霞外出回来，被税务部门找了过去，说查到他们厂的一本内账。最后，他们因偷税漏税，被罚了十来万元。不巧的是那年又赶上亚洲金融危机爆发，库存的原材料的价值跌了近一半，厂里亏损了，有股东想做油墨生意，有股东想把设备卖掉转行做别的，有股东要退出，意见难以协调。有人提出抓阄，谁抓到谁留下。

杨小霞说："我不能抓，我没有那个实力，抓过来撑不住，这个厂资产要一千万，我小不拉叽的哪里吃得下？我亏多少都没关系，哪怕这几年赚来的钱都亏掉，只要不要叫我去借钱就可以。"

她不要，别人也不要。这怎么办？其他股东劝她接下，因为她最年轻，又是搞销售的，外边还有三百万的欠款可收，只有她接下来损失是最小的。尽管她的家人都反对，她还是出资九百万把厂接了下来。为此，她卖掉文二街的一间落地房，那是她刚买不久的。

她和母亲、儿子搬到了厂里。工厂的后院有三间三层的宿舍。在三层有间套房，她和母亲、儿子住了进去。儿子出生七个月时，她雇个阿姨给带着，早上把儿子抱过去，晚上抱回来。她到龙港后早起晚归，没时间照料儿子，就把他扔给了母亲。当儿子读小学时，她把母亲和儿子一起接过来。他们一家在厂里一住就是十几年。

她接手工厂的第一年亏掉了七十五万元，不过第二年就开始赚钱了。

杨小霞说："这个厂让我的人生增加了很多阅历，也学到了很多。独资企业和股份制企业是不一样的，股份制企业是几个头脑加在一起，我想不到的别人会想到，独资企业你想不到就会出现漏洞。这锻炼了我的意志，我没有办法。就得走下去。"

那些年来，杨小霞一心扑在厂里，她吃住在厂里，每天把车间、仓库、办公室的每个角落都查看一遍，甚至用手摸一下。厂里的设备要二十四个小时不停,因为停机和开机要很大一笔费用,要加温,要冷却。她哪天晚上醒来发觉设备运转声音不对,超不过第二天故障就会出现。

2010年,杨小霞的一位客户濒临破产,他的产品是她的下游,所以她对那一行业比较了解。她借给他钱,帮他出谋划策。他跟她谈了两三天,劝她把他的厂买下。后来,她买下他的工厂的百分之五十,她外甥女买下百分之二十,她把那家企业接了下来,第一年赚了八十万元,第二年赚了一百六十万元。

有人说她有经商天赋。她说,我这人有个优点,那就是我会把自己所有精力用在事业上。我付出比别人多,别人吃酒、打麻将、跳舞、唱歌,我把这些时间都用来办厂。那次税务罚款后,我就在账上严格把关,该缴的就缴掉,在产品质量上也严格把关,怎么会不赚钱?

4 若不是搭上龙港这艘轮船,怎么可能拥有今天?

2004年,陈智慧参加香港展销会,在深圳停留了一下,去看望她的小女儿海英。

1985年,也就是陈智慧买下龙港建新路那块地基的第二年,她在福建西北边陲的建宁山区生下这个女儿。

临分娩前,陈智慧压力山大,她问自己:"再生女儿怎么办? 再生女儿怎么办?"这像条蛇缠绕着她的心。怀三女儿时,她也这样。那年,苍南的计划生育一天比一天严起来,"一对夫妇两个孩儿,间隔最好四五年。"那时,她的丈夫刚从职员升到主任,按规定超生是要开除公职的,他们都很害怕。她想万一怀的是男孩呢,做掉还不悔死了,她说什么也不肯做了。陈家堡的女人胆大,没她不敢干的,信用社组织家属做结扎,她是带着婶婶去的,单子上是她的名字,结扎的是婶婶。

她渐渐显怀了,只好娘家躲躲,外边藏藏。要过年时,她潜回家。

那时,她家芦浦的房子已建好,两层楼,她躲在楼上。隔壁邻居是接生婆,跟她丈夫还沾点儿亲。

1984年正月,她早产了,孩子的小脚丫先伸了出来,这是倒位难产,在她家的邻居跑到阳台高喊起来:"阿婆过来啊,阿慧要生孩子了,孩子的脚掉出来了……"

这一喊声可把陈智慧和接生婆吓坏了,这要被抓着还得了?丈夫的公职没了,还要罚款,接生婆知情不报,也要受到惩罚。陈智慧生下了第三个女儿,她大失所望。那个跑到阳台大喊大叫的女邻居万万没想到这个女孩就是她未来的儿媳。

生第四个女儿前,陈智慧做了一个梦,梦到去世多年的爷爷说:"你哭也不要哭,你这个生下来还是个女儿。"她一下就哭醒了。早饭后,她问邻居:"姑姑,我要再生个女儿怎么办?"

"送人。"

"有人要孩子吗?"

"有。"

邻居说,对面的那座木桥走过去,山脚下有一户人家,家里很穷,男的娶了一个智障的女人,生下几个孩子死掉了,个把星期前她又生一个,还是死掉了。那家男的说了要,他老婆还有奶水。

小女儿出生了,陈智慧一听是女孩当即就昏了过去。

"你睁开眼睛看一下,看一下啊,你的孩子八斤重,胖胖的……"接生婆说。

她微微睁一下眼睛,孩子就给人家抱走了。

1986年,陈智慧终于生了个儿子。可是,她没忘记送人的小女儿,1991年前后,她去了建宁那个乡村。那天下着雨,远远见到一个戴着黑乎乎斗笠的农民推着板车过来,车上坐着披着塑料雨衣的小女孩。她突然有种直觉,这个女孩就是她的女儿。

"你是不是林水明啊？"

她知道那户人家姓林，跟丈夫同姓。他过来抱女儿时，她仅看了一眼就把他死死地记住了。她还知道他给女儿起名为"海英"。

"啊？是啊。"他抬起头，斗笠下一双疑惑的眼睛。

"这就是海英？"

"是啊。"他愣一下，本能地想挡住女儿。

他也许发现她的目光像温泉，柔柔的，软软的，充满着母爱。他的视线逆着她的目光落到她脸上，有几分惊慌，声音微弱地问："你，你是海英妈妈？"

陈智慧听到"妈妈"两个字，眼泪就决堤而下，不可阻挡。她突然感到"妈妈"两个字的分量，让她难以承受。

这孩子怎么长得黑不溜秋，一点儿也不像三个姐姐那么水水灵灵，她才五六岁啊。

海英懵头懵脑地看着这个穿着华丽、长得漂亮的陌生女人哭得像受了委屈的孩子，鼻涕一把泪一把的。

她跟着他的车进了他们家。这是什么家啊，穷得一塌糊涂，脏得乱得超出想象。养母持家的能力很弱，要海英后，她又生了两个孩子。陈智慧看得出这位养父心地善良，淳朴实在，待海英很好。

他说，家里的好运气和那两个孩子都是海英带给他的。

海英就一直傻傻地看着陈智慧和养父母，一声不吱。她说，想带海英到旅馆住一宿，明天送回来。养父同意了。海英跟她去了，没有认生。进了旅馆的房间，她用母亲的目光端详着海英，手在她身上缓缓地爱抚着。她把她的小手一一展开，一个指头一个指头地打量着，似乎在寻找这五六年的影像，当看见那一道道伤痕时，她的心颤栗了，眼睛湿润了。她拨开她的头发，见到柔软发丝上爬着的虱子，她的眼睛又湿润了。

她给女儿洗了澡,理了发,问:"你想要什么?"

海英没有说自己想要什么,而是问:"你有什么东西给我妈妈?"

这可能是海英跟她说的第一句最完整、最达意的话。陈智慧多么嫉妒海英的养母,她赢得了女儿最纯真的爱。作为生母,自己得到什么呢? 内疚、愧怍、自责? 陈智慧又泪奔了,不过她转瞬就明白了,女儿这么小,却如此懂得感恩。她领着海英上街,去给养母买东西。

临告别时,陈智慧恋恋难舍,从包里掏出一张名片给女儿。那张大红名片很符合陈家堡人的张扬个性,上面印着"龙港标牌工艺厂厂长陈智慧"。海英把那张名片收下了。她上学了,就把名片夹在书本里,这样就可以天天看到了。她时常告诉同学:"我还有个妈妈,浙江的妈妈,她是厂长!"

海英读小学时,一次邻居把她领了过来。陈智慧不敢让她住在自己家里,把她藏在娘家。一次,陈智慧偷偷把她接回家,她像一头误入别人家园的梅花鹿,怯怯生生,缩头缩脑。海英要回去时问陈智慧:有没有给爸爸的衣服,有没有给妈妈的衣服。

"有,有,有。"陈智慧说。

海英读初中时,一位亲戚来信说,林水明家供不起了。

"一定要给她读,给她读!"

陈智慧回信,并寄去了读书钱。

海英考高中那年,陈智慧的婚姻破裂,前夫分走部分家产,四个孩子,不,五个孩子全部归她。可是,她还是把海英的读书钱汇了过去。那几年,五千块、一万块地汇往建宁。

"给不给她读?"海英没考上本科,被大专录取,那边打电话问。

"给她读,要给她读,一定要给她读!"

放下电话,她就给海英汇去一万五千元。海英读大学的三年,汇款从没断过。

海英毕业了,在校长的推荐下,她和一位女同学去了深圳,被一家投资公司录取。公司的老板是黑龙江人,是校长的朋友。

那是什么样的公司,老板是什么人?陈智慧不放心,怕海英上当受骗。她借去香港的机会看望海英。她跟海英说要见他们老板,海英吓坏了,老板哪里是你想见就能见的?陈智慧想山里出来的孩子胆小,不让见就不见吧。她跑到那家公司的办公楼下看了看,这才放心地离去。

第二年,陈智慧又去了深圳。她对海英说,她想看看深圳的楼市,海英领她去了。海英跟她的三个姐姐不同,性格内向,不敢大声说话,别人不说的她就从来不问。四月的深圳莺飞草长,春意盎然,可是那两天像夏日似的炎热,她们跑得满头是汗。陈智慧相中福田区繁华地段的一套六十多平方米的房子,总价六十二万元。

"这套房子要写你的名字,是妈妈给你的。"办理过户手续时,她对海英说。

海英惊得瞪大了眼睛,傻傻地看着妈妈。她做梦也没想到妈妈会给她买房子。

她告诉海英,四十二万是妈妈给你交的首付,还有二十万贷款你要自己慢慢还。这时,陈智慧转向房地产,资金十分紧张。为给海英买房,她抵押了一间落地的楼房,贷出这四十二万元。

回去时,娘俩儿爬上八层的出租屋,陈智慧脱掉鞋子就不想动了。她年近半百,不像年轻时那么风风火火,可以没日没夜地干。女儿善解人意地给她倒了杯白开水。母女俩躺在床上,像两个孩子似的讲讲笑笑,再讲讲又哭起来。

"妈妈,我在深圳有了房子?这怎么像做梦一样?"

陈智慧想,海英也许这时才知道妈妈有多么疼她。十个手指伸出来不一样齐,咬哪个妈妈都痛啊。

海英说,小时候,我在街上遇到接生婆,她说你妈妈长得很漂亮,也很能干,生你之前还在绣花。她还说,你妈妈是逃到这儿的,生了你就走了。

她的心里也许有个结,妈妈为什么把她送人,把三个姐姐和一个弟弟留在自己身边?在福建建宁那个偏僻山村,她吃了多少他们四个人没吃过的苦,遭了多少他们没遭过的罪,受了多少他们没受过的委屈?这些铸就了她的性格。

不过,她也许感到庆幸,养父淳朴、善良、厚道,给了她博大无私的爱,家里鸡婆下的鸡蛋,他舍不得吃寄到深圳。海英懂得感恩,爱养父母,省吃俭用节约下钱来汇给他们。在那个家,只有她一人走出了大山,弟弟妹妹还留在那个穷山村。

陈智慧几乎每年都要去看海英。娘俩时常要聊至深夜。她觉得作为母亲错过了家教机会,要抓紧时间给海英补上。她想让她变得开朗、大方、乐观、豁达,善于处理复杂的人际关系。

"妈妈,你为什么把她们都生得那么漂亮,那么高,把我生得这么矮,还没她们漂亮?"一天夜半,海英打来电话对她哭诉。

"孩子,你也很好啊,在公司干得很不错,提了职,加了薪,还解决了深圳户口。"陈智慧说。

她知道海英已二十六七岁,该成家了。海英刚到深圳时和女同学合租一间房子,她们一起上班下班,一起吃饭,一起逛街。她有房后也没搬过去住,把房租了出去,这样租金扣掉合租的钱,还能剩千八百块。可是两年前,室友结婚搬走了,只剩下她一人了。她内向,不善交际,加上家在福建乡村负担又很重,男孩一听她那个家也就退避三舍了。

陈智慧这个当妈的着急啊,想让海英回龙港,又觉得龙港不过是个镇,还是小了点儿。她托了许多人帮海英找对象,可是像深圳那样的一线城市女孩婚姻是世纪难题,哪那么好找?

海英在二十七八岁时终于有了对象,是她大学的同班同学,在厦门机场工作。婚前,男方家也是顾虑重重。陈智慧知道了,让海英想办法领男友到龙港来看看。

男孩过来了,陈智慧跟他说:"孩子,你放心,海英家里不会拖累你们的,她家里有什么事情我来负责。"

她就这样打消了他家的顾虑。海英结婚那天,陈智慧带领一群儿女去了厦门,海英喜极而泣。他们的出现在婆家产生很大的震动,许多人以为海英不过是个乡村姑娘,除老实巴交、局促懦弱的父亲和智障的母亲之外,就是那两个还在乡村的弟妹,没想到她还有这样强悍、豪放的生母,还有四个卓尔不群的姐弟。

陈智慧送给海英一个五万元的红包。这时陈智慧正值低谷,投资房地产失败,资金链断裂,欠下数千万元的债务。

海英知道她的境况时说:"妈妈,我的房子给你卖掉好了。"

"孩子,妈妈就是砸锅卖铁也不会卖你的房子。卖掉你的房子就是卖掉你的人生。"

陈智慧感激定模叔,感恩龙港,若不是搭上这艘轮船,她一个离婚女人怎能把老四——海英供到大学毕业?怎么可能给她在深圳买房,让她风光地嫁人。

5 下船的人只能黯然站在码头,眼望着巨轮渐渐远去

陈长许把龙港的两间地基卖掉,赚了一万多块钱。后来,孩子大了,老婆想让孩子去龙港读书,劝他去龙港买房。

"家里七口人要吃饭,四个孩子要培养,我说房子这个东西嘛,身外之物,够住就行了,以后再说。"回顾当时的情境,陈长许说。

一念之差,让陈长许失去了机会,几年后龙港的房子涨到几百万元一间,他买不起了。当年那两间地基不卖,把它建成房子,他至少也是

百万富翁。

"我老婆直到现在还怨我嘛。这是时代的问题,我是1949年生人,过去的人做事情很稳的,相当小心的。还有,我没看好龙港。"

采访时,提起建房,仁要媳妇说:"我老公弟弟是很好的人,也很老实,我们盖房子他帮忙监工,看看水泥啊管子啊的质量。那时候房子刚起墙,他跟施工方争执起来,对方铁锹打过来,他雨伞戳过去,把人戳死了。赔了十万,我摊了五万。当时十几户人家在那边起房子,大家都很同情,这个出几千,那个出几千,帮忙凑了五万。我自己盖房子的三万元都还债了,又跟亲戚借了两万。"

第二年,他们又花两万五千块买了一间四层楼房。地段挺差,房子质量也不好,只有一层是水泥的,上边三层是木板的。不管怎么样,总算在龙港有了房子,可以安家落户了。他们家什么也没有,空空荡荡。边赚钱边置办,家渐渐像了样,家具也都备齐了。

2000年,他们却把房子卖掉了,净赚二十七万五。他们把钱分给了三个儿子。没想到一年后,那间房涨到了一百万。

三儿子结婚时,仁要媳妇给他在沿江路买了套房,过后发现上当了。钱付了,房照办不下来。她急得跑街上买几只螃蟹,拎着去了表哥陈定模家。自从陈仁要弟弟出事、陈定模帮忙平息之后,两家没什么来往。

陈定模听后,抄起电话打给卖房子的,让把钱退给仁要媳妇。对她来说是天大的事儿,陈定模一个电话就搞定了。

"我家东西很多,你把螃蟹拿回去给老人烧了吃吧。"

仁要媳妇说,他知道我家穷。

后来,仁要媳妇又找过一次陈定模,她女儿想在河底高村买块地皮。这是她第三次为房子的事找陈定模了。陈定模很热情,让座,拿出苹果给她吃,还留她吃了午饭。

听说她女儿要买地建房,陈定模二话没说,跟她坐三轮车就去了河底高村。看过那块地后,他说这个位置很好。

"她家里困难,给她便宜点吧。"他跟村干部说。

陈定模虽然已不是镇委书记了,可是影响力和威望还在。村干部对他很尊重,五万八千块的地基给减了八千块。她女儿在那儿建了一间五层楼,建好后楼下的铺面一年的租金就有两万多,没过几年本就回来了。龙港改市前,她女儿的那间房子已涨到两百多万。

她跟陈定模说,她和仁要在龙港开了三年理发店,赚的钱大都付了房租。

"陈家堡没有理发的,你们回去吧。"

陈仁要夫妇听了陈定模的话,收拾一下就离开了生活十八年的龙港,回到了原点——陈家堡。

中国乡村的年轻人越来越少了,进城读大学的没回来,没读大学的也进城打工了,剩下的都是老人。陈家堡也不例外,靠理发赚钱越来越难了,陈仁要夫妇只好揽点儿手工活儿做做,赚点儿小钱。

"挺苦的,真是挺苦啊。孩子不乖就是苦啊。"提起儿子,仁要媳妇说。

他们的三个儿子都离婚了,老大老二没有再找,一直单着。女儿过得不错。"女儿家我很少去。女儿好不管用的,这边的习俗是吃儿子的,不好吃女儿的。"仁要媳妇说。

其实,吃儿子的,那是陈仁要上辈人的事情,不论是龙港还是其他地方习俗都改了,改为啃老了,老子要给儿子买房,给儿子娶媳妇,帮儿子养孙子……

尾　声

2019 年 9 月 25 日,龙港市正式挂牌。

龙港终于成为一座名副其实的城市,成为新中国成立后中国首个"镇改市"。

龙港市的牌子挂起来时,确切地说是在 8 月 30 日撤镇设市新闻播出的那一刻,龙港沸腾了,街巷人流涌动,到处是激动的浪花。夜晚鞭炮像振奋的鼓点,礼花点亮希望,酒店啤酒告罄,满街是兴奋得满脸通红的人群。

"渔村变城市,我们龙港人了不起!"一个四十来岁的男人像要飞翔似的张开双臂,两个拇指张扬地跷向天空。

"我是龙港市民,我骄傲! 我是龙港市民,我骄傲……"他的同伴喝得满脸通红,两手比成 V 形,转着圈儿在高喊,声嘶力竭。

"我是龙港人,不是乡下人!"个子高高的帅哥在外滩上对着鳌江呐喊。

"我在龙港市呢。"街角,一位女孩慢声细语地对着电话说。

龙港人应该骄傲,也值得白豪! 三十五年来,他们实现了从小渔村到农民城,从农民城到超级大镇,从超级大镇到县级市的三大跨越,区域面积从 4.1 平方公里扩至 183.99 平方公里,由五个小渔村到下辖七十三个行政村、三十个社区,人口从 6000 人到 38.87 万人。2018 年,龙港的 GDP 生产总值已达 300 亿元,综合实力位列全国百强镇第十七位。

"龙港变市要感激老书记陈定模啊。我当年是听了他的话,从钱库来龙港,来对了!"一位年过六旬、满面沧桑的老人说。

龙港凝聚了多少人的心血与汗水?当年龙港镇派出十二支工作队下乡,足迹遍布苍南县的金乡、宜山等十二个区、镇、乡,动员了数千户农民到龙港集资建城,安家落户。如今这些农民已坐拥两三百万的房产,有的还成为千万富翁、亿万富翁。当年投资一万元左右建的临街房,如今楼下的商铺年租金已有几万、十几万,甚至几十万。

"饮水思源,没有老书记,龙港就没有今天,我们公司也没有今天。"林国华满脸真诚与感激地说。

他十一岁随父母来到龙港,现已是龙港市人大常委委员,也是国内最大的无纺布企业的党委书记。想当年,他的父母——新城乡杀猪卖肉的林益忠夫妇怀着城市梦来龙港集资建城,创办彩印企业。林益忠在五十二岁那年把企业交给了儿子。随后,林国华创办了无纺布厂。如今,他们的企业已成为龙港的龙头企业,在全国各地有八家分公司。

2020 年新冠病毒在全球肆虐,母亲陈郑查听说意大利的口罩三十块钱一个,还买不到,跟儿子说,"你能做十万个口罩送给他们吗?"

第二天,儿子告诉她:口罩已发往意大利。

"我们今年的目标是纳税超过一个亿。目前龙港纳税超亿的企业还没有。"2020 年夏天采访时,林国华踌躇满志地说。

"感谢改革开放!"陈智慧说。

若不是改革开放,她怎么有机会来龙港;若不是搭上龙港这艘巨轮,她也许还在芦浦的鞭炮厂当出纳。龙港改变了她的人生,也改变了下一代的命运。她的三女儿是在龙港读书,在龙港考上大学的,后来嫁给了北京大学的博士,现定居北京。她的婆婆就是那位在她出生时站在阳台上哇啦哇啦大喊大叫的邻居。

"你是怎么看上我的?"恋爱时,她问男友。

她是学音乐的,他酷爱音乐。

"我不是看上了你,是看上了你妈。"他说。

他们的婚姻是两位母亲"包办"的。婆婆担心儿子领回个外地媳妇,听不懂苍南话,没法沟通;陈智慧觉得两家大人谈得来,两个孩子从小认识,知根知底。

陈智慧的四女儿海英结婚后,日子过得很好,孩子已七八岁了。

陈智慧的企业一直有外贸业务,不懂外语让她很难办,请翻译又找不到可靠的。她对儿子说,你要找个懂英语的媳妇。儿子真就给她娶回一位精通英语的儿媳妇。

"昨天,我女儿说,别人家的样品展示厅都没有我们的漂亮。我说你老妈还是有眼光的。现在企业由儿子和儿媳妇打理,不用我了。"陈智慧说。

杨恩柱的七层楼已被人遗忘,现在龙港的二三十层高楼比比皆是。

七层楼建起来后,杨恩柱回家乡杨家宅村当了十一年村支书。如今,让他引以为傲的已不是当年的七层楼,而是自己的四个孩子。他们大学毕业后进入了体制内,分别在龙港的行政机关和电视台工作。

七层楼的商铺租给了纸业公司,年租金高时十几万元,低时五六万。除此之外,杨恩柱还有两幢厂房,年租金八十来万元。

"龙港撤镇改市是我没有想到的,听到这个消息心里很激动,感慨我们党的改革开放政策无比英明,无比正确。"八十八岁的胡万里说。

"陈定模是有功的,退休以后还在千方百计地申请批市。我退休了就在家看看电视、报纸,读读书。"七十九岁的陈林光说。

章圣望离开龙港后,在苍南县担任了十个月的副县长就辞职下海了,那年五十三岁。传说他生意做得很好,赚了很多钱。李其铁1995

今日龙港市

年离开龙港,后来担任过瑞安市常务副市长等职务,五十岁那年也辞职
下海了,据说也赚到了钱。2002年,他把龙港的房子置换到北京,许多
人说他卖亏了,九十万元卖掉的房子,没过两年就涨到二三百万。李其
铁说,他花九十万元在北京买的房子已涨到一千五百万元。

谢方明说,"离开龙港时,那种痛苦是一般人想象不到的。那时我
才知道有一种情境叫无法回头。当大家把我送到渡船码头,要走的时
候,汽车鸣笛呜呜一响,车子开上渡船,我真的不敢回头,泪水潸然而
下。"他是1987年9月离开龙港的,先后担任过中国援乌干达国家体育
场工程技术组组长兼驻肯尼亚办事处主任、中国浙江国际经济技术合
作公司海外工程分公司副总经理、浙江世界贸易中心有限公司副总裁。
他三十九岁辞职,创办了浙江世贸房地产开发有限公司。

陈定模离开苍南后,在中国国情研究会工作一段时间就下海经商

了。1996 年,他回到龙港,创办了巨人中学。学校除招收公费生、自费生外,每年还招收二十名免学费和住宿费的"希望生"。当年,陈定模和哥哥因没钱读书而辍学,现在他要帮助这些家境贫困的孩子,让他们读书改变命运。

尽管陈定模早已得知龙港撤镇设市的消息,看到新闻时仍然很激动。二十多年来,为龙港撤镇改市,他和李其铁付出了太多心血,为此还中过一次风。

如今,他年过八旬,仍很忙碌,媒体记者找他,陈家堡、钱库的乡亲找他,老部下、老同事找他,来龙港参观、考察的人也找他。他还像过去那么热衷于助人,帮别人出主意,想办法,找找门路。

社会没有忘记陈定模,他先后被评为"温州市改革开放十大风云人物""浙江省建国 60 周年 60 位最具影响力人物""中国改革开放 30 年 30 名农村人物"等称号,荣获"第四届中国发展百人奖(农村)"个人奖。

"终于梦想成真了。我要为龙港生命不息,奋斗不止!"陈定模说。

从巨人中学出来,赶上晚高峰,我体验到了龙港的塞车。大街挤满亮红屁股的车辆,让人望而生畏。我想起徐安达的话:"全国、全世界就数龙港这里汽车发展速度最快,每家有好几部车。现在问题就出来了,主车(机动车)道窄,人行道宽……"

开车送我的是陈定模的小儿子陈志瑜,"我们走四桥。"龙港与鳌江之间有五座公路大桥。车进鳌江,犹如从喧嚣驶入安静,这边交通井然有序,没有塞车。我们从瓯南大桥再度进入龙港,夜幕降临,感受到了龙港人说的:"'火树银花'不夜城耀眼霸屏。"

这就是龙港,它像一片黄得耀眼的油菜花,充满勃勃生机;以昂扬斗志、"干在实处、走在前列、勇立潮头"的精神和特有的张扬刷新着国人的感知。二十世纪七八十年代,这里还是一片织布声、弹棉花声。

1999年,龙港外滩公园,在七十四岁的老音乐家指挥下,二百架钢琴联奏的《保卫黄河》创下了吉尼斯纪录。那时龙港城区人口仅8.6万人,却拥有钢琴一千二百架!跨进新世纪后,龙港以"全国小城镇综合改革试点镇"、联合国开发计划署"可持续发展的中国小城镇",以及"中国印刷城""中国礼品城""中国印刷材料交易中心"和"中国台挂历集散中心"等名片不断刷新国人的关注。

2021年9月,龙港市撤镇设市两周年,其经济平均增长幅度为7.5%,增速排名温州市前三,财政总收入增长29.3%;常住人口城镇化率从64.16%提高到96.89%,城乡居民收入倍差缩小到1.86,提前五年实现浙江省城乡居民收入倍差缩小到1.9的目标,率先建立起"全域城市化、农村社区化、就地市民化、服务均等化"的体制机制。

"龙港聚焦建设'新型城镇化改革策源地',紧扣'大部制、扁平化、低成本、高效率'改革导向,坚持不拼政策拼改革、不建机构建机制、不增层级增协同,以体制创新推动行政运行提效,以综合集成推动管理服务提质。通过两年的探索和实践,龙港市已形成了大部制改革、一枚印章管审批、一支队伍管执法等十大标志性改革成果,实现了以40%的行政资源高效承接100%的行政管理职能,龙港改革探索成功入选中国改革2020年度典型案例,'龙港经验'正在复制推广全国。"

试想一下,中国两千八百五十四个县市,若"龙港经验"推广成功,将会减少多少财政开支?

中国行政改革的先行者——龙港,让我们充满期待。

后　记

2019 年,对我来说不同寻常。家从主城区迁至卫星城,创办了创意写作中心,接下龙港这一不同寻常的写作项目,年底又赴美看望女儿。

浙江省作家协会党组书记臧军和副书记曹启文推荐我写龙港时,我蒙了。龙港在哪儿? 在浙江生活十八年,我却不知还有龙港这么个地方。

深秋,我去了龙港。在平阳高铁站下车,坐上接站的汽车,顺着车站大道穿过鳌江镇,上了瓯南大桥,沿岸矗立着几十层高的建筑群像长城似的展开,气势磅礴,令人震撼。开车的文联秘书长自豪地说,我们龙港有体育馆、印刷博物馆、城市文化客厅……

而最让我惊叹的不是这些,而是龙港人。这座最年轻的城市给了我前所未有的体验。龙港人性情奔放,豪放张扬,又精明狡黠,充满好奇心,有强烈参与意识。听说我要为龙港写本书,许多人说,"你采访采访我!"接着给我讲他们自己或父母的故事,渴望走进这部作品。我是 1984 年开始写作的,那年龙港建镇,这是巧合。在我二十多年的采访生涯中,从没遇到过这样的受访者。

龙港人喜欢写书。我拜读过陈君球、陈定模、朱照喜等人的传记,拜读过李其铁的《龙港"农民城"的建设与发展》、陈文苞的《陈定模传奇——龙港走向城市化》、魏启番的《中国第一农民城:龙港镇的由来》等著作。这些著作为我的写作提供了巨大的帮助。我最佩服的是年逾九旬的陈君球老人,收藏的港区文献与资料比龙港市档案馆还全,从《苍南县龙江港区近期规划图》到省、市、县的相关文件、会议纪要和老照片,为我提供了大量的一手资料。

龙港人很会说话,他们的语言犹如东海的秋刀鱼鲜活生动,这或许是蛮话、金乡话、宜山话、闽南话滋养的结果。他们的方言配以丰富的表情和肢体语言,既让我着迷,又让我绝望。我买过一本《蛮话词典》,想让叙述有点蛮话味道。后来发现无论在作品中糅入蛮话,还是金乡话、宜山话、灵溪闽南话,均有失偏颇。

采访和素材整理的最大障碍也是方言。有些老者不会说普通话,陈友超老人从港区建设起就在这片土地,后来又担任过镇纪检委员,他的任命跟陈定模在同一份文件上。我很想跟他好好聊聊,可是他的话我一句也听不懂。他很激动,越说脸越红。他已年近八旬,正值心脑血管疾病的高发期,我只得匆匆离开,再没敢找他。

挖掘真相是一项极其艰苦的劳作。心理学家对错误记忆的研究发现,"人类记忆不仅容易逝去,还很容易受到外界干扰信息的误导,甚至在没有任何外界信息干扰的情况下,也会因内部联想过程而自发地发生改变。"认知心理学家伊丽莎白·洛夫特斯说:"记忆的本质松散易变,并不可靠。"且不说三四十年的往事,即使刚发生的事情,记忆都无法精准复制。

为什么要把这一文体称之为非虚构写作,而不是"真相写作"或"事实写作"?非虚构要求写作者不可虚构,这也是一种妥协。水至清则无鱼,绝对真实是不可抵达的彼岸,即便受访者说的句句是真,但语言的表达能力有限,写作需要进行筛选,筛选本身就是对真实性的弱化。

这并不意味写作者可以放弃对真实的追求,对真相的求索。真实的彼岸虽不可抵达,却可以无限逼近。对非虚构写作者来说,真实既是最高的追求,也是基本底线,哪怕能靠近真相一分一毫也是莫大欣慰,不论遭什么罪,吃什么苦都是值得的。

在龙港的采访中,我时常为一个场景、一个情节、一个细节,甚至一句话要采访三五人、七八人,有时七八个人说的都不一样,难以断定谁对谁错。众口一致也不可全然采信,还要将那些陈述放在历史的背景下进行分析与推理,鉴别真伪,从中梳理出因果关系链。有时经过一番分析与推理后仍然无法确定真伪,我只好把几种声音写入作品。在叙事过程中,我力求保持中立,不偏不倚。毕竟是根据记忆和资料创作的作品,不当之处在所难免,敬请包涵。

首先感谢龙港的造城者,他们让我再次想起:"人民,只有人民,才是创造世界历史的动力。"龙港是人民创造的,遗憾的是我无法把这一伟大群体全面地、完整地、立体地呈现出来。龙港从几千人到几万人、十几万人、几十万人,他们每个人都是这座城市的创造者。相对于这一庞大群体来说,我采访的近百人不过是三千弱水之一瓢,许许多多有故事的人没写进来,甚至有许多采访过的人也没写进本书。这既是写作者的遗憾,也是文学创作的缺憾。

在本书的创作过程中,查阅和参考了上百万字的有关温州、苍南和龙港的文献资料,在此对文献资料的作者深表谢意。

感谢浙江省作家协会党组书记臧军、副书记曹启文的推荐,没有他们的推荐,这一选题将会与我擦肩而过。

感谢《江南》杂志社钟求是主编。求是的才华让我敬重,他的为人让我敬佩。感谢《江南》杂志在 2022 年第一期将以近百页的篇幅刊发这部作品,感谢责任编辑傅炜如、高亚鸣。炜如是浙江理工大学写作创新班的学生,我是她的指导老师,她做责编让我深感欣慰。

要再次感谢求是,在去龙港不知找谁之际,他将龙港文联主席、著名书法家王杯推介给我。感谢王杯,他有着龙港人的火热和苍南人的灵慧,不论多么复杂的境况均能游刃有余地提供帮助。

感谢浙江省委宣传部、杭州市委宣传部、浙江省作家协会的领导及专家、评委的厚爱,使得《中国农民城》入选浙江文化艺术发展基金、杭州文化艺术发展基金扶持项目和浙江省作家协会定点深入生活项目。

感谢中国出版集团原副总裁、著名评论家潘凯雄,人民文学出版社社长臧永清,浙江出版传媒股份有限公司副总经理、浙江人民出版社社长叶国斌,副总编辑洪晓,策划编辑脚印对我的信任和支持。感谢本书的超强编辑团队,感谢责任编辑张梦瑶博士、杨新岚老师、丁谨之主任和沈敏一老师为本书的出版付出的艰辛劳作。

感谢在本书创作中给予支持和帮助的所有人,我们共同见证了这一段历史。

朱晓军

2021 年 12 月